叶莺 著
YING YEH

莺语2020
YINGLISH 2020

文化发展出版社
Cultural Development Press

作者简介

叶莺

生于北京,长在台湾,现居香港。行走世界,心系中华。

六十年代后期,曾先后担任中国台湾、日本著名的电台、电视台记者。

七十年代初期,加入美国政府外交部门,先后担任美国驻缅甸大使馆和美国驻香港总领事馆政治官员。

七十年代后期,重返新闻界,先后供职于新加坡海峡时报集团和美国纽约全国广播公司(NBC)。

1980年,离开美国全国广播公司,到华盛顿特区为多家跨国公司提供咨询服务。

1982年,加入美国商务部,先后在广州担任美国商务领事和在香港担任美国商务署署长，在台北担任美国在台协会商务组组长。

1995年，出任美国驻华大使馆公使衔商务参赞，是第一位也是到目前为止唯一担任过这个职位的东方女性。

1997至2009年，就职美国伊士曼柯达公司(EASTMAN KODAK)，担任全球副总裁兼北亚区主席、亚洲业务拓展总裁。曾是柯达与中国感光行业全面合资项目的核心谈判小组三个成员之一。

2009年5月1日，应邀加入美国纳尔科公司(NALCO)，担任全球副总裁兼大中华区主席。2011年离职。

2011年至今，叶莺女士历任瑞典沃尔沃集团(AB Volvo)，英国洲际酒店集团(IHG)，瑞士ABB集团（ABB），卢森堡大公国新秀丽集团（Samsonite）全球独立董事，以及瑞士历峰集团（Richemont Group）亚太区高级顾问。

叶莺新浪微博 https://weibo.com/yingyeh

林广嘉树，其叶蓁蓁。

百鸟于飞，有莺争鸣。

斯是微语，赖有博新。

十年无辍笔，寸心未要更。

自娱堪回首，同享有知音。

可以酬旧友，叙新朋。

不为金风乱耳，不使霜月留行。

登高临江渚，弹冠有兰亭。

芹之美矣，微乎莺语。

——叶莺

让心更有力量／

田 耕

有时我在想，一个能量大的人，一个别人眼中的名人、成功人士，该去做些什么？叶莺的答案是把人性中最美好、最善良的一面传递给更多的人，用自己的影响力去带动世界的美丽。如果叶莺的一句话、一个眼神、一个善举，可以影响到一个人，就是她最开心的事。能够影响到更多的人，也是她的责任。

华盛顿邮报评出的"十大奢侈品"包括：生命的觉醒开悟；自由喜悦仁爱的心；背包走天下的潇洒；安稳平和的睡眠；享受属于自己空间与时间的生活；牵手一个彼此深爱的灵魂伴侣；任何时候都懂你的知心好友；身体里外健康，内心深处无私，物质富足，精神充实；点燃他人希望的精神诉求；任性地回归自然。如果从上述角度读本书，你都可以找到答案。有媒体说过，叶莺是一世三生：记者、外交官、商业领袖。所以，你还可以从这三个角度，看一位游走传媒、政坛和商海的智者对人生、智慧、情感、职场、管理、文化、时事的体悟与感悟。

《莺语2020》是一本能触动你心底最智慧、最善良、最柔软的那根心弦的书。可谓"一呼一吸，起心动念；一莺一语，觉悟生命。"从书中你可以看到，叶莺永远在云端。一方面是她不断飞往世界各地的旅途感悟，如叶莺所说"旅行的收获，往往是人在山水间眼前所见、心中所感那稍纵即逝的奇妙情怀。

我试图用我的心带着你的眼睛，看我走过的景象，偶尔也分享触景生情的思想"；另一方面她才智和情志的云存储不断被更多人"下载"，并通过社交媒体传播和与她互动。从这些互动问答中，我们可以看到她的智慧，她的修行，她的爱心和她的洒脱。叶莺告诉我们："花开花落，云卷云舒。一生一世，快乐也是过，郁闷也是过，何不潇洒一生，青春一世。"

叶莺说："内心健康强大的你，无论遭遇多大的伤痛，多冤的委屈，多深的失望，都可以一切归零，再出发。"现实不完美，"莺语"却是"心力"的源泉，教授我们让心更有力量的方法，以大视野、大格局、大智慧和大善大爱，去面对这滚滚红尘。

在编辑这本书时，我们还发现一个有意思的现象，叶莺十年前说的话，以及在过去十年中的言语，一致统一，一脉相承，并没有任何矛盾。这同许多今天家喻户晓的名人不同。《莺语2020》也不是一碗鸡汤，鸡汤是一堆正确的废话，而"莺语"是站在常人所不能及的高度，从易于被众人忽略的一面，很现实、很实际地解读世界，诠释人生。叶莺是一个总是在制造梦幻和精彩时刻的人，叶莺也一直用心在悟人生。她说过："只要我有一息尚存，一定从吾所好。"

叶莺是一个传奇，也是一个谜。

在这个世界上，除了生她后两个月就故去的妈妈，没有人确切知道她哪天出生。因为战乱，她出生于一个马厩中，后来被人用一只篮子提着，辗转三地，交到了她父亲的手中……

● ● ● ● ●

  父亲给我三份最珍贵的礼物是：自豪、自由和自信——身为中国人的自豪，主宰生命抉择的自由，和作为叶莺的自信。我永远不会忘记：我是叶莺。不管这个人是好还是不好，我已经来到这个世界，这一切是不能改变的。做好自己，做好叶莺，永往直前，潇洒走人生。

——叶莺

目录 CONTENTS

知 第一篇：知　To know the knowing

开篇小文　什么是失败　002

微　　博　做个好博主，让这片园地真诚、纯净　005

文　　化　因我思我想，故我知我存　011

行 第二篇：行　To walk the walking

开篇小文　状元与天才　030

点燃希望　让我回到学生时代　033

游走天下　用我的心带着你的眼睛，看我走过的风景　051

回归故里　夜宿西山下，滇池边。月如钩，风满楼　229

第三篇：情 To feel the feeling

开篇小文 难得糊涂 296

亲　　情 父亲是海，我是鱼 299

家　　庭 给了翅膀，让孩子飞吧 317

友　　情 真情，是骨子里就愿意一切为你的真心 345

爱　　情 当爱要来，属于你的，你无法阻挡 363

第四篇：悟 To enlighten the enlightenment

开篇小文 你为谁而活 382

职场体悟 人生就是一部"聚散取舍"的大戏 385

企业理悟 上帝不开心，你哪有好日子过 405

生活感悟 "悟"字是"我心" 421

世态醒悟 邪恶盛行的唯一条件，就是善良人的沉默 443

智慧领悟 诚信是"核"，宽人是"心" 457

心灵解悟 上善若水，大爱无疆 471

生命觉悟 伸手只需要一瞬间，而牵手却需要很多年 481

第五篇：缘　YUAN

"你还是我心中的人"——致我最爱的人　492

结语小文　莺语 2020，因缘而起　496

真心问答　我的剑不出鞘，但我会让你知道我有剑　505

附录

《莺语》2010 版精选　527

我们生命里出现的每一个人都是有原因的。喜欢你的给你温暖。不喜欢你的使你成长。你喜欢的人，让你学会了爱人。你不喜欢的人，让你学会了容忍。不把不如意看得太重，你会快乐些；学会把得失看淡，你会幸福些。你我不过是天地的过客，人间事做不了主，譬如逝去的年华，迷失的归人和曾经的海誓山盟。

——叶莺

第一篇：知

◀◀◀ 开篇小文
什么是失败

◀◀◀ 微博
做个好博主，让这片园地真诚、纯净

◀◀◀ 文化
因我思我想，故我知我存

开篇小文 OPENING

什么是失败

　　什么是失败？不能坚持到底就是失败。坚持就是要战胜逆境，克服厄运。坚持需要有目标，有理想，更需要有恒心与勇气。但是如果你定了不务自己实际能力的目标，或是好高骛远、不知天高地厚的理想，你就会过着痛苦一辈子的生活。因为你一切的坚持都是枉然。如果你不是一个拳击手，却硬要和重量级拳王赛拳，对方一拳过来，你已满头金星，那旁观者的嘲笑和自己的羞愧都是自找的。有自知之明的人，不会把自己推上没有胜算的擂台。知人者智，自知者明。

　　我知道有许多人对自己的"处境"不满，认为自己大材小用，工作职位太低，薪酬太少，心中忿忿不平，自怨自艾，却又打不起精神，把手头的工作做好，一再地消极下沉，令上级摇头，同事叹息，最后连自己也觉得自己没出息，干脆放弃上进，"管他去，听天由命吧！"这样的人需要好心人从旁拉他一把，告诉他一个人对自己的"处境"不满时，唯一的出路是积极地打起精神来，以加倍乐观的精神武装自己，充分支配手中可操控的资源，努力认真地干好分内的活，把握住下一个将要到来的机会，认准了自己的专长和竞争力，向确定的目标努力。即使再次失败，也不要泄气，要再接再厉。职场如战场，"不战而败"是最大的懦夫和最大的耻辱。虽然"屡战屡败"不是任何人所愿，但虽败犹荣，有勇气再战，才有胜的可能和机会。世上许多做事有成的人并不一定是他比你更强，更能，而是他比你更有勇气和毅力，愈战愈勇，从失败中吸取经验和教训，总有打胜仗成功的一天。

一个人若不能接受失败，又不断地扩大自己的悲哀与无助，当万念俱灰的时候，往往会低估自己的生命而走上绝路。因失败而自杀是最不光彩的懦弱和最不能原谅的大罪。人来到这世界就拥有生存的权利而同时负有保护生命的义务。英国作家狄更斯说过："当我们得到生命的时候，就同时接受了一个不可或缺的条件，那就是我们必须勇敢地捍卫我们的生命，一直到最后的一分钟。"

因绝望而轻生的人，根本没有对生命有真正意义的认识。人生不如意十之八九是句老生常谈。这一代的中国人，是中国历史上最幸福的。我们不受战争、饥饿之苦，没有流离失所的风霜，人人都有权自食其力地工作，自我努力地学习。企业可以自定目标，在发展扩张的基础上走向世界。个人可以远渡重洋，留学深造成就梦想。年轻的孩子们可以尽情享受做孩子的快乐和风光。中国历史上有哪个朝代有这样的开放、稳定、昌盛和辉煌？

我知道许多大学生觉得日子过得乏味和迷惘，因为在环境与竞争的压力及张三李四的意旨下迷信于热门致富、一夜成名的捷径，终日彻思夜想，盲目地在虚荣的意愿里挣扎，而成功的概率自是微乎其微。奉劝置身在这种不如意中的朋友，停止抱怨命运的不公平，面对现实，问问自己是否太迷信名利的诱惑？是否太希望施小劳而有大收获？是否太不切实际了？古人求功名，至少要十年寒窗，而现在的激烈竞争时代，单凭十年寒窗的学历或资历是不能当状元的。

视野决定格局，格局决定命运，命运决定快乐，快乐决定成功。希望"莺语"可以助你打开视野。

心中无愧无悔是富，能无私付出，给你在乎又需要你帮助的人是贵。如此富贵，乐由心生。人生路上相遇是缘，如能相识相知又能相聚相守就是善缘，惟有惜缘才能续缘。有云：世有孽缘，你真心相待，却被伤害；你用心良善，却烦恼无数。那么轮回的说法是：可能前世你也曾烦恼伤害过对方。

——叶莺

微博 WEIBO

做个好博主，
让这片园地真诚、纯净

　　我曾开过博客，网友反应也不错。可惜我作息日程安排不济又坚持不劳代班，没法亲自维系，于是"休客"。微博是个新兴事，一夜之间全球新新人类几乎人人一博为贵。微博之贵，贵在它既能与当今快节奏的生活旋律合拍，又能为新智能型的社会生态变化配音，形成史无前例的交响。今日容我和声，改天与您相见。（2010-10-20）

　　开微博已有八个月了。资深网友告诉我，我们的博友素质很高，微博内容和评论很有可读性，作为博主当然高兴也庆幸。我更希望许多侨居海外，他乡异地的游子能在微博的园地里，无疆界地分享生活的点滴，这确实是前人无法享受的福祉，也是无法想象的可能。我珍惜。（2011-06-29）

一问一世界，一叶一菩提

问：叶莺的微博是不是您自己写的?

叶：我的每一条微博100%都是我叶莺自己写的。当我开博时，我对自己的许诺是：做个好博主，让这片园地的真诚、纯净土壤培养出真正志同道合的博友，共同成长，互相施肥，共勉共享博园中的景色、声音和精神。我用心，你有心了。

问：您的气质和风度吸引着无数人，这也是当今社会缺少的品质，谢谢您让我看到很多缺失的东西。

叶：人人都有缺失，有缺失，才有完美。

问：人跟人之间也会惺惺相惜，因此睿智的叶老师吸引到的往往都是高素质，有上进心的粉丝。

叶：博友"幽雅"，你的这句话幽雅，听了每位都开心！谢谢。

问：能不能理解为高素质的博主可以提升博友的素养呢？应该是老师您的素养感染了关注您的每一个人吧。就是叶总微博关注的其他博主太少了，如果关注的多，意想不到的结果还会有更多！

叶：谢谢。这是我们的园地，我们共同施肥，我们相互培养。我关注每一个有心关注我的人。缘。

问：很有意思的对话。未来微博价值的评估标准主要是因"质"，还是"量"呢？相信过了爆发期后，很快就会水落石出。另外企业利用微博平台营销推广后，也会很快心知肚明的。现在还早，也不急着见分晓。

叶："质与量"能齐头，当然好。但若两者求其一，"质"是我不变的选择。

问：知音其实无处不在，重要的是人与人之间是否真正能给彼此机会坦诚交流？

叶：我读了你给我的所有评论，惊讶你几乎看了我所有的博文，很感动。在这个园地里好像阁下是第一个如此用心的人。还请今后多指点，拨正。谢谢。

问：我现在没有资格说看完你所有微博，因为没做到的事情我不愿去说。我是从你2010年发表的第一篇开始看起，以电脑平面计算共八十八页，三千多次发表，从倒数算起我用了三天才看到七十二页。也许我的速度有点慢，只因我希望站在你的角度去感悟你当时的心声。

叶：哇！您真的从我2010年发表的第一条微博看起吗？您太用心了！今后写博文，真的不能太"随笔"了。多谢赏识。

问：嗯！因为我觉得只有从第一篇开始看起才能用心感悟到你这几年里每一天的心路历程。仿佛就像自己亲身经历一般，无形地陪伴你走过曾经的每一个路程！一篇好的博文，不一定要太过于华丽，用心的人生体会比任何都更有价值。当以后的某一年某一天，我们重新开始回顾，这种记忆才是我们一生的财富。

叶：我们一起用惜缘的心，走随缘的路。

问：叶老师，我很珍惜在微博里认识您的缘分，在您的字里行间我学到很多。您是幸运的！其他人遇到被攻击的很多很多。看您微博是学习的，我很珍惜！

叶：我也珍惜。我也学习。谢谢大家都珍惜这相知的缘分，都爱护这相遇的园地。我们将共同继续拥有。

问：叶姐，你写的文字有一种清秀隽永的感觉。

叶：多么贴心的赞美，谢谢！我只想抛砖引玉，让博友们在匆忙的生活中，找到一个交流生活领悟的净土。"网络暴力"是许多人戴着面具泄愤的产物。在这个园地我们坚守承诺，是净土。

问：请问为什么您还有这样的激情？是什么在支撑着您？

叶：不要觉得年龄一定给你画了一个框框，因为真正的年龄是在你的心里。要活得潇洒，因为来一趟不容易，80岁可能生命都是刚刚开始。不断地创新，不断地活出新的火花。

问：现在玩微博的不多了，但一直默默关注的一定是喜欢的朋友。

叶：同意。我依旧钟情微博，我觉得至少目前微博还是在大众平台、无界限日常思维沟通的最好工具。守住。

问：叶总居然没有添加任何一个关注？所以微博是广告平台？

叶：当今还有人相信微博广告吗？我说过很多次，零关注不代表不关注。很高兴在茫茫"博海"中，我们没有擦肩而过，我虽然是"零关注"，实际是给了我空间关注每一位博友。

问：叶老师，随性就好了。中英文微博都写会很累吧？

叶：谢谢关心。我不怕累，写微博对我来说，也是进修和历练。用140字说出要说的，简洁清晰没有废话。中英文并列，是我"抛砖引玉"。活着，学着，成长着，才是有意思的生活。

"真实"爱干净常洗澡,"谎言"会趁机偷穿了"真实"的外衣招摇撞骗,春风得意。而赤裸的"真实"并不好看,所以人们更喜欢和"谎言"做朋友。刚从水里捞上来的鱿鱼很丑!但是经过调理装饰,虽然不是"谎言"鱿鱼,还是比较容易入口的。所以,有时说实话,要技巧。

——叶莺

TO KNOW THE KNOWING　知

知　文化　CULTURE

因我思我想，
故我知我存

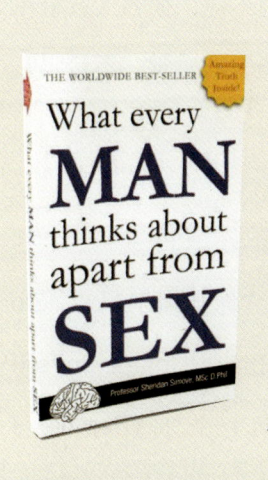

英国出了一本怪书，书名《除了性，男人还想什么》（*What every man thinks about apart from sex*），在亚马逊网上书店畅销书榜上排名第744位，比《达文西密码》和《哈利·波特的凤凰密令》更畅销。这200页的厚书，竟空无一字。作者说，经他多年研究，震撼发现：男人除了性，不想什么。这无字天书售价4.69英镑。谁买，谁就真是书呆子。（2011-03-10）

莺语2020

　　法国大哲学家笛卡儿（Rene Descartes）的名句"I think, therefore I am"（我思故我在）是一直有争议的一句话。源于法文译成英文的"词不达意"是问题，欧、美文化有差异的"力不从心"也是原因。这理念实在更符合东方的思维。我的理解是：I think, thus I live（因我思我想，故我知我存）。
（2011-10-01）

　　说话的"语气"是艺术。美国里根总统爱用的一个字"Well"（那么），他可以用他的二十多种语气，传达二十种"表态"。Have I made myself clear？ 或是 Did I make it clear？ 也可以因语气的不同，很客气或很粗鲁。有时我们说"好啦！"，说不好也会给人"我不耐烦"的感觉，不是吗？
（2011-10-01）

　　说话的"表达方式"也是艺术。例如我不喜欢说"你听懂了吗？（Do you understand？）而愿意问"我说清楚了吗？"（Have I made myself clear？）我觉得这种问法更尊重对方，因为我尊重每一个你（Because I respect every one of you）。（2011-10-01）

第三只眼睛看得准！"追捧娱乐体育明星"是许多年轻人的"必修课"。"狂热发烧的粉丝"宁可翘课、逃班被罚，也要到机场大厅，酒店门口挤上大半天等着看一眼他那心目中的"明星"。这些明星的言语是"圣经"，行为是"圣杯"，号召是"圣旨"。如何善导年轻人"善用明星效应"，却是我们的"圣任"。

所谓的"成功人士"无法"打入或渗透"那些看到自己"热爱的明星"会嘶声呐喊、感恩落泪的群体，他们可以任劳任愿为他／她的"明星"做事，而且言出必听，心服口服。这也是为什么选秀节目在各地如火如荼。"超女"一夜成名的神话，诱惑很多年青人，需要善导。（2011-11-01）

文化要相互交流才能丰富。印度的地毯很普及也很讲究，因为他们早期都是"席地而坐"。英国人带来了桌子和椅子。英国人也带走了些他们以前没有的字。一些印度语变成了英文的正式词汇，例如Pajama（睡衣），Veranda（露台），Bungalow（平房），Typhoon（台风），Khaki（卡其布或土黄色），Jungle（森林）。（2012-03-28）

中国文字阴阳相对，方正齐整，造就了世界文学中不可取代的中文诗词。这是首丈夫思念妻子的诗："枯眼望遥山隔水，往来曾见几心知；壶空怕酌一杯酒，笔下难成和韵诗。途路阻人离别久，讯音无雁寄回迟；孤灯花守长寥寂，夫忆妻兮父忆儿。"你若从后面一个字一个字念回来，就是妻子忆夫的诗了。不信试试。（2012-04-06）

翻看了《现代汉语词典》第六版，发现是很"与时俱进"的修订版。新增"现代"身份类的词语中,有北漂,愤青,草根,达人,款爷,香蕉人,无厘头,月光族等等。但是没有"剩女"一词,真好!谢谢编委们的智慧。我在以前的微博提过"剩女"这词极为无理不妥,不鼓励用。现在又冒出了"熟女"一词,该说什么好呢?(2012-07-20)

瑜亮情节一直是后人喜欢谈论的话题。相传周瑜PK诸葛即兴为诗。周先出诗:"有水便是溪,无水也是奚,去掉溪边水,加鸟便是鸡;得志猫儿胜过虎,落坡凤凰不如鸡。"诸葛亮听罢,随口便道:"有木便是棋,无木也是其,去掉棋边木,加欠便是欺;龙游浅水遭虾戏,虎落平阳被犬欺。"当然这只是段子。(2012-07-21)

一个韩国女作家写的时下全球畅销书 *Please Look After Mom*,台湾有中文译本《请照顾妈妈》。不知大陆有没有。我正在看。韩国女作家申京淑的《请照顾妈妈》中的主角妈妈在地铁站走失了,故事以急剧变迁的社会为背景探讨两代人的沟通和相处。我们每天忙碌地活着,但没有生活,往往忘记昨天做了什么。书中走失的妈妈象征着当代人在大都市生活的"无根"和没有乡愁的孤独。我们蜉蝣飘荡在"游牧"状态的情怀使此书没有国界。(2012-08-01)

《后汉书》中有段简短对话,讨论什么是国家的祸患。晋平公问叔向:"国家之患,孰为大?"叔向答:"大臣重禄不极谏,小臣畏罪不敢言。下情不上通,此患之大者。"这段话,不需要翻译。有时看看古书,不能不佩

服老祖先的智慧。（2012-09-02）

俗语说，人活着为的是一口气，也就是尊严，一种对自己的不羞愧。影片《赛德克·巴莱》讲述这些英勇的台湾原住民，在异族统治下的无奈和忍无可忍；也歌颂了他们为引以为荣的文化殉道；为他们灵魂的尊严、祖灵的骄傲而走上彩虹桥的庄严和豪迈。这是在功利挂帅的"文明"社会，已找不到的"野蛮"。（2012-09-10）

杜甫活得潦倒，死得凄凉。他对妻子的钟爱和与李白的欢聚岁月，是他的爱情与友情的灿烂。他艰辛的人生，造就了他诗句和悲情的永恒。我读杜甫总是揪心、叹息，他描述的"悲惨世界"很真实，也让我庆幸活在今天。这就是杜甫的不朽。不过，我还是奢望，自己读杜甫时，有些许阳光。唐安史之乱，杜甫受贫困流离之苦，他仕途不顺，命运多舛，诗作反映社会现象，如朱门酒肉和街头死骨的对比。唐诗里他描绘最多的是军旅实情，很珍贵。杜甫不得志，他说"志士幽人莫怨嗟，古来材大难为用"。他清苦度日，留下名句"丹青不知老将至，富贵于我如浮云"。因他无房，死于舟中。（2013-03-21）

电影导演李安第二次得了奥斯卡最佳导演奖，台湾乐翻了！今晚好多"庆祝会"，台湾在奥斯卡的颁奖礼上，大出风头，因为李安在获奖感言中，特别感谢台湾对他的协助和支持。这样的宣传功效，比任何官方的宣传都要深入有效。李安能击败斯皮尔伯格而二度获得小金人，真不是盖的。李安在台南长大求学,参加大学入学考试并不顺利。后来在美国纽约戏剧学院毕业后,失业六年在家做"主夫",由攻读博士的太太赚钱养家,李安的成功故事何尝不是一个中国人的奇幻漂流呢?（2013-02-26）

传承古文化的书法在今天新社会,因为新新人类几乎已经不用笔写字了,致力传承书法的心情应该是很纠结的。忙碌的现实生活中,分秒必争时刻厮杀,人们很难静下心来做心灵的修炼和精神的充电,年轻人现在面临的竞争很残酷……（2013-03-22）

语言是有生命的成长物,许多地方上的用词已变成"主流",例如河南的"中"。网络时代的新词汇更是争奇斗艳。日前在台湾我学会了用"乔"这个字。用法很广,有斟酌,商议,合计,谈判的意思。好比:这件事,不那么简单,我们要找当事人"乔乔",希望能有好结果,你也"乔乔"。（2013-04-27）

英国人很引以为荣的事挺多的,不可否认的是英国文学的盟主地位。不论是小说,散文,戏剧,诗歌或是重要演讲。爱德华国王不爱江山爱美人的退位演说,就是不变的经典。但我觉得写诗,还是中文最美! 一首简单英文诗,经过"中文神译",让人拍案叫绝,爱不释手! 原文"You say that you love rain, but you open your umbrella when it rains. You say that you love the sun, but you find a shadow when the sun shines. You say you love the wind, but you close your windows when wind blows. This is why I am afraid; you say that you love me." 这首简单的英文诗，在网络上被神译成不同的版本：

中译普通版：你说爱雨，但当细雨飘洒时，却撑开了伞；你说爱太阳，但当它当空时，却看见了阳光下的暗影；你说爱风，但当它轻拂时，却紧紧地关上了自己的窗子；你说你也爱我，真让我为此烦忧。

中译吴语版：弄刚欢喜落雨，落雨了搞布洋塞；欢喜塔漾么又谱捏色；欢喜西剥风么又要丫起来；弄刚欢喜唔么，搓色唔霉头。

中译文艺版：你说烟雨微芒，兰亭远望；后来轻揽婆娑，深遮霓裳。你说春光烂漫，绿袖红香；后来内掩西楼，静立卿旁。你说软风轻拂，醉卧思量；后来紧掩门窗，漫帐成殇。你说情丝柔肠，如何相忘；我却眼波微转，兀自成霜。

中译诗经版：子言慕雨，启伞避之。子言好阳，寻荫拒之。子言喜风，阖户离之。子言偕老，吾所畏之。

中译离骚版：君乐雨兮启伞枝，君乐昼兮林蔽日。君乐风兮栏帐起，君乐吾兮吾心噬。

中译七言绝句版：恋雨却怕绣衣湿，喜日偏向树下倚。欲风总把绮窗关，叫奴如何心付伊。

中译七律版：江南三月雨微茫，罗伞叠烟湿幽香。夏日微醺正可人，却傍佳木趁荫凉。霜风清和更初霁，轻蹙蛾眉锁朱窗。怜卿一片相思意，尤恐流年折鸳鸯。

英文有英文的"品"，但在诗歌中，中文的"韵"是英文无力可及的。例如，这句简单的"细雨飘洒"，就难倒英文的翻译大师了。中文里还常用五脏六腑来形容诠释情感。这也是英文里罕见的。请英文高手翻译我们常用的"柔肠寸断"，"牵肠挂肚"，"酒入愁肠"，"撕心裂肺"，"万箭穿心"，"挖心掏肺"，"狼心狗肺"，"归心似箭"和"心肝宝贝"！（2013-12-11）

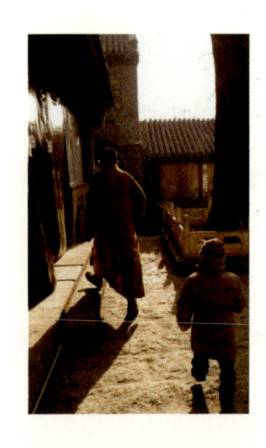

"菩提本无树，明镜亦非台，本来无一物，何处惹尘埃。"英国老外要我解释这段话，我水平不够，怎么说明他们都摇头说"没道理"。我只好退而引用 "身是菩提树，心如明镜台，时时勤拂拭，勿使惹尘埃。"英国佬说，这样的说法"有道理"。哎！如何做好东西文化的桥梁，真是难题。（2015-02-13）

博友：内涵深奥，难以诠释。

叶莺：六祖的箴言，确实难以诠释，这是"意"与"境"之别。"意思"说明了，中文译成英文，不难。但"境界"的进入，就难了！

博友：后者是以物比自身，而前者谓之"无物境界（最高境界）何来尘埃"，典型的唯心说。所以，"东西方"之说也可以谓之：本无一物，何分西东？

叶莺：如果真能进入"万事皆空"的境界，自然无分西东。不过即使绝对唯心的信徒，不还是有"心"吗？

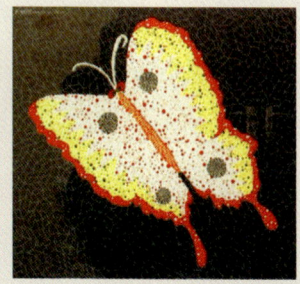

元宵节说"圆"的故事：一日本女孩生有遗传的神经视听障碍。从小喜欢画"圆"，后来上了美术学校，不断地画"圆"。她和一位美国女画家通信，决定去美国发展。她母亲不赞同她的选择，给了她100万日元，叫她不要再回家。她坚持走过坎坷困难的艺术生涯，2009年被评为20世纪伟大画家。这位画"圆"的传奇女画家名字也很特别，她的芳名叫"草间弥生"。她认为"圆"代表了一切！地球只不过是宇宙亿万个"圆"中的一个。"圆"里诉尽了世态炎凉，多彩人生。"圆"的延伸是千万化一，亿万延伸到无限，无极。（2015-03-05）

佛门出家人在今天如此浮华的世界里，能够真正断绝尘缘，清心寡欲，实在很难！"化缘"是复杂艰巨的使命，"护法"是需要慈悲和投入，才能荣获的头衔。香火是否旺盛，直接影响庙宇的名声和生存，更影响僧侣们如何广传神道。我不是佛教徒，但我很喜欢问道僧人，探索人生！（2015-04-04）

我不是佛教徒，但我深信众生皆有佛性，能通过思想修行，培养正知正见，放下烦恼成就福慧。李嘉诚发心全资兴建汉传佛教寺院－慈山寺。从2000年筹划到2008年兴建至今捐资17亿港元，旨意在香港喧嚣繁杂的生活中，为参学者提供清心净身，提升心灵素质的净土。慈山寺没有香油，不受捐赠。（2015-07-16）

昨夜月色如画，那是几年难遇的"蓝月亮"（Blue Moon）。英语里有句话叫：Once in a Blue Moon！意思是："何年何月才有那样像蓝月样难遇的机会啊！"其实蓝月并不是蓝色的。蓝月亮得名源起这是一个月中罕有的第二次月圆。今晚的月，依然很美。赏。

（2015-08-01）

有本英文书很受重视，书名 *Our Kids*（我们的孩子们），副题"美国梦在危机中"（American Dream in Crisis），讲述由于贫富差距的拉大，生活在城市边缘的弱势青少年受到良好教育的资源流失，美国将不再是只要努力勤奋工作就能实现梦想的乐园。我们留守儿童的教育问题也是中国梦的红灯。（2015-10-24）

起风了。儿时曾幻想自己是风，爱到哪里就吹到哪里。年事渐长，理解了风不仅浪漫，更给人类带来无限福祉。早期文化总是发源在有风有水的地方，所谓"风水"。风拂面，观苍山，想起远方的牵挂。（2017-05-02）

《财富中国》电视栏目主持人叶蓉和她的团队多年不懈地坚持和努力，一直维持着高水平有深度的财经对话访谈栏目。我应邀参加上周六主题是"智慧与勇气"的《财富中国》——智者的心声集，录影时见到故人陈逸飞的弟弟陈逸鸣，感叹天妒英才！您试试是否可以打开观看。（2017-12-20）

《末路狂花》（*Thelma and Louise*）是 1991 年最火的电影，两位女主角的演技真是绝了！一段话我总记得"有些刻骨铭心的回忆，总会不经意地掠过我的心头，但是我知道——我回不去了！我知道——不能重活已逝的过去。谁都有过去，逝者已矣——人、物、事、情——让它日落吧。"明天的太阳，还会升起。（2018-01-28）

英国作家 William Golding 说的一段话一直被奉为是"肯定"女人的。我个人并不是很认同。他说的是"给"女人这个，"给"女人那个，在过去的社会和现在某些女权落后的地方，也许是对的。殊不知今天的女人，独立自信，基本不稀罕别人的"给"，而是以自己的能力"得"的心安理得。（2018-03-11）

"后爱因斯坦"的人类奇才霍金，去世了。他在科技、物理、天文、哲学、宇宙、生态及人工智能方面的学术成就，真心令人佩服！更让人肃然起敬的是他积极的生活态度！他无惧命运的不幸，以他的 76 个春天带给一代世人生命的动力和希望的泉源！他不相信来世，今生足矣！（2018-03-14）

曹操是个有不同版本的人物,他的文才武略被"演义"了。曹操的诗作,我们最熟悉的应该是《短歌行》:"对酒当歌,人生几何!譬如朝露,去日苦多。慨当以慷,忧思难忘。何以解忧?唯有杜康。"因为我与杜康无缘,感受不深。倒是喜爱这句:"月明星稀,乌鹊南飞。绕树三匝,何枝可依?"(2018-07-17)

朋友分享了夏加尔的画卷,这三幅我觉得有意思,图中的他们分明是恋人,他们的眼睛都是闭上或是蒙上的。夏加尔说:"我的画就是我的记忆,都是我内心世界的铺陈。"他记忆了爱情的沉溺?还是铺陈了恋爱中的盲目?也许,画里两人的情已逝,爱不再。但,画永存。这就是艺术的魅力啊。(2019-02-26)

一问一世界，一叶一菩提

问：我以为四部书中，三国是最大气的，可惜权谋争斗自古不符合主旋律，反而让旖旎情长的红楼拔了头筹。

叶：《三国志》和《三国演义》主要记述男人的事迹，《红楼梦》着重描绘女人的心态。豪迈也好，缠绵也罢，要了解男人，要明白女人，这三本书都要看。

问：《三国》不光是谋权争斗，还有仁孝忠义，经典战役中包含的大智慧，都值得现代人借鉴。

叶：同意。心疼诸葛后半生，活得好辛苦。

问：正在拟定2012年度出版方向，有点迷茫了，是选择商业财经图书还是少儿励志图书为方向？做图书是良心活儿，不想在下一秒迷失！如果时间停止在人生的某一刻，无论是作为孩子的你还是成年的你，怎么选择图书呢？静候"莺语"。

叶：长春的出版人，恭喜你出版的财经书籍。做出版也是生意，不是非盈利组织也不是政府教育机构。出书要看市场，要盈利，这是出版社存活的基本。你既然问了我，"莺语"不说"花花话"，说"石石话"。在商言商，你的出版方向和盈利模式，要匹配。不赚钱的生意，很难撑。

问：成年了才听到歌剧的人大多数听完后会有两个结果：1. 喜欢，从此热爱上歌剧；2. 讨厌，再也不想受这罪了。尽管如此，一生还是要去这样美的地方听一次歌剧才不枉此生。

叶：歌剧是了解人性的最"艺术"的途径。大家熟悉的"卡门"，"罗密欧与朱丽叶"和"费加罗的婚礼"，说的不仅是爱情，更是人性！"威尼斯商人"和"犹太女"更是反映了商务、政治、宗教、金钱错综复杂关系中人性的真面目。"蝴蝶夫人"和"图兰朵"的东方色彩中，咏唱的也是人性。

问：莺姐，今天晚上我第一次上台表演，最终以失败告终……

叶：什么表演？只要你上了台表演，就没有失败。

问：刚刚百度了您的资料。深深地表示佩服！我想知道，您曾经为了达到自己的目标，付出过怎样的努力？对英语有什么好的学习方法吗？谢谢！

叶：看样子你是科比迷。多看外语的篮球比赛转播，看篮球的外语书和电影。把喜好和语言学习捆绑一起，最有功效。试试……

问：偶像（品牌）崇拜和娱乐至上已经让年轻人失去了独立思考的基本

能力……您如何看？

叶：我觉得"品牌"和"偶像"不同。品牌是"物"，但有生命，它需要一直"活着"，不断提升为使用者"服务"。偶像是人，活得短暂，可以是死的。不论死的活的，都对使用者的精神有"影响"。

问：说实话这些明星的效应可能还不如叶老师，叶老师是越老越有价值。而年纪较大比较成熟的人，对那些影视明星，一般不轻易相信；而年纪轻的人，也绝对不会喜欢那些过气的明星。她们的优雅只在外表，她们的负面新闻众所周知，靠她们寻不回华夏的大爱。

叶：美国明星奥黛丽·赫本活到老都优雅有爱。范本。

问：叶总好，你一直是企业高管里最时尚的，很想和你请教一个话题，如果你和美国版 *VOGUE* 主编安娜·温图尔一起对话，你会和她交流什么呢？会问什么问题呢？很希望你和我们一起分享你的观点。特别期待你的声音，谢谢哦！

叶：年前，我曾经在纽约与美国版 *VOGUE* 主编安娜见过面。现实中的她并非是个"女魔头"，她也很感性。至于我会问她什么问题——她是大家心中公认的时尚领头人，我自然想要问问她心中有关对"时尚"的理解。

问：读一些书，感觉对历史上发生的一些事介绍得很乱，说法不一。

叶：没人希望乱，反而要清理"乱"。认识历史的事实对于年轻的一代是极为重要的。一个不认清历史的民族是没有未来的。就像一个人，如果你不知道你来自何方，你将无法知道你将去往何处。历史不能重写，但创造历史的"特权"握在我们活的人手里。

问：悲哀的是民族性格已断层，没有了道德凝聚，也就没了责任，人性之懦弱，何谈正义！自古以来圣人讲礼、仁、义、德、行等，应推动传统深层文化的回归！

叶：不要悲哀！是我们的，我们一定可以寻回。回归不是后退，是给我们动力，更勇往直前。我们共勉。

问：为什么别人总是不懂我？

叶：世界很大，天地多元，人类渺小，世事多变，每一个自我都有一定的局限，明白自己不懂别人，允许别人不懂自己，更要接受自己不懂自己。

问：如何安身立命？

叶：求安身，必须先求安心、宽心、喜悦之心。有了喜悦之心，更要有畏惧之心，畏惧失去良心，忘了初心，畏惧丢弃做人的准则，没了道德的底线。

做女人真好。你穿万元晚礼服或二手牛仔裤，一样昂首阔步。世态多么恶毒阴险，你不倚的善良不减。再苦再难不可以向命运低声下气，你坚强的是骨气。友情的背叛婚姻的不满，你等闲云舒云卷；爱恨情仇生老病死，你任凭花开花落。你生命里有他，让他坐拥天下；没他，你遨游世界！

——叶莺

第二篇：行

◀◀◀ **开篇小文**
状元与天才

◀◀◀ **点燃希望**
让我回到学生时代

◀◀◀ **游走天下**
用我的心带着你的眼睛，看我走过的风景

◀◀◀ **回归故里**
夜宿西山下，滇池边。月如钩，风满楼

莺语2020

开篇小文　OPENING

状元与天才

　　我做过几次电视"创业赛"节目的评审，选出了些状元。我也有幸听过钢琴天才郎朗的演奏会，也听了些他父母培养他以及他自己领悟苦练而成名的故事，很触动，也有许多感慨。的确行行都能出状元，但是发掘一个天才，并且有胆识造就一个天才，真的太难了。首先难在，谁有慧眼看出谁是天才？再难难在，谁有慧心栽培这个天才使他成才？更难难在，怎样激励并引导那位天才，夜以继日、年复一年地苦学、苦练、苦干、苦行地发挥他的天才，为他自己认为的天才而活，为评他为天才的人作证，证明评判他是天才是正确的。

　　现在中国大多数的父母，一心一意地望子成龙望女成凤，不但要他们的独生子女读书考第一，上名校，还安排他们学唱歌，跳舞，弹钢琴，拉小提琴，打网球，游泳，练体操，上表演课，上美术课，等等，慢慢地课程表加上课外的学习，孩子们真是喘不过气了，为何？因为父母不知道子女有什么特长，想如此能有所发现，父母一方面希望他们是天才，一方面又一心一意地希望子女学习成绩好，读理工，学外语，请家教恶补，万箭齐发。花再多的钱都无所谓，父母省吃俭用，刻薄自己为了使子女能成为了不起的人才。这总是伟大的，但孩子们在博学和精一之间被压迫推挤得不知何去何从，而自己喜欢什么？擅长什么？最想做什么？已经完全糊涂不知道了。即使是曾经知道，经过几轮几番的入学考试，可能被分到自己不想上，但又不得不上的学校，就算真是个天才，恐怕早就被淹没了。

我不认识郎朗，也没有见过他的父母，但是我觉得他们三个人都很严肃，也很想得开，更可贵的是他们有胆识，敢毅然背水苦战，让郎朗离开通才教育的传统升学之路，而专注地培养郎朗专有的灵性，这是需要勇气的。相信很多人都很羡慕像郎朗这样的天才，赞美他的成功，但是有多少父母有那种不顾一切的勇气，"敢"让自己的孩子"独沽一味"，又有多少父母有那样的坚忍，近乎残酷的坚忍，看着自己的孩子失去童年的无忧，失去青少年的欢笑，失去过平常人的生活的自由。炼钢炼铁难，炼出一个天才更难，而怎样使天才永远是天才更是难上加难。

再谈谈状元吧。父母总是希望子女有"大志"，似乎有大志的孩子才能"光宗耀祖"。记得，很久以前美国有个电视节目，就是请父母和子女同时亮相，谈父母的"期望"和子女的"志向"。当时在现场大庭广众和电视机前千万的观众面前，许多十来岁的孩子宣布他们的"志向"是要当"泥水匠""邮差""救火员""警察""推销员"，等等，而他们的父母个个脸上都带着骄傲的笑容拥抱亲吻他们的"宝贝""好孩子"。年轻的我当时真是不惑不解，因为我们中国孩子谈"志向"时，总是要谈做"伟人""英雄""拯救世界"，等等的"大志向"，否则父母会觉得丢脸。我现在明白了，在不适合自己"志向"的路上奔波，是扭曲了自己的所长。精明的有远见的父母应该给子女空间，发挥他们所知所能，不论是技是艺，只要有一项技艺在身，专精所长，做那个行业的状元，就是荣耀。不见得每个孩子都要成为"大人物""大发明家""大富翁"，每一个孩子都能在自己的兴趣上发展所长，或是独善其身，或是兼善社会，都是时代的状元。

成功和失败的定义，我是一直"悟"不出。如何诠释成功？怎样定格失败？比如，项羽一生是成功还是失败？目前我能理解和领悟的是：天下只有暂时的失败，没有永远的成功。在人生的路上，我相信每个人都要坚强地捍卫自己的价值观以及自我的认知与选择。

——叶莺

TO WALK THE WALKING 行

点燃希望
LIGHT YOUR FIRE

让我回到学生时代

　　昨晚在华东理工大学和400多位大学生讨论成才之路。在和大学生们互动时，几乎是全场举手，让我难取难舍。没点到名的华理同学来这儿交流吧，因为你们的困惑，也可能是其他年轻人想要寻找的答案。其实，我从台北归来后患了严重感冒，中耳发炎，医生叮嘱一定不可再乘飞机，但我和年轻人有个约会，我绝对不会失约！（2010-11-12）

　　南京的江苏中国移动大厦活动大厅宽敞明亮。14日，我在这里同几百位女中英杰面对面畅叙，并通过中国移动提供的直播网与妇联省内各地上千位女性领导和企业家代表隔空相聚，探讨女性领导力。（2010-11-17）

人在旅途，重感冒如影随形。过去的两天在厦门，拜访了厦大、集大和厦门理工。明天，我将离开深秋的厦门，到隆冬的北京，然后前往冰封雪飘的哈尔滨。缘因我与冰城学子有约如下，不爽约：19日18:30哈工大；20日 9:30 哈工程；13:00 哈理工；15:30 黑龙江大学；18:30 东北农大； 21日10:00 东北林大。（2010-11-17）

这是前天我在西安大学就"领导力"和"人才培养"发表演说的现场。（2010-11-18）

第一次来哈尔滨，今晚"哈工大之夜"，我明白了什么是"规格严格、功夫到家"。（2010-11-19）

哈工程的"阳光论坛"（2010-11-20）

哈理工的"大学生论坛"（2010-11-20）

黑龙江大学的"企业家论坛"（2010-11-20）

东北农业大学的"校园文化快车"。农业大学自制的酸奶，真好喝。听说蒙牛、伊利的技术高管都是从这个学府走出去的。（2010-11-20）

TO WALK THE WALKING 行

伴随我两周多的重感冒已进入恢复期。冰城六大高校的同学为我向老天爷说好话求来的好天气，为我身体的恢复注入活力。很遗憾，第一次来冰城却来不及欣赏冰城美景。听说一月份的冰城最美，我一定会再回来品味她的美。林大的同学还等我回来还欠他们的"债"，请大家互相转告，我们来年冰城再会。（2010-11-21）

烟雨笼罩的苏州，同全国170多位上海通用汽车经销商老总，共度一堂研修课。这些活跃在汽车工业前沿的老总，在繁忙工作之余舍弃难得的休息，从五湖四海汇集一堂，放下老板身段，重新做起学生。课堂上，他们踊跃的发言和独到的见解，身为讲师的我实在受益匪浅。唯有不断学习，人生成长的空间才会更广阔。（2010-12-13）

上周六在北京，应邀和"世纪管理名家讲堂"来自全国各行业250多位企业高管共度了一个学习与分享的上午。这些在知名企业有实权的老总，利用休息时间汲取知识，分享智慧，如此谦逊好学的精神让我很受感动。感谢讲堂的主办方，辛勤搭建了一座智慧交流的殿堂。（2010-12-15）

今天在北京"时尚廊"书店度过了温暖的下午。虽是寒冬腊月的休息日,竟有120多位读者准时到现场和我交流,让时尚廊工作人员都大为惊叹。《莺语》读者现场的提问,说明他们的执着和智慧。(2011-01-16)

赴马来西亚吉隆坡参加庆祝妇女节100周年的亚太妇女"百年回眸,风华策动"晚会。大会由马国妇女事务部长主礼,近千人参加。这位美丽的部长在位三届九年,为马国妇女福利做出很多贡献,人缘极佳。(2011-03-04)

在"百年回眸,风华策动"的亚太妇女论坛上,我代表中国参会者就"女性领导力"做总结发言。真没想到能在曾经排华的国度享受到这短暂的"殊荣"。与我同台的是马来西亚、新加坡等国代表。(2011-03-07)

昨晚在北京科技大学。(2011-03-25)

"清明时节雨纷纷,路上行人欲断魂。借问酒家何处有?牧童遥指杏花村。"今天,寒风细

TO WALK THE WALKING 行

雨中,"牧童"遥指"福州路上海书城"。我和《莺语》读者们对话、漫谈人生,共度了几乎整个下午。我们也一同用"心"扫墓,祭奠了我们思念的人。于我,这是温暖而又别开生面的"清明"。(2011-04-03)

今晚在西南交大。难忘的夜晚。(2011-04-12)

我在科技大学的交流会是在今天下午的上课时间,听说有些同学是翘课来和我会面的。真不好意思。(2011-04-13)

今晚,在东华大学新校区和同学们共度了一个畅谈人生的晚上。我们达成共识:世界上只有一个你,做最好的自己。(2011-04-14)

今天在品牌中国女性高峰论坛上,谈"新十年,新突破"。(2011-04-18)

由于港穗两地阵暴雨,航空管制,延误了四个多小时,半夜才到。苦了在广州机场接机的朋友。应华娱卫视之邀,录制两期"大智若娱"节目。(2011-07-17)

037/

我从伦敦赶到上海,主持"变革下的中国机会——第三届中国行业领袖论坛"圆桌对话环节,讨论企业的社会责任和公益文化。这是个非常需要关心的话题,期望能引发更多企业正视也重视社会公益和企业责任。(2011-12-18)

今天受邀参加中国医药集团庆祝三八国际妇女节座谈联谊会。会上我和200多位医药领域的巾帼英雄姐妹们一起牵手,在我们共同的节日以"关爱生命,呵护健康"共勉。向工作在医药领域的同人们致敬,我们的每一次牵手都为健康播撒了阳光,我们的承诺如泰山,我们的追求如海洋。(2012-03-07)

我担任全球董事的洲际酒店集团(IHG)在北京太庙发布为中国人旅游需求量身定制的"华邑酒店及度假村"。"华邑"是洲际酒店集团在中国推出的新品牌,将为中国的旅游业翻开崭新的篇章!(2012-03-20)

今天8月8日是"海南返乡大学生志愿服务队"成立10周年。诚心祝愿这群有爱心有理想的青年，使这志愿队更强大，影响力更广，服务的精神更能普及到其他省、市和地区，我向你们致敬。我珍惜首届论坛与你们相处相聚、共同学习的回忆。（2012-08-08）

成功女性论坛已是第九届，一直努力于提升女性对不断学习的认知，并以论坛形式进行培训，我支持。学习是人生路上四通八达永远的通行证和生活中得到快乐的优待券。（2012-08-10）

昨晚在上海对外贸易学院的学生创业中心以"让智慧装满行囊，用梦想照亮远方"的主题和同学见面交流，是一个让我回到学生时代的晚上，很珍惜。在微微细雨中看到同学们撑着伞走在入夜后湿泞的路上去我的聚会，心中滋味有甜有酸。现在的大学生不容易，白天晚上都要上课，户外运动课外活动的时间、机会太少。（2012-10-30）

白驹过隙，2014已过五天，又是新的一年。新年前夕离开美国，遵守我去年的承诺到北京参加"学习型中国"跨年的成功论坛，论坛主题是"梦"。我们不能没有梦，也不能没有梦想；但是我们不能活在梦里幻想，否则梦想就是空想。明天就是2014年的第一个工作天，衷心祝愿大家有个激情荡漾，致力圆梦的2014！（2014-01-05）

非常荣幸应邀参加了"JESSICA2013年度成功女性颁奖盛典"。（2013-09-02）

昨天应政协的邀请在南京以讲座形式，和一百多位委员探讨人生的旅程上如何在生活中绽放智慧与美丽。像这样学习型的活动，许多单位为了提升团队精神，提高团队素质一直以来都在办。可喜的是，现在各单位在大幅削减经费时，学习型讲座没有停办。和这些行业精英的委员交流，我也学习了。（2014-02-26）

很久没来北京了。昨晚夜幕中到，今晨参加网易的"大国图新，重启增长"的论坛，现在又匆匆赶回香港。候机沉淀思考，感慨网络的强大传播力和影响力，以及新时代新型领导人的机遇、挑战和无可预期的未来，确实一场"脑"的盛宴。一个崭新颠覆的"工业革命"正在上演。（2015-12-14）

"学习型中国"的论坛已经举办了13年。昨天于北京在今年的开幕式做主题演讲。偌大的宴会厅，黑压压地坐满了一千多人。她/他们都是利用周末参加这样的学习进修培训班，一方面通过讲座提升知识面，另一方面，利用这社交平台建立巩固朋友圈的联系。学员认真聆听的真诚使我很受鼓舞。（2016-08-06）

一问一世界，一叶一菩提

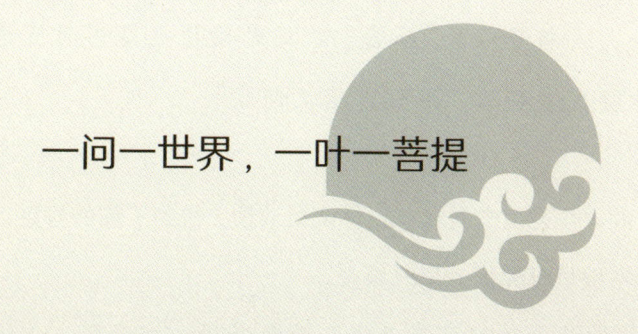

问：虽然今天才认识您，但是我很喜欢您，您的话很激励我，谢谢！
叶：今天才认识？相见不恨晚。这是开始。

问：叶老师，我很敬佩您，曾经我也有个女强人的梦想，自食其力去做过很多事，但收效都不怎么好！我开始动摇了，觉得或许以后有个稍微好点的工作做个小女人也不错。昨天听了老师的讲座，激情又燃烧起来了，谢谢您叶老师！
叶：好。让激情燃烧才是活着。

问：在2003年收看陈伟鸿主持一期《对话》起，就开始关注智能与美丽兼具的叶莺。当尽快去买本《莺语》细细品读，记得您说"重要的事当面对面沟通"。
叶：好长的记忆啊！2003年的"对话"吗？当时主持人陈伟鸿和制作编导在节目录制前并没有和我事先沟通采访内容。我是以

"商场如战场，女将不怯场"开场，收场的结语也是当时有感而发的"波神留我看斜阳，浪里露宿又何妨"。

问：我是华东理工的，今天讲座上能拿到你两朵玫瑰，得到了你的肯定，感到很荣幸。希望早日到家，早日康复。

叶：我记得你。你的两朵玫瑰还盛开吗？青春苦短，当自强。你很优秀，思路清晰，立场鲜明，中规中矩。记得我们相约，你走进职场的第一份简历投给我。

问：您好，听了您的讲座，我感受很多。我想问您有如此大的成就，是书本的功劳多？还是受他人的影响多？

叶：书和人，一样重要。

问：感谢叶莺老师，莺语如花，沁人心脾！《名家讲堂》因像您一样卓尔不群的老师和卓越的学员而精彩！送给您的对联呈上：风风雨雨寒寒暖暖处处寻寻觅觅，莺莺燕燕花花叶叶卿卿暮暮朝朝。横批：风雨叶莺

叶：谢谢你。好诗好词。喜欢"风雨叶莺"。

问：如饮心灵浓汤！现场提问的读者，几乎都是在职场、人生中有些许选择综合症，目标缺失感的人。面对一个成功的榜样，企图向她征询选择意见、人生答案。可见，奋斗在路上的年轻的我们，都多么

希望有一位先知，替我们做了那些个考验智慧的判断。可只有导师没有先知，愿吸收了足够多的正面能量后，可以做自己的先知。

叶：人生若是真有先知，人活得就没有意思了。

问：下午去听了叶女士的讲座"你的选择你负责"，内容很精彩，很感谢！我也需更加努力。拿到了人生第一本作者亲笔签名的书……哇咔咔……遗憾的就是，本来上台要签名前提醒自己一定要仔细看看叶莺女士，可是关键时刻我只记得我的书了……

叶：希望有机会再见。我更希望你看《莺语》时，在没文字的彩页上写下你的"心语"，那么《莺语》就是我们共同的语言。《莺语》中的所有彩图都是我用柯达胶卷拍摄的，书的选用纸也是便于书写的，不妨试试。

问：昨天在大工见到了叶莺女士，今天花了一天的时间读完她亲笔签名的书。仿佛真的触摸到了一个令人尊敬、更令人感动的魅力女人。受益匪浅！

叶：听了你的话，很开心。

问：每次叶老师的讲座总有一批人是站着的，老师魅力不凡啊！

叶：看到有人站着，我挺难过的。

问：叶总，那晚北科大的讲座让我获益匪浅，自从第一次见您，心中顿生一种莫大的敬意，是崇拜，是感动，还是……我不知道，只知您是一位热爱生活、自强不息的人。真是听君一席话，胜读十年书啊……

叶：你的真心话，我听了，真开心。谢谢。

问：我是您的粉丝，在厦门，您昨天来的话风好大，注意添衣。如果您能在厦门开讲座，该多好啊！

叶：昨天的厦门真的很冷！我已于昨晚离开厦门到上海了，以后有机会的。我是厦门的荣誉市民，对厦门有特殊的感情。

问：从你言行举止也学到很多。完全没有架子，给学生平等的地位，而在功利盛行的大环境下，对待一个人常常看他的社会位置、物质财富，等等。为你的亲和感动！这是很有价值和意义的一课！

叶：我们当然平等，因为我在你们面前也是学生。

问：叶莺签售会精彩发言回忆：1.走自己的路，不要看人家脚下的路，做最好的自己；2.航母虽然很大，但要有足够的耐力支撑航行，同时要忍受常人不可能知道的寂寞和风吹雨打；3.叶莺老师整场两个小时，穿着高跟鞋站着给同学们授业解惑且滴水未进。清明小长假，叶老师和其团队依然勤奋工作。

叶：我很幸运，我的同事都不计较在周末或假日工作。

问：叶老师，请问您是怎样看待学历、证书和能力的呢？现在我大一，除了觉得英文证书还有点意思外，其余的真是多此一举。而且也觉得在大学里确实不如进社会，所以自己的重心也放在社会实践中，对学习却不重视了。

叶：那也是你的选择啊。英文是"工具"，你还是要学些"内容"才更英明。

问：叶莺老师，我是西华大学的学生，就是那天晚上你提的那五点基本素养中的"守节"，我还是不太明白其中的含义？

叶：守"节"的"节"就是你的价值观以及你做人的原则。

问：我们今年就要大学毕业了，叶老师有什么寄语？

叶：社会才是人生最大，也是最了不起的校园！因为这偌大的校园没有校长，也没有教师教授，园区里人人都是老师也是学生。校园里人人都时时刻刻在学习。这里的学生永远不会毕业，所以没有文凭，功课不好也不会被停学或开除，但是，时间到了，就会离校了。同学们，好好学习，天天进步，快快乐乐，感恩每一天！

问：叶老师，我今天翻看网页，偶然翻看到你以前做客北京电视台《名人堂》栏目，看到你的经历，真的很钦佩你！我觉得您超出常人的特质是一直把人生的奋斗当作是在享受人生，从吾所好，乐此不疲，这种人生的态度真的很能够感染到我们80后的年轻人，向往自己某一天也能达到您的人生境界！

叶：从吾所好，长生之道；从无所好，失魂之旅。

问：我昨天才知道不努力是没有收获的，这让我懒惰的小心灵很受打击。

叶：对的，不努力就没收获，但是努力并不等于一定会成功。努力于正确的选择，会提高成功率；努力于衷心所爱才会有成功的保证和收获的满足。

问：听过您在厦门大学给我们的精彩讲演，您的职业生涯是我们的典范。既有掌声，也有失落，一如人生。

叶：人生路上哪能没有失落？有失才有得。能在失落中找到力量，充分领悟，也是掌声。

问：柯达是我校"半夏的纪念"的第一家赞助商！作为当时的总导演，我依旧为这份赞助和时任柯达大中华区总裁的叶女士的亲临心怀感激，谢谢！

叶：我记得那年"半夏的纪念"，喜欢每一次和年轻人的相会，珍惜每次的相约。我一旦承诺参加活动，从不爽约，那是一次很好的回忆。我也应该谢谢你。

问：句句精辟！很高兴无意间看了你今晚的节目，很高兴认识了你！

叶：无意间？好一个无意间的相遇，我珍惜。

问：看你的这个访谈节目对我帮助很大，谢谢你！吸收中……

叶：对你有帮助是我的安慰。吸取，接受，应用，变通。变通很重要，因为变通之后，就是你的力量！

问：每次自己迷茫，找不到方向时，都会打开电脑看您的访谈，您的智慧和才学，让我佩服，也让我自己更努力地去向您看齐，做一个有智慧的女子，谢谢您！

叶：我真的有你形容的那种"功能"吗？人，都有迷惘的时候，你能信任一个从未谋面的朋友，我真的高兴也珍惜。Cheer Up！

问：刚打开微博，就看到叶老师在。虽然看了您做客的很多访谈节目，但看您在《爱拼大讲堂》的电视演讲，还是头一次。您知道吗？您严肃起来，眼神很慑人的，但您说到害怕父亲不记得您，我当时心里就震了下，觉得您就是一个十三岁的小女孩了。美丽不只一面啊！

叶：你的话，打动了我的心。是的，在每个男人女人的心里都有一个小男孩小女孩。我们都有永远的13岁……我们的13岁。

问：全家人都在看《爱拼大讲堂》，叶老师真的是个传奇人物，好喜欢这么认真努力的你！

叶：全家人看哪！好感动。我真的"老少咸宜"吗？太开心了！

问：看了你的节目。感觉自己很没用啊。应该如何让自己更强大？

叶：不对呀，看完了我的节目让你觉得自己没用？不能啊！罪过，我的失败。天生我才必有用，我们都有属于自己的天地。拜托你，相信你自己，你来到这个世界，绝不是偶然，你是有使命的！

问：今年六月份毕业攒到现在的钱全部拿出来，买了往返的深夜打折机票，飞去和朋友一起过圣诞。我是很不喜欢改变的一个人，更多的也是不习惯改变，从小到大都是听家里的安排，这是我自己做的第一个决定，第一个改变。我希望我可以学着像您那样，了解自己喜欢的、想要的，然后为此百分之百地努力。

叶：真了不起！脱离了你熟悉的安全网，开始经营自己的生活安排，恭喜你！先预祝你和你的朋友圣诞快乐。

问：今晚失眠了，翻来覆去干脆不勉强自己了。这时正看到您在和大家聊天，前几日看您在电视上演讲就想叶莺女士为何那样风华正茂，80后的我却总感自己心态苍老，不甘心让自己堕落，却不知该怎么突破目前困境？

叶：不要对自己太过苛求。多爱自己一些！试问你都不爱你，谁会来爱你。"苍老"只是自己心态的错觉，没人苍老。

问：感觉以前的年轻人，比现在的年轻人，多了一份朴实纯真感，现在的年轻人，都比较焦虑浮躁，生存压力没有以前那么大，但心理压力大！

叶：我认识现在有些90后、00后已经开始"创业当家"了。他们比上一代人更有模有样，无惧无恐！长江永远有后浪！

问：今天看到您的节目，心里很佩服您，您是我的榜样！

叶：榜样吗？不是任何人的专利。我还不认识你，但是我相信，在你的身上，我也一定可以找到某种榜样。

问：如何理解您说的"更加优秀的自己"？

叶：那个"更加优秀的自己"，其实就是每一天的你。那个"你"是世上独一无二的！珍惜、爱护、修炼那个"你"，你永远是最优秀的！

问：谢谢您！您优雅的演讲比起其余那些慷慨激昂的内容更令人折服。

叶：参加研修班，接受集体培训和扩展社交平台，是积极的自我提升，我是绝对赞成和支持的。不过有些不切实际的"心灵鸡汤"喝了下去，一时间是很舒畅，高喊"我能！我是最好的！我可以实现梦想！我所向无敌！我可以成为比尔·盖茨、乔布斯、巴菲特、马云！"，顿时自己感觉很舒畅！但现实吗？

问：叶总，看到您的评论，我瞬间泪崩了！从来没想到从小敬仰崇拜的华人女性的楷模——您，会和我有丝毫的联系……这是我何等荣幸！谢谢您的安慰，我就是个执念太深的人！有点懦弱有点自卑……不管怎样，也是要放下的，慢慢来吧。谢谢您！祝身体健康。

叶：我们没有见过面，但是看你的微博，知道你的感情丰富，你不懦弱，你没有理由自卑！你的执着中有一种不可抗拒的温柔。是的，该放下的总是要放下的，但是，放下不等于"放弃"。放下了，你才没有包袱，才可以轻装上阵，再出发去争取自己想要的生活。你和幸福有个约会，去吧！

旅行的收获，往往是人在山水间眼前所见、心中所感那稍纵即逝的奇妙情怀。我试图用我的心带着你的眼睛，看我走过的景象，偶尔也分享触景生情的思想。

——叶莺

TO WALK THE WALKING 行

SEE
THE WORLD
游走天下

用我的心带着你的眼睛，
看我走过的风景

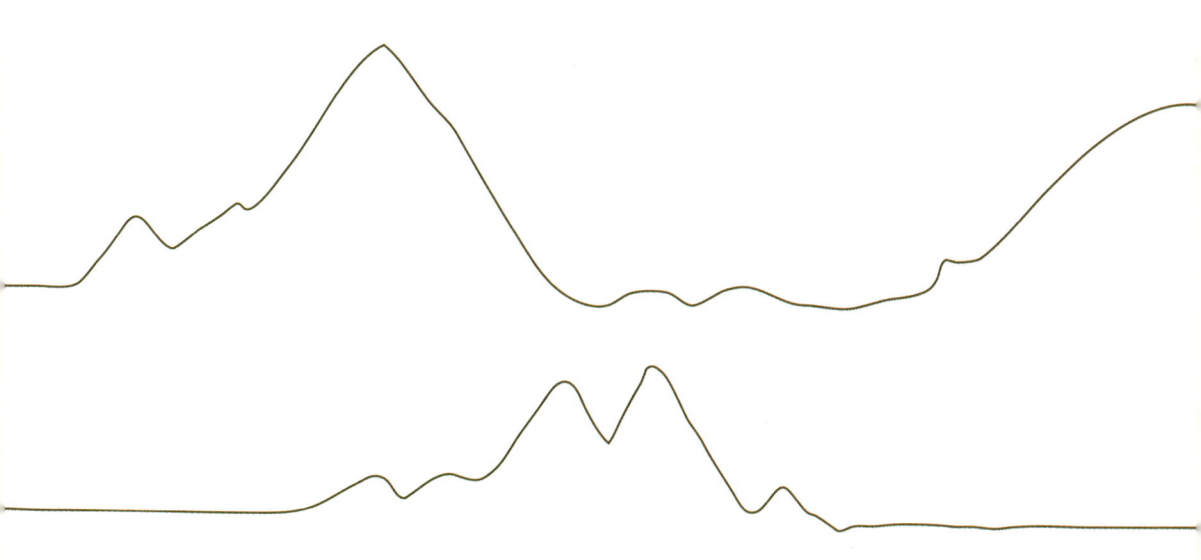

中东 /
以色列

时事与趣闻笔记

2011-11-25

示威似乎处处都有,英国为学费,葡萄牙为失业,爱尔兰为经济,韩国为朝鲜,阿富汗为选举,埃及为基督教堂,美国为机场安检,等等。英国大学生为九千英镑抗议。据报导,瑞士贵族学校百分之十的新生来自中国,他们的学费每年至少十三万美元!还要加上生活费和给学校的捐款。

2010-11-26

昨天我在耶路撒冷,一个神奇的古迹,一个被毁灭18次,又被不同信仰的人重建18次,而考古学家在地下发现22层不同时代生命遗迹的城市。今天她是宗教纷争不已,政治错综复杂的始作俑者。这片在海拔850米上的圣地,气场果然不同!

TO WALK THE WALKING　行

特拉维夫比我想象的安静平和，街道整洁，一点紧张的气氛都没有。最意外的是进关时，连入境表都不用填。地中海边，风光明媚。图中的清真寺就在我住的海边酒店旁，与基督教堂及犹太教会并立，很难感到有什么冲突。

热闹多彩的市场。吃在以色列是俭朴而简单，当然星级酒店除外。这是我在一个本地餐厅的午餐，这煮豆子Hummus远近出名，很美味，上面淋了橄榄油很健康。至于那大饼嘛，我觉得很干。配上烟鱼黄瓜西红柿色拉和橙汁，就是一餐饭了。他们的共同点，都爱吃糖！怪不得说吃在中国！

2010-11-27

以色列是一个在一块没有天然屏障又缺乏水源和天然资源的土地上建立起来的亡国后的国家。她的国防靠空军，她的经济靠科技，她的国际地位靠人脉。她的所有观光景点都不收钱，没人来卖售宗教纪念品，也没人来募捐。我也面对"哭墙"许愿……

中东 / 约旦

2010-11-28

约旦既不大又不强，人口只有六百万，其中四百万是巴勒斯坦人。但她在两伊和沙特之间有关键的桥梁作用，美国一直对她照顾有加。约旦没有水源，没有资源，没有财源。百分之十五的财政收入来自观光业。从首都安曼去死海的路上，放眼望去，真是荒凉。

左图中我身后是位游牧民族放羊的女人。我问导游这放羊女多大了？他答：很老，三十岁了。我哑口无言。

今天多年的心愿终于实现，我去了死海。地球表面的最低点，死海低于海平面423米上下。她是世界最咸的湖，水中只有几种细菌和一种藻类能存活，水体和沿岸没有动植物。她又是一个没出口的内陆湖，所以是死海。由于降雨少，水源短缺，死海也名副其实地正在走向死亡。

死海的水比大洋的海水咸十倍以上，所以不会水的人也能浮上一整天。海水富含矿物质，在水中浸泡可治疗关节炎等慢性病。死海的黑泥是抢手的护肤极品。男士们也在美肤呢。

2010-11-29

佩特拉古城是人类考古的重大发现，也是世界七大奇景之一。公元前4世纪阿拉伯游牧民族巧夺天工地在隐蔽的岩石群山间凿出了极为了不起的首都城市。公元前1世纪鼎盛，后被罗马帝国收编为省。城内有两千人的露天剧场、教堂、广场、浴室和完整的供水系统。一切都是在天然岩石壁上雕刻出来或钻凿而成的，真棒！

佩特拉周围悬崖绝壁环绕，这是一条长1.5公里，最窄只有2米的峡谷通道。谁能想到这一线天后面却是另一番世界。

许多寻宝盗墓的电影都有这个背景。例如美片《印第安纳·琼斯》。传说中佩特拉有宝藏，所以引来很多寻宝人。因有天然屏障，道路难找以及本地人的保护，这座没落于水源枯竭和地震破坏的城市，到了18世纪才重新被发现。

2010-11-30

在约旦阿克巴，我的房间面对红海，以色列在图中的右边，而左边的埃及虽图上看不到，却真是遥遥相望。记载中，摩西带领信徒，分水红海开一条路出埃及的故事就是在眼前发生的。如今，这里是约旦旅游休闲的胜地，已经看不到摩西的影子。

有时人不走运，心中郁闷。其实国家何尝不是呢？约旦周围谁都有油田、资源和水源。伊拉克，沙特，伊朗，叙利亚，黎巴嫩，甚至小小的科威特都有油有水。唯独到他们家门口，什么都没有。唉！5555也没用呀！舷窗口下望，一片苍凉，约旦真是不走运。

博友：偏偏那河还叫约旦河，更郁闷了……

叶莺：是啊。约旦河在上游的水大部分被以色列引走去支持他们的农业了。无言。

中东 /
埃及

时事与趣闻笔记

2010-12-05

在中东的旅程中，回答人们问我是哪里人时，如果我说中国香港，他们立刻说"功夫"。而当我说中国时，他们总是惊叹地说"有钱"！于是我决定：在旅游景点，我说中国香港，在投资会议上，我说中国。

在中东，最好吃的水果是芒果，又甜又香；最难吃的是西瓜，软不拉塌；最有礼貌的是埃及男士，给女士让路扶电梯门；最惊叹的景是佩特拉古城入口的柳暗花明；最难忘的是金字塔的夜色和5000年幽灵的呼唤；最悲惨的故事，是10万人流血流泪流汗20年，在沙漠中建起一座金字塔，只为一位法老王企图永生。

5000年前的古埃及人笃信人死灵魂不会消亡，他们用防腐香料殓藏尸体，在尸体切口将内脏取出，唯留心脏在体内等待灵魂的回归。木乃伊的智慧承载了对死者的缅怀和对永生的企盼。屹立不倒的金字塔，至今仍充满了现代人无法解读的建筑迷团。智慧没有人种的区分，也没有时间的疆界。人类的智慧，属于全人类。

2010-12-01

埃及人说：开罗是敢于梦想的人建造的。过去总觉得她是个比较乱的地方。其实她真的挺摩登的。男女在街上走路有牵手的，也有搭肩的。女士多数浓妆，男士多数现代打扮。这是金字塔和狮身人面像前的日落。

宴会必备的水烟座。中东之行很有收获。但无论这里有多少财，对我来说不是久留之地。抽烟的人太多，我最怕烟。这里的宴会不少大鱼大肉，我天天怀念我喜爱的清炒芥兰、菜心、白菜。中东的富豪们在经济危机中，多少都有损失，但他们底子雄厚，对有好回报的投资，还是有实力有兴趣的。迪拜的地产供过于求，一时不好恢复，于是埃及和土耳其成了中东近来的投资新宠。

金字塔和狮身人面像前今晚的日落。

2010-12-03

日落时分，我受本地贵人之邀，在金字塔前晚餐。多年前我曾在长城晚餐。这对世界奇景将是有趣的对比。这是金字塔前搭起的豪华晚宴帐篷。世界最美丽的女高音凯瑟琳·詹金斯，高唱安德鲁·劳埃德·韦伯的新作《爱，不死》。她美妙的歌声一定让金字塔里千年的幽灵也度过了一个愉快的夜晚。

埃及男人也很会跳舞。旋转舞发源于 13 世纪，由当时伊斯兰教的哲学家所创，目的是为了冥想——通过单一的旋转动作，使人达到静心冥思和接近安拉的境界。他们认为，旋转的动作本身就蕴含着诸多伊斯兰教的精神真谛，意指地球每天的运转。

晚宴吃得太多，太多，这只是头盘。甜点少说有十样，一样比一样甜！中东人太爱甜食了。

在埃及博物馆门前，一群埃及小女生要求与我合影，她们天真可爱，不停地说 I love you。埃及的人口趋向年轻化，有五六千万人在 18 岁以下。他们受互联网的影响，都有开放的思想。今晨，我在埃及博物馆里 3 小时走完了 4800 年。从公元两千多年前的智慧，到科技如此发达的今天，却还是有许多不解和无解之谜与秘。

2010-12-03

今天日落时分，我将告别开罗结束我的中东之旅。行万里路，读万卷书，古训有理。埃及的今天是星期五，相信吗？是周末。大街上车少，没什么人，商店都关门。他们的星期天是我们的星期一。你看，多静。

中东 /
迪拜

2014-05-03

  每次来迪拜，都感受到这城市不断求新求变，力争上游的能量。这个在沙漠建立起来的城堡是千万新移民的寻梦园。曾经以采珠维生的本地人，如今基本不需要做苦力活儿了。他们对舒适生活的要求很高，以航空旅游为例，机上有淋浴和SPA的"方便设施"！去过迪拜的人太多了，就不多说了。

2014-05-05

  我们在沙漠里的野餐，沙漠的美景令人难忘。

东亚 /
日本

时事与趣闻笔记

2011-03-12

　　大地因有水，才有生命。人类因有火，才有文化。我们因能善用水火，才能成为万物的主宰。但水火无情。每每见证天灾的"威武"，不能不对大自然敬畏。老子说：天地不仁，以万物为刍狗。天灾总是拉短人类的距离，拆除恩怨的藩篱。一方有难，多方支持，这是人性的美丽，文化的精华。仙台地震海啸，再次彰显人生无常，众生渺小；汶川的地震，让世人看到了中国人面临灾难的无畏；海地地震，暴露海地政府的无能；仙台浩劫，使我们惊讶于日本人，稳重处变，循规蹈矩的民族性，大难当前还排队。

　　看看灾难中光明的人性。那些来自各地的救援人员真是了不起，他们不但要有体力、经验和专业知识，更要具备坚强的意志和无私忘我的爱心。当所有人都在逃离灾区时，他们却不顾自己的安危，深入他乡异地，去解救素昧平生的陌生人。他们是没有翅膀的天使。

2012-01-31

　　日本又在钓鱼岛的议题上，乱涂鸦。日本地震天灾不断，核漏人祸未了，首相天天换人。他们的政府以买人民币国债来讨好中国，商业圈手上拎着优惠券要求中国观光客去日本花钱，却同时以他们在钓鱼岛的野心肠子和倭寇的劣根，来探试中国的忍耐和中国人的善良。我们是善，也能忍，但我们的尊严不容侵犯！

2011-02-18

去过日本吧？在涩谷车站前有个叫"小八"（Hachi）的狗的铜像。狗主人是位每天在涩谷搭车上班的教师，小八天天陪他去车站，下午五点等他回来。有一天教师心脏病突发死了，没回来。虽然主人家要继续养小八，但它决定流浪街头，每天下午去车站口等，等到深夜最后一班车。炎暑寒冬，年复一年，八年后它死了。只要我去东京，经过涩谷站，我们总是给小八脚前放杯水，给它鞠个躬。你们说的电影，我也看过。哭湿了一件外套。小八虽然是狗，但它有"人性"，有原则，而且真的爱到最后一口气。它含笑而去，终于等到它要等的人。真美。

TO WALK THE WALKING　行

2018-04-11

久违了，日本。横滨之夜，一切安好。图中对面那大楼灯火通明处，曾经有我的临时办公室。今晚遥遥相望，往事依稀。

2018-04-13

日本追樱之旅。长野樱花以品种丰富著名，此刻白樱依旧盛开，入乡随俗，穿正版和服是费事费时的，需要两人帮你穿上里外三层不同颜色和质地的内衬外衣，中间的腰带和背后打的花结，更是讲究。日本和服传承我国的唐服，他们珍惜传承，又不断在花色图案和材质上改进完善，值得我们反思。

2018-04-19

日本千年古城——京都之晨和京都之夜！京都是日本明治维新前的首都，如今依旧典雅隽永，古韵犹存！京都人以文雅有礼、坚守传承著称。此地的近江帮商人，更以"三方好"的经营理念，维护日本四分之一的上百年企业。三方好是：卖方得到合理利润，买方全方位满意，社会受益于企业贡献。

东亚 /
韩国

时事与趣闻笔记

2012-12-20

韩国出了女总统,朴槿惠将再度入主青瓦台。身为韩国强人朴正熙的女儿,她经历了父母双双死在刺客枪下的凄惨,是个不折不扣的政治遗孤。她选择重新投入政海的巨浪,将是一段孤独、寂寞、艰辛的远航。我为她祈福。像她父亲,她是个行动果敢、作风强硬的领导人,和日本的新首相安倍,朝鲜的金正恩有得过招。

2014-12-12

一个韩国的富二代一夜之间成了全球瞩目的热点新闻人物。大韩航空董事长赵亮镐的长女赵显娥任职大韩航空副社长,搭乘大韩航空班机从纽约飞往仁川,乘务长给了她一包夏威夷坚果,她指责那违反了对头等舱客人的服务守则,坚果应放在盘里。她便指示滑行的飞机掉头,令乘务长下机。大韩航空的头等舱我坐过,服务不错,乘务员和乘务长都是女性。她们都非常漂亮,发型、服饰、鞋帽的搭配轻盈大方,说话轻声细语,笑容可掬。若这果真是"大公主"赵显娥培训建立的"服务守则",那么她也算有才。争议总是各说其词,或认错,或惩罚,让飞机掉头,过了。

2017-04-08

韩国前总统朴槿惠被判刑 30 年。她孤单一人贪财何用?唏嘘。韩国历任总统都无善终,情何以堪?!李承晚,流放海外;尹普善,被监禁;朴正熙,被暗杀;崔圭夏,被监禁;全斗焕,判无期;卢泰愚,被监禁;金泳三,被驱逐;金大中,被监禁;卢武铉,自杀;李明博,被逮捕。韩国是一个很特别、不可小觑的国家,虽然他们的领导人像走马灯一样地换,官商勾结、贪污腐败是韩剧的主旋律,北方朝鲜军队可在 7 分钟之内直逼韩国首都首尔,但他们的国民凝聚力特别强,电子产品、汽车、服装和影艺展示,都坚持用国货和韩国特色。某谈判老手曾和我说,韩商是商场上的"狼"角色。

2011-05-30

在韩国济州岛参加以和平繁荣为主题的济州论坛。韩剧"大长今"使济州成为韩国观光的金库。韩国政府用偶像剧打造城市形象的观光政策,做得很成功。济州岛锁定的"目标观光客"就是中国人。岛上的赌场不准韩国人进去赌,赌场场内几乎清一色是中国客。在韩剧"大长今"的拍摄地,喜见小瀑布下的小彩虹。真巧。

千层浪花，万种风情。

风口浪尖的精彩，没有尘埃。

2012-08-13

日本曾经统治韩国36年。在日本统治时期，日本不允许韩国人信佛教，怕"亡国奴"借助宗教的力量造反。但是，对外界又要表现统治者的大度，于是留下一个样板寺庙——曹溪寺。我每次来首尔，都抽空去看看。曹溪寺占地很小，在市区里，它没有大门，24小时365天全开。殿前有棵"中国学者树"代表"高风亮节"。

已故韩国强人朴正熙对韩国今天的富强有一定贡献，但是他的强权也惹了杀身之祸。一次他演讲时刺客误杀了他的妻子，他竟然镇定地继续完成他的演讲，铁血之极。他的青瓦台总统府坐北朝南，有青龙白虎护卫，但是他最后死于亲信之手。现在他的女儿朴槿惠争取代表保守派竞选总统，也许青瓦台会有个女主人？

首尔的景福宫是朝鲜王朝的皇宫。皇帝听政的勤政殿和议事的思政殿以及全宫的布局是故宫的翻版。青龙白虎朱雀玄武的讲究和殿堂内的装潢排场也反映了汉文化的传承。康宁殿和交泰殿是皇帝和皇后起居就寝的地方，内部条件和周边环境实在不怎么样，后宫更局限，生活一定无聊。韩剧古戏里，难怪都是勾心斗角。

2012-08-14

韩国知名企业如三星、现代、LG中还是三星排榜首。三星开了一个Leeum美术馆，收藏了许多国宝，包括图中十二和十三世纪的青瓷、粉青沙器、白瓷和铜器，这些珍品有受中国的影响，但又有朝鲜自己的特色。韩国的企业能出重资收购，保存并展示于众，的确让社会受益。今天在美术馆里，我就看见很多父母带着孩子参观。

首尔Leeum三星美术馆中的字画，明显看出朝鲜画家与中国古画派的不同气势与笔法。图中古树的卷曲向上和以红色绘松柏树干的大胆，在中国古画中，实所难见。朝鲜族的粗犷豪迈在构图和着色上，挥洒尽致，我蛮喜欢。

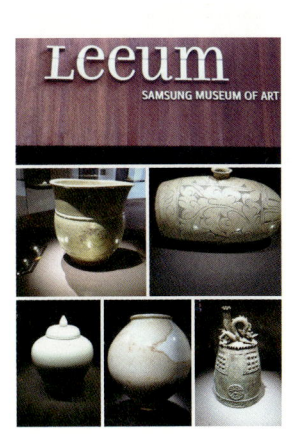

067/

莺语 2020

今晚临睡前和你分享 Leeum 美术馆里陈列的韩国现代美术作品。中国的现代美术作品发挥水平已受到国际美术界的关注,许多作品在国际大型画作拍卖会上卖出天价。在 Leeum 展示的韩国现代美术作品,很难看出"韩风",倒是它的儿童区展示,很有启发性,强调"脚踏实地"做平凡伟人。

2013-09-28

刚到首尔,韩式美食,不错。这个餐厅听说奥巴马也来过。

在首尔摩登的闹区,欣然发现有叶姓氏(YEH)的艺术廊。姓叶的朋友,下回来首尔要来看看哟。

首尔的晚上。这是朝鲜王朝时代的一间旧宅,也是一些古装韩剧的场景,现在是个红酒餐厅。

2013-10-02

今天是韩国的建军纪念日,首尔有色彩缤纷的阅兵游行,很热闹。韩国有五千万人口,首尔一千万,占了五分之一,所有大企业如三星、乐天、

TO WALK THE WALKING　行

现代均云集于此，形成寡头。例如，三星的经济实力富可敌国，占全国的 GDP 大约 27%，并且仍日益壮大。在经济挂帅的现实下，韩国人好像不在乎朝鲜的尚武。

今晚去了首尔一间好棒的餐厅。名叫"诗、画、谈"。餐厅布置典雅，菜肴引人。品尝菜单叫"诗情画意，美丽乐章"。请你先看怡人的环境，古典的头盘和创意的甜点。

这是品尝菜单的九道主菜。每一道都真的诗情画意，有砚墨书香，有色彩斑斓，有春华秋实，有夏荷冬雪。

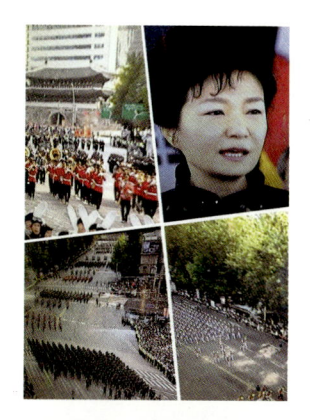

069/

东南亚 /
马来西亚

2011-03-07

吉隆坡没有名胜古迹,这个印度教的黑风洞是游客的必修课。左边的270多个台阶,大热天爬,并不悠闲。

2011-03-08

一个椰子,一杯奶茶,一张纸巾饼。两个纯情的花样女孩讲述她们的理想未来,和在华裔家庭的成长过去。她们都有难舍的异国恋情,也都曾失恋,她们都问:男人的情感为什么比这张纸巾饼还薄呢?

马来西亚出锡矿。1885年广东汕头人杨堃来到大马现在的吉隆坡,始创了当今世界驰名的"皇家雪兰莪"(Royal Selangor)锡镴精品。这家家族企业已传到第三代了。我正在体验19世纪的锡镴工匠如何用最基本的工具打造器皿,虽只是木槌敲打,却累死了。

TO WALK THE WALKING 行

东南亚 /
泰国

时事与趣闻笔记

2011-12-19

此刻在泰国。看到国际电视媒体一致在报道朝鲜民主主义人民共和国金正日的死讯，亚洲的股市和韩国货币的动荡是可以理解的。今后这个几十年来戴着神秘面纱的国家将何去何从，与中国的关系将如何发展，"六国会谈"将如何发展等，都是待答的问题。

2012-04-08

刚从欧洲到了曼谷度假。曼谷的好些大楼顶上，都有这样的直升机起落坪，但是我从来没有见过直升机起落。友人告知两个原因：一是别的大楼有，自己不能没有；二是大楼失火或紧急情况的逃生之路。中国的大亨们，很多都已经有私人飞机了，相信很快有些也将以直升机代步。

泰国新年，一年一度的泼水节将至，曼谷天气奇热。许多大楼把户外活动带进室内。真不知道古时候的前人没有冷气空调，夏日炎炎是怎么过的。

泰国是个佛教国家，街上到处有神坛庙宇。强烈对比的是街上可以看到大批中东游客来度假，在酒店的电视里，有两个阿拉伯语电视台全天候地现场转播回教徒在麦加清真寺的祈祷跪拜。宗教的色彩在泰国真的很浓厚。

2015-02-21

泰国人笃信佛教，庙宇寺院比比皆是。来曼谷的观光客，多数去 Erawan 的"四面佛"膜拜许愿还愿，求财、求福、求姻缘、求子孙、求平安或求健康。四面佛香火旺极，人挤人，有时拥挤到几乎不能呼吸。当地友人告知一个"宁静庄严"的"泰庙"，闹中取静，真好！下回来泰国一定和有佛缘的挚友重访。

TO WALK THE WALKING　行

2017-01-30

　　春节，大城市安静下来。我和一些香港好友总是结伴出游曼谷，已经连续许多年了。泰国的国际美食和泰人"萨瓦迪卡"合掌弯身的诚恳笑容，使我们感到这是开心友好的地方。按照本地华人习俗初一开年饭吃的第一道菜是"捞生"，意思是"风生水起"！然后诚心去向香火鼎盛的四面佛感恩祈福。

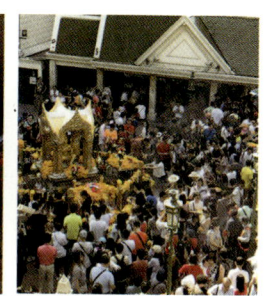

2017-01-31

　　曼谷不知不觉地变成了美食天堂。"酒香不怕巷子深"，我们的春节美食团发现了好几家很特别又美味的餐厅。园林绿化和室内设计都保留了泰国的本土风情，配合西式的服务理念和严格的质量保证，使国际"美食饕客"纷纷给予佳评。美食的确是发展旅游业不可缺少的软实力。

莺语 2020

东南亚 /
新加坡

2014-03-19

　　昨晚来到久违的新加坡。我曾在此长驻工作，1978年离开时樟宜机场还未建成。后来陆续回来，机场扩建，新区开发，旧市翻新，年年在变。樟宜机场正在增建第4号航站楼，她不愧为最美丽、最绿化的机场。今天的狮城也已被评为全球生活消费最贵的城市。

　　我在新加坡入住的酒店，礼数周到，服务贴心。大厅里欢迎送上大束兰花，并不特别，但一进房门，酒店给我意想不到的惊喜，墙上挂了我的名字，甚至枕头都是特别为我定制的！新加坡五星级酒店多如麻，房价高，竞争激烈，如此个人化的专注，真的很能拨动心弦。

　　新加坡版图小，是"小龙"，不是经济强国，几十年来励精图治，精益求精，至今新加坡人可谓丰衣足食、安居乐业。国民年均收入已达到5万1千美元，超过美国的4万9千美元。新加坡政府以清廉著称，这里有富人，但没有"贫穷无助"的人；有"低收入"的人，但受到政策的特殊保护，扶助就业。

2015-02-27

新加坡原本就是华人世界，近年国内来的新移民很多已经在此落地生根，成为"新人"。我曾在狮城工作生活多年，华人、马来和印度人经过历史的洗礼和岁月的历练都已能真正地和平共荣。这里没有什么历史古迹，也没有阳光沙滩的浪漫，至于购物也不是特别便宜。但年年观光客络绎不绝。

新加坡是好地方，工作生活，容易，也不容易。容易的是：只要你有一技之长，找工作不是问题。新加坡人一般勤奋实在，政府清廉，有效率。社会阶级不矛盾，治安良好，种族融洽；不容易的是：生活指数高。工资待遇虽然不错，但日常花销很高，媲美伦敦。灯红酒绿的背后，中产阶级很累的！

2015-03-01

新加坡的先人都不富有，基本没有什么社会阶级之分，也没有职业的贵贱差异。今天，高薪

金领和中产蓝领之间没有趾高气短之别。开奔驰没什么好招摇过市的，住华厦和住政府公屋的彼此也无争，各自发展，各有价值取向和成功标准。新加坡人不热情，但很自信惜福，在这里幸福是不分贫富的。

2016-12-23

年末了，圣诞节和新年是我从小就很重视，而且很有仪式感的假日。新年夜的许愿，对过去一年的告别，午夜钟声迎接新年的倒计时，在新年到来的那一刻，至今依旧让我心中掀起千层浪。新加坡的圣诞气氛太热闹了！我选择了圣淘沙葱绿的森林，幽静的沙滩，静心想想我过去一年做错了什么？

2016-12-24

新加坡的富尔顿海湾（Fullerton Bay）承载了新加坡的成长史。她从一个小渔港演变成繁荣的商埠，如今是国际大都会，更是受人尊重的独立国家。著名的狮头鱼身像就面对这个海湾。我曾在此生活工作，每次回来，都有惊艳。这分秒不同的晨曦，很像这座力争上游、不断求变求新的城市。

TO WALK THE WALKING　行

东南亚 /
越南

2014-03-29

　　越南曾是个多难的国家，烽火过后的今天回头看走过的路，犹如海风吹过不留痕。往日的争战已是模糊的回忆和有意遗忘的过去。人生何尝不是如此，今来明去，云聚云舒。你若能忘能记，有爱无恨，活着的潇洒，即是你心中的豪情和你留下的无痕印记。

　　惠安是越南的古城，因受到华夏古文化的影响，这个小城有着浓郁的中国色彩。我诧异地发现这小小古城里到处都看到有欧美口音的外国旅游散客，却极少有中国的观光客。惠安努力保留"古城古韵"，成效不凡，吸引了大批憧憬向往"原汁原味"中国古城的老外在此流连。

　　这一周在越南岘港度假、充电。蔚蓝的港湾，醉人的海风，几乎使人忘记了这里过去的曾经，平静悠闲的忘我假期今天结束，真是依依不舍。在岘港机场待机飞回香港转机去欧洲。

南亚 / 尼泊尔

时事与趣闻笔记

2012-03-14

此次尼泊尔之行，确实有许多领悟，至今仍在"回味"。发达富裕的社会以"名成利就"为个人成功的尺度，也许没有错。因为我们衡量一个国家的国力不也是以 GDP 和 GNP 来定夺吗？但是，富强的美国为什么会屡屡发生校园枪杀，大兵在外国战场滥杀无辜呢？精神里缺了什么？

2012-02-25

昨晚到了加德满都的酒店时，正好碰上当地一个很豪华的婚礼，衣香鬓影，热闹极了。这是美丽伴娘的手。

2012-02-26

加德满都"满愿塔"正对面大庙的阳台上点亮的许愿灯，和"满愿塔"上的那对神眼睛相呼应。

TO WALK THE WALKING 行

今天的加德满都晴空万里无云，著名的满愿塔，是来此的"必修课"。我们一行六人在塔上塔下和周围待了一天，听了一位年轻活佛讲经，也结识了许多新朋友。尼泊尔人一般比较穷，多数笃信佛教，他们似乎活得挺愉快，很知足。 尼泊尔是个佛教底蕴很淳厚的国家，我接触到的男女老幼都和善有礼，他们不怨天尤人，也不羡慕名牌钻石，轿车豪宅，我没有看到任何名厂贵车，包括在酒店门前停放的外交官的座车。在交通极乱的大街上，交通事故频繁，但是他们都面带笑容，没有看见他们吵架。真的很特别。

加德满都郊外森林高地远眺喜马拉雅山脉。明天我们将搭小飞机飞越山脉最高峰。图中远处的尖顶山就是8848的世界最高峰。

2012-02-27

今晨我们一行六人搭小飞机飞跃珠穆朗玛峰。图中远处的尖顶山就是8848的世界最高峰。

莺语 2020

2012-02-29

今晨"满愿塔"的黎明。一双知返倦鸟飞过的刹那。

"满愿塔"的一位 21 岁小喇嘛和我结缘为友。当我告诉他,我今晚将深夜离开加德满都飞回香港,可能一年以后才会再来,他要好好学习,多多保重。他含笑地说：不用挂心,他会用心学佛,静心等待,当又一个冬天的雪融时,他会等到我再来……是的,我会再飞回来。

2012-03-10

离开尼泊尔已经多日,但一些遇到的人和景,久久不能挥去。有天我们去爬山,我摄影采景,独自走到林间高地,遇到三个布衣农家男孩。因尼泊尔曾为英统,多数人能说简单英语,三人同声和我招呼哈啰！其中一男孩说：你看,喜马拉雅山脉很美,你喜欢吗？山下是我的家。在那黝黑纯朴的脸上,是那么快乐,眼神里是那么自豪！

南亚 / 印度

2012-03-21

今早在晨雾中离开北京、飞香港经曼谷，现已到达印度首都新德里。这里有了新机场，真的很大，来接我的机场接待员很骄傲地说他们有16条跑道。我想有待查证。不过我确认新旧德里有一千七百万人，印度人口十一亿九千万，直追中国，而且人口平均年龄比中国年轻。

2012-03-24

在新德里的公务办完了，从新机场出发，开始第三次的"印度之旅"。印度是全世界人口最多的民主国家，她有超过500多大小政党，说不清的教派，20多种语言和文字。社会贫富差距极大，乡村文盲率奇高。贵贱分明，男尊女卑。露宿街头的穷人自生自灭。警察从商家小贩处拿钱是公开应该的。真是个很怪的国家。

到了"粉红色之城－斋浦尔"(The Pink City–Jaipur)。英国乔治王出访印度时,斋浦尔的国王为了表示尊敬和友好,把全城漆成粉红色。此地王族有多处王宫,由于王室没落,为了"维持生计"将几个王宫改为高级豪华酒店。我选住的 Rambagh Palace 就是第一间王宫酒店。到达时有皇家欢迎仪式,头上脚下都是玫瑰花瓣。

入乡随俗,参观王宫时,全身包紧一点。

大英帝国影响统治了印度将近 300 年,至今还能处处看到英国殖民地的影子。虽然英语被定为印度的"国语",印度人还是保留了自己的语言。传教士也带了基督教和天主教到印度,但影响不大。今天印度主要的教派是印度教,佛教和回教。印度各地方人民除了纳税奉养各王室奢华生活外,还要进贡给伦敦。日落了。

2012-03-25
Jaipur 斋浦尔是个很干旱的沙漠城市,由于缺水,的确很脏,垃圾遍地,公厕我没去,不知情。即使景点附近,都有人随意方便,臭气熏天。一般市民每天供水固定两小时，乡村更苦。但是回到酒店却是不同的世界！绿茵繁花不缺水，喷水池日夜喷水。豪华的浴室庞大的浴池。王族和平民的生活差距，真是天堂地狱。

印度是孔雀王国。孔雀是很骄傲的禽类，不会飞，不能斗，很难自食其力，看不起其他禽类。每天对着华厦羡慕叹息。

2012-03-26

昨晚到了乌代埔（Udaipur），这里只有50多万人，但有15个人工湖，水系链接，相互排洪。小小的地方也有王室，并有印度现存的第二大王宫，还有夏季的水上宫和雨季的山上宫。为了"维持生计"，王室已将水上王宫及附带的水上乐园让出，改为酒店和大型婚宴场所。夜色中荡漾在湖心的水上王宫更像一艘巨大的邮轮。

这是乌代埔国王的王宫。喷水池在喷水，表示他正在里面。王宫巨大，全是大理石，让人参观的地方，也要花上整天才看得完。宫内的走道很窄，只能容一人过，门框特低，必须弯腰低头

才能走出。那是国王的"安保防御"措施。若有人叛变，或敌人来犯，只能一个个地上来，低头出门框时，一个个被砍头。

印度教膜拜许多神。庙宇，路边或山洞里自古有许多石雕神像。信奉回教的穆斯林反对任何神像，所以清真寺里只有"方向"，没有佛像，神坛。穆斯林统治了大部分印度300多年。许多石雕神佛像的鼻子，眼睛，前胸，手臂都被刻意毁掉。一尊神像就变成了一块没有意义的石头。

提到印度就会想到泰姬陵，建筑的奇迹，千古的爱情。花了22年建成泰姬陵的莫卧儿帝国（Mughal）的沙贾汗（Shah Jahan）不是印度教徒，他是穆斯林，一生离奇。早年被母后排挤，不要立他为王，他被流放到乌代埔。乌代埔国王虽是印度教徒，却收留了他，请他住在水上王宫旁边的乐园岛上。他就是每天坐在这里思考的。

印度之行，穿什么？我要摄影方便，又要入乡随俗，就是这样了。忠告想来印度旅游的朋友：日程一定会修改，出门前先上厕所，带大量擦手液，不要吃生的食物和切开的水果，一定自带瓶装水，如果一定要买水，买有气的并且亲自开瓶，有气的容易确定新鲜，确保不是添加水。最重要的，请选用好的旅行社。

2016-01-27

今晨来到印度孟买，冬阳灿烂，暖如春。这是印度的第二大城市，英国殖民地时期就已商业繁荣，原名Bombay，现名Mumbai，奇葩宝莱坞就在这里。1911年英王乔治五世来访时，迎接他的印度之门和富丽堂皇的火车站、警局安然。曾遭恐怖袭击的海边TAJ酒店已焕然一新。这座古老的商城有故事。

2016-01-28

圣雄甘地出身富有的珠宝世家，幼年偷了一小块金子，被父亲责罚教诲，他知过改过，成年去英国留学，南非深造。因种族歧视，他被拒绝乘坐火车头等厢，激发了他致力于和平示威争取种族、肤色、宗教、性别、贫富一律平等的诉求。这是他孟买的家，他纺棉，并阅读《圣经》和《可兰经》。甘地不可能被复制！

印度。印度。

2016-01-31

印度婚礼系列之一：Nashik 日照强，气温高，入夜急速转寒，湿气重，是印度的葡萄酒产地。正在此庄园参加皇家版豪华婚礼，助理 Oli 跟随我多年，醉心印度文化，邀请结伴同行以表答谢，乐哉。婚礼前奏——烛光花朵铺满洗尘宴会步道，让贵宾浅尝印度传统习俗，以及歌舞美食待客迎宾之道。

印度婚礼系列之二：清晨在葡萄酒庄园醒来，恍惚中忘了自己身在何处。换上主人为我们准备的印度民族服装，奔驰车队驶往主人的"避暑山庄"参加双方"近亲"的午餐聚会。所谓"近亲"加上我们一些外宾好友大人小孩少说也有500多人。热舞、杂技、绘手、工艺坊，更像一场"嘉年华"。

印度婚礼系列之三：婚礼前晚的"歌舞狂欢"，酒庄魔术般地变成像童话里的仙境，广场草地上搭起了舞美、音响俱全的舞台，加上有舒适坐靠垫的环形观众席。影歌星的表演除外，最特别的是男女双方家族成员，分梯次轮流和对方PK！他们不论老少都使出浑身解数，各显舞功。一对新人压轴表演！

印度婚礼系列之四：婚礼在中午就开始了，"避暑山庄"有个偌大的后花园，新娘在后座别墅等待新郎来迎娶。新郎没骑马，由父亲相伴骑了四轮电动车。所有的男方亲人都以跳舞堵住他的车不让前进，顽皮的小表妹边唱边跳"你不要走！再多玩一会嘛"！妈妈也跳着堵住儿子。新郎走了两个小时！

印度婚礼系列之五：新郎终于在亲妹求情下被放行。他走到山丘的顶峰，等待新娘和父母告别走向山峰。新郎新娘互戴花环，他们就成正式夫妻。牵手走向湖中的"礼台"，他们聆听经书和智者的教诲，两小时！最后他们伸手在火苗上宣誓忠诚。婚礼完成！烟花祝庆！超过千人的婚宴午夜才开始！

印度离婚率极低，以前错误地认为是因宗教的约束和女人没有经济自主的现实。印度婚姻不是仅仅夫妻俩的事，是两个家族的联姻，一发千钧。图中这两个富二代只有27岁，他们都赞成"安排"的婚姻，他们相信父母的选择一定比自己眼光正确，爱自由的女孩，合适为女友，不合适做妻子。

博友：谢谢叶老师的分享，好喜欢这种带有仪式感的风俗。
叶莺：我同意。生活中有些仪式感，日子会过得精致而有意思。

博友：这是什么级别的豪门？新娘真心漂亮！
叶莺：新郎和新娘确实出自豪门，他们都是27岁，在印度算晚婚，因为他们在美国名校求学读硕士，毕业了才结婚的。

博友：拍得真美，印度人真的好喜欢跳舞啊，难怪宝莱坞会拍那么多歌舞片。

博友：跳舞是印度人喜庆时刻的"必修"。不论年龄多大，地位多高，音乐响起，他们就会放下所有的矜持，开心灵活地扭动起来。很有感染力。

博友：印度是一个贫富差距比中国更夸张的国家吧？
叶莺：印度的贫富差距真的很大！孟买的大街上随处可见懒散发呆的年轻人，无所事事。"穷"不是绝症，"懒"才是无可救药！我相信天道酬勤。

南亚 / 不丹

2019-05-14

开心是心情，快乐是心态，幸福是心境。不丹王国被誉为世界最幸福的乐土。我终于来此一探秘境。同机一位纽约的女金融家，她来不丹三次了，每次 30 天徒步登山，离开喧嚣的华尔街，来此充电。

2019-05-15

腰伤疗愈尾声，今天和年青旅友一起徒步登上廷布的高峰鸟瞰不丹国王的王宫。山路没有厕所，所以我决定不吃早餐。到了山顶，同行的不丹朋友准备了饮料和水果。不丹的苹果真的甜美松脆！山顶的大转轮，我费了九牛二虎之力，推转了！下午还参观了手工造纸和手绘唐卡。美好的一天。

2019-05-16

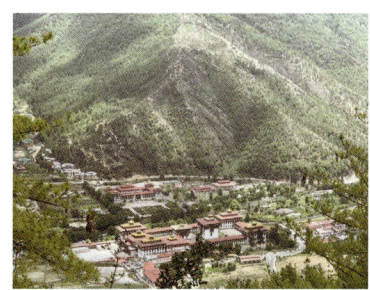

不丹是"公园"。百分之七十的森林覆盖面积,都是"被保护的"。这里没有大拆大建。十六世纪的宗庙依旧保护完好地免费开放。海拔较低的普纳卡,正值晚春初夏,蓝花楹盛开在最美的宗庙,最夯的网红打卡胜地－普纳卡宗。夜宿依山傍水,远离尘嚣的安缦AMANKORA。原来诗可以不在远方。

2019-05-17

普纳卡的卡姆沙耶里纳耶纪念碑是不丹唯一全部供奉各类护法神的佛塔,是不丹山国避灾避难祈求祥和安宁的圣地。塔顶的释迦牟尼佛像据传曾开口说话。不丹友人带我登上了塔顶,非常感恩腰伤后体力的恢复。住持特别安排在塔顶膜拜了那座神奇的释迦牟尼佛像。心旷神怡风光无限!

2019-05-19

虎穴寺 TigerNest 是不丹旅游的必修。建在帕罗山谷 3000 多英尺高的悬崖峭壁上。传说莲花生大师曾在此降魔修行。登虎穴寺必须徒步，或骑马一小时后，从山腰开始徒步，山路崎岖坎坷，体能好的要再走走一小时半。我骑马到山腰遥望那遥远的白点目标，腿软。但是我决心要登顶！到了！

2019-05-28

不丹之行让我走出了腰伤一年的低谷。当时所有的声音都说必须手术。"菩提本无树，明镜亦非台"，我只有心和身体，我心低语：人类的身体都有强大而神秘的修复能力！感恩可以再骑马射箭登上险峰。在六世纪寺庙的长河前感知人生短暂。我一息尚存，从吾所好。坚守初心，走自己的路。

北欧 /
瑞典

时事与趣闻笔记

2013-06-15

瑞典虽是盛夏但早晚阴冷，不小心感冒，不好过。欧洲的经济不景气没有好转迹象，欧洲人也很不好过。失业率高涨，希腊的年轻人已有60％以上没有工作了。法国的朋友告诉我，他们三天两头就会遇到各种行业不同名目的罢工，西班牙也一样。欧洲社会患重感冒很久了。这种感冒是没药医的，只能靠自己的体力恢复健康。

2010-12-09

歌德堡是瑞典的海运古城，此刻的街景，处处都像一张张活生生的圣诞卡。

临离开北欧之际，以此景祝愿各位圣诞快乐。

2010-12-11

苏黎世回港的飞机上,我临位的长者衣着考究,风度翩翩。我见他打开公文包,居然掏出几样毛茸公仔。他认真把每个公仔摆好,开始他的旅程。飞机落地时无法按捺好奇,向他询问公仔来历。长者脸上绽放了孩子般的笑容,说:"他们是我的旅行伙伴"。拥有纯真而感性的心,你会看到一个更加甜美而温暖的世界。

2011-06-15

昨天在北京送走了远方的访客,我已来到瑞典某湖边的古老庄园。此处已是夏末,湖面微波,清风徐徐,十分宜人。止水不扬波。难得的心境。

在湖边,听风吟,观水秀,叹云行。人生的无常,就是生活中有常的曾经和精彩的回忆。

我在工作,也在生活。只是在微博的空间我不谈工作内容。这样的环境开会是不是也是生活?在这样的氛围谈判,双方有争议时,比较容易互让。

TO WALK THE WALKING　行

2012-12-08

　　北欧冰天雪地，虽然很冷很冷，但是真的很美很美。冬季的美，需要以春季的心情去欣赏。生活在北欧的人没有不要寒冬的选择，他们从小接受并适应雪季，因为冬季的长夜里，白雪带来光明。人生在世许多事无法抗拒，个人也不能改变身处的世界，唯有改变自己的心态，才能享受拥有。唯有正能量才是你的朋友。

　　在瑞典歌德堡公干昨天有半天空当，朋友提议去斯德哥尔摩吃圣诞大餐，我知道中国作家莫言在那里有个记者会，很想听他说什么，更想知道记者问什么。但斯城机场大雪关闭，我们只好在一个温馨的小餐馆吃了很家常的圣诞餐，主要是各种鱼类，猪、牛和鹿肉，没有羊肉，没有火鸡。

博友：为啥没火鸡？
叶莺：那里太冷了，火鸡难养，难活。
　　　俗话说，"靠山吃山，靠海吃海"，有一定的道理。

095/

2013-02-05

　　寒冬的斯德哥尔摩已有微妙的春意。瑞典皇宫和大教堂前的江风夜火，对比着清晨的宁静。

　　北欧人的环保意识很强烈，大型环保电动公交车的技术已经成熟。今天下午在田野小路上试乘了这样的BUS。车内安静，车外干净，没有杂音喧嚣，没有污染排放，坐在车里心情安祥舒畅。

2013-09-11

　　香江的窗花刚谢了春红，北欧的绿波已冷若初冬。远方的渡口是不变的启程，异乡的游子缘何步履匆匆？

　　为什么我总喜欢戴帽子？问得好。因为我常常旅行，没有时间在路上整理头发，所以戴帽最方便。我儿子特别为我设计并定制了各种色彩搭配的帽子。标记着阴阳五行，振翅飞翔，平安欢愉的美意，我很喜欢。在一次慈善拍卖会上，我让出不同颜色的四顶，分别以一万二千到一万四千元售出。

秋收季节根据北欧Viking（早期海盗）的传统，年年都有"小龙虾大宴"，人人戴着多彩的帽子，喝啤酒或土豆酿制的Snaps酒，狂饮高歌，很热闹。昨晚就是那样的晚上。不过，我没有狂饮，保持清醒呢。

2013-12-02

瑞典式的圣诞大餐。餐桌上有各式各样的鱼、肉、甜点。就是没有火鸡。世界各地庆祝圣诞已逐渐商业化，减少了宗教色彩，反而使圣诞节广为传播，成了年末的亮点。

博友：冰天雪地，神采飞扬，迷人。小心感冒噢！

叶莺：谢谢关心。我2月初到2月18号香港来回欧洲三趟，温差时差的变化极大，我没感冒生病，因得一奇方。现与各位分享：登机后，喝一大杯热水，然后喝咖啡，加糖加奶都行。然后会自然地，利尿排毒。我一向容易感冒，此方这个寒冬对我有效。

西欧 / 伦敦

时事与趣闻笔记

2010-11-24

　　威廉王子的婚期定在明年四月二十九日。女方是个平民中产阶级，男方虽是皇族但在英国空军服役开直升机。他们住在威尔斯的一间两房的农舍，自己做饭洗衣，闲时也去镇上的酒吧消遣。有人问菲利普亲王他对孙子婚姻的看法，他轻松地说：没问题，他们已经"演习"很久了。英国人的幽默。

　　英国人很看好这对新人，他们暂时忘记不景气的经济现状，都在谈论威廉的婚礼。女方很大方，主动提出分担婚礼的费用，但不包括相关安保费用。按照西方习俗，婚礼费用是女方负担的。不过皇家婚礼是国事，过去都是皇家买单的。女方家境不俗，不想国人批评女儿的婚礼浪费公款。当此经济低迷之时，用自己的钱为爱女办婚事，明智。

2011-04-29

　　他们的"世纪之吻"太短了。白金汉宫前的群众高喊"再来一个"。威廉王子打破皇家传统，当皇家空军的战机在上空飞过，向这对皇家新人致敬时，威廉给了新娘"第二吻"。英国王室是"日不落帝国"大不列颠留下的余晖。"王室"是英国的王牌，也是没有办法"山寨"的"品牌"！从某种商业意义上来说，"王室"也是一个"企业"。这个"世纪婚礼"英国王室让世界所有的电视台、网络"免费直播"，就是品牌传播的"大手笔"。全世界几十亿的直接和潜在客户啊！

2011-08-09

前天刚从英国回香港，看到伦敦的暴乱，街头放火烧车，破坏建筑，抢劫商铺，殴打警察，甚至救火员。看到那些暴乱的画面，真不敢想象那是伦敦。据报道，是因为警察枪杀了一个青年，引发示威开始的。星星之火，可以燎原。阿拉伯之春的源头，也是因为一个城管警察不准一个年轻小贩摆摊，而一发不可收拾的。英国的警察一般被评为"比较礼貌的"。事件首先发生在伦敦相对"穷"一点儿的区，新移民较多，失业率也较高。我同意"有心人"制造混乱"趁火打劫"的可能性是有的。

2011-08-09

最近世界情势的确"乏善可陈"。中东政治动荡，美国债限闹剧，欧洲经济衰退，日本出口压力，中国增长放缓，索马里亚饿殍遍野，各地纷争暴乱不断，今天全球股市大跌。明天是否会好些？希望在明天。

2012-02-11

近日来东欧奇寒冻死了好多人，许多是饮酒取暖，醉了不知醒而冻死的。寒地生活的人的确很苦，要有坚强的意志和无畏的精神。日本有句谚语"不下雪的国家难成大器"。参看历史强国，似乎有点道理。不过，寒带地区的自杀率高过热带和亚热带地区，也是不争的事实。阳光海滩和冰天雪地，你会选什么呢？

2012-05-10

法国变天，希腊无主，西班牙告急，欧洲局势更加诡异难测。奥朗德竞选时承诺不实行财政紧缩，退休年龄提前到60岁，对工会有求必应，加上他与德国默克尔的公开不和以及对欧元区政策的暧昧，都是欧洲前景的阴影。奥朗德宣称富人收入一百万欧元以上的部分将征税75%。名牌LV已放话如果当真，将迁册伦敦。

2012-05-10

普京再次就职总统，觉得俄罗斯政权替换的"二人转"是另类的民主"舞台剧"。俄罗斯宪法允许普京再选再连任，那么他能做到2024年！他上山下水，骑马摔跤，冰地摩托车；他会哭会笑，心狠手辣，牙尖嘴利，在德国的记者会曾被问到他在车臣的镇压，他回答：放马过来，车臣将为你行割礼，割得一干二净。够狠！

2012-12-21

此刻已是2012年12月21日。没有世界末日。拥抱生命，热爱生活，珍惜每天，不怨天尤人，不愤世嫉俗，不虚无缥缈，不轻诺寡信。珍惜我们拥有的，扎扎实实地做堂堂正正的自己。世界没有末日。美国康州枪杀惨案无辜丧命的26位死者的家人，面对几乎是世界末日的巨变，他们也有明天。美国驻伦敦使馆下半旗致哀。

TO WALK THE WALKING　行

2013-06-12

伦敦媒体大幅报道好莱坞女星安吉丽娜·茱莉接受双乳腺切除术以降低罹癌风险的后续反响，有的赞美茱莉"勇敢"，也有不少质疑。美国某网站更是直指茱莉有为某基因公司做公关之嫌。就在这个当口，茱莉的61岁阿姨黛比·马丁因乳腺癌死了。有"性感"标签的茱莉能向世界宣布她的"选择"，是负责任的自信。

2010-11-04

为什么今天的伦敦满城尽带红罂粟？"一战"时，一位加拿大人的诗，令浸透鲜血的比利时弗兰德区那遍野的红罂粟成了英雄牺牲的象征。战后，11月11日成了哀悼日，人们以佩戴纸罂粟花募款，来抚恤伤残老兵，对阵亡者表示悼念和敬意。这在英国已成自觉。我在想，中国人该用什么缅怀用血肉长城捍卫中华的先辈呢？

清晨到了伦敦。接我的司机约翰总是西装革履、笑容可掬，让人忘却深秋的清冷。像很多英国人，他的胸前也佩戴了红色的罂粟花，这是一年一度的哀悼日，纪念历次战争死难将士，所以那花红得像血。汽车驰过宁静的林荫路，伦敦还在沉睡。街灯下，随风飞起的落叶一闪一闪。伦敦的深秋，有着静谧安详的美。

101/

2010-11-07

伦敦已在酝酿圣诞气氛。许多大楼外、门楣上，已在搭建网棚准备张灯结彩。不觉间岁末的脚步悄然而至，2010年转眼就过去了！想到此，心中不免平添几分萧瑟。好在我住的酒店全是金黄色的布置，充满感恩节富足、团圆的温馨。感恩节本是美国的节日，最早的移民以此庆祝丰收，感谢上帝赐给他们新生活、新家园。

2010-11-08

现在老美聊天，说的是中期选举民主党惨败、奥巴马的难题，但英国人却更喜欢谈足球。怎样为章鱼保罗办后事竟是电视上的热门话题。机场归程路上，司机约翰说他曾休假一年追随利物浦队。他对球队易主、债务缠身、成绩低落很在意。他觉得保罗吸引了更多的人关注绿茵场。艺术和体育真是有超国界的力量。

2011-08-05

英国的小镇风光。没有高楼华厦，没有琳琅满目的招牌。墙上搭着长春藤的绿叶，窗前挂着多彩的窗花。午后的阳光正讲述一个朴实的小城故事。

2012-02-11

为了一个小小的福克兰岛，当年英国铁娘子撒切尔不惜出兵和阿根廷一战。英国打赢了。保住了福克兰岛，现在又在岛域发现了大量的石油储藏。英国王室同意派威廉王子去福兰克岛服役，是一种"很英国"的姿态。高明。

TO WALK THE WALKING　行

英国是君主立宪的民主政体，英国王室不参政，但是又有不能取代的象征性和影响力。在英国和阿根廷的福克兰群岛战役三十年之际，威廉王子服役福兰克岛，是避开英政府，利用英王室的"英国式姿态"，不用火箭大炮而传达了"决不含糊"的郑重立场："福克兰群岛是英国的，岛域的一切资源包括石油也是英国的。"

昨晚伦敦大雪，今晨一片银色的世界，可惜手上只有 iPhone，拍不出我要的感觉。

2012-05-05

我这两天在伦敦开会，适逢伦敦市长大选。街上没有选旗飘扬，没有锣鼓喧天，电视新闻的头条反而是发生在中国北京的"新闻"。看样子那个头发凌乱，天天戴头盔骑自行车上班的现任市长鲍里斯·约翰逊能当选连任[①]。距离2012奥运会只有84天了，伦敦已经基本准备就绪。机场的入境边防和出境安检都很费时仔细。

注①：鲍里斯·约翰逊2019年当选英国首相。

2012-05-28

英国人很喜爱和尊敬他们的伊丽莎白二世。英国全国都正在很真诚地庆祝英国女王登基在位60周年的钻禧。英国的君主政体,一直是成功的案例。伊丽莎白女王誓言她将"不断尽心努力地继续为人民服务"。一般认为,她有生之年,不会离开她的王位。她的健康情况很好,看来她将是在位最长的、受爱戴的君主。

2012-11-02

伦敦已是深秋。11月是英国人佩戴红色虞美人胸花,纪念"一战"以来为国捐躯的烈士和退伍军人的月份。在许多场合都放置图中的小纸盒,人们可以任意放些零钱,然后取花佩戴。募集的钱捐给退伍军人和阵亡军人家属当作福利。组织者每年都能募集不少钱,这已是90多年的传统。我捐钱拿了两朵花,一朵感念戎马一生的父亲。

2012-12-12

清晨到了又冷又湿的伦敦。年末了,各公司都在为2012年的业务做总结,我任职的几个董事会也忙得不可开交。2012对许多公司都是艰苦的一年,也有许多公司利用这段经济低迷期,进行重整或并购转型裁员,准备2013轻装精炼,崭新上阵。2012不是世界末日年。今天12-12-12的组合是百年的吉日吉时，我们共享吉运。

此刻伦敦的热门话题：澳洲某电台两个节目主持人恶搞，分别冒充英国女王和王储致电凯特王妃就医的伦敦医院，打探凯特怀孕的近况。接线的护士是个印度人，不疑有它，转接了电话给照顾凯特的护士，通话很短也没什么内容。据报这接线护士是两个孩子的妈，因羞愧难堪而自杀了，而主持人行为却并不触犯法律。

2012-12-14

这座伦敦闹市街头的小楼，历史使它存活了，很有特色。伦敦繁华忙碌的"苏活区"，喜见"人民公社"。

2012-12-17

为庆祝圣诞和新年，这几天来自世界各地的购物人潮，把伦敦西区的大街挤得"水泄不通"。据报过去一周伦敦节前购物总值已达到15亿英镑。当然，来自中国的购物者对这数字也做了一定贡献。伦敦市景节日气氛极为浓郁，各大商家也推出促销花招，招揽外地购物者。华灯和诱惑的组合，的确刺激购物人群产生冲动。

伦敦的"唐人街"历史悠久，在世界各大城市的唐人街中，有一枝独秀的特色。旧金山的唐人

街很有地位，但有"日本城"对立；纽约的唐人街很有规模，但有"小意大利"对比；洛杉矶有中国城和小台北，但是"韩国城"更霸气。伦敦的中国城、唐人街是"独一处"，来此一游的人不用分心，餐饮风格很香港。

2013-05-01

伦敦阳光普照，春花盛开。今天五一劳动节，伦敦街上年年都有游行，工人要求更好的待遇，大家都习以为常。欧洲的经济现况真的很糟，西班牙和希腊的失业率都已超过27%！美国1933年经济大萧条时的失业率是25%。欧洲人已开始去巴西找工作了，意大利政情迷离，法国财政不济，德国硬撑呢！

2013-06-12

昨晚参加了一个在伦敦VA博物馆举行的晚宴并参观现代乐坛宗师"David Bowie 一生"特展。这位在英国小镇出生的奇才，的确是可以和"猫王"齐名为现代乐坛先锋。70年代他以出位的中性装扮和创意的演出设计影响了音乐、演艺、服装、设计、影视等30年。David Bowie 在30多年前

的唱腔台风和张扬气场，今天看来已是稀松平常，但那时他却开创了先河。有些成功的艺人，细探身世，往往是谜一般的传奇。不过，带着基因的天才还是要靠努力的。从这次展览的他亲笔手稿中，看到 Bowie 一直很努力。

2013-07-17

伦敦这两天奇热！许多没有冷气的餐厅和商铺根本没有人光顾，干脆关门。伦敦特色的红色电话亭，已经变成了巨型垃圾箱。不过入夜之后，不吹冷气的夏夜，感觉挺不错的。

2013-09-12

博友问我现在伦敦几点？晚上9点45了。我刚从瑞典飞来，只是为了和几个朋友晚餐。我答应发张图给那位博友。不过，英国人很在乎"肖像权"，不想得罪人，走到门口拍了两张实景，实践承诺啦。熟悉伦敦的博友会猜出这是哪家餐厅了。

2013-09-18

在伦敦过境。知道许多博友准备国庆假期出国旅游，刚在机场过境安检看了一幕，觉得需要提醒大家：一位英国女人不满安检对她的手提行李"详细彻底"的检查，说了句粗话，结果连人带行李被拉到一边，后来她再三赔礼道歉，好像都没用。朋友们，出门在外，记住，你不是老大！

2013-12-10

清晨到了伦敦，阴冷大雾。经过海德公园，没有人影，好安静。过去总觉得"雾都"浪漫。经典电影《魂断蓝桥》的男女主角在雾蒙蒙的桥上道别的场景，如果没有雾，就没有那样荡气回肠的凄美。人生的路上，总会有"雾里看花"的际遇。云里雾里的感觉，是美好的，但太阳出来了，雾散了，还是要面对现实的。

2013-12-12

伦敦今天大晴，早上的晨霞特美。我将离开英国去美国圣地亚哥。图中彩云里一架飞机横空穿越我的思念。归心似箭。

2014-02-13

下午到了伦敦，倾盆大雨，英国西南部飓风暴雨，泰晤士河泛滥成灾，这是英国248年来最大的水灾。伦敦目前还好，但是像Summerset那样的灾区，情况真的很惨，英国政府被灾民批评救灾效率太低。

2014-06-06

已离开卢森堡到了伦敦。昨晚几个移民到卢森堡的香港朋友为我庆生。朋友家后院种有樱桃、梨子、苹果、草莓。他们已在卢落地生根，孩子能说5种以上外语。他们买酒肉去法国，买家用电器设备去德国，买东方食材蔬果青菜去荷兰，买巧克力去比利时。他们不想也不会回香港了。

2014-09-19

伦敦是寸土寸金的城市，但在市区占地625亩的海德公园是没有任何地产开发商能梦想占用一分一寸的"圣地"。海德公园又名"伦敦的肺"！健康的城市像健康的人，需要健康的肺。巴黎、芝加哥、旧金山、洛杉矶都有大面积的公园，最大的是纽约占地843亩的中央公园。我们城市的肺呢？

2014-10-17

今晚在伦敦的一个晚宴上，坐在我旁边的绅士"秀"给我们一款他们公司将要推出的"超豪华版"智能手机。（基于版权，不能拍照）这些限量版的手机每部要价不低于25万美元！因为在机面的不同位置镶满了钻石，钻石形状根据不同设计有方有圆。我问他25万美元这么贵，谁会买？他说"中东人和中国人"！

2015-06-30

观光业是伦敦很重要的财政收入。皇家色彩的白金汉宫，丰富历史沉淀的建筑，密集的城市绿化，使伦敦成为长盛不衰的旅游城市。国内许多美丽的古老城市经过了大拆大建，已失去了原有的古风特色，而后开发的"新城区"又千篇一律，要么出自一个模子，要么模仿西方建筑，东施效颦。

2015-07-29

　　伦敦街头的窗花漂亮！窗台和楼檐看似镶了花边，夏季里显得格外醒目多彩。真心希望中国的某个城市也有这样赏心悦目的风景线，也许在云南风花雪月的大理吧。伦敦的司机，穿正装，戴礼帽，有时配上白手套。他们礼仪周到，不亢不卑，进退有致，敬业爱岗，值得我们的司机学习参考。

TO WALK THE WALKING　行

2015-09-12

　　伦敦是个绿化率极高的大都会，处处可见"绿地公园"。阳光下，绿荫与绿茵的交响，溪水流淌的远处，古式建筑和现代风格的交融，使这片面积不大的"皇土"成为许多新移民的梦想家园。英国已承诺接受两万叙利亚难民，祝福他们浴火重生。

　　英国女王伊丽莎白已经超越维多利亚女王，成为英国史上在位最久、寿命最长的君主。1952年2月6日，她登基成为当时英国、加拿大、澳洲、新西兰、巴基斯坦、南非、斯里兰卡的君主。63年后，英国在世界的影响力已今非昔比，但她的勤奋尽职深得人民的爱戴。今天白金汉宫英国国旗高悬，但她不在伦敦。

2016-2-17

日前匆匆离开伦敦回香港和好友品春茗，情人节在桃花树畔留影。今晨又急忙赶回伦敦公干。常被问到："空中飞人"的生活不累吗？怎么说呢？倒时差，对我已经不是问题，在飞机上睡觉也已成习惯，不过工作的态度和度假的心情是不一样的。今年世界经济的增长将面对极大的挑战。大家加油！

2016-05-04

84 Charing Cross Rd 是美国女作家海伦妮 Helen Hanff 的爱情名著，叙说她和伦敦查灵十字街84号书店老板法兰克长达20年的书信来往，由购书发展成在信中阐述文学观点，互通生活状况到纸笔中产生爱情。最终他们无缘相见，法兰克死后书店无人后继，几经易主，而今已是麦当劳。唏嘘。

伦敦掠影：（1）餐厅路边摆放的免费水果。（2）绿色花草环抱的闹市大楼。（3）外墙不许丝毫改动的建筑。（4）英国皇室成员定制服装的小店。（5）著名的舞厅、餐馆和赌场。（6）挂有皇族标志的贵族公园。（7）公园的遛马道。（8）海德公园的湖。（9）午后的绿荫。独一无二的伦敦。

TO WALK THE WALKING 行

(1) (2) (3) (4) (5) (6) (7) (8) (9)

工作之余趁午餐时间，在海德公园透透气，看到两个躺在绿草地上熟睡的人，旁边有两个整齐干净的旅行箱。我坐在阳光下的长凳猜想——他们是相爱私奔的情侣？潇洒的旅仙？疲倦的游客？还是风餐露宿的浪人？其实生命列车窗外的任何风景线，都有故事。故事中若有浪漫，也必有无奈。

113/

西欧 /
荷兰

2011-09-11

近日在荷兰阿姆斯特丹与一些欧洲企业界的朋友会面，他们对欧洲短期的经济基本不看好。希腊已是病入膏肓，葡萄牙和西班牙并没有完全脱险。意大利的情况更是如临深渊。欧盟的"国"组合不同于美国的"州"联邦，欧盟的央行要做重大决定时，必须考虑各国利益的平衡。同床异梦，怎能同舟共济？共渡难关？

丹麦的阿姆斯特丹和瑞典的斯德哥尔摩每天都许多轮渡来回。这两座城市的某些景点真的很像。岸边的熙熙攘攘，都是阳光下午餐的欧洲客。

TO WALK THE WALKING 行

西欧 /
卢森堡

时事与趣闻笔记

2018-06-08

今天和几位在卢森堡开会的欧盟高管早餐。话题围绕英国的脱欧和保守党面临严峻挑战的6月8日大选，当然也离不开川普宣布美国退出《巴黎协议》的负面影响。几乎所有参加早餐的"欧洲精英"，都把今后维系世界自由贸易和领导维护地球生态环境的龙头，寄望于中国！一致认定中国才是可靠的。

2012-06-07

卢森堡大公国临界欧洲强国德、法、比利时，税收政策灵活，金融机构林立，大公国也参与企业投资，创造了这弹丸小国的生存条件。政府为国民提供许多津贴，如教育、医疗、进修、创业、失业，最特别的是孩子生得越多津贴越高。许多新移民语言不通，求职难，可以借子女多维生，五个孩子每月可拿两万五千港币以上。

115/

卢森堡根本没有国界。开车可到德国掉头，所以此地有很多国内来的黑工。人蛇集团把"寻梦"的国人带到欧洲某个地点后，给些面包路上充饥，叫他们撕毁护照，万一被抓，因无证件无国籍便一时无法递解出境。在卢森堡的黑工被抓了，拘留几天后，被送到所谓的边界给些路费放了，黑工绕个圈儿又回来了。他们离开国门本想寻找更好的生活，可是没有身份，日子并不好过。为了面子不能让家乡的人知道他们的困境，还要按时汇钱回家，他们的生活压力、精神负担都很大。

每次来卢森堡都感觉到自己语言的笨拙与不足，遇到的人大多会说能写4～5种语言，即使是小孩，也能英、法、德语任意转换。这儿的餐饮也是个大熔炉，说不出什么地方特色。不过这里的"蓝虾"真的很特别，也很美味。这虾子在天然净水成长，真的是蓝颜色的，这是我第一次吃蓝虾。

2014-06-05

下午来到细雨中的卢森堡。晚上朋友在河边米其林两星餐厅为我"洗尘"。图中点心"巧克力的命运交响"以不同的巧克力擦肩交汇，有云："修百世方可同舟渡，修千世方能共枕眠。前生五百次的凝眸，换今生一次的擦肩。"我们命中都有好友，那么成为好朋友需要修多少年或几世的缘呢？

卢森堡南方的小镇上人行道边的私家玫瑰园，玫瑰艳丽夺目，女主人走出招呼，并以玫瑰相赠。她的丈夫也来交谈，他在"二战"时曾协助美军攻打纳粹德军，现在退休有很多回忆和感恩。战后，答应给他的妻子玫瑰园，40年来，他做到了。

2014-09-16

卢森堡提供很有吸引力的税赋政策，许多金融机构和外企以此为全球总部，拢聚了可观的金融人才。现在全城最热门的话题是阿里巴巴在美国上市的前景。目前没人可以预知最终上市总值是多少，但不质疑的是阿里巴巴的IPO将创历史新高！

卢森堡、摩纳哥、瑞士、新加坡，都是很小的国家，基本没有国防军事的自卫能力，但他们国民的年均收入都居世界榜首位置。小国自有小国的生存之道，大国却有大国的烦恼，搞不好是众矢之的。中国是大国走向强国，世界的眼睛在看她！

2015-06-04

欧洲许多城市已是昼长夜短，这是今晚卢森堡8点晚餐时的景象。

2015-09-17

道别瑞士的晨曦，浅听卢森堡的夜雨，忙碌的一天。欧洲版图在五大洲中较小，国与国之间的距离很近，航空事业很发达，若是商务公干需要，一天游走3~4个国家一点都不难。世界真的变得越来越小了。

2016-07-27

卢森堡大公国很小，森林覆盖率75%，没天然资源，没国防屏障，没轻重工业，没农作耕地，没畜牧草原，没观光景点，但国民人均收入雄踞欧洲第一。社会福利、退休和医疗保障以及对儿童健康教育的扶助也有完整的法规。卢森堡人很低调，和瑞士人一样不炫富，大街上餐厅里看不到贫富之别。

2017-06-02

　　卢森堡是个国土很小的袖珍山城王国，古堡林立，有千堡国之称。大部分国土由9万公顷的森林覆盖，是名副其实的绿色王国。她自然资源贫乏，但也曾经盛产钢铁，是欧洲的钢铁王国。这个银行林立，面积和宁波差不多大小的卢森堡，人口不到40万，但人均GDP却是世界第一！她的经济支柱是金融业。

　　卢森堡大公国是让人看不透的国家。全球人均GDP排行第一，意味着人民是世界上最有钱的。但在街上看不到豪车，晚宴的女宾不见全身名牌，男士的着装也没有伦敦邦德街的范儿。住房很低调，古城堡特多。过去称霸的钢铁业已风光不再，金融业也不如瑞士发达。但风景美，绿化好，生活安逸。

西欧 /
法国

时事与趣闻笔记

2012-05-05

　　法国总统大选是欧洲的热门话题，无论谁当选都会影响欧洲的前景。我看了萨科齐和他竞选对手保守派奥朗德的电视辩论，目前民调结果对萨科齐不利，老萨在辩论会上显得紧张，被对方攻击时的还击不够稳健，所以辩论没有胜出。奥朗德选情看好并宣称当选后将对富人征重税，许多法国富人正在英国置产准备出走。

2012-12-15

　　当今法国昔日风光不再，法人对戴高乐"自由法国"伟业的怀念油然而生。他一生不恋权，严格按照国家宪法办事，退职后生活节俭，夫人不拿政府津贴，他把自己放在和人民平等地位,遗嘱要求俭朴薄葬，不受勋，不公祭。遗体以65美元的棺木陪伴残疾爱女葬于公墓，浩浩正气皎皎晚节，生得光明，死得磊落！

2015-11-13

　　巴黎发生7起连环恐怖袭击，包括音乐厅、体育场、餐厅、酒吧，遇难近200人。当时正在观看足球赛的法国总统奥朗德说这是法国"史无前例的恐怖袭击",宣布法国全境进入紧急状态。让我最感动的是当音乐厅幸存者在狭窄的走道撤离时,有序庄严地唱着法国国歌《马赛曲》!

2019-04-14

许多人都去过巴黎,必定在塞纳河畔的圣母院(Notre—Dame de Paris)留影为念。昨天的一场大火烧掉了耸立了8个多世纪的塔尖,烧毁了代表歌特式建筑的精华。所幸,双塔楼无恙,主构架还在。专家说修复可能需要40年,预算百亿欧元!愿巴黎圣母院涅槃重生!我们珍藏那曾经的回忆。

2013-09-21

年轻时游法国总是坐车,后来自己开车也骑过摩托车,但从来没乘坐过火车。今天感受了"背着行囊走天涯"的感觉!真好。完全没有安检负担的轻松。我是一个"轻装简从"的旅游达人哟!这简单的两件就是我在欧亚两地工作兼云游一个月的全部行装。我还从不托运呢,本事吧?

2013-09-22

我已到马赛,这是间好漂亮的酒店。因为要住上三晚,所以完全打开行李了。为满足博友的好奇,我就大方一次吧!4套正装,4套晚装,5条长裤,6件T恤,3件衬衫,2件马甲,1件厚上衣,1件毛衣,4条围巾,1件风衣,2双高跟鞋,1双平底鞋,2个软晚装手袋,3个盥洗袋。不包括花花包里的文具文件,iPad、iPhone和身上穿的。厉害吧?

对面就是马赛最重要的地标-圣母堂(Notre-Dame de la Garde),晚餐鱼宴。马赛以海产著称,这餐厅大厨得了米其林的一星荣誉。头盘是龙虾汤,前菜是马赛的Sea Bass生鱼切成小块儿打底,上层是香脆的小姜片和碎苹果,是大厨的招牌菜,真好吃。主菜是John Dory鱼配金菇,海鱼卖相一般,但鲜美多汁,口感不错。没法吃甜点了。

2013-09-23

马赛是个观光城市,也是非常繁忙成功的商务港。这里有个美丽的传说,一个叫Protis的水手爱上当地大地主的千金Gyptis,几经波折最后成婚,象征了大海与陆地的结合。这故事的真假无法考证,

TO WALK THE WALKING　行

其实何必呢？这个贸易繁忙的港都见证了26个世纪的海陆盟约！

马赛是法国的第二大城市，却是最古老的，已有2600年的历史。地标圣母堂高高耸立在石灰岩的山顶上，黑夜进港的船远远就可看到。圣母堂有两层，顶层富丽堂皇，底层庄严安静。教皇保罗二世曾来膜拜，祈求圣母守护她的子民。信徒点灯致敬。

2013-09-24

马赛一直努力将自身打造为欧洲的文化艺术中心，广场和路边有很多雕塑类的艺术品展示，图中色彩缤纷的各种动物对当地的孩子有教育意义，因为马赛没有大象，没有骆驼，也没有长颈鹿。我在南非曾近距离地观赏过野生长颈鹿，它们走路的姿势，比名模走T台更优雅。

马赛很重视也珍惜她独特的海洋和陆地的联结，图中这海港边加顶盖的小广场，就用镜子把海洋引进到路面上了。你没有看错，这是一张照片。

《基督山伯爵》（*Le Comte de Monte-Cristo*，

又译《基度山恩仇记》）是法国大文豪大仲马的经典作品，以马赛公元1527年建造的IF城堡为背景的恩怨情仇。人生路上恩恩怨怨在所难免。人嘛，能活着，就要以感恩的心好好活着。诗人说挥挥衣袖不带走云彩，马赛蔚蓝的天空没有白云，我带走抒怀的阳光。

　　上午离开马赛，现在巴黎转机去伦敦，这两件行李的确是我在欧亚工作兼旅游一个多月的全部家当。我不说大话啦。我的花包包因为拍摄角度看起来蛮大的，其实只是手提袋大小，不过很漂亮，回头率很高哦！现在中国当红，越是乡土，越是不土。这个花包包第一次被我带上"国际舞台"，已是我的新宠，太好用了，搭配什么都相衬，而且我的iPad、文件、文具、三个电话、维他命、敏感药、化妆品、一件风衣、一条厚围巾，外加两个苹果和零食都收纳在这个包里。LV香奈儿迪奥爱马仕，都靠边儿站。

2015-07-22

　　哈罗，巴黎！永远的浪漫之都！永远的凯旋之门！

2015-07-26

  细雨中再访巴黎铁塔！少女时初访铁塔时的景象，依稀在目。匆匆岁月，不胜唏嘘。有幸，我欢愉欣悦的心情，依旧。

2015-07-28

  我不是天主教徒，但是我非常喜欢天主教堂里那庄严肃穆和神圣的氛围。众人皆知，欧洲旅游的必修课之一是参观教堂和修道院，因为宗教主导了欧洲历史的进程。巴黎圣母院是欧洲天主堂的极美，也是建筑史上的奇葩。

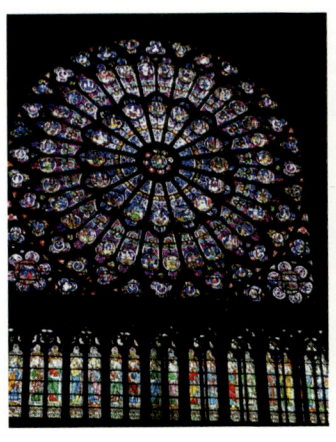

巴黎歌剧院有许多故事和传说，是喜爱歌剧人的麦加。剧院的整体布局，舞台的功能，音响灯光效果的设计，贵宾厅和包厢的富丽堂皇，在歌剧院的排行中至今依旧是前列的。当年被提选设计这千古鼎盛歌剧院的建筑师是位只有35岁，名不见经传的青年。但愿我们的80后，才华出众的也可以找到自己的舞台！

　　巴黎是实至名归的花都——处处都是美景，和罗马、伦敦并列世界名都。因为它们都独具特色，罗马的历尽沧桑，伦敦的皇家气派，各有千秋。而巴黎的美艳浪漫，实在难出其右。现在的巴黎人会说英语的，比以前多了，对游客也友善亲和了几分，难忘横街的精艺品店，窄巷的画廊、塞纳河畔的咖啡恋人。再见，巴黎。

TO WALK THE WALKING　行

西欧 /
比利时

2017-09-27

布鲁塞尔是欧盟和北约总部，全市布满各国外交商务代表和观光客。壮观的大广场和穿着各国服装的小男孩是最吸睛的。图中铜像是广场大火救人后的垂死英雄，听到导游向中国旅客团忽悠摸了他就会怀孕，晕。图中咖啡馆是马克思流亡时和恩格斯以及追随者会面议事的咖啡馆。广场上有各种行业的成长故事。

2017-09-28

拿破仑的"滑铁卢"已成了任何人失败的代名词。拿破仑一世英名，逆转被流放，带领群众从马赛回旋一路凯歌，不发一颗子弹直达巴黎，何等威武！但他挺不过莫斯科的寒冬，也抵不过滑铁卢的豪雨。当年他的大军困陷在这片泥泞不堪的战场，前有以逸待劳的英军，后有捍卫家园的联军。败矣。

127/

中欧 / 瑞士

时事与趣闻笔记

2011-03-02

总部在瑞士苏黎世的世界五百强企业 ABB 宣布我将加入 ABB 全球董事会。ABB 是世界电力、自动化技术和系统的领导,在全球 100 多国家服务于电力、石油、制药、化学、造纸、金属、矿业、船舶、涡轮等行业,拥有 124000 名员工,2010 年营业额超过 320 亿美元。ABB 在中国拥有 16000 名员工,业务超过 43 亿美元。

2011-3-24

瑞士人因其自然资源贫乏,从而致力发展精密技艺,形成了严谨、细致、高效率、忠于职守的风格。他们自古尚武,瑞士兵以勇武、忠心闻名,所以梵蒂冈卫兵只雇用瑞士人。瑞士虽奉行全民的国防自卫体制,但他们的军队以规模和实力论,要远远排在俄、英、法、意、西之后。英国成为日不落国,是"物竞天择,适者生存"的结果。英国人发明了蒸汽机、火车、电视、纺纱机、雷管、飞梭和盘尼西林,创立了物理学、政治经济学及司法、议会、公司制度和进化论。英国是原创,日本是盗版,早期偷师中国,后来山寨英国,战后模仿美国。

2012-03-14

刚到瑞士，下飞机后有空当。其实最近有许多心中的话要说。人大会期的热门话题，乌坎的民选，香港的特首及竞选的闹剧，美国共和党初选的斗争，美国和朝鲜的"雪融"，中韩及中印的微妙"情变"，俄国与法国的大选，叙利亚的血腥，欧洲经济是否真能复苏以及中国稀土出口为何遭到围攻。说不完。

2012-03-15

今天在欧洲最大的新闻是一起车祸。一批比利时的小学生在瑞士滑雪度假，回家的路上在瑞士的隧道中，司机失控撞到墙壁，造成22个学童和6个成人死亡，另有24个学童重伤。惨剧发生后，瑞士急救机制有效启动，比利时总理也及时赶到瑞士现场办公。西北欧国家处理意外事件的效率，的确值得借鉴。 比利时只有1000万人口，这一起车祸死伤的孩子在12～14岁之间，他／她们都有父母和祖父母，这意味着至少400颗将要破碎的心。

2016-07-16

欧洲处于多事之秋。英国脱欧余波不息，法国尼斯国庆日暴行。今晨土耳其竟出现军事政变！土耳其是重要的北约和欧盟成员，近年来发展迅速，经贸观光，甚至在时装和奢侈品领域都有斩获。这是一个很强悍的民族，有过血腥的夺权斗争历史。军事政变失败，成王败寇！今夜有多少心碎的母亲妻子？政变失败，最无辜的是这些奉命参与政变的士兵！他们只是服从命令。军人的天职是捍卫国家领土主权和保卫人民的生命财产。军队的统领一旦有了夺权的想法，在"实现梦想"

的路上必将铺满这些只能唯命是从的士兵的血泪。他们是人，也有父母妻儿和爱的人，他们不应该如此被羞辱。

2011-03-18

有人说日本是小岛国，必须扩张掠夺才能生存。不同意。瑞士够小吧，她除了自卫，没有军队。她没侵略过别人，也没跟谁吵过架。她的精密工业和金融保险业，世界领先。国内的大款们手上戴的，保险箱里锁着的"名表"，没有一个不是瑞士打造的。我现在苏黎世，这里山清水秀，没有摩天大楼，没有灯红酒绿。

2011-04-25

昨天还在丽江，现在已在秀丽的苏黎世湖边早餐。这是我的复活节假期。已经很久没有这样轻松的心情了。谢谢博友的劝说，我此刻享受阳光。翠湖春晓。

2011-04-26

苏黎世占地92平方公里，只有37万2千人，多次被评为生活质量最好的城市之一。本地居民素质很好，60%说德语，30%说法语，10%说意语，还有 2000 人说一种本地语。真羡慕住在欧洲的人，他们都有"多声带"。

我住的酒店 Baur Au Lac 创立于 1844 年，在欧洲颇有名气，一直是个"众星云集"的酒店。这是下午茶的光景，几个美国影视明星和他／她们的家人正在此度假。这里没人"追星"，此刻，几位明星们正衣着休闲，不施脂粉，很自在地谈笑，喝饮料，吹凉风，晒太阳。我"入乡随俗"，远距离拍张照，意思到了。

2011-04-28

这是苏黎世的歌剧院，今晚将观赏的是法国作曲家哈莱威的唯一的传世歌剧"犹太女"。歌剧院富丽堂皇，来的观众都是盛装出席，秩序井然。这感受和看歌星演唱会真不一样，和纽约百老汇的歌舞剧的气氛也不同。要开演了。

2012-02-15

苏黎世此刻下大雪。雪景大家看得多了。请看看这是什么？题："风雪归人——游子的心"。

2012-07-24

今天苏黎世天气晴朗，开会午休之时，公司附近有个绿色的花棚，很多人在此午餐晒太阳，聊天上网，气氛清新悠闲。

2012-07-25

我不是足球迷，友人相约参观 FIFA 苏黎世的新总部，我不能说没兴趣。我公干完后已是黄昏，好在还没日落，FIFA 也讲人情，特别开门。FIFA 耗资 300 多万瑞郎建成这有花园、有球场现代式建筑的总部，很美。花园阶梯刻印 200 多个会员的国名和称号。

2013-04-24

今早机抵苏黎世公干，和意大利女影星索菲娅·罗兰同机，她误认我是某华语影艺人，说明误会后，双方一笑了之。你可能不知道她是谁，在我小时候她主演的《河娘泪》讲述了无产穷姑娘的爱情。索菲娅·罗兰饰演艳丽性感、敢爱敢恨的河娘，红遍全球。她虽青春不在，但风韵犹存，魅力依旧保鲜。

2013-04-26

瑞士的 Basel 巴索，每年有世界最大的钟表展。这是全球钟表买家的盛会，出于好奇我也来瞧瞧。哇！哪里来的那么多表？好多听都没听过的牌子。展场真大，大多数买家来自亚洲、中东和美国。钟表是利润很高，竞争激烈的行业，是瑞士经济的大动脉。业者能不断创新求变是基业长青的保证。

2013-12-05

下午到了苏黎世，艳阳高照，暖如晚春。今年北欧的天气特别暖和，我上午离开的瑞典歌德堡，往年这个时候，总是大雪纷飞，寒风刺骨。此行我所有御寒的"行头"都用不上。不过听说我走后，明天那里就要下雪了。我将在苏黎世两天，据报也将是好天气。运气真不错哟！

晚上去家苏黎世鱼餐厅晚餐，想吃简单色拉，侍者说有龙虾色拉，我不要；问有芦笋色拉吗？没有；三色西红柿？也没有；有清鱼汤吗？没有，只有海鲜浓汤。到此男士们要发火了。我突然想起小沈阳的小品（苏格兰侍者），我笑问："厨房可以有什么？"大厨出来了，什么都有。皆大欢喜！正能量的晚餐。

2014-02-13

今年的冬天很反常。苏黎世此刻本应是大雪纷飞的季节，却暖如晚春。爱滑雪的瑞士人都在抱怨雪场滑道太软，冬奥会的运动员也因雪融而不能最好地发挥。

2014-04-29

今天是苏黎世这个城市非常独特的节日"送走冬天日"。"送走冬天日"总是在四月，人们堆砌雪人，然后把雪人的头炸开，炸开火焰燃烧的时间越短，就意味着越好的夏天。今天，家家户户张灯结彩，都在餐厅晚餐。今晚火焰燃烧了6分钟35秒，人们期待一个美好的夏天。

今晚和好几位欧洲大企业的老总晚餐，图中的美景是其中一位的住家后花园。席间话题围绕企业面临的"难题"，他们都异口同声地感叹"求才难"！一般专业的中层干部容易找，例如销售、工程、财务等，但是优秀的管理人才，极为难找。我有同感，现在我正在为找不到外企的高管犯愁呢。

TO WALK THE WALKING 行

2014-04-30

刚开完 2014 年 ABB 的股东大会，会中每位董事都要面对全体股东当场以电子选票个别投票选举。很高兴我再次以 98.26% 的最高票当选，保持连续四年的最高票记录。这家百年企业成为有限公司后，这是第一百次的董事会，我是百年来第一个女性董事，当然留影为记。

博友：叶总，很想知道您自己怎么看绝对高票当选 ABB 独立董事的最重要原因，可以分享一下吗？

叶莺：在 ABB 一百多年的历史里，我是第一个女性董事，而且是第一个东方人，当然中国的崛起和市场的重要性，也是加分的主因。

博友：你给 ABB 带来的 value 是什么？谢谢！

叶莺：这个答案我不好说。但是，我可以确定的是，当我自己觉得我的价值已经无法超越企业对我的付出时，我会离开，那样才是问心无愧的选择。

2015-05-01

瑞士被评为人们最向往居住的国家。瑞士人口少，税率不高，贫富差距不明显，医疗、教育、公共交通、社会保障体系较完善。金融服务和精细产业是瑞士经济体制的重要组成。瑞士一直是富人避税藏钱的天堂，如今亦然。这里中产和小资各得其乐，并不憎贫嫉富。这里年年有五一游行示威，今天城市却很静。

瑞士的本地富人，一般不炫富，生活很悠闲平淡。这座别墅曾属于瑞士声名显赫的家族，主人去世后，捐给公益机构，开放给社会。在此可举行小型聚会，艺文沙龙，专业讲座。今天在国内有许多空置的豪宅，不知我们的富豪们是否也舍得做出这样的义举。

2015-09-13

昨晚来到瑞士。今天是周日，在山水之间，偷得浮生半日闲。

TO WALK THE WALKING　行

　　这家精品酒店的大厨，为我准备了异国风味的中东午餐。大厨是伊拉克人，15年前跟父亲逃难来瑞士。如今他已是3个孩子父亲的瑞士人。瑞士社会福利和教育制度完善，生活富裕安定，但他依然怀念家园。虽然老家战火硝烟，他每年还是带孩子们"回家"，因为骨子里他们永远是骄傲的伊拉克人！

2016-02-02

　　昨天还在印度乡间小道和牛同行，飞回香港，转换冬季的行囊，今日清晨已经到了寒冷的苏黎世。一个是待开发，低收入的族群，他们虽然贫穷，但对陌生人总是微笑，你回以微笑，他们摇摇头笑得更开心；一个是极端发达的城市，富有的人群，却行色匆匆，在寒风的清晨眉头紧锁，哪里顾得上微笑？

2016-02-03

　　瑞典人7:30早会，7:23与会人员已经全部正襟危坐了；瑞士人早上8:00上班，人人像瑞士表一样，整点到，下班也一样准时；印度人约好7:30晚餐，客人若是8:30到，没问题！大家吃点心喝酒，跳舞聊天，正餐10点才吃是很

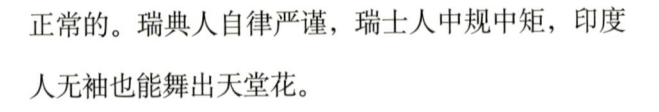

正常的。瑞典人自律严谨，瑞士人中规中矩，印度人无袖也能舞出天堂花。

油价下跌，瑞士今天的油价已经和 30 年前油价一样低了。专家们预测还会继续走低。美联储加息，美元走强，许多经济底子薄弱，一直依靠石油出口的国家，收入匮乏，困难到必须借贷。就连俄国强人普京，都有些招架不住了。人民币汇率也正在经受考验。即将到来的猴年，好像真的变化莫测。

2016-04-22

瑞士是富裕的国家，但这里看不到浮夸的奢华。大街上或社交场合也看不出谁贫谁富。这里有巨富的家族，除了家族的庄园繁花似锦，其他很是简洁低调。我认识的富二代都在做白领的工作。有个自愿在清洁公司，踩在垃圾车后收垃圾，体验生活；有个在拉美地区教书，回馈社会。不一样的文化。

2016-07-18

原本计划去法国里昂参观一个工厂，由于尼

斯的惨案，决定不去了。法国将有一段很长的疗伤和紧张期。今晨来到风和日丽的苏黎世，这是此刻欧洲少有的安全平和的城市了。在阳光绿茵之间午餐，放眼蔚蓝的苏黎世湖畔的和平鸽塑像，心想在我有生之年能看到真正和平的"地球村"吗？

2016-07-20

窗外的早晨，绚丽的夏日。

2016-07-22

瑞士最美的卢森市中心有一个让铁石心肠硬汉都哽咽的石雕——垂死的狮子（忠诚的瑞士士兵）象征着军人的忠诚和命运的无奈。17世纪瑞士很贫穷，壮男背井离乡受雇法王路易十六当佣兵，在他被送上断头台之前，为护卫雇主服从军令，786名瑞士佣兵全部牺牲！这冰川上的洞穴岩石承载了最哀伤的悲情！

今天大暑，各位保重！分享几张瑞士风情，给您送上清凉。

2016-07-23

卢森 Luzern 的地标是欧洲最古老的全木结构的廊桥卡佩尔桥（Kapellbrucke）。卡佩尔桥跨越罗伊斯河，始建于 1333 年！200 米棕色曲线桥身总有艳丽鲜花带环绕。桥的廊顶有 122 幅历史故事彩绘。桥的中间有个八角古水塔，北岸是圣彼德教堂。巧妙运用角度布局的木制桥桩，减少了水流的冲击，已挺住 6 百多年！

瑞士中部最高的瑞吉山（Mt.Rigi），又名"山峦皇后"。早在 19 世纪就吸引了如维多利亚女王级的王公贵族和文人名流如维克多·雨果。爬上海拔 1800 米的高峰，俯瞰阿尔卑斯山脉，远眺瑞士中部的湖光山色和德国的黑森林和法国的平原。遗憾我的登山速度太慢，一直没有看日出日落的经历。下回吧！

2016-07-24

欧洲 16 世纪的宗教改革运动极大地影响了瑞士。1523 年，基督教新教就在苏黎世确立了优势地位。瑞士有欧洲屋脊和世界公园的美誉，钟表业驰名，经济体制稳定，金融产业发达。早期佣兵制民风彪悍，后来选择武装中立。1815年后，瑞士没有卷入任何局部或国际战争，更成功躲开"一战"，"二战"和纳粹的屠杀。

2016-07-25

莱茵瀑布是欧洲最大的瀑布，宽150米，落差只有23米，虽比不上尼亚加拉瀑布那么雄伟，但它水流湍急，能近距离观赏，感受水势汹涌震撼，有洗涤心灵的体会。自古以来，船舶在莱茵河上通行或通商，行船到这激流瀑布必须停船卸货放下船客，于是形成了德国和瑞士连襟共享的沙芙豪森商业城镇。

施泰因的全名是Stein am Rhein，是莱茵河畔的石头小镇。不到6平方公里的面积浓缩了600多年的历史沉淀和小城故事的精华。1478年的老住家外墙的湿壁画（Fresco）至今栩栩如生。穿越回到中世纪，小姑娘拉着小提琴，咦？排污街盖都历久弥新！河边小船鲜花，桥上有等待戏水的人家。

2016-10-20

今晚 ABB 庆祝了 125 岁的生日。1988 年高大的 CEO 邦纳维克（左一图），将拥有 100 多年历史的瑞典阿西亚（ASEA）和瑞士的布朗勃法瑞（BBC Brown Boveri）公司合并组成 ABB，成为全球电力和自动化技术的首位领导企业。做为这百年企业的第一个女性董事会成员，我很荣幸地接受瑞士总统的祝福（左二图）。

ABB 的 125 岁生日宴上，巧遇"外交界老同行"——美国和保加利亚驻瑞士的大使，都是女性，相谈甚欢。美国大使苏西问我是否怀念以前的外交生涯？我老实回答：有时怀念。另一位身着唐装的女士要求合影，事后才知道她是著名交响乐团团主，她以创新的交响乐形式演绎非洲节奏的新曲风！很酷！

2017-02-07

瑞士的这个冬天非常暖和。不过从亚热带的三亚、曼谷转身来到这里还是有些寒意。有人问我如何应付这些不同区域的时差和温差？说实在的，每人体质不同，适应的情况也有异。我没有秘诀，不过我不抽烟不喝酒，在机舱里能够睡觉休息，而且大量喝水，更重要的是睡觉时也必须系好安全带。

2017-07-20

骄阳下，异国的青山绿水，蓝天白云，身在远方的游子，不知何谓乡愁。自幼四海为家，浪迹天涯，一段段的旅程，一次次的归途。韶光易逝，春秋流转，人生真有轮回？无解。想家了！很久没回美国了，虽然那里不是我的家，但那里印记了我和父亲晚年的回忆。明天我要策马归去，重游故地。

2018-02-05

皑皑白雪，洗尽铅华，大地远山，银装素裹。这童话般的风光，奇妙得让人感觉温暖。刚离开大理立春的早樱，来到此地，看不到一丝绿意，但我知道寒冬即将结束。Henrik Ibsan 的小诗：也许那里冬尽春衰，又一个夏季，光阴又一载；我只坚信，终有一天，你会归来，守着我的许诺，将你等待。

2018-03-31

趁复活节假期，我真的来到瑞士 Villa Honegg Hotel，尝试了这世界闻名，一生必须要泡一次的室外天然温泉游泳池！坐在泳池里远眺阿尔卑斯山脉，视线几乎和眼前的卢塞恩湖之间没有距离。这个建于美丽别尔根山上已有百年历史的老牌别墅酒店，真的是一生的必修课！

2018-03-31

哇！瑞士山区的天气，听说像少女的心一样莫测善变！昨天还是艳阳煦风，昨夜一场大雪，今晨推窗望外，好一片梦幻似的银色世界！我犹如置身童话世界！昨天在阳台上喝下午茶的桌子此刻已有半尺的积雪！窗前的小树整齐地相映成趣。我的 2018 瑞士复活节假日，很棒！真不知还有什么惊艳！

2018-04-03

风雪中道别瑞士复活节假期，有些不舍。这是从少女时就喜爱造访的地方。成年后，来此骑摩托车，滑雪。也曾和父亲、子女一起来旅游。

过去 8 年,由于担任 ABB 全球董事,每年来瑞士开董事会,至少 5 次。对于瑞士的独特文化和人文传统,以及凡事追求精准无误,分秒不差的精神,由衷敬佩!

瑞士人间四月天,黄昏的山峦小道,晚风吹散落叶,思潮起伏。每个人生都有不同的追寻,钱财?伴侣?盛名?权力?得之,幸也!不得,命也?不尽然。凡事都有偶然的良机,若浑然错过,不能终结于宿命的必然。迷失的,重新定位;走失的,不悔相逢。慈悲,才有爱;宽容,才懂得人生。

博友:听说会两种以上语言的人智商高,此分析靠谱吗?瑞士人生产出世界上最精密的设备,是高智商的结果。您也是高智商的人,因为您是英语专业。

叶莺:不一定。在欧洲"多声带"的现象是环境使然。

博友:会多种语言看起来的确很酷很炫,但也带来人与人之间一种陌生感。在我们浙江,几乎每个县的方言都不一样,甚至半个县的语言都不太一样,导致当年我去县城上高中,整整一个学期都感觉没有融入,有一种深深的距离感。

叶莺:说的有道理。县与县之间多走动,多沟通,可以"相互施肥","相互滋养"。

中欧 / 德国

时事与趣闻笔记

2012-01-31

　　世界有了新中国，GDP的第二大国，13亿人口中只要有10%的人"微富"，就是1.3亿的全球性巨大市场。中国人，中国企业在海外的表现赢来"中国有钱"的美誉。树大自然招风，一个比中国村镇还小还穷的苏丹，竟然绑架在那里的华工，而且这样的荒唐事在别的"友好国家"也发生多起。中国不但要富，也要强才行。

2012-02-01

　　刚到天寒地冻的慕尼黑，手机收到一条短信："外交部领保中心祝您平安：请遵守德国法律，保管好个人财物，少带现金，防盗防抢劫……"心中一方面觉得温暖，一方面联想过去受害的国人一定不少。多次在法兰克福机场看到安检人员对中国旅客鲁莽，相助解围之余，已尽力避开过境。

2013-05-10

　　德国莱恩河畔Dusseldorf的Benrata城堡。德国古城Dusseldorf的剪影。

这里有德国最大的会展中心，在莱茵河畔有家著名的米其林三星餐厅和遍地都是的酒店。日裔移民特多，日式餐馆不少。莱茵河的情怀和绿树成荫的景致，使这个工商业城市多了一份田园气息。

莱茵河发源阿尔卑斯山脉，是欧洲工商航运的大动脉，原本没什么浪漫，面对日落鳞波，心中丝丝遗憾。家父在世时，曾相约同游德国，但我没能履约。此刻面对滔滔江水的思念，更显孤单。我们常说，无法改变的过去就要忘记。原来"忘"比"记"难。"记"是聪慧，"忘"是智慧。

2014-10-28

很少有人形容德国浪漫，不过古城海德堡却是世界文学浪漫主义的圣地，也是德国浪漫的缩影。古老的海德堡大学创建于1386年，至今仍是世界名校。内卡河畔的青山绿水石桥古堡让诗人歌德写下"我的心在海德堡迷失 –I lost my heart in Heidelberg"！马克吐温也说这是他到过的最美的地方。

我不要太高兴哦！那张照（下左图）是一位 CEO 用"仿古"意境拍的，要浪漫的让时间倒流，好像有效诶！

2017-09-21

德国的小城造就了世界出名的汽车厂。遵守不能拍照的纪律，对不起，无图分享。这座偌大的现代化工厂，除了最后的组装线有工人操作之外，其他工序基本完全自动化了。忙碌的机械人不眠不休地在最高的温度，最恶劣的隔断空间工作 150 小时后，进行简短的停机维修继续工作。它从无怨言！

中欧 / 奥地利

2017-09-16

"音乐之都"维也纳是早期奥匈帝国首都，带有浓郁中世纪巴洛克色彩的维也纳，以著名的"维也纳乐派"在欧洲乐坛上独树一帜。19世纪后期，政治凋零，奥匈帝国在内外矛盾的困扰下，缓缓地走向衰退、消失。今夜漫步维也纳，走进金碧辉煌的音乐厅，陶醉于莫扎特留给世界的不朽乐章！

2017-09-17

今晚在维也纳国家歌剧院看了歌剧《莎乐美》（*Salome*）。浪漫主义的作者理查德·施特劳斯描绘了扭曲的爱与恨，剧情令人窒息！此剧对于女主角音域和唱功的要求极高，而且必须会跳舞有好身材。一场"七层纱之舞"到了最后几乎全裸。更惊人的是她捧着砍下的爱人的头亲吻并高呼爱比死亡更神秘！

2017-09-18

维也纳西行,来到阿尔卑斯山源头的最具中古特色"巴洛克建筑风格"的老城萨尔茨堡。这人口只有15万的小城是音乐奇才莫扎特的家乡,莫扎特7岁成名,不幸36岁过世,但他却留给家乡永恒的生命。这座美丽城市连空气里都是莫扎特!图中的楼是14世纪古堡改装的酒店,房里的音乐当然是莫扎特。

TO WALK THE WALKING 行

2017-09-18

音乐天才莫扎特 4 岁就会作曲，在他 36 年的人生中他谱出了 600 多曲作品。他的传奇为家乡萨尔茨堡，留下无尽的观光财富。你能想到的所有纪念品都有莫扎特！他的英年早逝和贝多芬的晚年耳聋，都有不为人知的凄凉。他们二人像李白和杜甫，无法排位。莫扎特是"乐神"，贝多芬是"乐圣"。

2017-09-19

奥地利——萨尔茨堡的教堂外观。保护完好的中古十四世纪"巴洛克风格"。

萨尔茨堡教堂的内观，相比法国、意大利和英国的教堂不太一样。

TO WALK THE WALKING　行

2017-09-21

再见，萨尔茨堡。我没有徐志摩的潇洒，多么想带走你的些许"点滴"。岁月的沧桑没有抹去你庄严的承诺，你虽然也在追赶摩登时尚的今天，但你依旧能保留维系中古世纪昨天的传承。身处东方的古国，我们多么渴望也能找到更多那夏秦汉唐历史的印记。

中欧 / 匈牙利

2017-09-24

匈牙利人主要是基督教和天主教徒,犹太人经过纳粹的"大洗礼"所剩无几。他们热爱音乐与艺术,作曲家李斯特就是匈牙利人。在奥匈帝国鼎盛时,匈牙利很富庶,处处要和奥地利比拼。他们的歌剧院就比奥地利国家歌剧院大了几寸!可惜战后失修如今已经关闭。"二战"期间德军全毁了多瑙河上的八座桥!

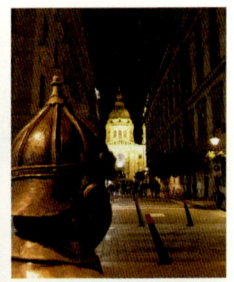

TO WALK THE WALKING 行

2017-09-25

匈牙利国会大厦建于1896年，工期8年。这座"人民的殿堂"金碧辉煌，奢侈华丽，用了昂贵石材还有40公斤的黄金！全场通电，有电灯电梯、冷暖空调机械等先进设备。"二战"时外墙损坏极大，修复后，保留了哥特式建筑垂直细长的一面弹痕累累的墙体。夏季国会休会，因为古老的冷气空调不灵！

莺语 2020

  "二战"时纳粹把红星放在国会大厦顶尖，使红星高于所有教堂！"二战"败后匈牙利失去了超过一半的领土。他们有蒙古和匈奴的强悍民风，实诚但不友善。在各处看不到一个快乐欢笑的面孔！1956 年的十月革命 13 天就被苏军平复。他们依靠但不喜欢俄国，是北约成员但不信任西方。颓废无奈的迷惘。

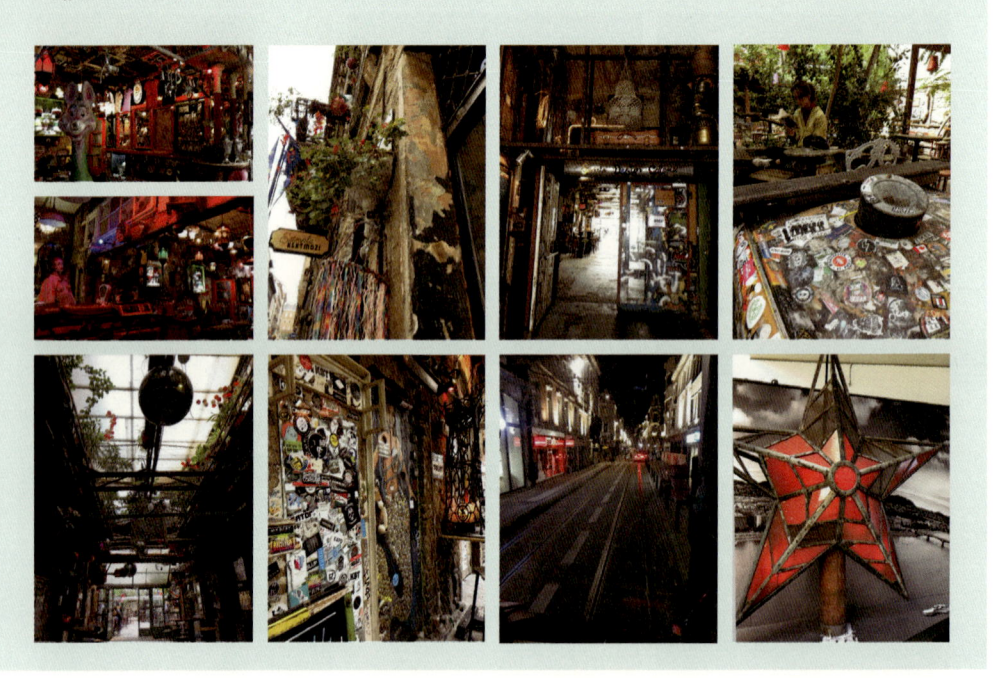

TO WALK THE WALKING　行

东欧 /
波兰

2013-10-18

哈罗，波兰！到了华沙，已是满地黄叶的深秋。波兰一个凄美的国家，经历过苦难的命运，一直很想来看看，我来了。异乡的欢迎，很温馨。在波兰处处有肖邦的影子，他七岁写了《波兰舞曲》，八岁登台演出，二十岁成名。

1830年波兰被瓜分，肖邦流亡巴黎以演奏教学作曲为生。他和女作家乔治·桑有过一段恋情。他的后半生在国外度过，创作了爱国主义作品，抒发思乡情亡国恨，肖邦的21首夜曲是永恒的钢琴经典。这位"钢琴诗人"晚年生活凄凉孤寂，终生未归故土，自称是远离母亲的波兰孤儿。1849年肖邦因肺结核病逝时只有39岁，葬在巴黎拉雪兹神父公墓。他要求将自己的心脏送回华沙，以志他永不忘怀生他养他、自己热爱的祖国。他的心就封在图中这圣十字教堂，石碑刻着"你的财宝在哪里，你的心就在哪里"。

2013-10-22

1955年苏联为PK北约组织，在华沙签订成立军事政治同盟华沙条约组织，简称华约，总部在莫斯科。若任何缔约国有难，组织可使用军事行动，1991年华沙条约组织正式解体。波兰的历史是一次又一次被侵略占领的亡国血泪史，瑞典海盗，法国拿破仑，德国希特勒，苏联斯大林都曾是征服者。"二战"后，华沙是一片废墟。

晚上在波兰王宫参加了一个正式晚宴。大殿金碧辉煌，所有的油画古物装饰都是"新的复制品"。退休外交部长跟我说，波兰人很恋家，家园越破碎，恋家护家的情怀越深切。古城重建恢复原形，以现代经济核算，建筑使用率很低，但所有的业主没有异议，齐心重建，因为那是根，是魂，是精神。

2013-10-23

华沙不美，她是浴火凤凰涅槃重生的苦情城市，总是被征服者蹂躏，被战火摧残。苏德"二战"的激烈战斗将华沙夷为平地。战后艾森豪威尔将军来到这片废墟，感叹他从没见过那样的满目疮痍。波兰死了六百万人，活下来的坚强站起重建家园，他们一砖一瓦根据图片和记忆恢复了"全新的古城"，而没有盖高楼大厦。真棒！

2013-10-24

西方很多笑话说波兰人"傻"，一直不明白为什么。这几天接触的年轻人都憨厚率真，热爱音乐和艺术，多开心！图中是路边播放肖邦钢琴曲的石凳。

晚上在一位波兰女画家的家晚餐。她的父母"二战"时逃往叙利亚,她嫁给一位当地的牧师,曾去过美国进修美学。现在重归故里,定居华沙。她没有恨,没有遗憾,她说人生本是色彩斑斓的画板,哪能没有黑色?她的作品讲述了她的冷暖人生。

2013-10-25

华沙有很多纪念碑和铜像,都是为某某起义烈士或领导抵御外侵的英雄而立。最让我感动的是图中这在古城墙边的英雄儿童像,可爱可怜的孩子啊!波兰的母亲要自己的孩子拿着枪捍卫家园,内心悲戚愤怒,无奈无助,那苦痛的岁月是怎么熬过来的?有些孩子在战火中死去,活下来的,一辈子都逃不出那童年的梦魇。

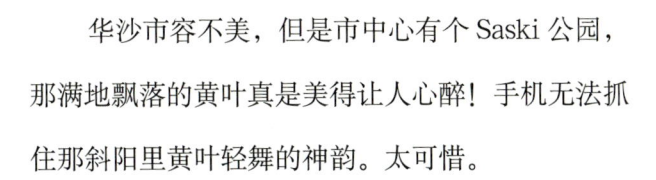

华沙市容不美,但是市中心有个Saski公园,那满地飘落的黄叶真是美得让人心醉!手机无法抓住那斜阳里黄叶轻舞的神韵。太可惜。

公园里,翠绿的湖水和不知名的白色英雄家相伴,在蔚蓝的天空下,述说无法忘怀的沧桑往事。

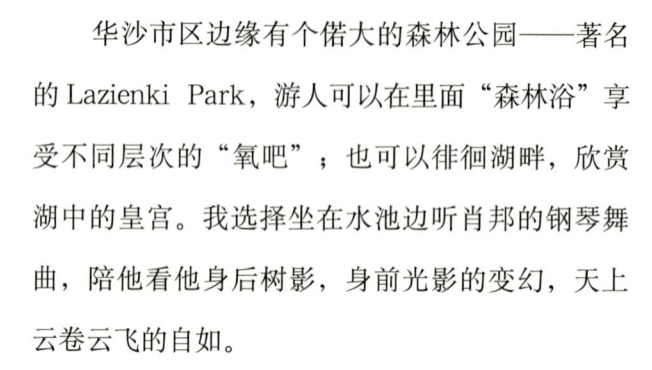

华沙市区边缘有个偌大的森林公园——著名的 Lazienki Park，游人可以在里面"森林浴"享受不同层次的"氧吧"；也可以徘徊湖畔，欣赏湖中的皇宫。我选择坐在水池边听肖邦的钢琴舞曲，陪他看他身后树影，身前光影的变幻，天上云卷云飞的自如。

来到波兰古都克拉科夫（Krakow）。她建于13世纪，曾是集宗教、政治、文化、艺术、建筑和教育为先驱的风光都会，现在是欧洲重要观光城市。"二战"期间德国占领，因当地人民"顺从"，没什么起义和抵抗，城市破坏不大。德军战败撤军前已埋好炸药毁城焦土，好在没来得及引爆，苏军进城解放波兰。旧城广场熙熙攘攘很热闹！

我有鼻敏感怕烟味。波兰抽烟的人多，不知为什么年轻的女性特多，好在有规定的吸烟场所。此地空气质量，以我的承受度衡量，是不错的，我上传的照片都有蓝天。但晚上在克拉科夫古城广场却有"抗议空气质量恶劣"的示威！他们给广场上国王铜像戴上口罩，小孩大人都戴口罩举抗议牌，警察袖手，真有意思！

TO WALK THE WALKING 行

2013-10-27

克拉科夫古城广场上有各式各样的艺人做不同的技能表演，图中这位女孩吸引了很多人。冷眼一看我以为她是中国人，细看是中东人。她悬空坐着右手支个拐杖，一声不响地眯眼看着来往的好奇人。有些小孩和她合影时还在她的身下钻来钻去，她完全无动于衷。有哪位看官能说明个中玄机？

涂鸦在波兰盛行，这是幅很出名的路边涂鸦，Torlolo是俄罗斯男中音歌唱家，他的成名作《我很高兴我终于回家了》（I'm So Glad I'm Finally Coming Back Home）没有歌词，lolololo 欢快的曲风唱法被称为"Troolololo"，在YouTube上大红。这是一首讲述"放牛娃"音乐梦想的歌。这"壁画"已有人出重金收购。

2013-10-28

克拉科夫附近的维利奇卡盐矿是波兰的国宝，你若来此，必访！这座开掘于公元11世纪的盐矿，矿床长4公里，矿道300多公里，开采9层，深度327米。矿内离奇世界，大得惊人！多处有盐矿工在不同空间用盐矿凿出风格迥异的建筑和人物，述

说宗教信仰和传说，包括著名的 3D 达芬奇的《最后的晚餐》。

盐是人类生活的必需品，也是文化进程的标识。13 世纪波兰王给盐矿工"福利"，按不同技术工种发配不同级量的盐作为酬劳，后来古罗马和拿破仑也以盐为军饷发给士兵。盐的英文是 Salt，是英文 Salary（工资）的由来。盐用途很广，可制药，可做火药，消毒、防腐和调味。五味甜酸苦辣咸中只有咸味可滋鲜。人生，不可淡而无味。

2013-10-29

奥斯维辛是纳粹灭绝犹太人最大的集中营，有 3 大营 39 小营。奥斯维辛一号大门高悬"劳动使你自由"的名言！比克瑙二号比一号大 20 倍，每天可烧毁 6000 多人，莫诺维茨三号处理较有科学技术的囚犯。计 300 万人死于毒气苦役疾病枪决或"医学实验"。纳粹战败撤离前，焚烧销毁了惨绝人寰的证据。

奥斯维辛集中营让人心情沉重，悲愤填膺。进了那"劳动使你自由"的铁门，虽然知道能再出来，但看到铁网、高压电线、焚化烟囱、骨灰池、铁轨尽头、无边的牢房和堆积如山的鞋帽、行李、衣物等日用品和窒息的煤气房，心中不禁发抖。有悲戚，有羞耻。人性怎能如此恐怖？纳粹的执行力太可怕！

没有人真正知道有犹太血统的希特勒为什么要灭绝犹太人？更没人明白为什么亿万纳粹信徒疯狂地追捧他的梦想，盲目地服从他的指令？人性的阴

TO WALK THE WALKING　行

暗面到底有多黑？在集中营里，有些囚犯为了多吃口面包多活两天，会出卖自己的族人，和纳粹的兽性没有不同。自问如果我要活下去，我会做什么？

集中营的囚犯人数比看管他们的纳粹多百倍，虽然也有些"反抗和起义"最终都失败，因为不是总动员的大团结。纳粹利用人性的弱点，以连环套的交错参差管理，使贪生的苟且变成了无形的"毒气"，人人自危的人间地狱里，哪有天使？不论动机是什么，都是人性的冰点。最讽刺的是在奥斯维辛集中营，纳粹组织犹太人的乐团，每周都有音乐会来"舒缓"囚犯和纳粹管理者的"心情"。那样的场景在很多电影和纪录片里都有。

2013-10-29

回到华沙了。在市区中心，你不可避免地会看到这棵"椰子树"。华沙有不少漂亮的大小公园，但街边无树。前卫艺术家做了这棵假树，华沙人自嘲"难看比没有好"。这科学文化中心是斯大林送给波兰人的"礼物"，曾命名"斯大林宫"，老一辈的恨死这"丑八怪"，年轻人却觉得它很霸气！

没有不爱波兰的波兰人，但他们都想把子女送到美加，或希望自己出外打工赚钱。夹在德俄两个大国之间，波兰人没有安全感，工资低，生活压力大，街上行人没有笑容。这里走出了居里夫人，教宗保罗二世和旷世奇才肖邦，集中营里却埋葬了波兰精英的冤魂。波兰，你要走出肖邦流亡的宿命！

2013-10-30

今晚在华沙剧院看了威尔第（Verdi）的歌剧《唐·卡洛》（*Don Carlo*）。这剧院"二战"被德军摧毁，经过20年重建恢复旧观，听说市民要求政府先拨款修剧院，放缓民居建设。《唐·卡洛》

是早在 1867 年就在巴黎首演的老剧目，今晚的五幕版本很朴实，没有华丽的服饰和讨巧的布景，但唱功一流。剧终时演员三次谢幕。

中学读欧洲史，总觉得"我为鱼肉，人为刀俎"的波兰很可怜，对她好奇。如愿来此走马观花浅游几天，时值深秋，黄叶满地。在匆匆的人生路上，是黄叶舞秋风？还是秋风舞黄叶？都好。黄叶勾画了秋风的狐步，秋风留住了黄叶的婆娑。今朝你是秋风我是黄叶，来年你是黄叶我是秋风。再见。

南欧 /
意大利

2018-05-14

意大利阿玛菲海岸（Amalfi）的（波西塔诺Positano）真是美得让人心醉，是人生旅途的必修课！意大利有极丰富的旅游资源。波西塔诺原本是个寂静的渔村，渔民在沿海巨岩上建立家园，形成了独特的风景线，被誉为世界十大最美小镇之一。如今原住渔民多数迁走，小镇民宿林立，全年都是旅游旺季。民宿业主不但重视环保，以绿色经营为目标，而且极力保护原有的风貌。

2018-05-15

苏莲托（Sorrento）是意大利著名的阿玛菲（Amalfi Drive）风景线的起点，蜿蜒在巨岩边缘的沿海狭窄公路，一面贴山，另一面则是万丈悬崖垂直入地中海。这样的地形曾是罗马帝国重要的战事防卫优势。不过我们更熟悉的是那首凄美浪漫的情歌——《归来吧，苏莲托》！望着远方的海上，归人何处？

TO WALK THE WALKING 行

南欧 / 西班牙

2018-05-17

西班牙是当代艺术和建筑领域的霸主。安东尼·高迪被誉为"上帝的建筑师",作品中有七个被联合国科教文组织列为世界文化遗产。他的所有灵感来自大自然:天空、海洋和花草,他爱用浪形和蜗牛旋转曲线。他的跨世纪巨作"圣家堂"历经百余年,至今仍在按他的设计理念继续完成中。图中圣殿的耶稣是唯一"抬头"受难的耶稣。

2018-05-18

　　西班牙超现实主义画家萨尔瓦多·达利是"梦"的魔法大师。他有怪异的胡子、出格的言行和扑朔迷离、奇思怪想的作品。他疯人般的梦却有奇妙的现实感。裸女和不相干的林肯,"脸",人类五官的易位,3D和珠宝,精彩!他对现代艺术的贡献与毕加索齐名。

西班牙伊维萨岛（Ibiza）是欧洲中古文化保留最完整的海岛城堡，是阿拉伯、犹太、罗马、地中海文化的集大成。海岛风情婀娜，气候宜人，不仅是休闲胜地，更是年轻人陶醉电玩音乐的殿堂。在上千年先人走过的光滑石板路上，美女云集，帅哥遍地。当地人真挚亲切友好，你也来趟说走就走的旅行吧！

西班牙Ibiza的海。我多年走游世界，总是错过了西班牙。如今终于圆梦，应好友邀约畅游这个曾经称霸世界的美丽国度。好一个潇洒任性的初夏！

2018-05-19

蓝天、碧海、椰风、游艇、愉悦的心情，开着敞篷路虎，畅游Ibiza岛！岛西岸晚霞的映衬下，一叶孤舟在落日里，似乎有太多的故事。我曾说过："波神留我看斜阳，浪里露宿，有何妨？"感谢美的一切，美的回忆。

2018-05-21

西班牙的马拉加(Malaga)源自腓尼基语"盐"。这个以太阳海岸和游艇沙滩著称的观光胜地，拥有深厚的文化历史底蕴。三世纪的古罗马圆形剧场，六世纪的穆斯林城堡，清真寺、大教堂遍布。这是天才画家毕加索的故乡，也被赞为"天堂般的城市"。毕加索博物馆里可以看到他著名的早期作品。

2018-05-26

马德里皇宫是世界保存最完整精美的宫殿之一。结构呈正方形，宫内富丽氛围充分体现了西班牙极盛时的帝国霸气。金光灿烂的装饰，使人目眩。西班牙"斗牛"源起古代祭神仪式，斗牛士是个高风险高荣誉的职业。这位斗牛士令牛中刺倒地，观众挥动白手帕，他得到牛耳荣誉。

塞哥维亚的大渡槽，令人叹为观止！这个两千多年前罗马人建的从雪山引水的系统，至今仍完好保存。全长有15公里，地下水系14公里，我们能看到的这1公里包括这大渡槽的两层拱门，是2000年前的人类智能运用力学的原理，以巨石架起的支柱和拱门！在巨石之间没有用任何粘黏剂巩固，地震都不倒！

2018-05-27

西班牙之旅最后一站是古都托雷多。托雷多是建于中世纪的古城，西班牙的旧首都，如今成为建筑在海拔 530 公尺的岩山上最美丽的"小镇"。大教堂 La Catedral，是哥特艺术的顶峰之作，正面有三座门：左为地狱门、右为审判门，而正中是宽恕门。城中心飘扬着曾被西班牙帝国征服的古国旗帜。

TO WALK THE WALKING　行

大洋洲 /
密克罗尼西亚岛（MICRONESIA）

2012-10-07

国庆长假，我在西太平洋的一个小岛度过。那里风光旖丽，民情纯朴。男人提手袋，女人在庆典场合不穿上衣，但是自然大方，不拘泥。在岛上没有繁文缛节，我没上网，不看电视，没有报纸。很悠闲，很轻松，忘了时间，忘了闹钟。最让我陶醉的是那妩媚的真正的"太平洋的风"。可惜风无形，无法与大家分享。

2012-10-07

在这美丽的小岛上，每天都有人送花冠给女孩子戴。这个花冠很美，戴上后也觉得很美。大家起哄，请了位"临时演员"与我合影。哈，他不是NBA的科比，只是有点像科比。

莺语2020

2012-10-07

在这个像世外桃源的岛上，一切的都市喧嚣都不见了，生活的节奏变成超慢板，两天之后，人人几乎不想离岛。上图的女士是位岛上60多岁的舞蹈老师，她正在亲我的耳朵，表示友谊。下图是她天真可爱的舞蹈学生。有位有梦想的中国浪漫企业家[2]，正在计划在这个岛上构建"度假天堂"。期待吧。

注[2]：这位浪漫的企业家就是会展旅游集团董事长邓鸿。他雄心万丈、创意无限，他要在这密克罗尼西亚的雅浦岛上打造一个有中国特色＋西方元素的"度假天堂"。我确信他的计划不是梦，因为在2010年他曾告诉我他要建造一座世界最大的单体建筑，当时我是持怀疑态度的。2013年占地200万平方坐落在成都的"环球中心"果然落成了。它目前依旧是全球最大单体建筑，所以我相信，邓鸿理想的雅浦岛"度假天堂"一定可以成真！邓老弟邀请我建成后，在岛上"度假养老"。我期待。

TO WALK THE WALKING 行

南美洲 /
巴西

2012-10-09

巴西是个全球移民的大熔炉，移民潮缘起一百多年前，大批日本工人在巴西落地求生，至今与当地人通婚的第四代已是地道巴西人。大量欧洲、中东、非洲的移民也融入了巴西文化和艺术。这座博物馆出自祖籍德国的巴西建筑师 Oscar Niemeyer，他现年 104 岁还在工作。这墙上的女人是他在 94 岁的时候画的，心不老。

巴西本地人极为热情，没有种族肤色歧视，但是贫富社会阶级的分割意识很强也很深。富家女爱上穷小伙子的故事只有在肥皂剧里，在现实生活中几乎不存在。即使有也会因家庭社会压力而告吹。比较起来，中国的男女幸运多了。这个花园是巴西人设计的。由于巴西女人是多种混血，有丰富的基因，她们都身材美妙。由于森巴是"国舞"，所以巴西人的审美更注重"臀美"，这也影响了巴西的建筑和设计，线条圆柔，起伏有致。这样的圆拱门，许多民居也采用。花园井井有条，是市府财政支付给贫民区的孩子负责维护的。

175/

2012-10-12

我每到一个城市，一定找时间看书店。这是巴西小型工业城市 Curitiba 的一间书店。你是不是觉得很好？真的很好。巴西是个丰富的文化大熔炉，在诗歌、艺术、设计、音乐、舞蹈、体育、民俗和饮食等领域的书籍，包罗了几乎全世界各民族的智慧和各种肤色的作者，真是多彩多姿。书店往往是一个社会最真实的镜子。

巴西的 Curitiba 市有极强的环保意识。从市府财政拨款支付贫民区的孩子，让他们来"看管"公园。包括清洁垃圾，保护花草树木，不让任何人损坏公物等。这些穷孩子的执行力比"城管"还有效，而且成本低，社会效益高。Curtiba 市政管理堪称世界一流，市容整齐，街道干净，公园美丽，治安良好，交通有序，市民有礼。城市的 BRT 公车专用车道系统，世界首创，许多世界级城市复制模仿。广州的 BRT 系统就是观摩参照 Curitiba 而建的。

昨晚在告别 Curitiba 市之前，参加了一个在梦幻似的城堡中举行的晚宴。整个晚上像似回到中古的梦境。乐团的成员全是业余的音乐爱好者，他们倾情演奏没有"走穴"的商业味。真是享受。终场前一个经典的桑巴舞曲，让许多穿着礼服的男士也桑巴了。明天我将告别巴西的桑巴。下一站，阿根廷的探戈。

TO WALK THE WALKING 行

南美洲 /
阿根廷

2012-10-13

阿根廷首都布宜诺斯艾利斯，这名字好长，直译是"好空气"的意思。这真是个极美的城市！机场进城的道路绿树成荫，花草姹紫嫣红，太灿烂了。进入市区阿根廷的地标，纪念脱离西班牙统治独立日的"七月九日大道"堪称世界最宽，有18线道！迎面看到大楼上伊娃·贝隆EVITA的头像，对面是一幅巨型的探戈舞姿！

阿根廷人很喜欢坐在户外的咖啡座，聊天、听音乐、吹风、晒太阳。今天艳阳轻风，我也入乡随俗，在这美丽的环境里，懒散了半个下午。

2012-10-14

现在布宜诺斯艾利斯已是子夜，但热闹处依然是探戈的世界。我刚刚看完最正版的阿根廷探

177/

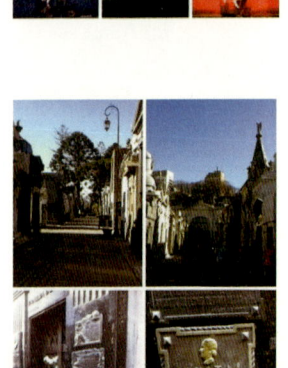

戈"秀"。舞者没有僵硬勉强的转身扭头，真的好看！希望你也喜欢。图中有一对已是70多岁的银发夫妻，他们的舞步端庄典雅，收放潇洒。探戈使他们"白头偕老"。银发族的朋友，不妨以探戈找回那不老的恋情。

足球明星梅西是阿根廷人崇拜的活神，他的战绩令阿根廷人津津乐道。另一位传奇，就是伊娃贝隆夫人，她的歌"别为我流泪阿根廷，我从未离开过你，即使在我那狂野不羁的日子里"，荡气回肠。她是有爱心的贫家女，有争议的政治家，33岁在事业巅峰时患癌症去世，葬在图中看似别墅的名人墓园。总有人落泪。

2012-10-16

昨晚在一个挺雅致的夜总会，看了一场"摩登探戈"。阿根廷的夜生活，真的是很夜！几乎通宵。不过在夜店的人都穿得很正式，女士们更是争奇斗艳，让人看得眼花缭乱。布宜诺斯艾利斯是个艳丽神秘的城市。这里任何行业的市井小民都能哼上探戈舞曲，跳上探戈舞步。探戈确实为阿根廷赚取了不少外汇。

在布宜诺斯艾利斯星期天市集的大街上，有很多教授探戈的老师，学费很便宜，现场交易。这几位女观光客的舞姿不错吧。我没有勇气在大街上请师，所以在一间私人舞社学习，也算入乡随俗，到此一游。

2012-10-18

阿根廷像南美其他的国家一样，由于是多民族、多种族移民的大熔炉，所以文化丰富多元，社会包容性极强，基本没有种族、肤色、宗教、性别的歧视。不过贫富之间，因生活、工作的性质和社交活动的圈子不同，还是有一定的距离。只有在星期天的市集上，观光客和当地的穷人富人打成一片，不过只是很短暂的。

结束了南美之行，告别布宜诺斯艾利斯市，这座"好空气"的城市，这处处飘着探戈旋律的世界。这城市不富有，但富丽，有巴黎的韵和马德里的媚。市民的生活不奢华，但多彩。也许他们追求的就是蓝天、绿树、清风、白云的悠闲和象探戈一样松紧有度，缓急自如的潇洒。

非洲 / 南非

2016-10-23

知道这是什么花树吗？它叫蓝花楹树（Jacaranda）。在这个季节，南非行政首都比勒陀利亚（Pretoria）和第一商城约翰内斯堡（Johannesburg）处处看到这美丽的紫色，使这土地添增了几分妩媚，也形成了城市的特色。这紫色真的紫得优雅，紫得高贵。

TO WALK THE WALKING 行

非洲 /
肯尼亚

2018-08-10

　　肯尼亚之行的第一站内罗毕，是有五百万人口的首都城市，交通无序，严重塞车，而且有一百万人住在杂乱肮脏的贫民窟！这曾是大英帝国骄傲的殖民地，也是富人贵族Safari和游猎的起源地和非洲旅游的热点。现代的光景却是如此不堪！拜访了一个收留艾滋病孤儿的孤儿院，看到那些无助的眼神，心酸。

2018-08-12

　　肯尼亚奈瓦沙湖畔宜人的自然环境，湖面上聚集了很多类型的鸟类，地面上游走一些野生动物，与人类和平共处，没有捕捉，就没有杀戮。落日余晖下，一头美丽的斑马，摇着尾巴缓缓地漫步。这里是英国殖民时代留下的世外桃源，是肯尼亚的另一个世界。

2018-08-10

　　肯尼亚大草原猎奇之旅。这样的机场，这样的飞机，这样的飞行，这样的景色！突然有一个在荒野中的"家"。这是英殖民地时代贵族生活留下的遗迹。这个帐篷，曾经接待过英皇室哈利、威廉王子，比尔·盖茨和好莱坞的明星。帐篷是临时搭建，今晚我将有一次很珍贵的原始生态体验。

TO WALK THE WALKING　行

　　这临时的帐篷就是一间设备齐全的酒店房。淋浴间、抽水马桶、化妆台、衣柜，电器、Wi-Fi，一应俱全，而且冷热水全天供应。营地里有餐厅、酒吧间、烧烤、篝火。丰盛可口的午餐，配上水晶酒水杯和当地的红白酒，精美的餐具和微笑的侍者，仿佛回到50年代！

2018-08-14
肯尼亚的动物世界！

TO WALK THE WALKING　行

在肯尼亚 Safari 游猎，必须有妥善的日程安排、一流的导游、摄影发烧友的伙伴、绝对的安全保障和自己的基本常识准备。

非洲的"五霸"——狮子，花豹，非洲大象，非洲牛和白犀牛。中间图是猎豹，猎豹不同于花豹，猎豹眼下有"泪痕"。猎豹是草原上跑得最快的，时速 115 公里！在日光下"泪痕"有减轻强光照射的作用。不过猎豹因爆发力太强，一般寿命不长，泪痕写下了命运的凄凉。右二图是母狮在教幼狮捕食角马。

185/

动物王国是个弱肉强食、优胜劣汰的残酷世界！大草原上的马赛族人是最强悍、最无惧的人类。他们的生活就是吃肉，喝奶，饮血！他们不吃淀粉食物，他们身体瘦小双腿特长，跑路特快，而且耐力特佳！下图是掠食的肉食动物和被掠食的目标，右下图草丛中行走的马赛人太危险了！

TO WALK THE WALKING　行

2018-08-15

非洲之旅，难忘的树影。

　　肯尼亚"心源游猎之旅"。这样的涉水颠簸，这样的陡峭山路，这样的水上漂流，都很费体力，考验心志，也很刺激有趣。但是，郊野丛林艳阳下的悠闲丰盛的"热"早餐，以及和喜爱的长颈鹿如此近距离接触，才是值得珍惜的经历。

2018-08-16

昨晚告别肯尼亚大草原的日落，今晨在山崖上看着非洲大地的日出，结束了肯尼亚7天的"心源游猎之旅"。敬畏大自然的神奇，感叹动物世界的规律。心中有起伏的感悟，需要慢慢沉淀。在这条原始粗犷的跑道上，要搭机回首都内罗毕了。再见草原！

2018-08-20

回到熙熙攘攘、匆匆忙忙的香港，这里的夜景灯火璀璨。但我不禁怀念在肯尼亚大草原的寒夜里看到的那美丽银河！这是我承诺过要和大家分享的记忆。感谢我们游猎同行的江苏胡总裁，他以专业的摄影技术和情怀，完美地记录了那个他乡异国的美丽夜晚，诠释了大自然的神奇。值得收藏。

TO WALK THE WALKING　行

北美州 /
美国洛杉矶

时事与趣闻笔记

2011-01-07

洛杉矶（Los Angeles）又名"天使之城",是个寻梦,筑梦的城市。的确,有人在这里实现了明星梦、财富梦、快乐幸福梦,但是更多的寻梦人在此梦断、梦碎、梦醒。人要有梦,但不能活在梦里。每个人的肩膀上都有天使,但你生命里最可靠,最为你努力的天使是自己。

2011年将是忧喜参半年。喜的是,美国的经济似有真正复苏苗头;忧的是,天灾人祸的"未知"。最近大批的鸟类和海鱼莫名地死亡,欧洲大雪,澳洲大水和种族、宗教冲突的加剧,中东战局的收尾,以及朝鲜半岛的紧张,都是没有答案的"未知"。我们个人太渺小,无法"智取"未知。做好自己一年的计划,做聪明的兔子,不要输给乌龟。

2011-01-28

美国总统奥巴马发表"国情咨文"时,四次提及中国,赞美中国的进步。他指出教育和科技是美国稳固领导地位,再创辉煌的动力。他多次提出"树人"及人才培养,重视教育。他甚至提议修改移民法,留住在美求学的外籍学生,让他们学成后在美就业。1979年邓小平访美,三十年后的今天,美国的变化也是天翻地覆。

2011-03-10

现任美国驻华大使洪博培将于四月卸任回美国。相信他会开始准备参加2012年美国总统大选。他是我的旧上司。一流领袖人物。但他是摩门教徒,少数群体,有一定的挑战。奥巴马总统昨天提名现任商务部长骆家辉接任驻华大使。骆家辉是第三代的美籍华人,曾是华盛顿州州长。如果参议院通过此任命,他将揭开中美关系的新篇章。我说的新篇章是指他将是第一个黄种人代表美国出使中国。一百年前,他的祖父在中国过不下去了,才搭船去美国谋生的。他本人已是第三代了,他曾在中国餐厅打工、洗地,这是中国人在他乡成长的故事。

2011-05-27

人生的无常往往来自天灾。地震、水患、干旱、海啸、火山爆发、龙卷风发飙,等等,说明大自然的"喜怒无常"。看到那些在灾后、流离失所、骨肉分离的凄凉与悲情,不禁泪下……美国密苏里州的龙卷风灾区是美国强大中产阶级的样板,在电视上看见他们忍着泪,坚强地面对命运,坚定地誓言重建,真的感动。

2012-02-13

　　美国歌唱界女巨星惠特妮·休斯顿（Whitney Houston）昨天在洛杉矶下榻的酒店死了，死因不明。真的很可惜。她的歌声洪亮悠美，许多畅销世界的金曲，在国内也很风行。她出身贫寒，在教堂唱圣乐起家，年轻貌美，走红乐坛后，歌影双栖，她主演的影片大卖。后来婚姻破裂染上毒瘾走了下坡，又因不善理财，传言面临破产。真是红尘如梦。

2011-01-02

　　在美国的洛杉矶和纽约有个很特别的现象，有些出名的餐厅有流动的餐车，这些厢型卡车没有任何明显标志，但它们所到之处，都有人大排长龙，等着点便餐，之后就在路边吃或边走边吃。餐费价格并不便宜，但是人们趋之若鹜，为什么？因为 Cool 和时尚。这些车的行踪是随时看推特（Twitter）的人，才知道的！推特牛！

2011-07-09

　　洛杉矶是许多想成明星的人的寻梦园。著名的 Beverly Hills，是众多好莱坞明星的聚集地，也是很多美剧和美国电影的取景地。众人熟知的 Rodeo Drive 更是"挥金如土"的名店精品街。

记得这场景吗？令美国女星朱莉娅·罗伯茨（Julie Roberts）红遍全球的电影——《风月俏佳人》（又译《麻雀变凤凰》 Pretty Woman）的故事就是在这个 Rodeo Drive 的酒店发生的。

这个精品区也有好些非常精致的咖啡雅座。洛杉矶的天气总是这么好！

奉上洛城的阳光和好心情！

洛城第三街人行步道的尽头，就是这滨海的沙滩，这是完全免费开放给任何人的海边休闲场地。你看，有人在海滩上空滑翔。

卡通人物和故事对孩子的成长，不可避免地会有影响。除了米奇老鼠，我很喜欢的是"蓝精灵"（Smurf）。他们是一大家子，有爷爷奶奶、爸爸妈妈、兄弟姐妹、儿孙亲戚、朋友社区……他们都是蓝色的。故事中的坏人不是蓝色的 Smurf，而是一个总是千方百计要逮捕 Smurf 的"人"。寓意很深。在洛杉矶某广场喜见 Smurf，很亲切。

2012-06-25

　　爱狗的人往往把狗狗当儿女养。这个洛杉矶的美国狗狗不但坐着婴儿车逛街，还戴上名牌太阳眼镜呢！够酷吧？

　　美国加州宜人的气候，美丽的风景，良好的自然环境，使加州人热爱户外生活。露营登山的活动中，人们总是想尽奇招接近大自然，并且与众不同。今天洛杉矶刚闭幕的DWELL起居设计展上，就有这样户外野营使用的、圆球状的、吹起来后再支撑的卧室和链接的起居空间。它完全透明和周围的大自然打成一片。

2012-06-28

　　此图是蓝德公司（RAND，又名蓝德智库）在洛杉矶的总部。它是著名的非营利研究机构，为美国官方提供客观的政经、社会的分析报告及特定问题的可行解决方案。

2013-06-17

庆祝父亲节,洛杉矶比利弗山奢华的名店街 Rodeo Drive 一带的主街全部变成停车场。那些爱车如命的车痴们可以把那些只收藏在车库,无法上车牌的珍贵靓车正大光明地开上最拽的大街威风展示。车群如百花争艳,型号、年份、色彩、功能、马力,林林总总,美不胜收。

2013-12-22

洛杉矶醉人的日落。一只彩云下的倦鸟,一艘晚霞中的归舟。匆匆岁月,漫漫人生。

2013-12-23

在球类运动中,我喜欢篮球,喜欢它速度快、节奏明显,比赛气氛热烈,胜负干脆。今晚看了场 NBA 洛杉矶 Clippers 对明尼苏达队的比赛,非常精彩!在赛事还剩 18 秒时主队落后 5 分,我们以为输定了,没想到扳回平手,以 106 对 106 延长比赛,终场主队以 3 分取胜。这就是胜负规则,强者就是胜利者。

TO WALK THE WALKING　行

　　NBA洛杉矶湖人队的科比，将推出第九代的"科比署名系列"球鞋，而且是限量版的。科比是NBA的摇钱树，也是很多人的提款机！科比的这件红色T恤上说"Never Not Doing It."（永远不要不做）正和他代言的耐克NIKE的"Just Do It！"（这就去做吧！）相辉映。关键是：你要知道你要什么？能做到什么！

2013-12-26

　　今天是圣诞节，NBA在洛杉矶推出传统的圣诞特别赛——湖人队（Lakers）战火热队（Heat）。科比因伤旁观没上场，火热队以101:95胜湖人队。赛后科比和勒布朗·詹姆斯拥抱祝贺。詹姆斯以一个帅气的左手扣篮，赢得全场喝彩！所有球员都穿着鲜艳色彩球鞋亮相，很喜气！鲜艳色彩的球鞋将是新时尚。

　　棒球在国内不普及，但在美国却是NBA篮球休赛，美式足球还没开跑之间的夏季主要球类活动。三者在某种程度上都结合了体育竞技、商业营运和社交娱乐为一体的美国独有文化。这场洛杉矶道奇队（Dogers）和旧金山巨人队（Giants）的赛事，吸引了四万多穿戴球衣球帽的狂热球迷。

195/

2017-08-21

美式足球是美国独有"很美国"的运动。我一直不喜欢,觉得太伤运动员的身体了。儿子Nick讲解了复杂的球赛规则和运动员需要的纪律和技巧后,决定看一场今季的热身赛——洛杉矶公羊队对达拉斯牛仔队。1984年洛杉矶奥运会的主场地上,在曾经的奥运圣火下9万球迷为两队高声呐喊!很特别的经历。

2018-09-10

在洛杉矶马利布海滩(Malibu Beach)看海上的日落,真养眼!听海浪的声音,真养心!有诗,也有远方。

2018-09-25

我不热衷美式足球,不过这赶上赛季,儿子安排我们去看一场。主队大赢!场子气氛热闹兴奋到沸腾!我虽是"伪"球迷,但也被那炙热的疯狂感染。美式足球和网球、高尔夫球不同,它不是所谓"绅士"的赛事。当然球员也讲究球风,必须守球规,不过体力才是真实力,团队合作无间才是真功夫。

北美州 / 美国西雅图

2011-06-24

多年前有部很红的电影《西雅图不眠夜》。今晚我在美国西雅图,这是一个小有名气酒庄的试酒屋,品酒选择多,很有意思,又不失清醒。华盛顿州的酒和加州比拼,还有距离。但和临近的俄亥俄州已并驾齐驱。"红白酒文化"在中国正大行其道,苏富比过去一年,拍卖额超过四千五百万美元!买家绝大部分是国人!

2011-06-25

西雅图的港湾,碧水蓝天。西雅图多次被选为美国最宜人居住的城市。生活质量和工作条件都很好,房价物价也不高。蓝天白云,青山绿水。冬日登山滑雪,夏天戏水游船。这样的水土养出了许多知名的企业,如微软、波音、星巴克等。这是蓝、白、金、黑领以及创业者,都有机会的"竞技场"。全市人口只有65万,黄种人不少,黑种人不多。

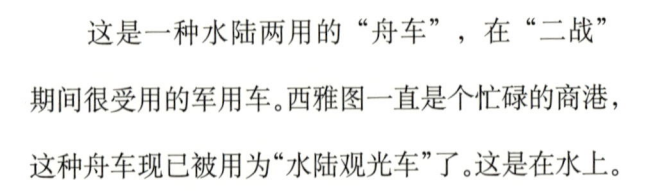

这是一种水陆两用的"舟车",在"二战"期间很受用的军用车。西雅图一直是个忙碌的商港,这种舟车现已被用为"水陆观光车"了。这是在水上。

图中的船屋群中,右下角的一间就是《西雅图不眠夜》中,男主角汤姆汉克斯戏中的家。电影大红后,业主以五百万转手沽出。

西雅图艺术博物馆 SAM 的进门大厅里,悬空吊了几辆旧款的白色福特轿车,车身有火光四射,像我们喜庆时的爆竹礼花,十分抢眼。馆方说这是镇馆之宝。原来,这宝物是旅居纽约的上海艺术家蔡国强的作品,很中国;但,为何中国没舞台?

想和大家分享在 SAM 欣赏艺术品的心得。这是一位韩国艺术家的作品,题名:「Some/One」。美国军人作战时都必须戴个铝质的名牌,普遍叫成狗牌(Dog Tag),原因是士兵万一阵亡,能知道死的是谁。这作品中,大将的战袍是用 10 万个士兵的名牌缝制的。真所谓"一将功成万骨枯"。

TO WALK THE WALKING　行

震撼的作品！战袍的细节，从不同的角度看，会看到不同颜色，有不同的感受。这是反战情怀的极品。

这是一位阿尔巴尼亚艺术家的作品，题名"流浪的家"。相信你可以感受到那背着屋顶的人，流浪时心中的沉重。真的很感人。

这块彩画玻璃题名"风中的牡丹"。由于作者是美国人，这牡丹的风韵真是和我们习惯的"富贵花开"不一样。艺术无疆。

2011-06-26

星巴克咖啡的发源地在西雅图，这是起家的老店。至今时刻大排长龙，一杯咖啡要等上半个时辰。门前艺人的随兴表演为排队的人解闷，挺好。

西雅图多牡丹，是许多落户西雅图的柬埔寨人种植的。西哈努克亲王夫人喜爱牡丹，柬埔寨人懂牡丹。

北美州 / 美国亚特兰大

时事与趣闻笔记

2011-08-04

美国负债累累,是不能一时半载解决的。"开源节流"是治家理国的基本道理。美国国会刚通过的解决办法,只是"断箭",不是治本,箭头还在体内。多数美国人信用卡消费成性,美国企业国内生产力及就业率下降,国家海外征战及反恐花费以每分钟上亿美元计,再富有的国家都经不起如此败家。中国戒之。我常去北欧,挪威是个很安静的国家,首都奥斯陆是我很喜爱的城市,挪威人每年只有半年的日照,有半年的时间活在黑夜里,所以他们十分珍惜长日的夏季。最近种族主义极端分子的集体枪杀恐怖行为,令人战栗之余,不禁要问:这是人性丑恶的真面目,还是环境使然的后遗症?这样的症候群正在当今社会潜伏吗?人类虽是万物之灵,但生活中却总有万般的无奈。不是吗?只要出门,不论是搭飞机、轮船、公车、动车还是高铁,你就是把"命"交给不相识的人了。就算自己骑单车,自己走路,也可能被不相干的人撞上。许多事真是不能细想,"安全和保障"的安全和保障又是什么?只能冀望更负责的政府,更文明的社会了。

2012-02-24

　　国际著名的杰出战地女记者，美国籍的科尔文。她貌美能干，她的战地报道广受重视。多年前在采访斯里兰卡内乱时，被炸瞎了一只眼睛。这位强悍的女记者并没有退怯，她继续报道不同的战事。不幸，前天她在叙利亚的战乱中"阵亡"了。我曾经做过记者，却从来没做过战地报道，由衷敬佩这样勇敢敬业的女人！优秀诚实的记者，是社会的良知，是真理正义的天使，是记录历史的苦行者。

2013-07-27

　　美国汽车城底特律破产了。怎么可能？原因很复杂，也很简单。冰冻三尺绝非一日之寒。美国汽车工人的工资福利、退休待遇是世界工人的"人上人"，工会强大无比！三大车王纷纷出走别州，或转战海外；市政收入高额注入失业及贫困救济，中高收入族群相继离去，税基大幅削弱；人口由170万降到80万，如何生计？ 我曾走访最大的航空货运"大陆空港"孟菲斯市(Memphis)，那是联邦快递的世界总部，又以猫王Elvis的故乡驰名于世。孟菲斯市是美国的三级城市，人口不多，当地的文化传统朴实，工资合理工人勤奋，于是有远见的企业家史密德成功地创建了联邦快递。

2011-07-03

美国亚特兰大是黑人民权运动领袖马丁路德·金的起家基地。他的《我有一个梦想》（I Have a Dream）的演说，至今仍是经典。可惜1968年他39岁时在孟菲斯某汽车酒店的阳台演说时遇刺，一枪身亡。他的夫人在2006年去世，两人合葬于家乡。我在墓前脱帽致敬，叹息英年早逝，他到底怎么死的，一直说不清楚。

这条在亚特兰大的街叫奥波（Auburn），是美国黑人民权运动开始游行的第一条街，当地人把它称为"甜美的奥波"（Sweet Auburn）。马丁路德·金的父亲是牧师，他主事的教堂就在这街角的对面。这条街今天看起来很平静，想当年，这是个热血沸腾的地方。

2011-07-04

亚特兰大的招牌企业，当之无愧的是可口可乐。这是可口可乐世界，里面陈列了可口可乐成长的历程。可口可乐的神秘配方，是永远的传奇。

亚特兰大另一个知名企业是提供改善家居

生活用品的 HOME DEPOT。它的老板 Bernie Marcus 在 2003 年捐出两亿五千万美元支持成立了"乔治亚水族馆"，服务乔治亚社会。这种企业回馈社会的文化实在值得学习。

亚特兰大市区闹中取静的植物园，也是由社会各层人士捐赠维护的。有的是寡妇纪念前夫，有的是子女纪念父母，也有许多是不具名的。所有的捐赠都没有张灯结彩的仪式，也没有记者拍照。这是美国民间文化的亮点。

2012-06-29

亚特兰大的餐饮水平是世界级的。美国南方人热情好客。菜肴丰盛，口味较重，餐桌摆设很讲究。餐饮业蒸蒸日上。许多旧工业区的仓库被新潮的年轻人改成风味特别的高级餐厅，高薪聘请的名厨吸引了大批美食客。美国南方菜口味较浓，色彩鲜明，很受中国人的喜爱。如果你来做客，可以不去中国餐厅，而试试乔治亚的南方菜。你不会失望的。

2013-07-17

今天在亚特兰大去了 High 博物馆，看了荷兰大师维米尔 Johannes Vermeer 的名画"珍珠耳环的女孩"的特展。这幅名画又名"荷兰的蒙娜丽莎"，一直是我的好奇。画家维米尔英年早逝，只留下 36 张作品。珍珠耳环的女孩也身世成谜。1999 年有本畅销小说，后来好莱坞还拍成电影。原画的确感人。

2013-07-23

"二战"后卸任的美国总统都有纪念其生平事迹和成就的图书馆。其中以"卡特中心"占地最大。介绍他花生农出身，入主白宫的内容特别丰富。卡特任内提出人权议题，和中国正式建交是国际亮点，但国内经济衰退、美元缩水等使他仅任期 4 年。他卸任后致力于促进和平。

2014-06-19

亚特兰大是乔治亚州的首府。南北战争期间桃子是乔州极重要的经济作物，所以这个以"桃树"著称的城市有很多路名、建筑、酒店、地标都以"桃"命名。不过，现在环境改变了，花生和大豆的经济价值已远远超过桃子了。所以人和植物一样，都必须有价值才不会失去重要性。

北美州 /
美国纳帕谷

2011-07-05

游美国酒乡纳帕谷（Napa Valley），不住大酒店，要住这样的小客栈。感受"田园生活"，倾听"小城故事"。

纳帕谷面积很大，整个山谷有两百多家酒庄，许多是意大利后裔家族式的小酒庄，也有世界知名的 Robert Mondavi 级的大酒庄。游纳帕一定要开车，比较自由，也可以搭乘这种复古的小火车，车内装潢古典，餐饮服务都很好。你可以悠闲地浏览车外的葡萄世界。

纳帕谷全年气候温和，阳光充足，降雨少，早晚温差大，土壤性质可与法国波尔多媲美。1976年纳帕的一瓶红酒在法国巴黎的品酒会上，被评为"酒王"，当那瓶红酒的原产地揭晓时，法国专家

们发现它来自美国纳帕谷,都大吃一惊。从那时起,纳帕谷开始写下了红酒的新篇章。

晚安,纳帕。给远方的友人送上 Napa 的 Cabernet Sauvignon,纳帕谷特有的酿制红酒的葡萄。据说,中国的好酒人士目前在纳帕很活跃。收购酒庄的国人,当然是看好酒的市场。"杯酒人生",酒是永远的市场。

2011-07-06

美国加州现在是薰衣草盛开的季节,进入她的庄园像漂浮在紫色的海浪中。阵阵微风吹过,紫浪里飘着醉人的芳香。难怪薰衣草别名"爱情草",许多浪漫凄美的爱情故事,都要有些薰衣草的情怀。

薰衣草早在罗马时代就被封为"香草之后"。薰衣草全身是宝,花香典雅,可熏衣;花色蓝紫,是许多画家的挚爱;花序秀丽,宜于观赏;薰衣草不但是护肤精油的上选,在医疗上茎和叶可入药,健胃、止痛,还可以治感冒和湿疹等。所以有心人不要只欣赏薰衣草的浪漫,她还隐藏了无限商机啊……

TO WALK THE WALKING 行

北美州 /
美国半月湾

2011-07-06

半月湾（Half Moon Bay）是个国内观光客很少去的地方，她却一直是我很喜欢的海边，因为宁静安详。沙滩上漫步，海水会轻轻冲滑在脚面上。海天一色，心灵飞翔。

半月湾的黄昏，不需要任何形容词。

半月湾的日落，美得叫人心痛。希望你也喜欢这宁静的半月湾，她有一份"与世无争"的超脱。

好多人喜欢紫色。有云"大红大紫"。紫色在东、西方的过去，都是皇家贵族才能穿戴的颜色。今天的泰国皇室的"招牌色"，还是紫色。看到这无名的小花，她一抹秀丽的"紫"，我无法抗拒地被吸引。

北美州 / 美国旧金山

时事与趣闻笔记

2011-10-06

乔布斯在斯坦福大学演讲中曾说"死亡是最伟大的发明，因为唯有死亡才能重生"。56 岁，死得太早了。这位天才，生父叙利亚人，母亲未婚生子，家庭反对，她选了对儿律师夫妇领养，但他生出来后是男孩，律师夫妇本想要女孩，后改由工人父母领养的。乔布斯的生命改写了。他不忍心工人父母供他上大学的负担，辍学了。他曾说过，谁都不想死，即便是一心要上天堂的人。他一生为他的梦想和理想而活，而死。他 30 岁时被他自己创业的苹果开除，2004 年后一直被死神的阴影笼罩，但是他的下半生，活得更精彩，更伟大。乔布斯的死讯，可能解说了昨天苹果 iPhone 4S 的发布会为什么那么沉闷。苹果的高管们当然知道乔布斯严重的病情。有一种说法：iPhone 4S 的意思是"为了史蒂夫"—For (four—4) Steve （乔布斯的名字）。不管这说法是否可信，我愿意这么想。为了史蒂夫·乔布斯！

TO WALK THE WALKING 行

2011-07-07

旧金山的天气，像大小姐的脾气，时好时坏，捉摸不定。幽默大师马克·吐温曾说过"我最冷的冬天是在旧金山的夏天过的"。不错，你来此游玩，不论季节，一定记得带御寒的衣物。旧金山的金门大桥，即使在夏天，也常躲在云里雾里。而且桥边总是很冷。今天带两个年轻朋友去拍照。桥身只露出两分钟就不见了。

旧金山市区有条举世闻名的"九曲花街"，又名"蛇街"（Lombard Street）。顾名思义这是条九转十八弯的街，它路面斜坡向下45度，路宽只比轿车宽少许。开车蛇行而下，像穿越在花丛之间，奇在此街从无车祸，两边的居民也对游客们十分客气。事实上，他们分文不拿，却全年无休地被游客"骚扰"，实在难为他们了。

这是九曲花街旁边一位居民住家门口的花墙。多么懂得生活！再见旧金山，下一站好莱坞。

209/

2012-06-30

  带着怀旧的心情，在斯坦福大学的校园漫步。我多年前曾在此进修，当学习完毕，真的很舍不得放下那美好的学生生活。今天旧地重游，俊秀的校园，独特的建筑，找不到时间的痕迹，反而是熟悉的温馨。斯坦福夫妇在120多年前为纪念病逝的爱子而捐建的斯坦福大学，而今是多少优秀学子期盼步入的学术殿堂。

  这是哪里？旧金山的海湾。图中蔚蓝的水是海水。岸边的人家邻水而居，不禁想起"在水一方"。只是此时此景，没有苍茫，只有蓝天相依绿水的清新和悠闲。

北美州 /
美国华盛顿

时事与趣闻笔记

2011-10-16

明天华府会很热闹。有纪念马丁·路德·金的活动，抗议失业的示威，反华尔街的人群，加上争取华盛顿特区升级为美国第51个州的游行。我不会留在华盛顿看热闹，明晨将飞回香港，下星期还会再回美国来。反华尔街的"美国之秋"缺乏明确的目标，具体的诉求，这些"稀里糊涂"的乌合之众继续闹下去，很难有成果。

2012-05-10

奥巴马在美国电视台做了一个惊人的、划时代的宣布：他支持同性的婚姻。这是历史上第一位美国总统如此正式公开表态，在美国掀起了轩然大波，为美国总统大选增加了议题。奥巴马说有同性取向的恋人真诚相爱，应有婚姻的自由。他是基督徒，但他不讳言他立场的改变是受到妻子、女儿和年轻一代的影响。

2012-11-09

眼泪总和女人挂钩，男人如果流泪会被标签为"弱"，当然演戏时除外。奥巴马的形象一直是"酷"（COOL），即使在他下令追杀本拉登的前个晚上，他还在一个公开的晚宴上谈笑风生，行动当天上午打高球。此次大选的最后一天，罗姆尼到处拉票，他却去打篮球，然后和志愿者通话。当选后他向一群志愿者道谢，他真情地哭了。

2012-12-15

奥巴马哭了。美国又传集体枪杀惨案，这次竟然发生在一个安逸美丽小镇的幼儿园！27人死亡，其中成人教师6人，包括枪手的母亲；此外除了20多岁数学成绩优异的枪手，最悲惨的是其余20人，都是5~10岁的孩子！真是没人性的疯狂暴行！天下父母心，哪有不落泪？大家都在问为什么？美国宪法保障公民合法拥有枪支！

2012-12-23

美国《时代》杂志继2008年后，再度推选奥巴马为2012年的年度人物，并期许他是新美国的工程师。说实话，奥巴马的日子不好过，如果他们夫妻俩留在芝加哥做律师，生活会很安逸。四年总统当下来，他已两鬓斑白，显老了。他对康州枪杀案的悲愤是做父亲的无奈，处理财政悬崖遭遇的重重阻挠是对总统的挑战。

2013-04-19

美国又传恐怖爆炸。有百年历史最享尊荣的波士顿年度马拉松赛是世界马拉松业余跑将最向往参加的每年盛会。在市区最热闹的赛事终点站，两声爆炸造成3死152伤，行凶动机和行凶人目前不详。波士顿名校林立，哈佛、麻省理工、波士顿大学等，是美国最有书卷气的城市和对新移民极为友善的社区。悲剧为何重演？

美国恐怖暴力惨案频传，这个只有印第安土著民才能称得上是真正美国人的"新大陆"是由"移民"建立起来的。美国接受包容来自五湖四海的文化和信仰，向往民主，崇尚自由，追求平等，形成了"大熔炉"的文化。每个美国人都有根，除了印第安人，每个人的"根"都不在美国，冲突和对现实的不满，在所难免。

"波士顿马拉松爆炸案的两个嫌犯是来自车臣的兄弟。哥哥在警方追捕交火时引爆身上的炸弹，急救时死了。弟弟在逃，他身上可能有炸弹，警方如临大敌，在疑犯出现Watertown邻近区的所有公共交通停驶，学校商店关闭。两兄弟逃离车臣到美国生活求学，主修工程。哥哥在脸书上说，我没有美国朋友，我不懂他们。

波士顿马拉松爆炸案在逃的弟弟嫌犯，已被捕。这对作案兄弟把波士顿搞得翻天覆地。弟弟8岁时以难民身份移民美国现已是公民，领有奖学金就学，并在哈佛大学做过泳池救生员。哥哥20岁到美国已持绿卡，赢过拳击赛冠军。无论他们的动机为何，滥杀无辜，违背普世价值观。虽然天网恢恢，但怎能慰藉吕令子的家人？

2011-10-15

来到华府探友。在几个小公园里有些反对华尔街的示威者，搭帐篷过夜。他们打出了"美国之秋"的标语，显然启发于"阿拉伯之春"。

在参观几个非美国企业的工厂时,非常特别的现象是几乎每个工作站和角落都挂着美国国旗。工人们都很珍惜他们的工作。美国失业率高达百分之九,目前似乎没有什么改善困境的灵丹妙药。失业率高涨是奥巴马竞选连任的大难题。

2011-10-16

工业生产的高度自动化,确实提升了企业的生产力,也降低了长期运营的成本。机械人不受劳动法的保护,可以24小时工作,全年无休,也不需要劳保、医疗、退休和工会的开支。企业在市场不景气时,以裁员降低成本,而同时要维持生产力,多数利用科技和自动化的手段,甚至延伸到超市和加油站这样比较一般的就业职位。

2011-10-16

意识到美国工厂"悄然的革命"。一些以劳力为主力的蓝领职位,在老一辈的工人退休后,将逐步消失,新手将是"互联网和数码族群"。看到工厂的许多角落散布了 WiFi 无线上网休闲区，提供免费饮料小吃，美国企业的管理层已经意识到这股"蜕变的风向"（Wind of Change）。相信这股风会慢慢吹进中国工厂。

2013-03-22

很久没回华盛顿了，一切还是那么熟悉。首府的里根机场的确有类似"911"事件的极大隐忧。飞机降落时，白宫、国会山、华盛顿纪念塔等近在咫尺，若有失疏，真能酿成大祸。因为有庞大参众两院的工作团队和每天来自50个州的上访人流，使得这机场必须存活使用，机场安检更必须严格。

2013-03-24

华盛顿的观光客必定会参观美国国会山。它是美国民主自由的象征。民主、共和两党在财政预算问题上争论不休，虽然使美国形象受损，但对民主思维理念的维护运作也是一个很现实的作业题。昨天民主党的预算案已由参议院通过。图中左手边的旗杆是空的，说明众议院正在休会。

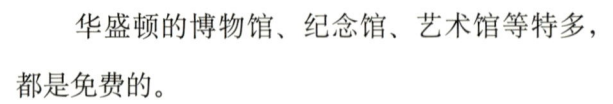

华盛顿的博物馆、纪念馆、艺术馆等特多，都是免费的。

每年这个时节樱花盛开，是华盛顿最美的时候。可惜今年奇冷，樱花可能要到下星期才开，我要离开华府了，等不到花开，因花期只有两个星期，也无法赶回来赏花。且待来年吧。

2013-03-25

我曾是记者，对新开的"新闻博物馆"（Newseum）特感兴趣。每星期天有个很好的新闻栏目"Meet the Press"，这是美国政要领袖与民众沟通最给力的渠道。主持人 Tim Russert 是优秀的新闻人，2000 年美国总统大选时，他以白板写下了三次 Florida，正确阐明佛罗里达州将决定大选胜负。2008 年 6 月 13 日他在办公桌前猝死，很遗憾他未能见证奥巴马的当选。图中是纪念他和其他为新闻牺牲的记者。

因为我曾经做过记者，所以在华盛顿的新闻博物馆（Newseum）的见闻，总是挥之不去。馆中彰显"新闻媒体"六个理念：Justice- 正义；Liberty- 解放；Free Speech- 畅言；Rights- 权利；Freedom- 自由；Truth- 真理。作为一个真正的

新闻从业人，能坚守这六个基本，才配得上"无冕之王"的尊称啊。

我对摄影有挥之不去的情节。有时，一张照片的力量真的胜过千言万语。2012年4月16日，《丹佛邮报》的Craig F. Walker凭借一张反映退伍军人返乡生活的作品《欢迎回家：Scott Ostrom的故事》赢得了2012年普利兹奖的特写摄影奖。这位从战场回家的年轻人的脸上，真的写下无言但是万语的故事，感人……

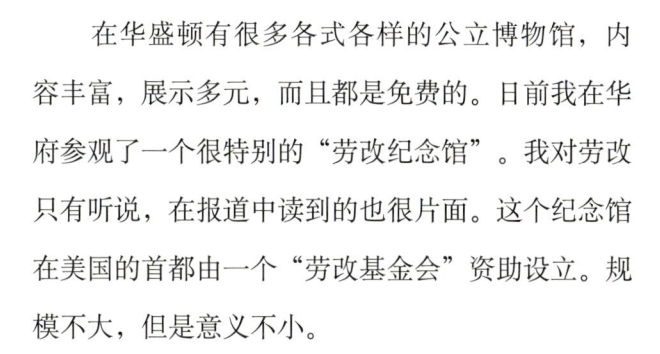

在华盛顿有很多各式各样的公立博物馆，内容丰富，展示多元，而且都是免费的。日前我在华府参观了一个很特别的"劳改纪念馆"。我对劳改只有听说，在报道中读到的也很片面。这个纪念馆在美国的首都由一个"劳改基金会"资助设立。规模不大，但是意义不小。

在华盛顿"劳改纪念馆"中，看到了这件陈列的"劳改衣"。怎能不鼻酸？今天的中国人不再穿衣难了。让我不禁想起了一段很红的广告词"Baby, You have come a long way!"这段话很难翻译得传神，意思是"亲爱的宝贝，你已今非昔比！"

北美州 / 美国纽约

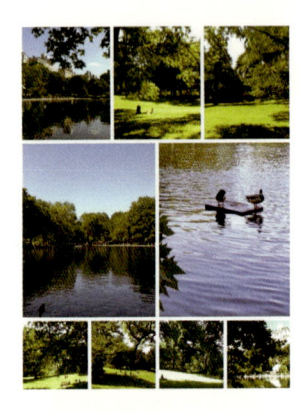

2013-06-20

纽约这个大都会虽然是个不折不扣的水泥森林，但是她最特别也是最引人注目的城市特色是，在这小小的曼哈顿岛上，有个偌大的中央公园。今天阳光明媚，午后信步在公园里游走，放眼绿荫蓝天碧水，心旷神怡。纽约人热爱纽约，有理。

纽约中央公园里，安徒生正在讲述他的童话故事，小小娃娃也来听呐。

2013-06-21

今天纽约晴空万里，华尔街却狂风暴雨，道琼斯跌了353点，因为美联储主席伯南克宣布年底拟减少购债计划。美国经济正在复苏，希望这只是茶杯里的风暴。纽约依旧如常，著名的教堂和热闹的苹果店，街头的黄色出租车和热狗档、第五大街不同的景象。都很纽约！

TO WALK THE WALKING 行

北美州 /
美国休斯顿

时事与趣闻笔记

2012-04-22

德州是美国的强州,德州 GDP 相等于整个独联体的 GDP。德州人什么都讲究要"最大、最高、最新、最好、最什么……",德州人只要没犯罪记录,成人都可以买枪佩枪,甚至用枪"自卫",贼入侵家园,主人可以大喊:我有枪!如果贼人还不退,主人可开枪。

2018-11-30

乔治·赫伯特·沃克·布什(George Herbert Walker Bush),美国第41任总统走了。1971年,中国恢复在联合国合法席位时,老布什正担任美国常驻联合国代表。1974年,他放弃了去英、法当大使的选择,来到他认为更有挑战性的中国出任美国驻北京联络处主任,也留下了他在北京街头骑自行车的照片。葬礼上,最后陪伴他灵柩的是他的爱犬。

2012-04-23

休斯顿是个比较"新"的美国城市。1837年，山姆·休斯顿将军领军打败墨西哥人，夺得此地而纳入美国。现在墨西哥裔占休斯顿人口的40%，东方移民超过15%，黑人也不少。此地人人有权合法拥有枪支。这是一座1922年建的庄园，可想象早期的白人确实需要枪支自卫，保护家园。

美国的布什家族出了两任总统。德州人对老、小布什都有很深的感情和尊敬。老布什退休后一直住在休斯顿。他现在的健康状况已经很差。休斯顿人为了表示对老布什的爱戴，不但把机场命名为乔治·布什机场，同时也在市中心建了乔治·布什广场。

这是NBA休斯顿火箭队的主赛场，姚明在此风靡美国，至今休斯顿人还很怀念他。当年邓小平先生访问休斯顿时出席欢迎盛会的大体育场，如今已闲置多年，但休斯顿人不舍得拆它，因为它曾经是全世界第一座全部冷气空调的体育场。

TO WALK THE WALKING 行

在休斯顿有一位84岁的老雕塑家，他的工作室名为"总统公园"。院子有所有美国总统的大头雕塑。

2012-04-26

休斯顿是在美国生活比较便宜的城市，比华府的衣食住行开销低58%，房价比其他大城市低20%～25%。因为经济支柱是油、气、能源，这里没受到经济危机太大的影响。这是休斯顿富人区，深宅大院，低调隐蔽，林荫路，鲜花岛，宁静休闲的气氛。居民不必缴纳州税，文化多元，就业机会较多，休斯顿是很多新移民的上选。

这是休斯敦市中心的弧形水幕墙，四周有草坪和小树林。艺术中心、博物馆、体育场、剧院、休闲、娱乐、展览广场使城市生活十分丰富。德州人有一种"范儿"，和德州身份有关。德州曾是个独立国，"纳入"美国联邦时达成共识：德州州旗与美国国旗并列齐飞。德州若独立，会是世界第23位的经济体，大过挪威。

这是"休斯顿俱乐部"，更为人知的身份是老布什的俱乐部。他在此打高尔夫，款待访客，

和家人好友聚会。可惜他现在已经要靠轮椅代步了。会所大厅的屏风、墙上所有的挂画，地上的地毯，桌上的台灯，都是中国的。老布什的中国情结真是挺深的。

这是达拉斯的"达拉斯牛仔大球场"，美式足球的麦加圣地，真大。

从内心讲，一个外国人，不仅仅是美国人，他能否真正了解这五千年的文化？这就像两个圈，这是我们，那是他们，可能我们之间的距离有这么大。然后我们尝试不断地沟通，通过沟通，我们尊重彼此的文化，这之间的距离就会越来越小。但我并不认为这两个圈，最终会交叉，因为毕竟我们有太多不同，我们不能指望别人完全成为我们。我是叶莺，我可能会变得和你差不多，但我不可能成为你。

美国是个移民国家。美国文化海纳百川，没有纯美国文化。美国精神不是一碗汤，而是一盘色拉。汤把所有的食材元素都溶化了，而色拉中的每种食材都保有独立的特色，色拉酱丰富了各自的特色。美欧亚非拉丁文化形成了美国独特的彩虹文化。作为华人，传承华夏文化是天命，不分地域，因为人类的智慧是相通的。（2017-08-05）

北美州 /
加州棕榈泉

2013-12-12

今晚到了加州长堤边的山区，看到夜幕覆盖大海前，最后的晚霞。太平洋的海风，温和的海浪，美西的庄园，悠闲的游人，歇息的脚步。2013年的尾声了，又是一年！岁月为何总是如此匆匆？再回首，美好的，过的太仓促；难忘的，只能珍藏内心深处。朋友，你的2013，过得好吗？

2013-12-16

认识她吗？是的，性感的代名词——玛丽莲·梦露！这大型梦露塑像全美巡展，此时正在棕榈泉。这个梦露招牌动作不知多少人"东施效颦"，不过还是原版才有梦露的真魅力。她的确是走在时代尖端的女人。她站在纽约大街上，地面的通风口吹起她白色裙摆，她刻意用手盖住的那一刹那，已经掀起了女人可以公开"性感"的革命。那股狂澜今天还在发酵、翻滚。于是她在那个时代定格了，像猫王Elvis，像迈克·杰克逊，没人能取代。

223/

到了棕榈泉——科罗拉多州沙漠山谷中的著名度假城市。这里每年有 350 天艳丽的阳光，气候温和，由于靠近洛杉矶和圣地亚哥，每到节假日或冬季，这里就"群星云集"，也常有时装节、电影节或音乐艺术活动。这里也以高尔夫球场、温泉吸引大批观光客。我喜欢来此看云、晒太阳。这儿的云美得醉人！

一问一世界，一叶一菩提

问：莺姐，您跨越东西，走南闯北，对世界不同的人，不同风俗，一定有很深刻的体会，还有美食，美景，可以写一本书啊，让想看看世界，又不能的童鞋们跟您一起旅游，像您去过那么多地方的人少啊，不写出来，太可惜了，呵呵……

叶：是的，或许未来会出一本新版《莺语》，希望有些"中国的元素"，加上"国际的色彩"。

问：叶女士，您好！之前有幸听过你的演讲分享，也看您之前分享过美国城市休斯顿，我工作几年，想辞职去美国找一个城市生活游学半年沉淀反省，当送给自己的青春一个礼物，你认为休斯顿好吗？感觉去美国一般大家都去纽约或者加州？这半年时间很难得，希望得到您的意见！谢谢！

叶：哈哈，你能放下一切去美国游学沉淀半年，是人生路上难得的"行万里路，读万卷书"。去哪个城市并不重要，重要的是你在哪里"舒服",你舒服了,你就会有最大的收获。这也许不是你要的答案,不过,却是最老实的答案,凭感觉走吧。

问:叶女士是天主教徒吗?

叶:我不是天主教徒,但是我很喜欢去天主教堂,我喜欢它们的建筑风格,布局采光智慧和艺术及色彩的考究。当然还有那些听不完的故事。欧洲的历史和天主教是分不开的,在欧洲的名胜古迹中几乎一半以上是著名的天主教堂、修道院,在博物馆或艺术馆里的许多名作有宗教的传承和"政教合一"的见证。

问:叶女神,你多数的时间都是在旅途中。这是一种生活方式?还是工作的一部分?或是进入新工作之前的放松?

叶:我在学习思考……观察……审势……多走走看看,是工作也是生活。

问:为什么每天都看你在游玩,很少工作的呢?我想向你学习啊!

叶:我在工作,没有退休,感谢科技和通讯的发达,我此刻可以同时为五家跨国公司服务。

问:分享一下心得吧叶总!为什么可以天天都去旅游的?

叶:Work Smart. Do what you love to do and do your best.

问：好多人问你，每天旅游不上班钱从何来？我只想说一句，每天按时上下班的人，一般都不会太有钱。

叶：我并不是天天旅游，不工作的。只是在这里，不合适谈论工作，不是吗？

问：您好，想请教您如何看待假期处理公务这件事。就大部分员工而非高层来说，似乎欧洲人度假时一般不处理邮件和参加电话会议，而中国人一般放假也会将电脑随身携带，电话会议也一律参加。若不这么做会被认为不努力或者说不够负责任。这可能是文化差异，但在跨国公司里，怎样做才更合理呢？

叶：我有工作和生活的平衡。但旅游休闲时，我会参加电话会，也会看业务邮件并且回邮，当然如果到了没有信号的地方除外。我认识的欧美同业，很多大老板也是和我一样做法，我不觉得有什么不妥，也不会影响我度假的心情。当然，每个人的作风不一样，随你的心走吧，没有一定的对错。

问：我也好想去周游世界，但没钱没时间，也许这都是为没勇气找理由。世界在那，去不去是自己的事，我想知道自己该如何做才会成功呢？

叶：你说得对。世界在你脚下，你看世界，世界也在看你。千里之行，始于足下！你需要的是迈出第一步的勇气！

有记忆的人都会有回忆。在岁月的恒河里，有些回忆是被冲走的沙子，珍藏的是永远发光的金子。你可能是长情怀旧的人，但不要做回忆的拾荒人。岁月是流水，在岁月里真正活着的人，不要顺水漂流。心中要有一把火，燃烧在没有星月的寒夜，在没有解锁的困境，在事业的低谷，在爱情的苦海。

——叶莺

TO WALK THE WALKING 行

回归故里

CALLING OF HOME

夜宿西山下,滇池边。
月如钩,风满楼!

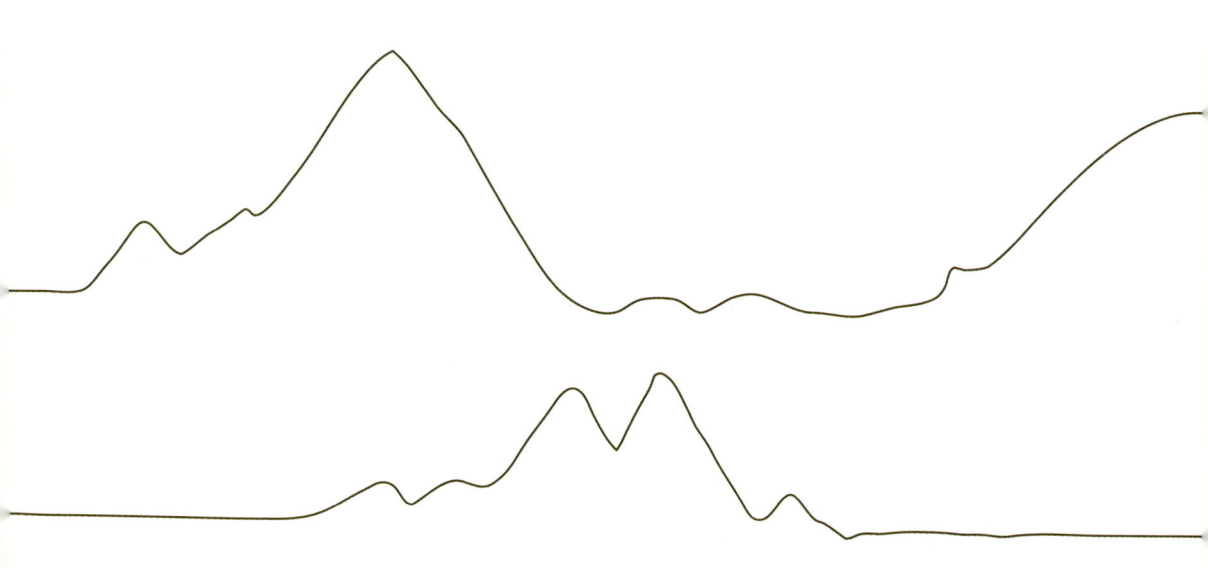

上海 南京 苏州 成都

2011-03-25

已到南京，住进南京绿地洲际酒店。南京的新地标。

南京玄武湖，尽在眼前。

南京夫子庙，十里秦淮，夜色如锦。

东城风光好，枝头春意闹。

2011-03-30

在苏州金鸡湖畔。

TO WALK THE WALKING　行

2011-03-28

清舟唱晚，不一样的上海。

2011-04-10

悠闲的成都，河边的早茶。

2011-04-15

"慢城"农家菜。

淳溪老街，岁月的痕迹。

高淳的樱花。

高淳油菜花海。

231/

丽江·束河古镇

2011-04-22

丽江的石板路，有讲究。如果石板是正着排列的，那么是条可以通往各处的"活路"。如果路面的石板是像图中这样斜着排列的，就是一条"死路"。人生的路，若是也有这样的"指示"，该多好啊！

传说丽江久远时，原是一片海，故有"干海子"之说。沧海桑田处，珍藏着永恒的故事。

2011-04-23

来访束河古镇，很安静。许多弹吉他的歌手，几乎所有的餐厅、茶馆、咖啡馆都有。歌风相似，有些忧伤。听说一首"嘀嗒"已在丽江、束河的大街小巷唱了三年。 这是束河之行的"艳遇"，她芳名"纳妹"，是只两岁的宠物猪。她什么都不会，只会吃了睡。

TO WALK THE WALKING 行

新疆

2011-05-12

我已到了新疆昌吉州，水果真好。

2011-05-13

独山子的早晨。阳光明媚，心旷神怡。

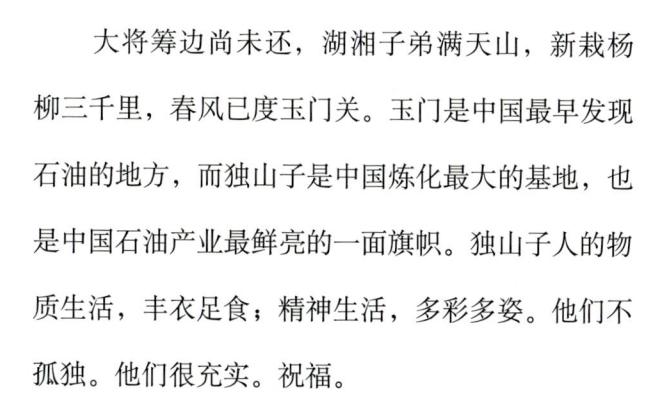

大将筹边尚未还，湖湘子弟满天山，新栽杨柳三千里，春风已度玉门关。玉门是中国最早发现石油的地方，而独山子是中国炼化最大的基地，也是中国石油产业最鲜亮的一面旗帜。独山子人的物质生活，丰衣足食；精神生活，多彩多姿。他们不孤独。他们很充实。祝福。

2011-05-14

在去吐鲁番的路上。撒金的路面。

铁扇公主不在家。真热啊!

博友:独山子的早晨。阳光明媚,心旷神怡。
叶莺:打开你的"心窗",窗外的世界很精彩。

博友:没想到您说的和网友一起去新疆,真成行了!感到非常钦佩与可惜,钦佩您一诺千金,只可惜我没法前去,一睹您风采!
叶莺:是的。我从不"轻诺",所以不寡信。

2011-05-13

和独山子的莘莘学子相聚,我会永远记得在独山子的日子,谢谢所有独山子石化共青团的团员为我安排这一次永生难忘的相聚,希望独山子的朋友别来无恙。

TO WALK THE WALKING 行

虎跳峡

2011-08-23

金沙江上的云海。这是金沙江上的"虎跳峡"。现实里，再威猛的老虎都"跳"不过这3900米深的峡谷。所以他永远是"虎眺"，不是"虎跳"。像海明威笔下那头在非洲雪山上冻死的豹子，它们哥儿俩都找错了"舞台"。

金沙江，江面上看似平静，江心却暗流汹涌，漩涡险恶。江上有年轻人漂流为乐。桥上的人看得提心吊胆，叹息我们年轻时，没有勇气做这样冒险刺激的水上漂流。只能留影以志，我们继续漂流人生。

千岛湖

2012-11-20

千岛湖的黄昏，我的窗里窗外。金秋的千岛湖真是休闲充电的好地方。这两天秋高气爽，湖光山色，无限夕阳。极美。落日听松的幻象；翠湖扁舟的遐想。

我与好友刘杰医生、宛士杰博士时常相约聚餐、高球和旅游。相约千岛湖吃胖头鱼和高球运动，意外的抓了一只鸟。其实我有四十多年的高尔夫球龄，可惜不常下场。宛博士第一次抓球杆还是我教的。因工作繁忙，千岛湖挥杆后，一直没有再下高球场。一场腰伤，让我暂时告别高球。儿子 Nick 为此也非常难过，我们以前在美国常常一起打球的。

TO WALK THE WALKING 行

峨眉山

2013-09-02

中国的四大名山中，峨眉山以秀美著称。今天终于体会了为什么这佛、道圣地又被称为是"美女的眉"！峨眉山是真"美眉"啊！

在峨眉山下吃豆花，逛林荫小街。细雨中。

在成都吃辣椒！哇！我已经被培训成功了！村间湖畔，清风里的辣鱼宴美味极了。

回港后，朋友看到我发的这张微博附图，都问我，那下腰的姿势是内地现在的"流行"吗？事因同游峨眉山拍照时喜欢耍酷斜身，拍出来的人像总是歪的。我们斜身了，还是歪的！真所谓："浊其源而望流清，曲其形而欲景直，不可得也！"

武当山

2013-11-04

上个月在十堰访问二汽，因公务在身，未能登武当山，与朋友相约年底回来。我昨晚到了武当山，将在此"闭关"静修。八亿年的历史，八百里的武当，大岳太和山之巅峰的"金殿"。仰望那千古的传奇，俯瞰绵延的无际。

2013-11-08

武当山俊而险！许多阶梯比45度更陡！你相信我"爬"上去，也"爬"下来了吗？是的。我确实徒步上武当山，直达金殿，下山到乌鸦岭。有幸，好友相伴，不然，下山后段，可能真要"爬"下来。

2013-11-11

武当山是道教的圣地，道教是唯一在中国诞生的宗教。老子的道家思想和孙子的兵法，在今天

TO WALK THE WALKING　行

西方的思想生活和企业的管理理念中,有重要的地位和广泛的影响。身在此山中确实感受到武当与世无争,悠然自得的灵气。千年武当仙山是你此生必须探访的传奇。"问道武当,养生太极",在高压竞争的东西方社会和忙碌追求物质名利的现实生活中,已成为如何解码人生真谛和追求心灵康宁的圣杯。太极思想的乾坤共生,阴阳圆融,耐人深思。武当道长以刚柔并济的太极拳,优美诠释季节更替,万物荣枯,认真探索天人合一的神秘命题。在武当的七天静修,倾心问道,受益匪浅,回味无穷。这段短暂的神仙日子,眨眼已是昨夜星辰。再见武当,我一定回来。[3]

注[3]:武当山的陡峭坡度和登山的难度极大,腰伤后,若他日重访,可能要坐缆车了。

温州

2012-8-10

"成功女性论坛"已是第九届,发起人刘景斓一直努力于提升女性对不断学习的认知,并以论坛形式进行培训,我支持。学习是人生路上四通八达永远的通行证和生活中得到快乐的优待券。此届开幕礼时有幸与林姝宏为邻,了解了林总的成功历程,真为温州女子骄傲,也为温州人的特性和传奇蒙上了又一层神秘的面纱。

2017-7-10

瓯江温州人有个传神的"两板"说法:晚上睡地板,白天做老板!刻苦耐劳、勤奋务实,洞察商机意识敏锐、进军市场执行敏捷,这些是温州商人的标签。他们在

TO WALK THE WALKING　行

世界商场上，无孔不入、无往不利；他们同乡守望相助，家族齐心协力；更重要的是温州女人精明能干、持家有方、相夫教子、内外兼修！④

注④：我没去温州之前，一直觉得温州人都是会做生意的商人。去了之后，我才发现那里有非常浓厚的文化底蕴，而且温州的女人特别厉害，她们不但会做生意，更会持家，同时在文化的传承上又很用心，她们的思想游走在传统和创新之间，她们的执行果断有度，她们有一种非常奇妙的平衡。我特别佩服温州女人。温州男人我接触不多，不过我知道他们为了培育比他们更好、更优秀的下一代，做出了最大的决心和努力。他们为家庭和社会默默贡献。早在1876年英国就在温州建了领事馆，造就了温州人很早就学习了与洋人经商的理念，和勇敢走出去闯荡的精神。

2017-7-12

江心屿－中国山水诗的发源。山水诗鼻祖谢灵运的"乱流趋正绝,孤屿媚中川;云日相辉映,空水共澄鲜",始得名"孤屿"。历代诗人如李白、杜甫、陆游、孟浩然、韩愈等留下千余传世诗篇,故又名诗之岛。图中江心寺对联:云朝朝朝朝朝朝朝散,潮长长长长长长长长消。会念?

2017-7-13

温州叶同仁创于1670年。经347年的历练,形成独特中医药文化——"修合虽无人见,存心自有天知"的价值观。"童叟无欺、真不二价"的诉求与北京"同仁堂"一脉相承,同享"中华百年老字号"。温州儒商王崇焕夫妇接手后,出于对"兄长""同仁堂"的尊重,正式去"堂"成为温州"叶同仁"。

2019-9-19

深夜在窗前拿着手机守候太平洋的日出，似乎回到捧着相机的从前。日落后的万家灯火，有一种异乡不归人的惆怅。能够年年和我的两个谊妹结伴同游世界，是一种被上天眷顾的幸福。我们同行崎岖山路，同尝佳肴美酒，同赏落日晨曦，同咏红叶，小樽运河（浅草桥）上见证我们不变的情谊。今日同路机场，却南北分飞。相约来年再聚首。

杭州

2015-03-30

　　杭州最美季节游西湖，赏心悦目。难怪清乾隆皇帝六次御驾人间天堂。乾隆是个有趣味有意境的才子君王，野史里很多他微服下江南的故事。他在西湖中的湖心亭留下了耐人寻味的《虫二碑》，看懂了，不禁会心一笑。俏皮的乾隆！他映射的是：《风月无边》哪！虫字有边是风，二字有边是月。

2017-03-22

　　烟雨杭州，韬光养晦。韬光寺居高临下，晴天里，全览西湖美景，钱塘壮丽。但不论是晴是雨，没人能从山下看到韬光寺，完美诠释"韬光养晦——做人的大道理！乾隆皇帝六下江南，八上韬光，因为他太爱韬光，太懂养晦！雨中的韬光寺仿若隔世仙境。不虚此行。

TO WALK THE WALKING　行

福州

2015-04-22

福州，久违了。多年后，重游旧地，放眼绿意盎然，心境舒怡。想到福建人在世界各地打拼成功的案例比比皆是，他们恋乡恋家，把海外辛苦赚回来的钱，汇回家园，光宗耀祖。这是有中国特色的游子之情，爱家之心。今晚夜宿福州小小西湖边，心中怀着他乡的思念。

莺语 2020

番禺

2015-11-22

十多年没来番禺了，这个侨乡变化真大！农地庄园不见了，绿地草丛没有了，高楼拔地而起，路上车辆穿梭，人们忙忙碌碌。著名的长隆野生动物园里，也是人山人海！变，是好事，只是苦了想吃了睡，睡了吃，要过宁静生活的悠闲"考拉熊"！

本着"老吾老以及人之老，幼吾幼以及人之幼"的精神，我的干妈何添夫人梁洁庭女士，在番禺"何添颐养园"和"何梁洁庭大楼"的旁边又捐赠了"何添大楼"作为孤独老人和遗弃儿童的安身之所。何添大楼今天的落成确实是何氏家族爱乡情怀的薪火相传，更是番禺周边弱势群体的福音！

TO WALK THE WALKING　行

香格里拉

2016-07-02

　　一个"逝去的地平线"故事，造就了"香格里拉"的传奇。中甸－香格里拉是很多人向往的地方。古城经大火后重建，可惜已失去古城的韵味。朋友的小院子保留了珍贵的回忆。

　　迪庆古城街上漫步的牛，中甸草原奔跑的马，湿地、沼泽、寺庙、风马旗、黄昏夜幕、快乐的游人。最接近天堂的地方——似乎触手可及啊！

　　美丽勤劳的藏族姑娘，扎西卓玛和她的藏花妹妹，请我到她们家做客。一座新式的藏族小楼，窗明几净光亮通透。楼体全是实木造建，雕花上彩，花了6年。这民居的膜拜佛堂，富丽庄严，聚集了藏传佛教的精华！偌大的客厅里显现了主人家最热忱的好客之道。今晚是藏族民俗文化宗教的盛宴！

无锡净慧寺

2016-12-06

　　在无锡新区隐藏了一座千年古刹——净慧寺。它与灵隐寺隔着太湖相呼应。传说乾隆皇帝下江南时要去净慧寺，但天雨路断，官员谎称崇安寺为净慧寺。如今这是极少还没有商业化的古刹。寺前的"小河"曾是三国周瑜水师练兵的行辕。附近的庭园曾有大乔小乔的身影。朋友若到无锡，不妨一游。

TO WALK THE WALKING　行

桐庐 鸡足山 腾冲

2017-03-24

离开杭州，本来预计去"小三峡"富春江。天雨，路经桐庐大奇山，发现了这潭美丽的水！惊艳。我们不走了，留下。旅行就是应该随心所欲。

2017-05-05

上月腿部受了伤，来到大理，赏花静养，晒太阳，腿力恢复得不错。今天为了庆祝青年节，决定来一次像中学时代的郊游。在两位女青年的陪同下，步行拜访了佛教圣地——鸡足山的金顶寺。自我挑战成功！暗喜。

2017-11-28

腾冲银杏村有 2000 多亩的银杏树。她们的叶子已经变成金黄，在无云蓝天的衬托下金黄的银杏美得让人心疼！漫步在这座古老的村庄，踩在满地金黄的落叶上，真像置身于深秋的童话里。好一个秋！好一个寻梦的午后。

巍山

2017-05-10

"流光容易把人抛。红了樱桃，绿了芭蕉"是丰子恺最具代表性的作品。樱桃成熟的时间很短，只有十几天，采下后，不易保鲜。在香港很难吃到这个品种的鲜樱桃。美国进口樱桃皮色较深红，不像"樱桃小嘴"。友人相约去巍山采樱桃，随采随吃。采樱桃要攀高枝才采到最甜的。人生亦如此。

2019-03-08

风和日丽，巍山古城，蝴蝶泉大院，带着我的小狗狗 Sugar 出游，好开心。Sugar 的回头率很高，他的社交魅力也很厉害。他听到太多的赞美，好在狗狗不会膨胀，他很礼貌也很乖巧。他现在是 4 个月的 baby，下次回来看他，他就已是成年狗了。不知道他还会不会依旧如此贴心温柔？

诺邓

2017-05-17

　　诺邓是千年历史的白族古村镇，以盐业起家成为滇西南的繁华商贸重镇。天然的山水地形勾绘出神奇的太极图。这里独特的地貌、传奇的盐井配上千年流传的制作工艺，造就了驰名的"诺邓火腿"。诺邓没有江南的桃红柳绿，也没有中原的春花秋月，但是这里有历史的脚步，和荣辱不惊的沉淀。诺邓这千年的山城从来没有更改过她的名字。这里几乎所有的房子都依山而建，没有一个一模一样的房子。房子的外墙都是用当地的红土混合碎麦秆和稻草，垒砌而成。这些房子冬暖夏凉，室内也不潮湿。招呼我们的主人是位80后的驴友，两年前在诺邓结缘另一位驴友，双双放弃城市回归自然浪漫。

张掖 嘉峪关

2017-07-04

　　张掖取意"断匈奴之臂，张中国之掖（腋）"，是古丝路的繁荣商城，有"金张掖"美誉。张掖丹霞地貌闻名中外。50平方公里的丹霞山丘经历了约200万年孕育。丹霞是红色砂砾岩经长期风化剥离和流水侵蚀，形成的奇特山峰和陡峭的奇岩，棱角分明，色彩斑斓，气势磅礴，确是美哉！鬼斧神工！

2017-07-05

　　"悬臂长城"是嘉峪关关城的北向延伸部分，因建筑在45°倾斜的山脊，险似凌空倒挂而得名 "悬臂长城"。这仅存的750米明长城是古代重要的军事防御体系，它始建于明朝嘉靖十八年。当我仰望那陡斜的漫道、高悬的垛墙和墩台，由衷赞叹古人的毅力和智慧。今天我们"爬"上去，都好艰辛！

TO WALK THE WALKING　行

沙溪古镇

2017-11-16

　　沙溪古镇位于大理与丽江之间，一座真正的古镇。她至今仍然保持着最原始的建筑特色。走在古老的红砂石板街头，百年古树下，唏嘘两千四百多年马帮的峥嵘岁月。四方街的古戏台，早已曲终人散，静静的小巷守候着曾经的辉煌。三个女人一台戏，我们台下同欢——《游园惊梦》《西厢记》和《穆桂英》。

桐庐

2018-04-28

久违了，美丽的桐庐。富春江畔。

这是江浙一带，红了樱桃，绿了芭蕉的季节，接受年轻人的邀约，去桐庐相邻的横村采樱桃。这品种的樱桃，真的甜美。午后来到分水，分水江上有着西施和范蠡的伟大爱情故事和美丽传说。我们无法在江上泛舟，沿江畔踩轮车，乘着清风，闻着路边花香。珍惜美好假期，告别晚春，迎接初夏。

TO WALK THE WALKING　行

大理

2013-08-21

在大理晒太阳，看蓝天，悠闲的午后咖啡。我的朋友都知道我很怕抽烟的烟味。拍照的最后一刻，他们故意放了个烟灰缸来制造"不完美"，只因周围的一切都太完美了。

大理的温馨晚餐，桌上的家常美味飘香，窗外的吉他倾诉流浪，古城墙上明月斜挂，爱上风花雪月，哪里需要理由。

2013-08-26

头上的花环是为朋友庆祝她的生日的礼物之一，大理花卉种类丰富，四季长开，大街上戴花的女孩真多。朋友害羞不戴，我们几个轮流戴着留影，记载大理的夏日之旅。再见大理，秋风起时再回来。

2013-10-13

今天去大理虽不顺利，在久违的昆明意外地待一晚，也有快乐和惊喜。一年不见的女友一见钟情地恋爱结婚了，而且已经怀了宝宝。开心哪！日落前，走访民族村，漂亮的苗族姑娘流利地介绍了25个少数民族的习俗风情，很有意思。夜宿西山下，滇池边。月如钩，风满楼！

2014-03-03

大理是我喜爱的城市。来此小憩数日，惊艳盛开的樱花。真美！

大理城门前，苍山脚下盛开的樱花！

大理洱海午后的幽静，远离城市的喧嚣。

2014-08-24

　　许多人都喜欢吃核桃，相信很多人和我一样并不知道吃在嘴里的核桃来之不易。请看这群女工用刀在手中剁开核桃外衣，一公斤才得一元，她们蹲一整天最多只可以赚 30 元！在永平看到这最基层的价值供应链，感触很多。吃核桃时更珍惜。

　　这个八月过得很悠闲，很凉爽。我喜欢大理，更爱上双廊。大理和双廊的美，吸引了很多"奇人"在此隐居。我曾经喜欢丽江，但是丽江商业化的发展，使那座古城失去魅力，很可惜。但愿大理和双廊的美，不要变质。你看看。你喜欢吗？

莺语2020

2014-09-09

朋友问我为什么喜欢大理？那些照片真的是在大理和双廊拍的吗？是的。但是不是在热闹的古城，不是拥挤的双廊商业街，而是洱海边上的村落。刚离开，已怀念。那里像一幅幅的水墨画。有一刻我被双廊奇人"八旬"拍下，在画里。

2015-08-12

第一张图是什么？不是珠宝，是野菌。来到大理，巧遇野菌季节，朋友相约去祥云采野菌，野菌生长期很短，而且很多野菌都有毒，必须有专家指点。采菌的工作真的很苦！我们在松树林里弯着腰，认真找可以吃的野菌。惭愧啊，我找了一个早上，才找到一朵！对采菌人的辛苦有了更深的尊重。

TO WALK THE WALKING 行

2016-03-24

大理——雨后的彩虹。苍山——洱海的日落。美不？

2016-04-26

在大理生活了三个星期，苍山洱海的田园生活真的很美好。回到熙熙攘攘的香港，一时间觉得陌生了。今晚我的一群好友为我举行"欢迎回归"的晚宴，席间百般劝说不要"遗弃"香港，不要"移民"大理。当然如果有一天我移居大理，并不是我走出红尘。大理的风花雪月将是我的另一片天地！

2016-06-22

　　大理的洱海边，听着水浪声，看着云变幻，清风拂面，青刺果茶一杯，手拉烧辣面一碗，惬意的下午，轻松的时光。生活可以很简单，日子可以很精致。大理在等你。

2016-10-16

　　大理的家，后院的花。明天将回到喧嚣的城市，重新投入忙碌紧张的生活。大理的景、花、水、月、云、树，没有一样是属于我的；但是我却完全享受、拥有这一切的完美组合。我和大理有个待续的约会。

2016-11-23

　　是谁？把岁月化成了烟花？一瞬间，散尽了铅华。我不喝酒，在大理的阳光下，却有慵懒的微醉。蓝天下，明天又是天涯。暂别大理——再期盼风花雪月的奢华。

下关风 　　　　　上关花

苍山雪 　　　　　洱海月

TO WALK THE WALKING　行

2017-02-01

　　怀念大理。挂念我前院的花，后院的树。怀念在那里——浮华中寻得清逸，纷扰中内心宁静。若能看透人间冷暖，世态炎凉，你就能回到见山是山，见水是水的简单生活中。春节过了开工在即，提高效率处理公务，然后重回大理那简单的奢华。没有挤不出的时间，只有不愿做的事不想赴的约。每个取舍都是内心的选择。

2017-11-06

　　重回大理，内心的气场似乎变得悠闲自在。无论你是什么样的"大咖"，来到大理，你就是你，没有显赫，没有光环。在人生路上几经风雨又宠辱不惊之后，光阴的故事阐述了岁月流转中淬炼的从容。爱过的，错过的，铭记的，遗忘的，都在风花雪月中化为虚无。问君：世上谁真正思念你？

2017-11-10

　　波神留我看斜阳，浪里露宿又何妨？！

2017-11-13

　　大理的生活。大理的朋友。大理的天空。大

理的日子。

2017-11-13

大理喜洲的喜林苑享有国际盛誉，她静静地躺在大理绝美的蓝天和温柔的大地之间。多年前来自美国芝加哥的年轻人林登走遍世界寻找人间的天堂，他找到了喜林苑。他和来自美国旧金山的太太，共同把这经典的白族建筑打造成中国最佳小型酒店和中国最好古迹精品酒店。爱大理不需要理由。

2018-01-25

洱源的茈碧湖是大理洱海的源头，这里目前还没有被过度开发。希望多年后，茈碧湖依旧如此清澈秀丽。

2018-01-31

我第一次在大理过冬，这里的冬天出乎意料的美，冬阳和煦，蓝天白云，苍山的雪，路旁的玉兰花和默林里红白相间的梅花，是我经历的大理之冬。入夜后，窗外明月高悬，室内微寒，需要暖气，更舒适。明天将暂别在大理的日子和朋友，大理之

休闲冬旅将结束。2018年的春天之约将是新的曲谱和节奏。

2018-06-22

回到大理，阳光明媚，清风徐徐。夏至漫步黄昏的彩云随手拍下，这种美只有在大理可以拍到。我喜欢庄周梦蝶的意境，人生如梦。目前正在拜师习画蝴蝶，初学练手而已。冰心尚待进修。

2018-11-10

回到大理静养腰伤。虽已入冬，这里还留有晚春的信息和金秋的华丽。腰伤好像我的一个圆缺了一个角，以前完整的圆滚动得很快很顺。现在有腰伤像缺了角的圆，只能慢慢滚动。忙碌的工作放下了，商务应酬、朋友聚会推掉了，突然轻松得有些意外。当然我也正在努力寻找那失缺的一角，再补上一个健康完整的圆。

2018-12-02

　　大理养腰伤的日子：冬季里的春花秋月，云淡风轻。艳阳下的长桌宴，下午茶。积善之家的特色美食。生平第一次"抱猫"！因为对猫毛敏感，从不养猫，也从不抚摸猫。但是这只猫太漂亮了！那对眼睛太迷人了！不过我还是期待那只在上海，被好友领养的小黑狗，它有四只白爪子，取名"踏雪"。

2019-01-09

　　多年前后院种了一棵小树，三年时间就长到快要通天了。这个冬季听了园丁的劝告，把它修整了。修整后只剩下树干，心中十二分的不忍，觉得好凄凉。细想一下，开春这棵小树将有新的生命，新的开始。人生的道路上，也难免要做些"狠心"的修整，只为更好的明天。

2019-02-06

　　父亲爱狗，儿时12条狼犬呵护我度过童年。爸爸是条硬汉，但是记得狗妈妈死时，他痛哭！

TO WALK THE WALKING　行

我也跟着哭。后来我勇敢地养过三条狗，每次分离都痛苦不已。儿子养了 Party，好可爱，很想念。机缘巧合，在大理遇到了和 Party 极为相似的小狗狗，一见钟情！取名 Sugar，我好牵挂！您能分辨吗？

2019-03-05

  春天的脚步已经悄悄地爬上了大理的樱花树。这是我家后院墙外的春樱。再过一个星期，各地赏樱花的雅客，就会聚集在大理的山水间和大理大学。大理大学的校园和山水间将是一片花海。

2019-03-07

看了朋友发来我的小狗 Sugar 在大理思念我的三张照片，我推掉日本之行来大理看它。狗真是人类最好的朋友。你对它好，它把最好的自己回报给你！我带它出游，蓝天白云下的绿草地上，它以肢体语言说它自信，它幸福！给它穿上女孩的衣服，它装萌搞笑，逗我开心。知道我要走了，它忧伤。

2019-03-13

虽然已回香江，依旧心系大理。那里真有无法放下的牵挂——我的小爱犬。记得有一天，我书桌边起身，不小心我的脚趾撞到书桌的腿，我哎呦一声，狗狗 Sugar 立刻跑过来舔我的脚趾，然后对着桌子腿，很生气又神气的吠了几声。我着实感动。明明知道我的好友正在每天悉心照顾 Sugar，我还是心疼思念啊！

TO WALK THE WALKING　行

2019-03-20

　　香港的朋友不明白为什么我会放下香港的美酒佳肴，华丽多姿的生活，而喜欢去那个四线城市——大理。你若认定朝九晚五就是你的生活，那么大理风花雪月的日子就不是你的"生活"。那里无拘束无忧虑的乡野悠闲生活，并不只是退休人士独享。大理也是有梦有诗，有才华有情怀年轻人的追求。

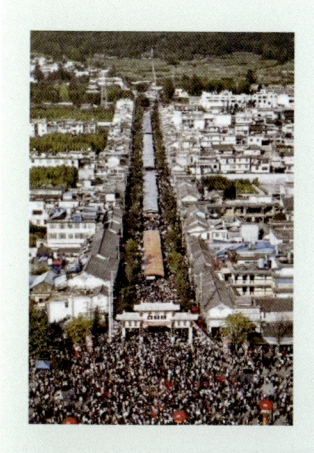

2019-04-20

　　大理的朋友传来大理白族人在苍山脚下的三月街，欢度三月节的盛况。"千年赶一街，一街赶千年"。在这一周的节日里，周围的白族、汉、彝、纳西、藏、傈僳和回族人都会盛装打扮，带着牲畜，山货药材和农副产品，聚集在三月街传承唐朝至今千年的民间集市和文化交流的民族传统盛会。

2019-05-04

金黄色三角梅是大理常见的。

博友：来到大理：1.爬苍山 2.鸡足山看日出 3.泡温泉 4.骑自行车环洱海，环到江尾再吃鱼 5.吃烤乳扇、吃饵块、吃漾碧卷粉、吃永平黄焖鸡、吃雕梅、喝雕梅酒、喝三道茶……

叶莺：好提议。我会慢慢体会。谢谢。大理也是个卧虎藏龙的地方，发现了很多奇人在此隐居。

博友：爱上大理不需要理由，是心的自然沉静和吸引。最爱大理云在说着天空的故事，苍山在说着古老的故事，洱海在说着我们的故事。祝叶大美人放飞心情玩得开心！

叶莺：对的。大理有说不完的故事，我在这里学习"放慢脚步"，是充电的好地方。

博友：我转发了您写的 Sugar 之文。

叶莺：看到这个转发，我真的内疚牵挂我的Sugar。我选择了它做我的爱犬，但Sugar是狗，它不可能选择主人。Sugar若有选择，它一定不会选个主人总是不在它身边。现在，我知道它会想我，它每天都在盼望等待我的归去，数着我的归期。

博友：莺姐去的都是最美的地方，在眼前的苟且之际，喜欢看莺姐微博的诗和远方。

叶莺：我相信：每个人的生活中都有诗和远方。敞开你的心扉，用"心"去看你的世界。

博友：姐姐身在江湖心系大理，像双城记，一个名利场，一个桃花源。名利场里流着焦虑，桃花源里清享无忧，姐姐如今渐渐功成身退，身心合一，从此更可以"愿言蹑清风，高举寻吾契"，姐姐容颜未改，初心依旧。

叶莺：向往思念。

香港

时事与趣闻笔记

2011-01-30

今晚晚宴，我心不在焉，一直挂念埃及开罗自由广场的情况。世界的那一端枪声正紧，在香港的晚宴桌上，大家谈论的却是另一场没有子弹的斗争，那是澳门赌王何老大的豪门恩怨和家产之争。何赌王言语风趣，以赌起家，富可敌国，但他自己不赌。暂时不争议金钱是万能还是万恶，但是钱的确是能抹灭亲情的魔鬼。赌王不赌，与敬业无关，只是说明何老大明白"赌"是生死的游戏。滥赌不能自拔是"自杀"，自己就是杀手。在澳门开赌场是合法的，何老大的赌场控股公司也是在港交所合法上市的。开赌场是他的选择，进不进赌场是自己的选择。

2011-09-27

这几天香港的社交场合上，最"雷人"的话题是：前几天某位中国豪客在澳门万利赌场的商场某国际著名珠宝店，以"秋风扫落叶"之势购物。一口气购物总额超过"一亿人民币"！这不是故事，是真事！

2011-04-25

昨天下午回到香港，开门为兰花浇水时，我家阳台前的晚霞。当时顺手拍下，并不经意。现在看到，觉得挺美。有时我们身边的每一刻都有美！珍惜。

2011-10-19

离开经济有困难的美国，回到财政有盈余的香港。我手机里收到汇丰银行短讯：本行确认收妥您的HK$6000计划登记，款项可于登记后约10个星期存入您的账户。这是香港政府财政盈余过多，以阳光普照的方式，每个香港永久居民都"分红"6000港币，包括首富李嘉诚。香港真是一块福地，比起美国，冰火之别。

2011-10-31

万圣节，香港的夜，中环兰桂坊，封路了。

2012-02-18

昨天在香港逛商场为朋友选购礼物，看到这样的"时尚、高档、昂贵"的服装，心中纳闷，什么人会花上万的银子买这样的衣服呢？买了又怎么去穿呢？后来想想，品味是没有标准的，只要她觉得美，又有正当能力消费，有何不可呢？

2013-02-11

在香港九龙维多利亚港，看初二的烟花汇演，绚丽多彩，欢乐迎春。借此敬祝各位博友，在你的新年里有健康、欢笑、亲情、友情、爱情，更重要的是有真心、爱心！祝福你！

2013-07-10

香港人喜欢吃甜点，看看这是什么？大蛋糕呀！

2013-11-02

刚回到久别的香港的家，迎接我的是阳台外这灿烂的夕阳。美，真是无处不在啊！

2014-08-04

今天下午去了PMQ，广场上正有小型古典音乐会，三层楼里都是香港本地人的原创产品商店。香港政府把旧有的警察宿舍（Police Married Quarters）改成有香港特色的商场，很是创意！可圈可点！

2014-09-21

这个夏天我几乎不在香港，伦敦归来，朋友

相约吃饭，问我回港的第一个晚餐喜欢哪里？我说"陆羽茶室"。这是在中环很古老的茶室，以陆羽茶闻名。餐厅保留了最民初的风格，侍者保留了"封建"的打扮——白唐褂，黑宽裤，别小看他们，个个早已是百万元户了。这里如果人头不熟，很难定位的。香港的夜很美。

2014-11-22

离开曼谷在香港机场过境，国泰航空为需要长时间候机的旅客提供设备完善的休息室，可以在此梳洗小憩。许多国际机场都有这样的服务，为商务旅行提供很多方便。我就曾经在早上6点下机，在机场梳洗换装，然后赶上参加8点开始的会议。

2015-09-08

有幸与西班牙前国王胡安·卡洛斯一世（Juan Carlos）共进晚餐，他亲和健谈，因父王被流放，他出生在意大利，佛朗哥把37岁的他扶正，于1975年11月27日登基成为西班牙后佛朗哥时代的第一任国王，在位38年。他致力西班牙民主化，推动君主立宪，深受西班牙人民爱戴。

2015-10-26

香港人讲究吃。朋友聚会的饭桌上，吃的话题远比国家大事、经济形势更重要。大家七嘴八舌地"炫耀"个人新发现的餐厅或菜肴。今晚我们就是为了这"巨型芝麻团"来这个餐厅聚餐的。有云：冷手抓了个热煎堆。这个特大煎堆够12个人享用，而且很好吃哦！

2017-09-08

外交官生涯，使我无国界地处处为家多年。早年丧母，没有兄弟姐妹，父亲戎马一生，军旅匆匆，往往过家门而不入。我一直自问什么是"家乡"？久别香港，美国归来倍感亲切。一场超级的台风横扫港澳，澳门几乎瘫痪，灾情惨重。而香港在暴雨狂风过后翌日就一切恢复正常，城市运作良好。也许香港是安心的家。

2017-10-31

"朝辞白帝彩云间，千里江陵一日还。"李白的一日还，如今易如反掌，已经不再是一首诗。明晨在香港有重要会议和文件签署，中午辞别忙碌的黄浦江，傍晚已身处香江的灯火阑珊。明晚工作完毕又将重返上海。网络的技术提升日新月异，相信不久需要本人当面签名的事可以用电子替代了。

TO WALK THE WALKING　行

澳门

2011-06-06

　　澳门的一场大型"水秀"《水舞间》，有许多中国的元素，音乐很美，比起美国赌城的水秀《O》，有过之，无不及。

2012-11-23

　　今天澳门阴雨绵绵，窗外街道上几乎看不到行人。由于是周末，酒店里显得十分拥挤，赌场当然生意兴隆。澳门靠赌维生，是事实。经营众多的赌场，需要大量的人手，澳门人几乎不会失业。有规定，内地人不能在任何赌场工作，所以此地的酒店业者都大呼"求才求人难"。这位内地女孩只能在酒店大堂做"花瓶"。

时事与趣闻笔记

2012-01-07

2012年将有59个国家、地区举行总统大选或政权交替,中国、美国、法国和俄罗斯都将有新政府,还有中国香港特首、中国台湾地区的选举和朝鲜金正恩的上台。中美法俄四国代表了世界40%的GDP。欧债危机,反恐战争,中东动荡,伊朗朝鲜核武问题,南海局势,加上美国总统大选如何打"中国牌"?2012年将是紧张刺激的一年。

2012-01-13

台湾的大选,蓝绿对峙,选情十分紧绷。国民党马英九的夫人周美青,形象亲和善良,人称"酷酷嫂"。她深入民进党票仓拜票,轻装简从,在市场摊位挨家挨户握手鞠躬。人群中,酷嫂向位壮汉伸手,壮汉甩手拧头,并说:"你凭什么握我的手,我的手比你高贵!"只见马夫人面带笑容还鞠了个躬,从政真不容易。48小时后就要投票了,但现在真的很难说谁会胜出。我接触到的学术界,医疗业,文化圈和年青的"首投族",大多支持民进党的蔡英文。大家公认马英九温文儒雅,清廉正直,但他不够风骚的是缺乏让人有安全感的霸气和豪迈。等着看大选结果吧，台湾各式各样的选举多，所以在计票方面很透明。

2012-04-03

一位台湾朋友早年举家移民美国，在美西岸过着安逸的生活。这次在台相遇，他重新置业台北准备常回台。问他为何？他说，美国虽好，但那是寂寞的天堂，台湾虽有很多不好，空气和环境差，但这是热闹的地狱。

台湾也有我"看不惯"的地方，也许我太保守已过时了，OUT 了！我看到一些所谓的"阴柔男性"和"阳刚女性"的男不男女不女的"中性人"，他／她们打扮时尚，轻声细语，也彬彬有礼。但才子应有别于佳人，我总觉得别扭。周末和深夜，我惊讶看到年轻的男女孩子走进汽车旅馆和钟点酒店，朋友却说见怪不怪。

2012-07-06

回港后看到台湾的保钓人士驾着"全家福"渔船，打着五星旗，在台湾军舰的护航下，绕行钓鱼岛宣示中国主权。台湾出动军舰之举，马英九不会不知情，冒着和日本擦枪走火的危险，马英九做得漂亮。日本发出噪声，北京即刻严正声明，钓鱼岛是中国的领土，日本不可伤害包括台湾同胞的生命和财产。血浓于水！赞！我在台湾念大学的时候就组织过也参加过多次捍卫"钓鱼岛是中国主权"的游行示威，那时年轻的马英九也是活跃的保钓人士。这次台湾渔船"全家福"号"世界华人保钓联盟"的行动，引发了两岸官方当局真诚的互动和全球华人的真心感动。祈愿这是中国"全家福"的引子！

2013-03-30

今天是西方的复活节假期,也是耶稣受难日的缅怀。根据圣经故事,耶稣为他的12门徒洗脚的传统,在"濯足日"教皇年年要为他选的12个子民濯足并亲吻脚。新任教皇方济破例选了12个囚犯,其中还包括了两个女人,穆斯林教徒和黑人,如此谦卑包容的教皇,确实让人耳目一新。

2013-05-17

今天是佛诞,本该以慈悲宽容为怀处周边的事,待周边的人。近日菲律宾公务船枪击台湾渔船事件,使海峡两岸的民情愤怒。血浓于水,当然。台湾方面下了72小时的最后通牒,要菲国正式道歉,有人说这是台湾强硬,有人说是马英九的君子风范。我在想:是不是每一个"对不起"都有资格换回一句"没关系"?

2017-03-06

北京两会当然引起台湾的关注。朋友聚会时,总是被问起两岸关系的前景看法,我只能实话实说,我绝不是两岸问题的专家,也看不懂今后的发展。不过作为一个庶民,可以自由游走两岸,台湾的电视上日夜都有琅琊榜的胡歌,台湾土生土长的歌手萧敬腾也在大陆深受欢迎。如此微妙的关系。珍惜!

台湾是我成长求学,也曾工作的地方。在大陆对外关闭时期,我对祖国的向往都埋在阅读的书本里,思慕都撒在这片生活的土地上。离开多年在外闯荡,开辟了新的天空,但是对这曾经孕育我的"家"不曾相忘。近年回来,看到一波又一波的"去中国化"的浪潮,心中百般愁绪,

TO WALK THE WALKING　行

的确千丝万缕。

我在台湾长大，从全岛没有一盏交通灯，到今天的车水马龙；从全岛几乎人人穿木屐，到今天满街名牌鞋；从老蒋，小蒋，阿辉，阿扁到小马，独党专政到百家争鸣。台湾经过了难言的内外压力，艰巨的困境危机，都挺下来了。早期美援的支持不可否认，后期的发展确是中华传承的自发力。

2011-10-03

台北早安！离开了艳阳高照，气温奇热的伦敦，来到台北。此地此刻不阳光，台风来袭，阴霾密布。一个地球两样世界。大陆南部，也因风灾影响，许多人受困。人与天争，总是难胜天啊。

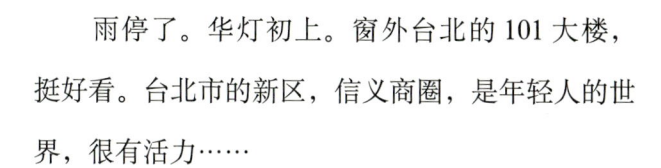

雨停了。华灯初上。窗外台北的101大楼，挺好看。台北市的新区，信义商圈，是年轻人的世界，很有活力……

长年走游世界，四海为家。对我来说住酒店像回家。看到这样的"欢迎回家"，对游人是难得的温馨。酒店业者都知道，心系顾客，才能系住顾客的心。

2012-01-14

今天和一些从海外回台,专程来投票的友人喝茶。大家都热血沸腾地表述为什么他们要回来支持他们的候选人。蓝绿红各有各的论点,特激烈。数据显示有20万在大陆工作的台商回台投票,史无前例。从美国回来的也以万计。他们千里迢迢,不惜请假旷工,花费重金回来,就是为了投下那神圣的一票。

2012-04-03

我在台北过了几天休闲惬意"很台北"的日夜,没时间写微博。此刻已到德国正待机去瑞典。在台北时,白天逛街、书店看新书、牯岭街淘旧书、阳明山看花海、幽雅山庄喝茶,晚上逛夜市、淡水九份看夜景吹夜风。台北的"寓公"日子很好过。台北人基本很客气,也很有耐心,一般人把捐血献血看成是对社会的必须回馈。"对不起,请借过,谢谢,抱歉,不好意思"处处听到。

在台北逛夜市时看到一位中年妇人推着在轮椅上的母亲,为她一一介绍小摊上的美食。轮椅上的母亲听口音是国内来的,显然是探亲的,推轮椅的中年妇人是女儿,母女情深,夜市的人群为她们让路,饮食摊的小贩也热情地让她们免费试吃。好亲切温馨的两岸一家亲的场面。母亲说:"你爸爸在的话,该多好!"

台北公共场所可以看到很"文化"的标语。例如"做帅哥美女，从让座做起"，"微笑是一种礼貌"，"有一天你也会老，你还年轻，帮帮她"。在周末的台北街上，可以看到一些这样的捐血车，许多人登记后定期去捐血。我的一个朋友就每两个月去捐血一次。他觉得一方面是帮助危难的人，另一方面，也是为了自己的健康，因为健康人体有"造新血"的功能，他体内可以不断"换新血造新血"，保持活力。我也捐血，但不是定期。

2012-07-26

在香港机场候机去台湾，看到博友给我的反馈话语，觉得很温馨。台湾是我长大求学的地方，如果说何处是故里？台湾应该是我的故里。台湾的硬体建设无法与大陆相比，但是台湾的人文文化和庶民公德及环保意识，的确是让人喜爱的地方。当然台湾不是十全十美，坏人还是有的，贪污犯法的事也时时晒出来。

2012-07-27

台北的夜市——游台湾的"必修课"。你能想到要买的，要吃的，样样俱全。昨晚逛了好几个夜市。

我在台北"临时的家"，窗外有个很安逸的小花园，环境优雅。如果有一天两岸一家亲了，相信很多大陆人会喜欢在台湾有个"临时的家"。台

湾的房价比起香港，澳门，内地的上海、北京、广州，要便宜多了。

2012-07-28

台北故事，小城点滴。台北没有地铁，有"捷运"在地上架空行驶。捷运站里是艺术家的画廊。车厢里一句"亲爱的旅客"，谁能不从。站台上特别照顾深夜晚归的女性旅客。银行大楼前也有留给公众的空间。博友可能听过台北市民可以随时去台北地方法院"按铃申告"。

我在"美国在台协会"主管美国和台湾的经贸事务时，说服了当时台北市政府及台湾环保署，让几家美国公司出资"认养"台北仁爱路圆环边的一段安全岛。把原来岛上的杂草地铺上大理石步道，再加石凳供人散步休闲。多年来，这段步道一直完好的维系着。我好感动！很遗憾，我驻北京美使馆时，没能留下足迹。

我每次进台湾，边检人员都会和我聊上几句，好像"常回来看看嘛"，"你好久没回来了，上

次回来也是我盖的章呀！"很亲切，没有官腔。台湾的服务业普遍态度好，不论是大酒店，小餐馆，饭档地摊的服务员都很客气。如果你问路，一定不会遭白眼；跌倒了，肯定有人扶。

2012-07-29

在台北逛书店是一大乐事。能想到的新旧中西各类书这里都有。现在在畅销榜上的有这本《邓小平改变了中国》。其他国际名书也都有很好的中文译本。《围城》的繁体字版也很畅销。

2012-07-30

台北的糕点店满布大街小巷，听说台北车站有家"起司面包"很棒。我慕名而去，小小店面前，竟有条图中如此"巨龙"，我放弃排队了。对面的许多糕点店面，一样有起司面包，但却无人排队选购，于是我也就不想买了。消费者的心理真难捉摸。

2012-07-31

台北捷运站台的地上有图中V字形的划线。等车的人占两边，留出车门开了正中间部分，给下

车的人先下车，很有秩序。鼓励男女主人分担家务的"台北市政府公益广告"处处可见。台北的商场一般比香港和新加坡的"暖和"，低碳的口号需要低碳的行动。

人的嗅觉往往能生动地勾起回忆。图中的"明星花露水"使我想起在台湾的童年。当时台湾很穷，女人买不起法国香水，就用这种花露水，味道清香持久。我们家有时滴几滴在客厅地上，厕所角落或洗澡缸里，可以满室生香。此次无意在小杂货店看到，好几十年了，包装、品牌和标头图像都没变！好珍贵，好亲切呦！

2012-11-28

在台北火车站看到火车站、铁轨、月台，总是不禁想起早期爱情片中，情人分手的场景。男人拿着花，追火车跑的恋情，或是女人看着开走的火车跪在月台上哭得死去活来的悲情。我也顺手拍了一张"等你"。

只花了76元台币，就可以从台北火车站出发，搭上这么舒服漂亮清洁的火车去瑞芳郊游。好自在。台湾电影《那些年，我们一起追的女孩》激

TO WALK THE WALKING　行

起了年轻情侣们对爱情的追寻，也勾起了许多过来人曾经的回忆。有些电影取景在图中的平溪和菁桐火车站附近。这里以在情侣桥约会和放许愿天灯、刻挂祈福竹筒吸引大批结伴的游客及摄影发烧友，当然也有很多热恋的情侣。细雨中的朦胧午后，真是个挺浪漫的地方。

　　细雨中的朦胧，模糊而又清晰的回忆。谁都曾经有"那些年"的故事。不是吗？

2012-11-29

　　坐火车游台湾是很棒的体验。我明年会找时间完成火车环宝岛游，票价便宜，车厢舒适清洁，服务亲切，厕所干净。很享受。图中五彩观光火车从瑞芳经十份、平溪到菁桐，平溪站的摄影展很有艺术氛围。风趣的车长顽皮地和我的晚辈"男友"说：下回让你女朋友自己来就好啦，给别人点机会吧。全车厢的人都笑了。

电视剧《我可能不会爱你》讲述一对白领爱侣的恋爱长跑，情节平铺直叙，细节贴近现实，清新自然。这家在小巷子里可以看到台北101大楼的居酒屋，是剧中情侣喝小酒吃小菜，闲聊家常的地方。这个比衣柜大一点点的居酒屋现在是潮人的夜店热点。一直认为"食之无味弃之可惜"的肋骨，是这里的名菜，好吃。

虽在台北休假逍遥，但今晚有业务电话会议，所以必须推却了友人晚宴的邀请准时加入会议。会前，自己一个人，在一个干净的小吃店，叫了一碟烫青菜，一碗汤米粉，一口气吃完了，真爽！原来简单的生活可以如此惬意。猜猜这个晚餐多少钱？75元台币！相信吗？

2013-03-27

来到台北和朋友相约去阿里山看樱花，今天上午台湾中部发生了"327大地震"，只好等几天再看情形。在电视新闻报道中看到学校里的小学生都知道拿着书包顶在头上保护着头，快速跑到操场避难，觉得学校的应急演练培训做得不错。困在电梯里的人能互相搀扶帮助，也很温馨。患难见真情。

TO WALK THE WALKING 行

2013-03-30

早春的台北街头开满了绚烂的木棉花，大雨之后，虽然有些凋零，但依样散发着春天的信息。在喧嚣的城市里，也能感到大自然的魅力。

2013-04-25

大陆朋友正计划"五一"假期去台湾旅游，知道我日前畅游台北，问我有什么"必修课"？台北好玩的地方很多，好的小吃店也通街都是。不管你有什么宗教信仰，台北的"龙山寺"绝对值得一访。这座古寺的石柱和木雕，太美了！日本统治台湾50年，但无法动摇龙山寺彰显的炎黄文化和忠孝节义。

2013-06-22

今天纽约正式宣布夏天开始了。早上离开了阳光灿烂的大苹果，现在已经到了阴雨的台北。好在桃园机场新候机楼的国际到达厅灯火通明，让疲倦的游人精神振作起来。

2013-06-24

　　今晚月亮离地球最近，和友人相约去台北淡水赏大月亮。一场大雨淋湿了大月亮，看不出今晚的月亮有什么不一样。不过，在雨后树影的月光下，"明月几时有"的情怀，格外浓。

2013-06-25

　　这次来台北的时间很短，昨天来明天就走，而周末又会和一群香港朋友再回来度假游玩。今天兑现了我和旧同学的承诺，陪她一起回到母校台湾大学去补拿多年没有拿的毕业证书。回到旧校园心情年轻了。今天有人毕业，有人结婚，有人回忆逝去的青春岁月。

2013-07-04

"真歹势"！这几天在台湾和一帮香港朋友又吃又玩，乐翻了。不是懒，而是没时间发微博啦！"真歹势"是台语，是对不起，外加不好意思的意思。发音是"JinPai Sei"。在台湾这是最常听见和看见的话。你看，自来水公司修水管，都要说一声"真歹势"啦！

2013-07-07

最早期的台语歌多是日本曲目日本唱腔和哭调，尾音长且颤抖。第一代的台语歌王文夏近80高龄开了演唱会，马英九和龙应台都是在座听众。文夏是国宝级歌手代表台语歌曲启蒙时代。在台湾戒严期，日本调的台语歌是电台禁播的。日本调中，文夏唱出钓鱼岛是中国台湾的。

2013-08-08

哇！我们的地球怎么了？昨天已经立秋了，台北今天热到39度以上，破百年纪录。听说杭州气温已破43度！真是不能接受。大家要注意防晒，保湿，多喝水。台北的计程车都有冷气，车内干净舒适，司机服装整齐，客气有礼。我碰上一辆车内还插了大束香水百合，真好！

2013-08-08

你说过谎吗？今天我说了。天热几个玩家美食达人带我去清凉远足，山涧溪水清澈，凉透心窝，怡人风景，清风徐来，乐不思暑！他们抓了鱼放在水盆里，然后把烤热石块放进盆里使活鱼煮熟。我快哭了，但不好意思扫兴，赶忙说我有重要电话，先上车等他们。

人类以智慧成为万物之灵，早期以狩猎维生，后继的农垦带来文明。进化论中的强者生存是延续至今的"竞争"文化。放眼历史延续至今的社会现实，"弱肉强食"岂止是餐饮桌上的杀生？我没有权力左右他人的选择，我坚信我们要为自己的选择负责。吃鱼不犯法。天下无情无理的事多了。

2015-04-22

昨晨还在福州，黄昏已在台北阳明山老蒋先生的旧行馆——阳明书屋的青苔幽径、绿意蓝潭边漫步。不知蒋先生是否曾在这小径上瞭想两岸关系发展到今天的"畅通"！在福州来台的飞机上，一群老兵在下机时，老泪纵横地彼此道贺："没想到我们能活着来看看宝岛。"我听着也莫名地喉头哽咽。

2016-01-03

　　张学良的一生都和"温泉"有关。西安事变前晚，为避开耳目他去泡杨贵妃温泉。台湾软禁后他和夫人赵四一直住在温泉区，甚至最后终老的夏威夷也是火山下的温泉。幽居生活应该是寂寞的，但使他深谙养生长寿之道。当年他在北投的旧居已是聚餐雅叙的禅园。

2017-02-24

　　人说我总是活在风口浪尖，我自认命运的波澜是人生的历练。今晚和久居美国回台探亲的挚友聊天，她的心得甚是淡定从容。她说美国是生活的天堂但不是生命的归宿。台湾虽政党纷争不断，但华夏民风尚存，这个小岛才是自己的世界。台北今晚降温落雨，在回家的路上看到这爱心雨伞，心暖。

2019-04-10

　　兰屿是台湾最大的属岛，离台东49海里，是原住民达悟人世居之地。他们以多彩有特色的渔船，联手捕鱼，著名的飞鱼是岛上的特色美食。热带风光的兰屿面积45平方公里，丘陵起伏，曲折的海岸线上珊瑚礁隆起，奇石林立。兰屿由海底火山爆发隆起而形成，岛上盛产蝴蝶兰，因而得名兰屿。

2019-04-30

　　宜兰的海岸线很美，波涛汹涌的海上挂着一道彩虹，一种孤独的美。智者说过，孤独是智慧的光。庸庸碌碌的生活中，身边熙熙攘攘，但总有那瞬间的智慧孤独。喧哗的孤独中，才能听到内心最真实的声音。过去有些人和事，看不懂而放不下。现在，依旧看不懂，也舍不下，这彩虹般的人生。

TO WALK THE WALKING　行

2019-05-04

　　这是个有故事的楼。她的前世今生见证了日据时代的台湾悲情，也经历了与美国相交的美好岁月。启动和中国建交的尼克松总统曾访台在此楼下榻。从 1953 到 1979 年 2 月 28 日美国驻台北的大使馆关闭，这座楼一直是美国大使的官邸。1979 到 1997 年的 18 年间她废弃在荒烟蔓草中。今重修为台北之家。

你相信人与人之间真的讲缘分吗？我相信。缘善会引出亲情、友情和爱情，也会激发出真心；缘浅往往是擦肩而过的路人；缘深可能是不离不弃、生死相随的亲人；缘美也许是灵犀相通、朝夕与共的爱人；缘真是郁闷时给你安慰，困惑时为你点灯，孤独时给你拥抱，潦倒时给你肩膀的人。你有吗？

——叶莺

第三篇：情

◀◀◀ 开篇小文
难得糊涂

◀◀◀ 亲情
父亲是海，我是鱼

◀◀◀ 家庭
给了翅膀，让孩子飞吧

◀◀◀ 友情
真情，是骨子里就愿意一切为你的真心

◀◀◀ 爱情
当爱要来，属于你的，你无法阻挡

莺语2020

开篇小文　　OPENING

难得糊涂

郑板桥写过四个很值钱的字"难得糊涂"。我幼年时，看不懂，总觉得糊涂是坏事，说好听点很卡通。而年事渐长，有了不同的认知。人人都在追寻快乐，而真正快乐的人，不外乎两种，一种是真正了解宇宙奥秘和人生百态，把一切都看透了的人；另一种是乐天轻松，整日嘻嘻哈哈，不知烦恼为何物的人。

只是我还搞不清楚，这第二种快乐的人是真糊涂还是假糊涂？是真快乐还是装快乐？想来这就是板桥先生说的"难得"吧。

每个人都有烦恼，有些是生活中的琐事，有些是情感上的纠葛。但只是一味烦恼，不能解决问题。要学会拿得起，放得下，豁达潇洒地去摆脱。有些事，放平淡些，退出套住你的网，你会发现令自己惊喜的智慧。

古今中外，被人传颂的地老天荒的不朽爱情故事，为什么总是有不美满的结局？我想那是让我们从那些不完美中找到自己的影子而构想一个虚构的完美。

古人把男女的爱情，说成是"儿女私情"。这个"私"真有道理。爱情是"私有的"，是"自私的"，所以爱情容不下第三者。在情场上，大胆地夺爱是种勇敢，也是至极的自私。如果你的爱情能被别人夺走，那么不要欺骗自己了，真相是那根本不是你的爱情。你失去的只不过是你从来都没拥有的。不必难过，你会找到值得你，配得上你的爱情。

爱情是糊涂的，婚姻是清醒的。恋爱时一切都是彩色的幻梦，婚姻里什么都是黑白的现实。恋爱可以电光石火轰轰烈烈，婚姻可是细水长流平平淡淡。恋爱时可不计一切地付出，但婚后却计较对方的不付出。婚姻虽是爱情的延续，但把两者混为一体，而期待美满的必然，难免会痛苦及失望。唯美的爱情主义者为了珍惜一段色彩斑斓的恋与爱，而不走上婚姻的殿堂，那是因为他们懂得，他们没有能力维护培养真善美的婚姻。

爱情有感化和激励的力量，但是不要奢望你可以改变对方。因为对方也在想改变你。性情相投是恋爱的重要基础，但如果一方只是投其所好，勉强改变，那就是爱情的欺骗。

幼年时，父亲不许我看武侠小说，怕我看了着迷不读学校的正书，当时我也不怎么抗拒，我听说武侠小说里，很多都是讲"报仇"的故事。我小时候也没有仇要报，不看也就不看了。长大以后一直在想，人与人之间结了仇，是不是一定要报仇？冤怨相报，世代积累，仇上加仇，如何才能摆平，何时才是止境，以"恐"制"恐"，是不是真能终止"恐怖主义"的蔓延呢？但是一味坐着等人来"恐怖"你，难道是人性有限的宽宏大量？能做得到吗？化戾气为祥和，难啊！

一个人不随便交朋友是慎交，但一旦做了朋友就不要对朋友太过苛求。我们都是人，世上没有十全十美的事，也没有十全十美的人，对朋友少几分挑别，对自己多一分原谅，才能患难相助，安乐共处。

我在襁褓中长大。我没有兄弟姊妹，父亲一生没有再娶。他忠于女儿，忠于妻子，忠于自己。我的父亲，是潇洒大气的人，他"乘风而来，踏浪而去"。

——叶莺

亲情

GIFT OF LIFE

父亲是海，我是鱼

爸爸，你听见了吗？

飞机就要降落了，窗外的圣地亚哥已是万家灯火……一切都是那么熟悉，却又那么空虚，那么凄凉……远处已不再有一盏灯在等着我归来，近处也不再见到那对期盼的眼睛和那顶褪色的呢帽。

爸爸，我又回来看你了，你在哪里……

你走了已经一年多了。最近你为什么没有来到我的梦里和我说话呢？你不再想我了吗？你现在一切可好？

我好想你……

今晚我飞过了重洋，什么都没有变。我在门前的大树和街灯下久久徘徊……我知道，我已不能再按那门铃了……走吧。

走到街角，这里是我们常喝咖啡的地方。多少个夜晚在这里，我听你讲述那些百听不厌的故事。那张你最喜欢的桌子已经坐着一个专注看着她的电脑的女郎……走吧。

这是我们常来晚餐的日本小馆，记得那个老板吗？他总是笑容满面地招呼我们，今晚不知为什么他不在了……好像失去了什么……走吧。

记得这个总是挤满年轻人的冰淇淋店吗？现在还是那么多人。我排队给你买了一个巧克力雪筒和一个咖啡冰淇淋，两个一起吃就不会太甜。我们一边走一边吃吧……

这是我最喜欢的书店，里面都是英文书，你看不懂，但是你总是喜欢陪着我。今晚你不用陪我逛书店了，明天我要早起去墓园看你。我们回酒店，我念书给你听吧。

《荒漠甘泉》里有一段话："是的，你已死了，我克制悲伤，因为死神不能永远把我们分开。你只不过像墙头的花，爬到墙的那一边又开出花来。看不见，可是依旧盛开。"

是的。爸爸，你就是那朵奇葩，虽然我看不见了，但是我知道你已在墙的那边盛开，永远盛开。我坐在墙的这一边，一边念书给你听，一边想着有你的日子。我有太多的感恩，我有太多的怀念。

2009 年 12 月
莺儿于圣地亚哥

摘自 2010 版《莺语》

《莺语》中的这张照片，是父亲最后一次出远门旅行在夏威夷的离岛我为他拍的。照片中的他，已是93岁的老人，但在那一刻，站在他身后的我，看到的却是一个有如清风少年般意气风发的背影。这背影，让我不由举起相机，将那一刻记录为永恒。父亲的一生，乘风而来，踏浪而去。他的潇洒，是我心中永远的思念。

发这张照片是我有感于圣诞节将届，想起2006年圣诞父亲最后的远行。他深爱大海，常出海打鱼。海明威的《老人与海》是我在他膝前学习的。他是海，也是浪。

父亲是海，我是鱼。鱼和海说："我哭了，你看不见也听不见"。海和鱼说："我知道，因为你在我心里"。（2011-01-22）

明天是父亲节，在怀念我父亲的同时，我尊敬地祝愿天下的父亲都身体健康，精神愉快，时时有人关怀，刻刻有人牵挂。我也诚心寄语有父亲的子女，珍惜亲情，克尽孝道，常相伴，长相侍。和我一样，父亲已远去不在身边的子女，我们珍惜曾经，感恩拥有，常相忆，长相念。爸爸，父亲节快乐！（2011-06-18）

红叶上的雨珠是思念的泪。诗经里说：父母生我、掬我、养我、育我，欲报之恩，昊天网极！（2011-06-20）

这是父亲在洛杉矶郊区玫瑰陵长眠地的一景。（2011-07-13）

这是父亲洛杉矶玫瑰陵安葬地，面向"东方"的景色。（2011-07-13）

连同我远在美国的女儿，给在天上的爷爷和父亲，送上美丽的回忆，甜蜜的祝愿，永恒的思念。我们想你。（2011-09-24）

TO FEEL THE FEELING 情

父亲93岁那年最后一次出远门。在夏威夷离岛的海滩上，和我的盛儿在忘年嬉戏的情景，图中右角的是我女儿盈儿。一切恍如昨日，真是人生如梦……珍惜亲情，珍惜人生。（2011-09-24）

今天是美国的9月23日，2008年的9月23日，三年前的黄昏，父亲在美国圣地亚哥，平静离开人间。我的遗憾是：当天早上我刚刚离开他飞洛杉矶开会，相约两天后再回来看他。岂料11小时后，父女永别。虽知父亲迟早要走，但子女永远无法准备和接受这人生的必然。朋友，行孝在今天在此刻，大声告诉爸妈：我爱你！（2011-09-24）

我小时候，父亲曾经手写了一个书签给我，他写着："江河的流水若遇不到阻石，溅不起美丽的浪花。人生的路途上若遇不到挫折，得不到充分的认识。一帆风顺的人生是虚伪平淡的。"我从来没有追求过虚伪平淡。挫折是人生的战友和校场，请永远提醒自己，钢铁是怎么历炼出来的，钻石是怎么打磨出来的。（2012--04-13）

因争遗产的家庭纠纷越来越多。中国的人口在老化，长者在世时最好把遗愿说明，遗产分好。别因为钱财，伤了孩子的感情。一个人的离世，会使周围的人和事发生许多变化，提早规划坦然接受生老病死，自己也可以更好地享受人生。别等走不动路、听不懂话的时候，才发现还有很多事没做，而自己已无能为力。（2012-04-14）

今天是父亲节，我吃一条有黑斑的香蕉来记忆爸爸的话。父亲在世时，果盘里的香蕉总是发黑的，我笑他是"小农节俭"，要把烂香蕉丢掉。他摇头笑着告诉我，香蕉愈成熟表皮上黑斑愈多，它的免疫活性也就愈高。还会产生攻击异常细胞的物质 TNF。有黑色斑点的香蕉，其增加白血球的能力比青绿的香蕉要强八倍呢。（2012-06-17）

在父亲安息的洛杉矶墓园追悼思念，难免有几分哀伤。园里的玫瑰盛开，万紫千红。这充满生机的景象，使人深思生命的真谛和人人都应珍惜生命的真理。（2012-06-28）

昨天黄昏，班机在台湾桃园机场降落滑行时，机窗外看到那面巨大的旗帜，当时我莫名地哭了。想到父亲为了这面旗帜，怀抱梦想，献出了热血青春，戎马一生却落得是败兵之将。退休后，在异国青灯孤夜，两袖清风，度过晚年，而今还要安息在彼岸。如果真有"魂归故里"，不知爸爸的魂在哪里。（2012-07-27）

父亲一生戎马，一身战争的伤疤。他为理想，为信仰，活得堂正潇洒，死得无愧无悔。仅以这一代华人，铭记历史教训的认知，维护民族尊严的赤胆，捍卫主权领土的忠心，遥祭那些为国为民献上青春的亡灵。（2012-09-23）

网上小女告诫爸爸戒烟的视屏勾起回忆。我父亲抽烟斗成性，我四岁、

TO FEEL THE FEELING　情

六岁的儿女知道了抽烟致癌很担心爷爷，爷爷偷偷去阳台抽。他俩把泡湿的肥皂塞在烟斗里再盖上烟草，爷爷点不着烟斗，骂了他们。两个小孩下跪抱着爷爷的大腿哭着说："爷爷，不要抽烟，抽烟会死。我们爱你，你不能死，我们爱你！"我爸爸戒烟了。麦克阿瑟将军抽烟斗很帅，父亲是军人我调侃他，抽烟斗是摆麦帅谱，他一笑。好烟斗和好茶壶一样是要"养"的，我儿女小小年龄哪懂？既然"作案"就要挑爷爷最常用的烟斗！恰恰是爷爷的珍爱。看到爷孙三人抱成一团哭，我愣了。喔，爷爷心爱的烟斗被孙儿的爱心毁了。爸爸戒烟30多年，走时96岁。（2013-07-30）

再过几天就是父亲去世五周年。有一件事一直不想做，也故意没做。趁着工作的空当，今天中午从伦敦飞来台北，直接去了户政事务所把父亲在台湾的户籍注销了。也算是有了一个"行政手续的了结"。艳阳高照下的台北101直入云端，塔尖承载着我的思念。（2013-09-13）

台北今晚的夜很美。月光下微风中，记忆中的成长岁月，历历在目。父亲殷殷教诲，慈祥的音容，栩栩如生。这座城市可能不会被选为世界什么"最"美、好、高、大，等等的第一。可是今晚台北的夜，是我珍惜、流连和依偎的唯一。这喷泉洗涤了那模糊的回忆，逝去的一切更清晰。（2013-09-14）

今天是父亲去世5年的忌日。朋友说他的人生太坎坷。家父说过,再难的路只要坚强地走,就能走过;昨天的苦难要在今天了结。不要在意别人怎么看你,别人的同情怜悯是即干的眼泪,自己的贪婪怨尤是无助的纠结。"江河的流水若遇不到阻石,溅不起美丽的浪花!"潇洒地走一回,不要过平淡无奇的人生。(2013-09-23)

直到今天我还在用胶卷摄取重要的画面。因为那有我和父亲一起拍照的回忆。我知道胶卷不可能回到昔日的辉煌,但它不会消失在影像历史的恒河里。我曾是那恒河里的一粒沙。(2013-12-03)

爸爸在加州圣地亚哥曾经的家,如今已人去楼空。不知他今晚夜宿何处,不胜唏嘘。(2013-12-14)

五年前父亲安然谢世,当时我因公不在他床边,心中一直自责。父亲多才多艺,但我骑马、射击、驾车、桥牌、打高尔夫都不是他教的,因为他受不了我学不会,撒野;学不好,撒娇的本事!为

TO FEEL THE FEELING 情

了培养我的耐性，他要教我钓鱼、弈棋和太极拳，我不跟他学。这是我们常去的海边，和他说声对不起。（2013-12-15）

明天我将告别圣地亚哥，这城市是父亲晚年客居在异国的家。他淡定恬静，无欲无求地在这里平静地生活了30年，辞世时96岁。父亲走了五年，过去我年年回来寻他。这次我告诉父亲，他已经活在我心里，以后我不需要年年回来了。爸爸，你是我永远的思念！（2013-12-15）

一首"世上只有妈妈好"在母亲节听了格外感动。那句"有妈的孩子是块宝，没妈的孩子像根草"，让没妈的孩子真的心酸。我就是一个没妈的孩子。妈妈在我两个月时因病过世，爸爸一生未再娶，父兼母职把我带大。我感觉自己是很健硕的幸运草！谢谢爸爸！向天下身兼母职的父亲鞠躬致敬。感谢博友为父亲的踏浪照片，画了一幅感人的油画。（2015-05-10）

儿时和爸爸看电影，看到好人快被坏人害死时我就哭，爸爸说好人不会死。我相信了。后来和他谈论不把人世险恶和人性弱点的现实说给孩子的教育方式是对是错。他说，儿时的天真是最珍贵的，如果没有了童话，那是剥夺了人类一生一去不回的纯洁童真。所以我的儿女是在相信童话中成长的。（2015-07-03）

今天是"七七事变"爆发 78 周年。今年也是抗日战争全面胜利的 70 周年。先父戎马一生，他手上腿上身上的刀痕枪疤是我自幼刻骨铭心的抗日、反侵略的真实历史教材。近年来，国内的影视作品已经开始记录像我父亲那样的国民党，以及国民军抗日的史实。先烈的碧血丹心，祈愿后人世代铭记。
（2015-07-07）

我父亲戎马一生，淡看枪林弹雨。他曾说过："上战场不能怕死，一个人怕死会害死整个团队。没有恐惧，任何的战事，就有一半的胜算。"父亲的腿上，手臂上都有子弹穿过的伤痕。他右小腿的弹痕伤疤还隐约可见。父亲从未后悔"弃笔从戎"，"九一八"日本侵华，改变了太多中国人的一生！
（2016-04-30）

今天是父亲节，我想爸爸了。看到这张网上照片，即刻泪奔……这个娃娃酣睡在她爸爸骑摩托车的手套里，做着美丽的梦，脸上有天使般甜蜜的微笑。令人痛心的是她的爸爸已经死了。但他手套中的温暖依旧呵护着他的女儿。愿天下所有的父亲明白您的爱是儿女永远的靠山！父亲节愉快安康！（2016-06-19）

TO FEEL THE FEELING　情

黄昏的三亚，海边漫步，想到一首很美的艺术歌曲"微风吹乱了我头发，教我如何不想他"。是的，有些事不想忘，有些人不能忘。不忘真心的人，固守素颜的我。《教我如何不想他》这首名曲是已故华人艺术歌唱家斯义桂唱遍了世界的绝响。已故军旅的父亲也是个歌喉不错的男中音。幼时父亲每次回家，我总是会听他唱这首歌。我知道那是怀念爱妻的情怀。父亲最后一次无法实现的远行，就是重访海南岛。昨夜，在三亚面对微风的海湾，想爸爸了。（2017-01-05）

1945年8月15日艰苦的14年抗战胜利了。日本天皇裕仁广播《停战诏书》，宣布无条件投降。我们抗战14年，国民家破人亡，国家元气大伤。但，天皇裕仁广播的《停战诏书》并没有"战败"的字眼。日本并不服气中国战胜了，多次篡改历史。侨居美国的先父，曾带着我的年幼儿女在华府抗议！（2017-08-16）

一家人因为不同的生活，分隔而居的情形，其实很多！我的父亲在世时，他住美国圣地亚哥，我儿子在洛杉矶，我女儿在纽约，我在上海和香港之间游走，分隔四地。古人曾说家书抵万金，当时等家的消息，要成月成年！所幸今天通信发达，咫尺天涯，近在眼前。有爱的人就在身边。（2017-10-15）

今天是父亲节，想我爸爸了。他的教诲：世人千万种，若遇小人，不要一般见识，豁达相处。若遇痛苦之事，不要期待别人替你受难。不断提升自己的修炼，完整自己的品德，洁净自己的心境，无愧于自己的天与地。不恋过往，不负当下，过好每一个今天！是的！父亲，女儿时刻铭记。

（2018-06-18）

今天9/18，我在洛杉矶给葬在异国他乡的父亲上香悼念。他去世整整十年了。他和太多太多的国民党人以生命和青春衷心爱国报国地投入14年的抗日战争，真心希望他们的鲜血和忠诚能得到历史的肯定。

"九一八"是父亲人生的转折点。他本要出国留学，"九一八"激发了他爱国报国和护卫家园的情怀。他辞别家乡，南下投考黄埔军校，当爷爷得知爱子离家从军，情急脑溢血去世了。父亲戎马一生，从来无怨无悔。生前问他是否回国安葬，他摇头说："败兵之将何以安身！"十年了，爸爸，想您！（2018-09-18）

TO FEEL THE FEELING　情

2018-09-19

含泪转发尚未谋面博友的来信：

"有一件事，本来不想说，怕姐姐伤心，既然姐姐提到，还是说一下吧：

这些年姐姐在微博上和网友互动很多，让我看到了一个平易近人温暖励志的姐姐。姐姐温柔、耐心、智慧又幽默，我被姐姐的善良真诚打动。应该说，微博上的姐姐，比电视上的姐姐更吸引到了我，因为很真实。

始于颜值，陷于才华，忠于人品，大概可以完美诠释我跟随姐姐的过程。姐姐在网上流露的真性情，有时候会让我觉得好可爱。

姐姐心里住了个小女孩，有时候也会让我很心疼。自己比较愚笨，又很口拙，每当察觉到姐姐的伤感和无奈时总也不知如何表达适当的关怀，只看到网友有困惑时姐姐的安抚和解惑，更希望姐姐的心同样能有人安慰。

今年的九月初，姐姐说在洛杉矶，我想起来9/23，是姐姐深爱的父亲，去世十周年的日子，因为姐姐在微博提到过，又怕记错，特地去微博翻出了当时姐姐的文字。确认了日期后，我联系了四川阿坝州马尔康乡有着六百年历史的寺院大藏寺，请管家师父替我安排了23号那天从傍晚时分开始供酥油灯，这样美国时间差不多就是23号清晨。为了算清时差，我真的掰着手指算了半天就差脚趾一起了，姐姐原谅我数学真的比较差。我并不知道姐姐是否会接受这样

311/

的纪念方式，所以没有事先和姐姐说，我就想以自己比较常用的方式，纪念一下姐姐的父亲，谢谢他，养育了那么美丽与智慧并存的姐姐，内心善良而真诚，时时地在温暖他人。

小灯一共一千盏，可以燃一天，长明灯可以燃15天，我会请师父在灯燃起的时候拍几张照片给我，照片待师父发送给我后，我会全数转发给姐姐。

我没有经历过很复杂的人生，也不喜欢混迹于人群，所以阅历很苍白，做事和思考问题的方式也很直接简单。也不知道这样做是否合适，是否合乎常理，很怕反而会让姐姐心里难过和伤心。没有想要让姐姐不悦的意思，只是想告诉姐姐，有人和姐姐一样，在这一天对叶老先生的怀念。

我很珍惜很珍惜和姐姐的缘分。姐姐对我来说是块珍宝，从内而外的珍贵，无论追随多少年都是值得的。一直想要感谢姐姐，身体力行地给我上了那么多年广结善缘的慈悲课。也恳请姐姐，好好照顾自己，爱护自己，健康快乐，每一天都感觉幸福。

TO FEEL THE FEELING 情

  前两天我转发一位细心又有爱心博友的来函。她记得今天（9/23）是我父亲在美国去世10周年的忌日。她诚心请她阿旺英念师父单独为我父亲上灯悼念！上千座灯点燃两天！阿旺英念师父拍下照片发给博友代转给我。我长跪禀告先父在天之灵，内心有难以言喻的感激感动。这个博园是真的"聚缘"！谢谢您！（2018-09-23）

  这是1992年我儿子写给父亲的一封中文信。他当时在台北美国学校念高中，他自愿坚持学习中文。曾经能理解简单的唐诗和背诵几句论语。可惜大学时，建筑系的功课太重，在美国没有学习的环境，如今荒废许多。重读这封孩子的信，内心很有波动。我也想提笔给爸爸写封信，只是无法投递了。

（2018-12-04）

女儿 Alix 热爱文学和戏剧，我们的工作天南地北，聚少离多，但时刻彼此牵挂。我们相聚不易，珍惜每一刻。

清明感恩：年轻时，不懂事；而今懂了，已不再年轻。有些遗憾可以弥补，有些永无弥补。时间残酷，人生短暂，生命珍贵。也许您的父母走了，带着对儿女深深的挂念，留下儿女已经无法报答的恩情；若是您的父母还健在，那是幸福的恩典！珍惜！亲情无价，大爱无疆。愿天下父母安康快乐！（2017-4-4）

今天清明节是我们最重要的祭祀节日。清明祭祖是寻根之旅，是代表血脉的传承与责任；对赐予我们生命的人，心怀感恩。什么是清明？人有"五畏"，心思才会清明——畏道，畏天，畏物，畏人，畏己。当今无暇回乡扫墓的人很多。您可以在心里燃一炷心香，怀想祝愿在比远方更远的亲人安好。（2019-04-05）

TO FEEL THE FEELING 情

一问一世界，一叶一菩提

问：您在 2010 版《莺语》的最后，以对爸爸的怀念作结，一双红皮鞋，映射出您和爸爸之间的感情。不禁让我想起爷爷。三年前，我陪爷爷在家里度过他最后的日子，最后三天，他不能说话，时而昏迷，但是他会时而用力握一下我手，问怎么没有给他输液，我深深地感觉到爷爷对生的渴望。三天后，他走了，下葬那天，我没有悲。

叶：很感动。我明白。

问：相信父亲能听见你这宝贝女儿的问候！他最爱的就是你！

叶：是。我要他听见。相信他会听见。

问：独在他乡特理解节日的孤单，即便有朋友相陪。下个月就元旦了，家人是不变的归宿，我想父亲永远在您心中。莺姐，祝你快乐！

叶："家人是不变的归宿"，说得对啊！永远不变的归宿。还要加上身边关爱你的人。

台风后落叶的苍夷是绿叶的悲歌。它们何尝愿意离开树枝的依托，无家可归？狂风暴雨中无奈的离散，在现实生活中看多了，听多了，太多凄凉，谁有那么多眼泪？患难中，亲情是没有退路，是斩钉截铁的惟一。那以身相许的海誓山盟，当大浪来袭，冲散许诺，各自东西。风停潮退，重寻来时路。而别人夺不走、也掏不去的真正有属性的财富，是亲情，亲情将是你永远的宝藏。当一切都远离你，亲情是惟一可以支撑你走完人生的资源。如果你摒弃了亲情，你将一无所有。

——叶莺

TO FEEL THE FEELING　情

家庭　　　　　　　　　FAMILY

给了翅膀，让孩子飞吧

逝去或失去的爱，好似谢了的花朵，不必追悔。那花朵曾经盛开的事实，不可磨灭，不可篡改。珍惜你手中的春天。但是，父母对子女的爱，不是花朵，是永不枯竭的海洋。（2010-06-12）

人生在世一定会遇上不可改变的不幸，其中最大的痛就是和亲人的分离。刚刚看到一封请假信，我司中国区的人事总监收到台北家中的急电，他母亲病危，来日不多。何等痛……何等无奈……这就是人生。看到这里，请给你的父母打个电话问安，说声"我爱您"吧。"子欲养而亲不待"，我父亲已接不到我的问候了，你把握每一天吧。（2010-10-25）

在台北参加同事母亲的葬礼，深感人的生离死别确实无法逃避，更须珍惜亲情。这是他的手记"沉重的心，未知的夜。带着疲惫等待明知的结果，只是不知何时到来又如何面对。离台16年，不常回来陪老妈。此时此刻，身为人子唯觉伤感和遗憾。或许是抱着感恩和弥补的心，想陪伴老妈走过她人生的最后一夜"。（2010-11-10）

同事的母亲走得安祥，她的告别法事极备哀荣。子女跪在灵前没有愧对她的养育之恩。愿她安息。这同事比我幸福，我父亲临终时，我没陪在他身边。我也没能参加我母亲的葬礼。那是遥远的思念，一生的痛。珍惜亲情，纵然不能守在父母身边尽孝，也要时刻心存感恩。（2010-11-10）

加班是永远加不完的。亲人团聚是聚一次少一次的。谨记"子欲养而亲不待"。（2011-01-23）

TO FEEL THE FEELING 情

庆祝妇女节之际，一位奇女子日前在马来西亚去世。她叫施玉桃，又名"生育皇后"。她早婚，18岁开始生育至54岁，36年生育23个子女，除次女夭折，22个子女，成家立业就学，分布新加坡、马来西亚、中国台湾和美国。她的村里40多户人家饮用同一口井水，家家户户都多子女。于是那井又名"多仔井"。 施玉桃女士出殡时，她的子女和内外孙超过100人送她最后一程。乐队演奏"世上只有妈妈好"时，全都下跪，年小的流泪，年长的多泣不成声，因为他们知道妈妈的辛苦。他们家境贫苦，父亲驾学生巴士维生，母亲在一家人住的木板屋前开咖啡档赚钱买米。他们一周要吃168斤米！真不简单。
（2011-03-08）

昨天到上海刚下飞机，收到我干妈香港的电话，她一听到我的声音，就开始哭。她以为我在日本，看电视上日本地震的灾难，她立刻打电话找我，我在飞机上没接，她急死了。她信佛，她一直念佛直到她找到我。当时和我同车的同事也都很感动。旅居日本的中国人很多，在仙台的也不少，房子可以重建，人散了，真惨。她三十多年前收我为谊女至今，嘘寒问暖，从未间断。她对我的指引教诲，是我追求无私的动力和楷模。她捐助学校、医院、老人院，在家乡修路建桥，扶持贫困病弱，她做得太多了，但她从不张扬。她说"为善是乐"，她的快乐自己知道就好了。（2011-03-12）

有云棒打出孝子。体罚"教育"是否合情合理合法，是个严肃的话题，对孩子们的成长有正面还是负面的影响，也有争议。美国一对姓Pearl的基督徒夫妇，写了本百万畅销书指导父母如何"驯"子女。他们引述圣经说基督是赞同体罚子女的，并说以"棍棒"（英文原文 ROD）打子女时，要打到皮肉痛，才有用。战栗。请父母们珍惜您"独一无二"的子女，每个孩子都特别，都不一样。不仅因为他们来自不同的父母，更因为每个孩子都有"独特的组成"，所以兄弟姐妹之间也不要，也不能攀比。为您的孩子打气吧！加油吧！因为他／她是您的"自豪"！自豪是不用比的。请传播给父母们。（2011-09-06）

家父过世时，我虽在美国但因公没陪他走完最后一程，这是我的最痛。一周前，与我从柯达共事至今15年的助理经历了丧父之痛，适逢周末她要照顾母亲，也没能最后陪在她父亲身边，咫尺天涯，阴阳永诀。在中国有千万的独生子女，将面临如何分身兼顾工作、家庭、子女和父母的抉择。奈何。（2011-12-06）

朋友公司的女职员要结婚了，男方的家长要买奔驰车，要买地段好的新公寓，要买进口家具，要买名牌手袋服饰，等等。另外，婚礼要在美国举行，宴请要在北上广的五星级酒店，飞美国要坐头等舱。男方的父母已退休，省吃俭用，并不富裕，但爱子抱孙心切，咬牙都答应。哎呀呀，现在的中国父母真可怜哪！（2012-05-28）

现在年轻族群里不是有"月光族"吗？家中只有一条命根子的父母，为了爱，为了亲情，省吃俭用刻薄自己，还心甘情愿地赔上"棺材本"的"孝顺"父母辈，大有人在。你有小孩吗？如今在有小娃娃的家庭里，请问谁是上帝？谁是主宰？谁是老板？谁说了算？亲情和父母的爱是永恒的太阳！（2012-05-28）

TO FEEL THE FEELING　情

　　老人是社会和家庭的"宝"。他们辛苦了一辈子，为谁辛苦为谁忙？我们享有丰衣足食的今天是老人们点滴血汗的累积，饮水思源，感恩报恩是晚辈的天责。病痛谁没有？有一天我们都会老，谁来老吾老以及人之老？工业社会的年轻人生活压力的确很大，社会保障系统跟不上进步的脚步，大家都苦！（2010-06-12）

　　伦敦奥运会有许多感人的场面。女子柔道的银牌得主是位英国选手，当她在半决赛中，打败对手，裁判宣布她胜利时，她跪在场中捂面哭泣，然后站起仰面朝天说："Thank you, mommy！"（谢谢，妈妈）。原来她妈妈在四年前因血癌过世了，她对母亲的仰首致谢，真的十分感人。（2012-08-3）

　　亲戚之间借钱的故事，要看你要用"情"来处理，还是用"理"来对待。借钱与不借钱，在一念之间，但是亲戚还钱与不还钱，你一定要置于一念之外。因为借钱容易，还钱难，何况是亲戚。若因为钱伤感情，很难修复。所以一旦借钱出去了，就不要计较还不还了。（2012-10-20）

一个母女情深的故事让我哭得稀里哗啦，心中有愧疚也有疑问。美国迈阿密一个患糖尿病昏迷42年的"沉睡白雪公主"是有记录以来昏迷最久的人，上周活到59岁逝世。她昏迷前对母亲说：不要离开我。母亲说：我永远不会离开你。坚守这承诺，长伴床边38年，四年前妈妈死后由妹妹接力照顾。自问这爱我能付出吗？（2012-11-27）

昨晚回到香港，整理行装，明晚去英国，然后回美国给父亲上坟和他说话。此刻，各地的圣诞气息已浓。在西方这个时段，自杀率会升高。原因是形孤影单的人此时倍加思亲，而甚感凄凉。有点像中国春节时，有家归不得，或是无家可归的无奈。我的朋友，好好珍惜亲情，珍惜身边关爱你的人。（2012-12-08）

游轮遇难，救生艇剩一个位子丈夫爬上去了，妻子在海上向丈夫喊了一句话，你猜她喊什么？我恨你？没良心？她喊的是"照顾孩子！"轮船沉了，丈夫独自带大女儿，死后女儿整理遗物时发现原来父母乘游轮时，母亲已患绝症。谁抚养女儿？让妻子长眠海底是丈夫痛苦的抉择。世间的善恶正反，错综复杂难以分辨。（2013-04-29）

TO FEEL THE FEELING 情

猜猜，他是谁？他是我的儿子。昨晚来到洛杉矶看他，很开心！做妈妈的夸一句：他心地善良，尊崇儒、道精神，很阳光，很仗义。他是 AIA 建筑师，在美国西部建筑业界，人气不错。（2013-06-16）

和儿子聊天他说："妈妈你要对自己好一点，因为我和姐姐离你太远，各有自己的生活。你若总是为我们想，做子女的很有压力，事实上你的大事小情都必须自己打理，比如你感冒了，我们也只能电话问候而已，比起你为我们做的一切，我们觉得很无力，很没用。"听了这番话，我明白，子女有时是父母的心理导师。（2013-06-18）

今晚回港和朋友聚会，一位妈妈诉苦说，儿子美国学成归来，总是没时间陪父母吃饭，却有时间和朋友联谊，十分凄凉心酸。我说，父母虽是子女永远的港湾，但子女在人海航行，他们的朋友是他们不可或缺的旅伴。子女没有任何权利选择谁是他们的父母，但他们有绝对的自由选择谁是朋友。给了翅膀，让孩子飞吧。（2013-07-29）

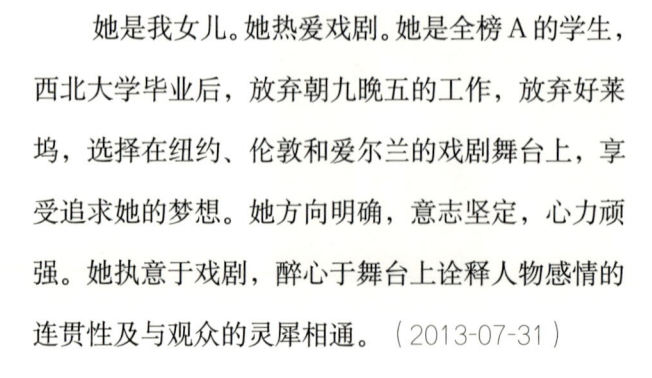

她是我女儿。她热爱戏剧。她是全榜A的学生，西北大学毕业后，放弃朝九晚五的工作，放弃好莱坞，选择在纽约、伦敦和爱尔兰的戏剧舞台上，享受追求她的梦想。她方向明确，意志坚定，心力顽强。她执意于戏剧，醉心于舞台上诠释人物感情的连贯性及与观众的灵犀相通。（2013-07-31）

昨天来到拉斯维加斯，这是我年末回美国度假的最后一站。今天是我儿子的生日，他的朋友们选择在这里给他庆生，主要是离洛杉矶还算近，车程4个多小时。儿子为我准备了景观很棒的房间作为他谢谢母亲带他来这个世界的礼物。孩子大了，能赚钱自立了，这母亲好开心。我来赌城不是为了赌钱，是为了与子同游。（2013-12-28）

这次岁末回美国除了诚心给父亲上坟磕头，也看到了作为建筑师儿子参与的第一个建筑作品——在洛杉矶 Santa Monica 海边的公寓 Seychell。大楼的外形，斜角度的阳台，都显现了他的风格。他告诉我窗子是在中国定制的。公寓明年二月才正式开盘，不过现在预定已经很踊跃了。我很为他开心。（2013-12-28）

TO FEEL THE FEELING 情

儿子去夜店时，常被误认是明星，也曾有星探找过他，他是个不错的建筑师，没有明星梦。
（2013-12-28）

在美国洛杉矶探望儿子，他是个建筑师，对中国的风水和古建筑的图案及设计都很投入地学习。他手机上放的 Home Screen，看起来，很新潮摩登。他解说，那是中国建筑守门狮子脚下踩着的"宇宙永恒""生生不息"的球。他以血液里有中国传承为荣，我很欣慰。（2014-06-14）

天下父母总是为子女操心，而子女的赤子之心和对父母的牵挂却不仅仅是个孝字，是浪漫得像花一般的爱。听到个美得让人落泪的故事：一个患了癌症的男孩在临终前去花店为妈妈的生日预订了60年的鲜花，他要求花店每年9月22日为他妈妈送鲜花，他妈妈40岁，他要妈妈幸福地活到100岁。两个月后鲜花到了，他走了。（2014-10-25）

人际关系的行为说明：我们习惯和最亲近的人使性子，而对浅交却礼貌客气。因为我们深知亲近的人不会计较而去，不会离开。于是我们心安理得地做"自己"，在父母好友爱人面前大胆任性，总是最安全的。岂不知出口的伤害，难以收回，伤到的是自己，父母亲友可以原谅。自己想明白了，汗！
（2015-10-13）

上周我们相约，过几天在伦敦会面，共同预祝圣诞。他工作繁重忙碌，而我也马不停蹄，母子两人能够忙里偷闲，"碰"在一起，实属不易啊！曾经因各自航班延误，而在伦敦机场偶遇，那就更喜出望外啦！（2015-12-04）

春节曼谷假期今天结束。昨晚我做东和同行好友聚餐，我们"同病相怜"！各自的子女都已成人，平时还可以约着一起见见面，吃顿饭什么的。逢年过节，他们难得有假期，都安排自己的度假行程，滑雪、野营、潜水、打猎或是阳光海滩……但是都不会和父母一起，父母也了解需要给他们空间！（2016-02-11）

狗是人类最好的朋友，狗忠心，通人性，不贪富嫌贫。我父亲爱狗，家里曾养了12条狼犬，个个英姿飒爽，聪明干练。它们是我成长的守护天使，也是生活的铁哥们伴侣。后来的生离死别，使我不敢再养狗。周末和儿子视频通话。他有"新宠"了，两个月半的混血小狗"Party"，实在太可爱了！（2016-04-24）

"子女是父母一生的牵挂，父母是子女永远的港湾。"如今很多人像我一样，只有牵挂，已经没有了港湾。风雨中，悲思如雨，怀念似风。没了父母的孩子，要学会在风雨同舟的大海里做最坚强优秀的水手。（2016-05-02）

TO FEEL THE FEELING 情

今天是六一儿童节。图中当时会撒娇的小男孩似乎在弹指之间长大了。小儿 Nick 从小就梦想做个特别的建筑师，就像他只爱吃巧克力雪糕一样，从没动摇过。他的梦想已经实现了一半，他现在应邀管理两位建筑界巨头的项目，解构主义鼻祖法兰克·盖瑞在洛杉矶的"Grand Ave"和雷姆·库哈斯在旧金山的"Tower"。（2016-06-01）

昨晚从大理赶回香港参加我干妈的生日宴。温暖家宴，四代同堂，热闹喜庆！干妈收我做谊女已经 30 多年，她待我如己出，嘘寒问暖无微不至。有一年四川发大水，我去赈灾。她好多天联络不上我，打电话给我香港的秘书，痛哭流涕，问我秘书我是不是出事了？我秘书被感动得也哭了。我很幸福！

（2016-07-10）

如果子女事业学业皆无成，不能自立，成天守在家里"啃老"，或盼望着丰厚的遗产继承，坐享一世衣食无忧美梦。那是不是父母愿见和心想的呢？当然不是。子女来到这个世界没有权利选择父母，父母也没有权利把子女视为私产。他们是属于自己的。只有翅膀硬了的鸟儿才能高飞翱翔！飞吧！（2016-09-17）

父母望子女成龙凤的期望是普世的价值观。子女成才，有了自己的事业担当、社会地位和朋友圈时，父母应该给子女属于他们的空间。我儿子抽空从德国赶来和我在瑞士短暂的中秋团聚后，他又兼程飞往西班牙考察了。同桌吃饭时，都不能放下工作，是现在职场无法改变的现实。低头族保重了！（2016-09-17）

一位母亲为了替19岁的儿子娶媳妇，准备"彩礼"，在工地上、烈日下努力工作，积攒彩礼钱。我好感慨！我明白这是我们当下的习俗，但是成年子女成婚怎么就成了父母的责任呢？父母那一代结婚时，听说就分些"喜糖"也一样有幸福的婚姻。现在父母的担子太重了！（2016-09-18）

经常有人聊起：要孩子是为什么？传宗接代还是养儿防老？终于听到一个感动的答案：为了付出与欣赏。不求孩子完美，不用替我争脸，更不用帮我养老。只要这个生命健康存在，在这个美丽的世界上走一遍，让我有机会与他同行一段……只要他／她们健康，快乐，足矣。送给所有的父母。（2016-10-13）

TO FEEL THE FEELING　情

　　月光如水，夜读胡琏这位至孝至忠的国民党将军。抗日战争时，他写诀别信将父亲托付于妻子。他说老父家贫，孤寡无依，戚戚无奈，付之命运。孩子长大，要当军人为国尽忠。家中能节俭，当可温饱。"十余年戎马，负你良多，今当诀别，感念至深。人生百年，死得其所，正宜欢乐。"感动！
（2017-01-18）

　　我儿子Nick和他的爱犬"Party"情感深厚。狗通人性，是人类最好最忠诚的朋友。Nick要出差去西雅图。那边天冷，想把她留在洛杉矶家里，小狗狗泪眼汪汪，Nick不忍，将她带在身边。工作中Nick趴下取景拍摄新工地地形，小狗狗立刻跑过去，趴在主人身上保护。同行伙伴拍下此景，感人！（2017-04-01）

　　年轻时，不懂事；而今懂了，已不再年轻。有些遗憾可以弥补，有些永无弥补。时间残酷，人生短暂，生命珍贵。也许您的父母走了，带着对儿女深深的挂念，留下儿女已经无法报答的恩情；若是您的父母还健在，那是幸福的恩典！珍惜！亲情无价，大爱无疆。愿天下父母安康快乐！（2017-04-04）

　　中午在三亚的"大鱼缸"旁边看鱼。都说鱼是冷血动物，我看着它们游来游去，我在想它们之间有亲情、爱情、友情吗？如果有，那么应该也有爱恨情仇，为何那么飘逸自如无牵无挂。如果没有，不知情为何物，活着又有什么依恋呢？有人问：鱼会哭吗？我说会。只是它的眼泪流到水里，吞在心里。
（2017-04-06）

父母年纪大了，记忆衰退，体力、听力、眼力等等大不如前，脾气可能变得急躁，这些都是生理上不可避免的无奈，做子女的应该可以理解。父母抚养我们成长的辛酸和心血，我们又能真正知道体会多少？有一天我们也会老去，也希望我们的子女，不要嫌弃，不是吗？谨记"树欲静而风不止，子欲养而亲不待"。（2017-05-30）

闺蜜儿子在婚礼上致父母谢词："不知何时，我突然发觉了我的成长；我忽然看见了你们的苍老；天翻地覆，我的世界改变了；长大了的时间让我们之间变得陌生；变化了的世界我们之间延伸出一条时代的沟壑。但我们的爱让我们紧密地联系在一起，永远连接在了一起，因为我们是一家人。"
（2017-08-04）

在洛杉矶儿子家静养腰伤，窗外的蓝天白云，前后院绿树成荫，阳光绿荫下喝咖啡听莫扎特，看本新版好书，养伤的日子，算是惬意。在大理腰伤

TO FEEL THE FEELING　情

后，好友的真情照料和儿子立刻远程飞来探望和坚持让我回美国养伤，都令我感动亲情友情的可贵。伤筋动骨一百天，我已经快到60天了。耐心静养吧！
（2018-09-08）

香港澳门受台风山竹的侵袭，灾害不小。不过我有信心，一切都会快速复原。此时美国北卡州也正受飓风横扫，死伤损害严重。加州也有天灾隐忧，所以珍惜每个美好今天。因为腰伤总是宅在家里。难得假日，儿子骑着单轮带着小爱犬在蓝天绿地间畅游，我虽不能参加奔跑，内心欢悦。感恩！（2018-09-17）

马克与我共事多年，他精干勤奋思维敏锐。五年前他放弃了在国内的高薪工作，携妻带幼子移民美国。从北京的别墅，到硅谷简陋的出租房。我曾质疑他的愚蠢选择。后来他和妻子为了儿子就学，决定定居南加州尔湾。他今天的家有喷泉、水池、绿地、烧烤，儿子读论语，也学会用筷子。（2018-12-17）

莺语 2020

儿子担心我隐瞒腰伤的病情，在忙碌的工作中，第二次飞跃重洋来大理探望我，并试图再次说服我回美国西医手术治疗。他陪我待了一周，看到我恢复的情况，总算比较安心地回洛杉矶工作了。他说很想改变我们聚少离多的现状，无奈他的大型建筑工程都在美国。父母儿女当然牵挂，亲情无价！（2019-01-05）

《我们在一起》——儿子 Nick（12岁）

Family Poem

TOGETHERNESS

The family is the nucleus of the home.
Without it's guidance we'd feel so alone.
A family together is a winning team.
When they do things together they stand out and gleam.
But without togetherness the family will fall,
And they won't solve problems, big or small.
So if you stick together through and through,
Nothing bad will happen to you.

BY, Nicky Price

TO FEEL THE FEELING　情

TOGRTHERNESS 译文：

在一起

家人是家的核心，

若无家人指引，你会倍感孤单无依。

团结的一家人，就是必胜的团队。

当，家人齐心做事，必定卓越杰出，闪亮发光。

家人若不能和睦同心，家就会败下不兴；不能解决任何大小问题。

所以，只要家人坚定相守相依在一起，坏事避开家和你，幸福属于家和你。

来自蔓青——我的战友（2019年秋于上海）

我从1993年毕业就跟叶总工作，直到今天，一转眼相识已经26年。我们之间的关系从老板与下属、老同事、朋友、战友变成了家人，不变的是我对她的称呼"老板"。26年间我看到了别人看不到的另一面：一个孝顺的女儿、一个操心的妈妈。

我记得1995年，老板从台北的美国在台协会商务组组长高升到北京大使馆任职公使衔商务参赞，她的老父亲特地从台中上来台北参加欢送会，他中气十足、满脸骄傲地拿起麦克风说："以前人家说她是叶航的女儿，现在人家说我是叶莺的父亲……"老板当下贴着父亲的脸、搂着父亲的肩膀，笑容中充满小女孩的幸福，这个画面对所有在场的同事都是非常令人感动与难忘，而这句话也道出了这对父女不对命运低头，把泪水化成笑容的最佳诠释。

老板是职业女性，也是单亲妈妈。她有两个宝贝孩子，跟所有的职业女性一样，由于工作忙碌，她内心对孩子总有不知觉的歉疚；跟所有的单亲妈妈一样，她对孩子的要求是严厉，且有时带有无法控制的情绪。一路走来，她是爸爸，也是妈妈，不能失败。当孩子还小的时候，她必须坚强，现在孩子大了，想照顾她，她竟然不习惯被照顾，还是要继续坚强。前一阵子，她的腰伤非常严重，按照西医的说法必须要开刀，但开刀后要有半年的复原期。老板一向健步如飞、潇洒自如，绕着地球到处开会，怎么可能忍受卧床复原、受人照顾的日子。中医建议保守治疗，但也没有具体解决方案。这个时候，在美国知名地产公司当副总的儿子Nick，想到妈妈天天忍受疼痛睡在硬板床上，十分心痛。他努力找到了美国这方面最有名的医生，医生建议应该马上来美国做最先进的手术治疗。儿子天天苦口婆心地说服她来美国做一次检查，老板却完全不为所动。儿子着急得不得了，百忙之中飞来中国，希望带她回美国，也愿意照顾她在美国的一切生活起居及手术后的复原，但最后还是没有说服老板，一个人回美国了。后来，老板也靠着改善饮食及运动，奇迹般的慢慢复原，现在又回到围着地球飞的原样。

Nick曾跟我说，世界上，他最亲的人只有这个妈妈，他不能失去她。老板却说："Nick太忙了，我不能增添他的麻烦，我很担心他工作压力、饮食和身体健康。我希望他有一个属于自己快乐的生活。"

脱下职场的武装，老板就是一个充满母爱的平凡妈妈。

来自寒枫——我的微博挚友（2019年秋于上海）

姐姐，我有时候会想，我们和身边的人，一定要有很深的缘分，才会遇见彼此吧！世界很奇妙，我们会和很多人擦肩而过，却只会和一些人相遇相知。

您的出现让我看到世界上真的有坚定与温柔并存的人，原来我内心深处一直希望成为的人，就生活在世界的某一处。当时就在想，如果有一天能够亲眼见到这么优秀的姐姐，那一定会是非常幸福的一件事情。我没有想到，这个等待，真的好久好久；更没有想到，即便那么久，我还是等到了。

又到秋天了，这一年，我们陆陆续续交流了很多，快乐的，烦恼的，我都会和您倾诉，如同一个藏了很多很多秘密的小孩，永远有说不完的话。您总是耐心倾听，善解人意，用智慧开解，以爱心陪伴。虽然相隔很远，可是衷肠事，无由竭，似水滔滔，天涯也咫尺，姐姐一直都在，让我心生温暖和感激。您是经历阅历都那么丰富的一个人，感受过世间冷暖，看透过人心斑驳，却依然怀着一颗赤子之心，真诚体贴地对待身边的每一个人。从您的身上，我也学到了很多很多，谦卑为人，沉稳做事，心怀悲悯，广结善缘，百折而不改初心，千难而不悔选择。

姐姐是我不变的偶像，偶像就是让我想到就会心生美好，会为也想成为像您那样美好的人而努力地存在。与您的相遇相知，是非常奇妙的缘分，我会很用心地去呵护。从前很久很久的等待和与您熟悉之后的日子里，这一切的一切，都值得我珍惜和铭记。我会带着与您相遇的感激和欣喜，继续做您的小妹妹，在以后的岁月里互相陪伴，分享点滴。

莺语 2020

《我爱我的爷爷》——女儿 Alix（2018 年 10 月 6 日）

One week ago I found myself at a temple outside of Los Angeles.

It was ten years to the day that my Grandpa passed away.

I had no idea what I was doing there.

Yes, this is where his ashes are, but I was never attached to his ashes or to this place after he died.

To me he was not in that box... he was everywhere.

I had not returned to this place in a decade, which felt like an impossibly long time.

But then weeks ago I felt this very strong and strange pull to be there on this particular day.

So I left the jungle and took a spin around and landed there last Sunday... between the equinox and the full moon of sweet and sad September.

It was a beautiful California day.

I brought his favorite flowers and laid them on the altar.

I cried and whispered to him.

一周前，我来到洛杉矶城外的寺庙。
十年前的今天，爷爷去世了。
我真不知道，我去那里还能做什么。

是的，那是他的骨灰所在，
但他走后，他的骨灰，和那放骨灰的地方，与我没有任何关系。

对我来说，他不在那个盒子里……
他无处不在。

漫长的，不可思议的十年里，我没有回到过这个地方。

几周前，我感到
一种强大而神奇的力量，牵引着我，
在这个特殊的日子，我来到这里。

我离开了丛林，
转了一大圈，
上周日降落在那里……
那是月满秋分时节，又甜又悲的九月，
一个美好的加利福尼亚丽日。

我带了他最喜欢的花，
把花放在祭坛上。
我哭着对他轻声低喃，
我深深地呼吸着……我倾听来自天外，我想听到的声音。

TO FEEL THE FEELING 情

I listened for whatever I was meant to hear from beyond.

I took many deep breaths.

I sat in the grass outside in the late afternoon sun waiting for what I don't know.

Then two days later, I found this picture. And for a moment it all made sense.

*Why I had to be there.
To simply remember.
That this is how we always were.*

*That this is how we will always be connected.
To those who kept us safe.
To those who taught us how to keep ourselves safe.*

To those who love us without condition... from wherever they are.

To those who taught us love.

Alix   Oct 6, 2018

后来，坐在寺庙外的草地上，在午后太阳下等待。
但，我不知道我在等什么。

两天后，我发现了这张照片。
一瞬间，一切都有了意义。
为什么我要去那里？
就是为了记住，
记住过去和现在，我们一直都是这样的。
将来，我们也会一直是这样的，
我们永远相依相系。
你是守护我们，让我们安全的人，
你是教我们如何保护自己安全的人。
你是那无论在哪里……都会无条件爱我们的人，
你是那无论在哪里……都会无条件爱我们的人。
你是教会我们什么是爱的人。

Alix

2018 年 10 月 6 日

莺语 2020

我此生的挚爱：
我永远怀念的父亲，永远牵挂的女儿 Alix 和儿子 Nick

TO FEEL THE FEELING 情

一问一世界，一叶一菩提

问：我的妈妈从小到大总是不停地"唠叨"我，我该怎么办？

叶：我母亲在我两个月大的时候就过世了，所以我一生都没有听过妈妈的"唠叨"。我很羡慕你能向我吐吐这样的苦水哦。世上妈妈只有一个，她是你永远唯一的妈妈！爱她吧，爱她的不完美，因为她爱你的一切，包括你的不完美。

问：姐姐，等过几年，还是选择住得离孩子们近一点吧。你可以经常见到他们，他们也可以方便看望你，不要让彼此的回忆里有遗憾没能经常在一起，真的。十几个小时的飞行，太累了。

叶：谢谢。我明白你的用心。也许有些思想我已经很西化了。我觉得子女不是父母的衍生物或附属品，不可拥有。父母给了子女生命和教育，生活和生命就是他们的，他们是独立的个体。父母不要以养育之恩做筹码而祈求子女回报，他们有自己的世界和天空，让他们为自己负责。我的人生我负责。

TO FEEL THE FEELING 情

问：每次亲人离去，我都很害怕。我有点迷信，相信鬼神。请教叶总，这个问题您怎么样看待？

叶：你既然说是"迷信"，就不必信。亲人离去了，还是亲人，不是鬼神，不要怕。

问：这里在下雨，温度骤降，只剩下冰凉的空气和回忆。清明，思念另一个世界里的亲人……

叶：思念是一种享受。

问：其实父母会给一些人生的指示，不过我们多半不肯听。

叶：我们有没有问问自己"为什么"？若没问或不问，那又是为什么呢？

问：一直很努力地工作，照顾亲人，从没在乎过自己。直到有一天落魄时，才发现如果没有钱，就连你的亲人都会看不起你。过分的善良是一种错！过分的付出就变成了理所当然。

叶：明白你的感受。不计回报的付出，往往会被认为是理所当然。只要你能保有善良的初心，一切的不如意都是暂时的。挺住！

问：看到叶总在微博里发出儿子和女儿的照片，想到之前叶总发的这条父亲的背影。这是一家人穿越时空的网上全家福，很感动。

叶：真谢谢你传来这帖早期的微博。每次看到父亲的这背影，我的心中总是掀起"千层浪"！我特意把他的身影印在2010版《莺语》的扉页，铭志我永恒的思念。

问：以前万圣节时你的子女"讨"回来的糖果为什么不让孩子吃，而要丢掉？

叶：看见他们小小的身体背着像圣诞老人一样的大枕头套的整袋糖果回来，真是啼笑皆非！要是给他们吃了，牙齿不倒，肚子不坏才怪。而那些来路不明的散糖果，看不到过期日，绝不能送人，只能丢掉。后来孩子大了，他们不"随俗"了。

问：在这世界上，最重要的是与自己血脉相连的亲人。我也希望，重要的人，能一直陪伴自己身边，我不要孤独。

叶：你不会孤独，你生命里最重要的人是你！好好守护自己，那独一无二的你！

问：我刚失去亲人，所以明白，活着的时候珍惜比什么都重要，看到你的文字只是有感而发，不是针对你，你是一个值得尊敬的人。

叶：说过你我不过是天地的过客，人间事我们做不了主。我们无法决定我们的亲人何时会离开。让亲人安心地走吧，你们曾经亲过，爱过，一起生活过，够了。世间哪有永远。你今后的日子要好好过，才有好日子。

问：过年不是不想回家，而是不敢回，不好意思回。

叶：为什么不敢回？觉得自己没有达到期望的目标和理想吗？我知道一个人就为这个原因，觉得没成绩，不好意思见家人，4年春节没回家，让他的母亲思子心切，以泪洗面。在外地工作的游子们，回家过年吧！期盼你的亲人，在等你！

问：叶姐真是胸怀宽阔的人。大女人。养儿防老，那父母就是子女的天然债权人，子女越大，父母就越会觉得子女亏欠他的，总想要债，所以这个民族总是弯着腰。这是我听过的一句话，放在这里算是增加一下视角吧。

叶：我不认为生儿育女是为了"防老"或"养老"，也不同意子女是父母的"所有或私有"。他们是独立的个体。子女来到这个世界他们没有选择父母的权利，是父母给予的生命，父母就有养育子女的责任。至于父母如何担起这份责任，由于环境的差异，就各有各的不同了。

问：我的正能量女神叶老师，你有没有什么好的育儿经分享？能从你这学到点东西。

叶：父母是儿女最棒、最重要的启蒙老师。父母早期培养孩子的"价值观"是他们生命最永恒的基石。更是他们能屹立于世的"根"。

很多事不可强求，缘分难求。来是缘，去也是缘；已得是缘，来得早是缘，不得更是缘；缘尽无法挽；缘断，何堪情伤？缘分本是生命中的偶然，恰似徐志摩笔下的偶然"我是天空里的一片云，偶尔投影在你的波心……你记得也好，最好你忘掉……"。我们要珍惜来到这世界的偶然，面对成败的坦然，潇洒地活得自然，对荣辱泰然，看得失淡然，是非对错坦然。

——叶莺

TO FEEL THE FEELING 情

友情 FRIEND-SHIP

真情，是骨子里
就愿意一切为你的真心

我在美国外交界的友人，霍尔布鲁克在和希拉里开会时突然晕倒，因主动脉破裂去世。奥巴马赞扬他是"真正的外交巨人"。希拉里失去个好帮手，美国失去了一位作风硬朗的外交俊才，我失去了和他再见面的机会，他才69岁！人生无常，健康无价。我了解他，他死在工作岗位上是快乐的。安息吧，吾友。（2010-12-17）

前晚与多年旧属晚餐后，我说送他回家，他说："家太远搭地铁，您只能送我一小段，不用了。"他与我共事近20年，而今已两鬓斑白。他陪我在职场上走过的路，已是历史。他父亲多病母亲年迈，他已离队归田，照顾双亲。我惭愧，既不能助他尽孝道，又不能为他遮风雨，连送他一程，也只送到地铁站，这旧老板何用？（2011-01-22）

陈凯希因在大马成立劳工党，1964年入狱，年仅28岁。1972年，他在经过8年牢狱之灾后重获自由。学钢琴的妻子已改嫁带女儿远走英国。父母原本教书，因也是前进分子，早已避难回福建安溪老家，后在"反右"及"文革"时吃尽苦头，已失去联络。身无分文的他，不敢投靠亲友。幸有养鸡厂老板收留，靠在养鸡场扛鸡饲料为生。1975年，他白手起家开始创业，人生第一桶金靠卖"海鸥"牌薄荷膏赢得。去年，他统帅的海鸥集团，全年业务量超过3亿马币。回想那8年牢狱生活，凯希先生说那是他人生中最难得的历练。那8年，成就了今天的他。他现在的夫人就是当年养鸡场老板的女儿。他双亲已故。笑中有泪。

陈凯希先生现在已70多岁了，还是每天上班主掌海鸥业务。他倡导中华文化，热心公益。我问他：你的根在哪里？他毫不犹豫地回答：在中国。中国是我父母的根，当然也是我的根。中国是我的娘家，大马是我的婆家。我会致力做大马的好媳妇。当然有一天我终会归根。听者怎能不动容？为什么说他"笑中有泪"？陈凯希说，他能活下来是奇迹。他入狱的头一年半，没牙膏牙刷，没床没被子，睡在石灰沙上，没笔没纸没报纸。每天都要被审问。真没想到他活下来了，他重见天日，不计旧仇，依旧是一位有原则，有爱心的君子。他的笑容令人难忘。中国人的善良，中国人的极品。（2011-03-07）

几个好朋友今天约我吃中饭，一方面过节一方面给我过生日。好一个意外的惊喜！这生日午餐竟是"澳门之旅"。友谊是人生路上不可或缺的甘露。我虽然没有兄弟姐妹，但有多位好友，友谊长达几十年，彼此相助相惜，情同手足。时时有人嘘寒问暖，年年记得一起庆生，的确是珍贵的温暖。我感恩惜福。（2011-06-05）

昨天在香港机场候机厅巧遇刘德华，他被贵宾厅里的人发现，很多人要求合影，还要他做亲热状。他有求必应，完全没有厌烦。总算拍完了，可以坐下喝口茶了。我问他："This is your job, right？"（这是你的工作，对吗？）他用英语说："This is my life！"（这是我的生活！）刘德华是影艺圈的才子，好样儿的。（2011-11-07）

博友：会说英文就是才子？
叶莺：刘德华有文学和艺术功底，还写得一手毛笔字。他是好演员也是得奖的制片。
博友：天王背后的无奈和心酸，只有他自己懂……
叶莺：这话语重心长，昨天看到的刘德华清瘦许多。

浏览新闻的微博时，发现"刘德华奋不顾身跳下舞台救歌迷"的帖子。感动艺人刘德华的英雄本色。他从舞台跃身跳到台下的那一刻，他并没有考虑到他自己的安全，显然不是在"作秀"，而是本能的反应，很可贵。他是好样的。（2011-11-19）

上个月，上海的朋友请我在上海听费玉清的演唱会。今晚我请上海朋友来香港看郭富城的"舞临盛宴"。朋友们都是"城城迷"，图中是他在玻璃笼里很投入地歌舞，我的朋友看得开心极了。郭富城的歌，我不太听，不过他的舞，真的很棒。他已经40多岁了，三个钟头又唱又跳，不可能不累。天王的光环，来之不易。（2011-12-19）

台湾商界著名的富二代辜仲谅，因在陈水扁当政时，卷入金融案件触犯法律而被限制出境。父亲辜濂松在美国病危，他为了赴美探病，缴出了十亿台币的保证金，换取了22天的解除限制离台的自由。这种法外情的"自由买卖"应该是在维护法律尊严和权威的同时，顾及了"亲情"，东方特色的"人性化执法"。辜仲谅的确很帅。如果不是富二代，可能是影视界当红的男一号。我在台湾"美国在台协会"任职时，辜振甫先生对我多方照顾，我和辜濂松辜仲谅父子也有不错的交情。物换星移，世态炎凉，辜家在台湾的经济起飞史上，占有重分量的篇章。辜振甫和汪道涵两老想必在天堂商议，如何更好地推动两岸关系吧！（2012-12-01）

TO FEEL THE FEELING　情

　　苹果党的成员和华尔街的哥们儿正紧紧地关注老乔的病情。看样子这是个生死的关卡，够呛。老乔的一生，几度沉浮，荣辱不惊。苹果让夏娃咬了一口，人类有了智慧。苹果让老乔咬了一口，"苹果"成了家喻户晓的品牌，人的距离缩短了，随时随地都可以"苹果"了。多年前我见他风华倜傥，而今斯人憔悴。唉！（2011-02-18）

　　我这阵子真是"在云端"的人，昨晚离开香港飞伦敦前，为台北来访香港的好友庆祝她70岁的生日！你看她像70岁的女人吗？其实在图中的每一个人都是60岁以上了，还有一位已是80多了，信不信？中国当今物质生活改善，人口渐渐老化，但求银发族的精神生活更精彩，珍惜"夕阳红"。（2013-06-11）

生日当天，在卢森堡公干出差，未能"过生日"，感谢香港好友为我今晚庆生。有蛋糕，有礼物，有歌声。最温暖的是朋友真心的关怀。我珍惜。
（2013-06-09）

好久没回香港了。下午才到，一个好友知道了通知其他朋友，立刻组织了12人的聚餐，今晚为我"洗尘"。好感动。人，随着岁月的增长，真的更加珍惜友情的可贵。有朋友，不寂寞！
（2014-03-16）

经阿姆斯特丹，我下午到了台北探友及办些私事。好友开了个欢乐歌舞派对。从香港赶来的这位女士魏淑娟是个传奇。你猜猜她几岁？答案：87！她是台湾已故名士魏景蒙的女儿，影星张艾嘉的妈妈。她的风采应该是很多银发族的激励和努力目标！（2014-04-03）

很久没回香港了，好友为我接风。友谊是春

TO FEEL THE FEELING 情

风，吹在脸上，温柔；打在心上，温暖。今晚聚餐开心欢愉之中，我有一份忧伤，挚友的母亲病了，为了放心照顾母亲，朋友睡在病床边的地上，这一代的当家人真是辛苦，上有老下有小，自己还要上班工作赚钱，为老人看病，为子女上学操心。难呐！
（2014-04-26）

昨晚回到香港和谊母共享端午节晚餐。今晚好友为我"暖寿"，此刻已在机场候机去欧洲公干。初夏的开始，忙碌的六月。我喜欢六月，一年在此已过来一半，要珍惜2014，珍惜每一天！（2014-06-03）

很多人说女上司总是对女下属不好，相信这样的情况一定有。不过胸襟宽阔的领导一定会奖惩分明地善待员工。我的运气很好，在美国政府服务时，曾经有个美丽善良能干正直的女上司Susan Schwab，后来她做了美国贸易代表。昨晚我们一起在香港参加"财富"最有影响力女性的论坛。多年不见了格外亲近，真是好老板！（2014-11-12）

有云：名利金钱爱情都是过眼云烟，曾经拥有就够了。我的好友古董界的大姐大陈淑贞，今早在香港养和医院过世了。我昨天离港前去看她，她轻声地告诉我，她没有遗憾，曾有辉煌财富，她的手摸过无数的珍宝，她的眼鉴赏过艺术的极美。但最珍贵的是她拥有的爱和友情。（2014-12-07）

　　她曾是亚洲古董文物界的"大姐大"，为人豪迈正直，在业界极受尊崇。她受邀到英美德奥等地鉴赏评估字画文物。她曾说，过日子不是过得好不好，而是怎么好好过。好好过每一天才不会度日如年。我这位好友确实有"霸气"，她是中国字画、陶瓷、青铜器的专家和收藏家。基本上，齐白石和张大千的作品没有她的确认，大型拍卖公司不会接受的。她曾要收我为徒，可惜我一直没时间。2013年初她得了癌症，她坚强勇敢地接受治疗，到了秋季，医生宣告她已痊愈，她去了非洲旅行，但是2014年1月癌症又回来了。她生前一直积极坚强、乐观认真地和病魔抗争！（2014-12-07）

TO FEEL THE FEELING 情

前晚和我在美国NBC时的旧友晚餐，她是主持NBC Today栏目的Katie Couric。她日复一日年复一年，每天早上三点到岗准备和美国说早安。她的一句"早安"加上她的灿烂微笑就是观众期待的阳光。她坚持努力勤奋，后来转岗CBS，是美国夜间新闻的第一女主播。她现在致力慈善，阔别多年笑容依旧灿烂！（2015-03-08）

香港的制造业早已从辉煌到颓废，许多空置的工业楼宇，转型成货舱、画廊、酒窖等等。现在很盛行的是提供特色菜肴的私人厨房，也就是不挂牌的小型私房菜馆。今晚朋友为我张罗的聚餐，就是一对小夫妻的作坊。原来的工厂车间，现在是温馨休闲的美食坊。年轻人动动脑筋，处处是商机！
（2015-03-11）

来蓉城探友，相聚甚欢。欣喜目睹成都的"环球中心"已在成熟地运作。这座世界最大的单体建筑，是好友邓鸿经过多年呕心沥血的杰作，是他用心良苦为成都打造的一个全年有阳光、沙滩、海浪、餐饮、购物、娱乐、休闲和度假的乐园！乐园在整个建设过程中出现了种种困难，他从不灰心，他的梦想终于实现了！（2015-08-05）

有云"远亲不如近邻"，这话有点道理。前年不小心骨折了住进医院，子女远在美国，在身边照顾我的是关心我的朋友。中国年美国不放假，子女不可能回来团聚。挚友相伴一起在曼谷过春节，其乐融融！"父母在不远游"的许诺，在互联网时代，远游子女有时只能选择以视频交谈倾诉思念。（2016-02-10）

人生路上有朋友真诚关心呵护，是幸运更是幸福！这几天在香港几乎天天都"庆祝生日"。不同的朋友用不同的方式表示关怀，我谊弟的三个女儿排练表演一场家庭音乐会，真的好温馨。请允许我谨借此园地感谢众位园友寄托的祝福，特别是去了著名寺庙为我祈福的朋友，感动，感谢，感恩！（2016-06-08）

TO FEEL THE FEELING　情

伦敦的清晨，我昨夜无眠。一位好同事好朋友好伙伴因为健康原因，决定离开她深爱的工作岗位和团队。她是洲际酒店集团全球人事总监⑤，她聪慧、美丽、勤奋、实干。洲际的人事制度和企业文化是她领导的团队认真构建的。昨晚的离职告别晚宴上，团队同事照片组合了她的头像使她泪如雨下。（2016-02-19）

都说台湾人情浓。今晚有点感冒，晚餐聚会时早退了。回到家后才半个小时，晚餐新认识的朋友就派人送来了各种水果，大量斐济水果和台湾点心。其中台湾的"玉女西红柿"是我进餐时无意提起的喜爱水果，真细心贴心。其实我离开台湾已经很久了，旧的人际关系早已淡了，看来，人走茶未凉啊！（2017-03-01）

注⑤：现已离世。

友情真可贵。昨晚友人坚持为我开个"暖寿"宴。伦敦飞香港的航班晚点了三小时。我几乎一下飞机就更衣去宴会了。他们精心准备了我最爱吃的每道菜,唐皮诺香槟,94年马歌红酒,刚从新加坡送来的千层蛋糕,韩国的泡菜,泰国的芒果。太温馨了。友谊是支持我们前进的最可靠的力量。

(2017-06-04)

我很想念恩师王大空,他是位"接地气"的仙人,是名嘴是情圣也是诗人。诗歌杰作之一"找一个下雨天／我们说再见／多少山盟海誓／爱的诺言／都已化成云烟／在雨中在雨中我们挥手／说一声珍重再见／太阳看不见悲泣的心／月亮看不见含泪的眼／我们在下雨天再见再见"。

(2017-11-10)

TO FEEL THE FEELING　情

"转型"是说来容易，做来难的。我的弟妹黎姿从知名的艺人，转型为成功的企业家，为时很短，因为她专心学习，全力以赴！我和她有零距离的接触和交流，我见证她的坚持与唯美的诉求，从不懈怠。她以中国电影之父黎民伟的孙女为荣，她更以身为贤妻良母为己任。（2017-11-28）

这半年很少在香港，但好友记得为我安排庆生会——场地、菜单、酒水、礼物样样精选。谊弟 Patrick、弟妹 GiGi 真心要为我庆生，他们的诚意和亲情，我全数收下。真的"暖心"。有如此的铁杆好友和温柔亲人，夫复何求？！今晚聚会他们送我的结束语很精彩："活在当下"！（2018-06-05）

香港友人告知，原新鸿基集团的郭炳湘去世了！这位好友只有68岁啊！郭氏家族在香港地产业有着一定的地位。郭得胜老先生和夫人培养了三位极其出众的商业精英，他三兄弟都有优秀的学历和杰出的才能。三兄弟的合作无间曾是地产界的神话。郭炳湘被绑受重创，诱导了日后的"煮豆燃豆"。朋友，安息吧！（2018-10-21）

人生的路，高一脚，低一脚；跨一坑，摔一跤；雨中哭，风中笑，都是自己走的道。悲伤欢乐在路上，希望失望也在路上；有情无情在路上，相遇分手也在路上。江湖大侠金庸，谢幕了。他的笔下有千娇百媚的"情为何物"；他的世界有气势万千的"侠义当关"！与大侠相遇于江湖，奈何如今要相忘于江湖。您好走。（2018-10-31）

今天是小年，新的一年要开始了。往事归零，万事从头。过去半年的腰伤，亲人朋友的关心呵护，让我感恩我的世界充满爱。在大理养伤时，亲人从海外，朋友从北京上海成都广州深圳香港来看望我。回到香港在复健中，老友们几乎轮班地为我接风洗尘，祝福我早日康复。如此真情，夫复何求？（2019-01-29）

一问一世界，一叶一菩提

问：乔布斯的出身，好让人心疼啊！

叶：乔布斯的人生，说明了先天的"基因"重要，还是后天的"环境"重要。另外，乔布斯也没有正经地上过大学，他的养父母也没上过大学。

问：难得的空闲，趁此机会，您一定要好好补充睡眠，得知您一天只有三小时的睡眠，真让人于心不忍。能够随时从微博中得到您的近况，我们很欣慰。相信我们一定会再聚。

叶：高兴看到你！你寄来的三封信，都是我的珍藏。你父亲的文笔功力极深，你姐姐的文风俊秀。而你，文如其人，真诚朴实。能与你和你家人为友，是我的好运气，我将珍惜。

问：交友难得的——第一境界：昨夜西风凋碧树；第二境界：衣带渐宽终不悔，为伊消得人憔悴；第三境界：众里寻他千百度，蓦然回首，那人却在，灯火阑珊处。

叶：我很幸运，三个境界我都走过。良师益友，心怀感恩，不虚此生。

问：真情不是钱能买来的！真情是肯花时间陪你的人！

叶：真情是骨子里就愿意一切为你的真心。

问：深交了很久的朋友，竟然会因为一个小小的误会从此淡了，想想还是很伤心的。

叶：有云：因误会而深交，因了解而交浅。人生路上该遇上的人，一定会遇上。无缘的擦肩而过，不是你的惋惜。珍惜现在你的身边人。

问：为什么有这么多好友，秘诀是什么？

叶：我很幸运，有许多朋友已相知相惜几十年了，我的待友之道：真心真情。现在我也有了一些80/90/00后的年轻"好朋友"，他们和我无话不说，我和他们一起学到很多新知识，了解很多新事物。自己觉得年轻了！

问：喜欢您的谦卑守诺！

叶：我坚信，不轻诺，一诺重千金。对朋友，对事业，对爱情，对婚姻，对子女，更重要的是对自己，不能毁约违信。也许别人会负你，但是一旦承诺，就要对自己负责。天下人可负你，你不能负自己！

问：叶老师，我不相信这个世界上有人会真正帮你。

叶：你若有难，真正能帮助你的有谁？口头支持，是人情；量力而行，是爱情；全力以赴，是亲情。袖手旁观是人之常情，人若不曾落难，不会知道谁真的会帮助你。因你有钱有势而得到的陪伴和关怀，是蒙着面纱的谎言。面纱能否揭开，答案是虚伪和真实两者与时间推手的最终胜负。

问：叶老师，新年有什么愿望吗？

叶：叶莺谨此衷心祝愿，每位博友新年有"七情"。家庭中有亲情，社交圈有友情，伴侣间有爱情，生活里有热情，工作时有激情，天天好心情，人生路上有真情。

人生一世追求的是什么？爱——轰轰烈烈。情——无怨无悔。听——绝响天籁。看——风月无边。施——恻隐悲悯。受——理直气壮。喜——多姿多彩。悲——不进不退。祸——来者去者。福——听命知命。缘——云聚云散。至于岁月嘛——岁月若无情，不饶我，我也不饶岁月！岁月若有情相待，我也相信地老天荒！

——叶莺

TO FEEL THE FEELING 情

爱情　　LOVE

当爱要来，
属于你的，你无法阻挡

我在情场上并不强悍。在人生的路上，我相信每个人都要坚强地捍卫自己的价值观以及自我的认知与选择。（2010-07-04）

你开车吗？如果你要开长途，路况不明，车况又没有把握的话，你除了加满油，是不是要在车子后备厢里，准备好备胎和修车工具呢？爱情的路上"爆胎"是常事。爱得越烈，"爱之轮"的磨损就越狠。特别是"超速"加"超车"。（2011-01-22）

情人节，祝愿爱河的情侣朝朝暮暮，长相伴。送上白居易的至上情诗"在天愿作比翼鸟，在地愿为连理枝"，享受你的拥有。情人节，为寻找情人的送上这首恋歌"我是蓝塘，你是蛙。我是止水不扬波，你是春风。我是厚重

冰封的石门，你是冬夜里飘进来的歌声。当爱要来，属于你的，你无法阻挡"。（2011-02-14）

今晚有人要讨论爱情和面包的关系。没面包可以有爱情；但有面包不能保证换得爱情。爱情是糊涂浪漫的；婚姻却是清醒理智的。以面包支撑婚姻，是合理的选择；用爱情扶持婚姻，是信心的考验。爱情往往是短命的，当婚姻还要活下去时，爱死了。面包也可破坏爱情，白手相爱的夫妻能共患难，但有面包了，爱没了。（2011-02-14）

听了那首"没有车，没有房"的网络打油歌。有车有房有人民币在银行，就是婚姻的基础，爱情的保障吗？未必。在香港，有车有房的阔太太和丰衣足食的少奶奶，不少。但真正沐浴在甜蜜爱情和幸福婚姻的却不多。有了钱，的确可以带来安全感，但钱多了，反而没有安全可言了。灯红酒绿下，早已忘了海誓山盟。（2011-03-09）

友人婚姻亮起红灯。一方不愿坦言"情已逝"，怕伤害对方，又不能谎言一切无恙。曾尝试沉默，现在沉默已变成沉重。她说，像生活在一潭死水，鱼塘里的鱼，快死了。她问，该怎么好？离开吗？我说，首先你要确定你不是鱼。如果你是鱼，他是你的鱼塘，你哪里也去不了，只能认命。（2011-03-10）

我认识几个"80后"，非常阳光美丽的女孩，她们从外地来上海打工多年，她们都已经自己有房有车有宠物狗，有的把母亲接来同住，有的已婚，

TO FEEL THE FEELING 情

有的同居，有的恋爱。她们上网购物是星级顾客，业余时间上馆子，看电影，挤演唱会，唱KTV，泡吧蹦迪，生活惬意，十分小资。其中一个正在准备婚礼，突然新郎要分手，为何？话说美丽的女孩欢欢喜喜地筹备婚礼，突然新郎失踪，手机不接，夜不归营。原来有了新欢。这准新娘哭得死去活来，要上吊。几个好姐妹轮流陪她，当姐妹们骂那个负心郎时，这流泪的可怜姑娘还在卫护她的"未婚夫"。我本想劝她想开些，正苦于无词。小江妹说了："他已破茧为蝶，你却蜡炬成灰，值吗？"（2011-05-28）

美国脱口秀红人，墨西哥裔的乔治·洛佩斯和结发17年的白人妻子离婚，他得到的是一片骂声和收视率下降。他出身贫寒，妻子的父母都是医生，妻子下嫁后，努力地扶持，使他名成利就。他因肾病，几乎没命。他妻子捐出自己的肾救活了他……如今他要分手，他的妻子不哭不闹不上吊，也没说"还我肾来"，只要求他善待他们的女儿。（2011-07-28）

在丽江听到太多的情歌都是伤心的，为什么？我说不清楚爱情是什么，但我知道爱情不是天平，不是1+1=2，不是种瓜得瓜，不是有耕耘就有收获，不是盲目的赌博，不是保证回报率的投资。赌是十赌九输，赌输了爱情，奈何愿赌服输。但凡投资，必有风险，可怜血本无归。我认为爱情是选择，谁的选择，谁要负责。（2011-08-25）

一个闺中挚友在情网里挣扎了好多年，一直努力维系一段已经没有信任的婚姻。她很痛苦，双方都活得很累。她徘徊在坚持和放弃之间，所以累。

她奢望回到从前，所以痛苦。她忘不了恋爱时的快乐，又牢记着被欺骗和背叛的悲情，所以她无法自拔。难舍，难分，难求，难忘，难解，难渡，难捱。如此难堪，何苦？（2012-03-07）

博友：苦者找老和尚倾诉心事。她说："我放不下一个人。"老和尚说："没有什么人是放不下的。"她说："这个人我就偏偏放不下。"老和尚让她拿着一个茶杯，然后就往里面倒滚烫的热水，一直倒到水溢出来。苦者被烫到马上放下了茶杯。老和尚说："这个世界上没有什么人是放不下的，痛了，你自然就会放下。"

叶莺：谢谢您的这段话，我的挚友看了泪如雨下。她说她是用心承受那滚烫的热水的……但是她放不下30多年的执子之手的情分，怎奈第三者也有情缘并且有了亲骨肉。唉！情网难逃于火网啊。

博友：痛苦婚姻，扭曲人格和价值观，即便出身良好，高学历，高收入……若未及时调整，不知不觉中成了怨妇，给周围亲友带来困扰和烦恼，人生苦短，早日脱离苦海！

叶莺：你说得好。出身好，相貌好，收入好，学历好，人品好，三好五好，我的挚友真是处处好。他的伴侣也很好，以前过苦日子的时候，夫妻样样都好，但是发达富有后的他们，现在真的很不好。

博友：我想有些人天生就重感情，也有些人天生就通过折磨自己来爱，都是正常的。旁人劝不来，因为这都靠自己去悟。她定会有一天，觉得倦了，觉得自己值得更好的生活，或者突然明白，也许不是所有的完全结局，都需要有另外一个人，自己也可以过得很好。也许这天来了，她就能真正自由和解脱了。

叶莺：你说得很对。"悟"字是"我心"。别人的心，永远是别人的，爱好自己的心才是自己的。

博友：回到过去已无可能，重新开始却需要极大的宽容和智慧，这样纠结下去，结果仍然是死得很难看。既然维持了很久说明对方也还恋旧，就看这女人能不能放下了。其实男人所做的一切并不是为了伤害你，而是因为他们那颗不安分的心啊。

叶莺：所言甚是！问题就在此。男方有悔意，女方恋旧情，但又怕他和第三者藕断丝连，骨肉难舍。孽缘。

博友：很多时候就是因为三个字：舍不得。

叶莺：奈何舍不得。不舍不能得。要舍了才能得。

博友：请问这个故事现在有发展、变化或结果吗？

叶莺：这位闺蜜还在"纠结"中。唉！人世间情为何物？怎奈有情人遇上无情汉，闺蜜又是特别重情重义。他们的孩子明年就要去美国念书了，她的无边苦海，应该枯竭了。

美国中情局局长彼得·雷乌斯，结婚37年在60岁有了婚外情，被FBI发现自动请辞，奥巴马接受辞呈并表示遗憾。他是美军在伊拉克和阿富汗战场上的大统帅，北约和西方军界尊崇的四星上将。退休后，受命他主掌中情局。他一生传奇，功绩显赫，一位女作家采访他为他写自传而生情。"英雄难过美人关哪！"警戒了。（2012-11-11）

记得吗？GE的杰克·韦尔奇在GE做CEO时，婚姻幸福是出名的。离开GE后，接受自传式的采访，与采访人滋生情愫而离婚再婚。这对"新人"还联手写了一本有关什么是"赢"的书。评这段姻缘，你觉得是男的赢了？女的赢了？还是男女都赢了？（2012-11-11）

昨天是所谓的光棍节，香港秋高气爽，我和几位骑哈利摩托车的男性朋友去"新娘潭"的郊野兜风。沿途有成群运动自行车骑手，一字排开直路弯路，上坡下坡急速推进。路旁也有结队的步行者，悠闲地谈笑郊游。其实，独行也好，成双也好，成队也好，人生旅程的本身就是人生。同样的风光，不一样的体验。（2012-11-12）

旅美老夫老妻回台探望独居母亲。下机后，丈夫说要去银行提款并且约了朋友午餐，让太太先回家。提款是假的，午餐是真的。多年相恋的情人已提了款在他们相约的餐厅等候。相见互诉相思时，那丈夫的电话响了，通话后他和女友说：我妈妈的马桶塞住了，老太太扭了腿，你"大姐"正在洗厕所呢，没事，我们继续。这不是戏，是真事。（2012-11-30）

TO FEEL THE FEELING　情

林语堂大师说婚姻是正餐，爱情是点心。他奉父母之命，背弃爱情与妻子廖翠凤结发一世。金婚时送美国诗人莱里的《老情人》一诗"同心相牵挂，一缕情依依。岁月如梭逝，银丝鬓已稀。幽冥倘异路，仙府应凄凄。若欲开口笑，除非相见时"。他们婚后恋爱，终成美眷。妻子很体谅他曾经的爱情。他1976年去世葬在台北阳明山。（2013-08-29）

褪了色的爱情，可以挽回吗？值得挽回吗？如何挽回？这只有你自己知道。用"心"去寻找答案吧。我们来到这世界，不是偶然，每个人都有使命。好好地享受做"你"！（2013-12-03）

要说出"我要追求你"这句话，需要一定的勇气。成功或失败已经不重要了。（2013-12-07）

友人问：美食当前，食之无味；好友相聚，心不在焉；相询意见，答非所问；心里总是牵挂着一个人，怎么了？我告知，你恋爱了！她说，可是爱上了不该爱的人，怎么办？爱，没有该不该，只是有没有。只要两情相悦，真情相许，谁都有权利拥有自己的爱情。人的一生总要"痴"一场，才算真活了。爱吧！祝福你！（2013-12-09）

妇女节，衷心祝愿姐妹们家庭和睦，职场情场两得意，好身心！在飞机上看了新版的《罗密欧与朱丽叶》这是个不老的爱情故事，但你觉得如果他俩没殉情，能相爱到白头吗？爱情是很脆弱多变的，像会褪色的墨水，随着时间的推进，会褪色，会消失。爱情需要呵护，更需要不断地"再生"。（2014-03-08）

在香港机场候机去伦敦，候机室里一对情人在闹别扭。爱情好辛苦！什么是永恒？永恒是不变的曾经。追求永恒不重要，因为曾经的曾经不会变，是对是错，都是人生的永恒。变质的爱情不能否定曾经的山盟海誓。其实相爱不需要天长地久，只要珍惜当下的相守。（2014-07-29）

好友的婚姻触礁多年，为了孩子她百般忍让。现在忍无可忍，她不想维持名存实亡的家庭了。双职工的现代婚姻生活确实有各种各样的矛盾，双方要理性解决，相互包容。有云：婚姻是爱情的坟墓。婚姻里没了爱，如果真的到了无可挽回的地步，那就离吧，但不要放弃对幸福的追求和爱的信心！（2015-10-11）

读了一个忠贞不渝，感人至深的爱情故事。凄美，苦情，让人难以入睡。一对新婚5个月的夫妻，妻子突然卧病不起至今已有56年，丈夫不离不弃如今已是八旬老人，他一直照顾着的爱妻现在也已经70多岁了。他们的一辈子，就是这样一个终日卧病不起，一个日夜悉心照顾地过着。月下祝福！（2015-11-19）

TO FEEL THE FEELING　情

　　从曼谷飞回香港转机去伦敦公干，在候机室看到这段令人感动鼻酸的故事。台湾台南地震灾区救援行动中发现一对紧紧相拥的情侣，男的紧紧抱住他的爱侣，在大难临头时全力保护她！可悲的是他们没有幸存。可怜的恋人，救援人员几乎无法将他们的尸体分开。祝愿他们在天堂继续相爱吧！这对在地震那一刻相拥而去的情侣，定格了永恒的爱情。有云：夫妻本是同林鸟，大难临头各东西。如果这对遇难男女不是情侣而是已过蜜月期的夫妻，故事是否不同呢？婚姻久了，熟悉了，你把对方的存在当成"想当然"，不再紧张心跳了吗？明天就是情人节了，记得爱情要呵护！（2016-02-13）

　　好友深夜来电说要和老公分居了，我问为何？她说：累了！爱情是一场心甘情愿的付出，无怨无悔。直到有一天一方不愿再爱，不愿不计一切地付出时，就是不爱了。出走的，如释重担，留下的，不知所措。婚姻的夫妻若有共鸣，当一方累了倦了，另一方应该有预知，想留，应全力留住！否则？（2016-05-14）

　　"竹门对竹门，玉门对玉门"的观念，在封建社会有一定的道理和现实环境的局限，是很难逆转的。现在的印度社会，基本上还是摆脱不了门第和

371/

社会阶级的束缚。我曾记录报道了印度的一个世纪婚礼，那是绝对的"门当户对"！灰姑娘的故事在印度没戏！可是，今天的新中国社会，金钱已经推倒了一切藩篱！（2016-05-15）

世上什么比玻璃更易碎？爱情。男女热恋时总是海誓山盟，天长地久，一生一世。但是当其中一人有了新欢或另有所爱时，多数的失恋人不会衷心地祝福对方甜蜜幸福，甚至会不计一切代价地拆散对方，或是力挽狂澜。情已逝，义难守，所有破碎的爱情故事都是这个梗。珍惜曾经拥有，足矣。（2017-12-01）

我的好友经过5年的爱情坚持，终于说服家人，允许她嫁给个没钱又离异的中年男子。我想她追求的就是那最美好爱情的诠释——陪伴。你累了，我有肩膀；你冷了，我有怀抱；鞋坏了，我给你修；走不动了，我背你；如果你先走了，我在回忆里过，直到生命终结，直到我们下辈子再相遇。等你。（2018-03-25）

首富亚马逊的贝佐斯和结婚25年的爱妻离婚了！夫妻真的不能同富贵吗？或是爱情真的有保质期？有人提议婚姻改为有时限但可以续约的合同制，那么夫妻就不受婚姻束缚，不必在没有爱的日子里互相折磨煎熬了。（2019-02-08）

今天是西方情人节，"情人"并不一定是情爱的人，也不一定是夫妻，而是"关

TO FEEL THE FEELING　情

爱"的人。我收到过小孩子的情人卡。借大迦叶尊者说过的我觉得最浪漫的情话"我不和你结夫妻的缘，但我与你允同修梵行的诺，我若得遇明师，必记挂你还在红尘漂泊，我若得度，必来度你"。奈何红尘难断啊！（2019-02-14）

台北细雨阴湿，应了一句台湾谚语：初春的天是后母的脸，莫测难辨。"后母"在中西童话里都是负面人物，幼年的我一直觉得我父亲没有续弦再娶是怕后妈虐待我。一位女友爱上离异有子女的男人，相恋多年，女方家长不想女儿当"后妈"而极力反对，他们散了。双方都痛苦，我为他们难过。

（2019-03-26）

恩爱离不开相守相伴。夫妻情侣长期分开，感情会慢慢淡化消失。Henrik Ibsen 的诗"或许那里冬尽春衰，又一个夏季，光阴又一载。我坚信终有一天你会归来，守着我的许诺将你等待"。现实生活不是诗歌，谁是王宝钏寒窑苦等？若人说，世上最美丽的思念就是永不相见，那是痴人说梦。

（2019-04-21）

一问一世界，一叶一菩提

问：叶姐姐，能弱弱地问您一个问题吗？您怎么看待爱情。

叶：我强强地告诉你：要爱情，先爱自己。爱了自己，才有本钱爱别人。

问：爱情里什么是"义"？

叶：很简单：问心无愧！

问：叶总如何过情关呢？

叶：我宁可过钱可以解决的"难关"，而不愿意过纠结的"情关"。

问：爱是一种信仰，信的人是越来越少了。现在最大的信仰是信人民币得永生！无奈！

叶：不要无奈。真爱还是有的。一个老外朋友的女儿如花似玉，有份好工作，爱上个患有绝症又不富有的男孩。两人坚持要结婚，双方家长去年秋天办了婚礼。这对新人婚后立刻求助生育医生，希望在丈夫的"有生之年"尽快享受做爸爸的快乐。这就是爱。我朋友上星期告诉我，他女儿怀孕了。祝福！

问：八卦一下，是哪个足够强悍的男人娶了叶莺？
叶：我在情场上并不强悍。在人生的路上，我相信每个人都要坚强地捍卫自己的价值观以及自我的认知与选择。

问：即使遇到自己爱的人价值观也不能动摇吗？
叶：价值观不能动摇。"生命诚可贵，爱情价更高，若为自由故，两者皆可抛"，我诠释，诗人所说的自由就是心灵上的追求，自我价值观的精华。

问："如果这个世上有人无条件爱你，这是份上天的礼物。如果有人辜负你或做了对不起你的事，也无须放在心上，因为对方不是你的父母，他／她没有这个义务。如果一个男人告诉你，会爱你一辈子，那只是动听的谎言。"叶前辈，您对这段话看法如何？
叶：爱无价，情有形。既然完全拥有，何求天长地久。

问：叶莺前辈，如此独一无二，美丽优雅的你令人非常难忘。很感动您用真诚助人的心真的是回复了希望寻求帮助的人。在此非常渴望能在好评问题上得到您的宝贵建议：一份必将对亲爱的父母带来伤害的，目前无法判断幸福和伤痛孰多的感情，还应该选择继续吗？困扰得很，非常感谢您只言片语的指点。祝好！

叶：为什么你这段"幸福未卜"的感情，"必将"对亲爱的父母带来"伤害"呢？果真如此，你现在已经这么困扰，即使"修成正果"你也会被自己"折磨"。

问：叶莺前辈您好！非常惊喜和感动您竟真的回复了我！觉得会伤害父母是因为太过复杂。虽说我们都是很好的人，可竟然陷入了感情。他是我的初恋，年长一轮，工作朋友，无法控制感情下冲动地离了婚，希望我嫁给他。当我终于同意时，他却发现不可能现在给我正常的婚姻，无奈地建议先隐婚。等4年后孩子考上大学（男孩在外地读书，还不知道父母离婚的事）才可以正式昭告世人。这令我和他都很绝望。我无法预计父母对此的感受，也不会不经认可没有祝福就领证；我也困惑，人这一生，特别是一个女人，究竟怎么度过才不枉这一生？！如此付出真的可以换回幸福吗？这令我非常困扰，放不下，看不破。夜渐深了，如果我的困扰打扰到了您，我很抱歉。祝您永远健康、迷人！

叶：既然放不下，又看不破，就不要绝望。有真感情，就有希望。两人相知相持，是否昭告世人，何妨？只要坦诚相对，如何过日子是你们两人的事，只要不刻意伤害别人，你们也无愧于人。爱无罪，结婚和离婚都是合法的。不枉此生，对男人和女人都一样重要。祝福。

问：爱情与财富姿色没有半毛钱关系。多年前在深圳，拥挤的公交车上，一个年轻的女孩子睡着了，坐在她后面的男朋友一路用手托着她的脸，让她睡得舒服一些。他们或许是到都市讨生活的乡下孩子，但是那份不离不弃的浓情，让人感动。

叶：经你的描述，我已感受到那份没有市侩的纯情。能在拥挤的深圳公车上看到，是因为你有慧眼慧心。

问：我认为其实性取向是天生的，很多人把同性恋和淫秽联系到了一起，淫秽不分同性和异性的！对于我来说，一般不影响别人的行为，我都不反对，都宽容点最好，因为社会已经很多狭隘和无中生有了。

叶：完全同意！许多医学研究和社会学的案例，已说明性取向来自天生。中国的一些文学作品中也提及"断袖之癖"，在中国"同性恋"人口不会少，只是社会不容，法律和宗教的空白，使这族群被误解和回避。我认识的一对同性恋人，比异性恋人更专情，同性共居生活往往比一些"正常"婚姻更持久。

问：我一直想问您如果我此生不能生孩子，不能结婚，你觉得我还有活下去的必要吗？我才三十几岁。

叶：当然有！你才30岁啊！你的人生才刚开始哪！人生的内容不仅仅是结婚、生孩子！振作起来，对着镜子里的自己说：我要活出自己的人生！你要！你能！

问：真心喜欢您。和蔼可亲、平易近人太多的赞赏词语能用在您身上了。

叶：相信你的诚恳。好像你在热恋但情场失意吗？我不同意"男人不坏女人不爱"的牵强说法。韩风电视剧许多是"爱情武侠片"，其中人物在现实生活中是不存在的。爱情可以轰轰烈烈，生活却是实实在在。不做坏男人才能有好女人相伴。祝好运。

问：叶老师，父母总是安排我去相亲，您认为这样能遇到真爱吗？

叶：由相亲而相恋的故事，我听过。相亲不是坏事，比在网上玩"盲恋"或"假想恋"合情合理，而且"安全"多了。我一辈子没有相亲经历，所以没法给你参谋，不过我倒有位台湾女朋友，三年中相亲56次，但都不成功。她最终和在美求学时的大学同学结婚，嫁到上海了。

问：叶老师，如果门不当户不对，悬殊太大，会幸福吗？

叶："竹门对竹门，玉门对玉门"的观念，在封建社会有一定的道理和现实环境的局限，是很难逆转的。现在的印度社会，基本上还是摆脱不了门第和社会阶级的束缚。我前期的帖子曾报道了印度的一个世纪婚礼，那是绝对的"门当户对"！灰姑娘的故事在印度没戏！

问：结婚一定要在"影楼"拍婚纱照吗？不结婚不可以拍"婚纱照"吗？

我决定：单身到"影楼"拍"婚纱照"。你们有更好的建议吗？

叶：想拍就去拍吧。美丽的姑娘们，不论结婚或未婚，你天天都可以是美丽的"新娘"。

问：你最害怕的是什么？

叶：心死。有一句话说，哀莫大于心死，最悲哀的事情就是心死，只要心不死，一切都有可能。

问：你怎么看待得与失的关系？

叶：我说的人生就是聚散、取舍。那么取与舍之间，这个比例，取多少，舍多少，是因人而易的。我的这个"易"不是不同的那个"异"，而是《易经》的"易"。因人而易的，因人而改变，而且是因时而移的，因为时间的不同，也许你整个的调整有所不同，而且是因境而迁的。

问：我也在人生的坏风景里。

叶：真抱歉，你正经过着人生的坏风景。你一定坐过火车吧？有时火车窗外的风景是城市边缘最丑陋的，甚至有时要过黑暗的山洞。打起精神，窗外的风光会变的，把握每一刻风光无限的瞬间。

生命很短，天堂很远，眼前的一山一水，正在让你我成长。经历的一朝一夕，都在促你我重生。你我走过的人生路上，倘若找无迷途，哪能记取何处寻觅归宿。你别来找我，我亦不去寻你。你我珍惜似水流年，任它花开花落，看它云展云舒。精彩人生，珍惜。

——叶莺

第四篇：悟

◀◀◀ 开篇小文
你为谁而活

◀◀◀ 职场体悟
人生就是一部"聚散取舍"的大戏

◀◀◀ 企业理悟
上帝不开心，你哪有好日子过

◀◀◀ 生活感悟
"悟"字是"我心"

◀◀◀ 世态醒悟
邪恶盛行的唯一条件，
就是善良人的沉默

◀◀◀ 智慧领悟
诚信是"核"，宽人是"心"

◀◀◀ 心灵解悟
上善若水，大爱无疆

◀◀◀ 生命觉悟
伸手只需要一瞬间，而牵手却需要很多年

莺语 2020

悟

开篇小文　　OPENING

你为谁而活

常言：人生如梦，而春梦了去无痕。是真无痕吗？我们走过的路，是不是会留下痕迹？那要看你知不知道，你为谁而活？

"人生"两字，很有意思。我们来到了这个世界，人人都是"人"，为什么同样是人，却有不同的人生呢？关键，就在于这个"生"字。"生"是一定要"活"的，即你为谁生为谁活，就是你人生最基本的定位。在回答这个命题之前，最重要的是认清自己。一个人一定要认清自己，肯定自己人生的目的和生活的诉求，才有权利去选择自己要走的路，才有资格坚持走自己的路，在人生的路上，留下自己的脚印。

一个不知道自己是谁的人，往往一辈子都活在别人的戏里，一直扮演别人希望他扮演的角色，生活在别人的剧本里，念着别人的台词。因为怕别人不高兴，而逗别人笑；因为要取悦别人，而扮小丑。别人的戏也许是大戏，而那个别人可能是"大腕"，难道那就是使他不能摆脱寄生而成为自己独立个体，拒绝自己不想要的生活的理由吗？如果自己不认清自己，没有主见，没有目标，只知道眼下的一切都不好，都不满意，但又天天彷徨，事事犹豫，总是怨天尤人，最终事事无成，怪谁呢？

另一种人也是属于为"别人"而活的。那就是不能清楚了解或接受自己的实际能力，而勉强自己去扮演不适合自己的角色，因而扼杀了自己应有的梦想与生活。伊索寓言里，说过一头笨驴听到一只蚱蜢的美妙歌声，醉心极了，它也想有那美妙的歌声。细问之下，原来蚱蜢只喝露水才有那么好的嗓子，那笨驴就开始每天只喝露水了。最后到死的那刻，它都没有练成蚱蜢的美妙歌声。那笨驴没有目标吗？有。没坚持吗？有，坚持到死啊。那错在哪里呢？错在笨驴不知道它是个驴，它却不愿当驴而想扮演蚱蜢的角色，失去了自我，所以它笨死了。

还有一种人是为"别的"而活的，忙碌一生，似是成功而实是烦恼的一生，最终两手空空而去。这种人提炼自己为的是功名，鞭策自己为的是财富，境界很俗；而包装自己为的是虚荣，这境界就更差了。其实一个人只有在追求自己真正乐趣的时候，才能使自己真正的动力得到充分的发挥。每个人都有独具的天赋和才能，每个人都有属于自己的精华。有人会问，在当下，"拜金主义"盛行，而名成必定利就也是不争的事实，那么锁定以"名利"为努力的目标，有什么不妥？这也是一种境界呀？不错。这种境界大有人在。可是请问，什么程度的名利才算是成功？才能带来真正的快乐与满足？赚了多少金钱才算真正属于他的钱，他离开这个世界又可以带走多少？而那与影随行的虚荣，不是也会在舞台的聚光灯熄灭后完全消失吗？所谓"人外有人"，"天外有天"，来此一生，要忠心诚意地为自己而活，坚持走自己的路，不要羡慕别人，不要畏惧挫折，不要担心别人说什么，不要总是和别人比而低估了自己。俗话说：每一个人的头上都有一片天，只要认清自我，有内力抵抗不如意的风雨，有耐力克服被否定的遭遇，每个人都有属于自己的路，要坚持为自己活，走自己的路。

你选了娇宠的女人，就要接受她的花销。选了会赚钱的女人，就要接受她无暇顾家。选了顾家的女人，就要接受她无法赚钱。选了聪明的女人，就要接受她的见解。选了听话的女人，你就要接受她的盲从。选了勇敢的女人，你就要接受她的果断。选了能干的女人，就要接受她的执着。完美？难。

——叶莺

TO ENLIGHTEN THE ENLIGHTENMENT 悟

职场体悟 WORK PLACE

人生就是
一部"聚散取舍"的大戏

阿海的故事

在香港中环有个老牌餐厅"翠亨村",今晚和好友晚餐时得知我相识多年的"跑堂"阿海哥已荣升为总经理。阿海从杂务做起18年来他敬业乐业,他说他读书不多,英语不会,电脑操作比不上80后的新人,但是他坚信一个理念,不管客人进来餐厅时的心情是好是坏,他要用心服务每一个客人让他们开心满意地离去。

阿海是个大帅哥,公司派他去北京上海许多城市开新店,培训新人,他为了不让太太担心,他每晚收工后在酒店房间里用视频和太太儿子聊天,然后写日记,从不间断,他说只要断了一天,双方就会失去信任,他很坚持。阿海说他收入不高,但他们一家人很快乐!

10月22日我在《第一财经日报》上发表了一篇致职场白领们的一封信《拉拉"杜拉拉"》。如今"杜拉拉"已成为职业白领的代名词。"职场谋略，办公室政治，外企升职，拉拉关系学"等议论，十分热闹。我纵横政商，跨越东西，行走职场几十年，觉得在这些热闹的背后真需要一份"冷静"。我要拉拉"杜拉拉"。（2010-10-24）

"重要的人或事，一定当面说"——面对面的交流是最负责的交流，对方会感受到你的尊敬和诚意，避免造成片面的误解。利用邮件彼此对峙、互不相让的事件，在时下的办公室已是司空见惯。其实，何苦？见面三分情。结论说定后，邮件的文字可作为有效的记录。（2010-10-27）

做机会主义者，就能避开通胀、房贷等现实问题吗？路是走出来的，机会是在实干中发掘出来的，无论多么眼疾手快，没有脚的配合，也踩不上机会。打工也好，自己创业也罢，关键是脚踏实地，边干边学边找机会。（2010-11-17）

今天和女性好友午餐闲聊妇女的"来世今生"。有意思的是，为什么男人出差加班，就被赞美为负责顾家的好丈夫，而女人加班赚钱，就被批评为不称职的妻子、不安分的女人或不负责的母亲？为什么82岁的男人娶了28岁的妻子，是上帝的恩宠，而32岁的女人和23岁的男人恋爱，就是大逆不道，天人不容？（2011-03-09）

根据"职场眼泪"的西方意见调查，竟然48%的男人觉得工作时"哭"

是正常可接受的，有41%女人同意。43%女人觉得在职场哭是"弱"的表现，而只有32%的男人同意。男女都同意令工作时会哭的五大主因之首是家庭生活中的压力延伸到职场，而职场的不如意又是家庭冲突的诱因。毕竟烦恼不是托运行李。你上班时不可能把情感、情绪留在家里。"职场眼泪"是源起"情感"的投入。我曾做过记者，若报道一个有血有肉的事件而完全没有"情感"投入，是不人性的。美国电视新闻王牌记者华特·邝凯在报道肯尼迪总统遇刺身亡时拭泪，美国里根总统在第一次的就职演说中，引述一位战士的日记时落泪。他们都不是弱者。（2011-04-06）

离职告白
2011-06-21

两年前，随心的引领，我加入致力工业水处理的纳尔科，冀望效力环保，追寻碧水蓝天。我曾说"纳尔科不是我夏日里最后的玫瑰"。今日回首，我已尽心尽力宣扬了中国水资源的匮乏，净水、节能、减排与持续发展的息息相关。有云：固守昨天的成就，就等于送掉明天。我将告别纳尔科，重新启航，寻找新的明天。

美国诗人罗伯特·福斯特写了一首千古传颂的名诗《没有走的路》（*Road Not Taken*）。今天我公布了我将告别纳尔科，选择新的征程，这首诗此刻最为应景"，也是我心境最真的写照。

《没有走的路》

森林叶黄，林中岔路，各奔一方。

我一人独行，无限惆怅。

不能把两条路，同时造访。

良久伫立，我朝第一条路眺望。

路转处，唯见林密草长。

我再把另一条路张望，这样美丽，那般坦荡。

或许，更令人向往。

虽然两条路都曾有人过往，但这条路芳草萋萋，更少人踏荒。

那个早晨，落叶铺满地上，落叶上，还没有脚踏的痕伤。

啊！且将第一条路，留待他日再探访！

明知路穷处又是路，重返此处，怕是痴想。

往后岁月流逝，日久天长。

有一天，我将长叹，曾几何时，我在林中的两条岔路彷徨、迷惘。

我选择了更少有人走的一条路。我的人生，就此全然不一样。

我们生活中，总要做出不断的选择。人生就是一部"聚散取舍"的大戏。路在你脚下。今天纳尔科全球公布了我决定将于7月1日离职的公告。这夏日里，带着满手余香，我将继续追寻我的下一枝玫瑰。我不挥衣袖，却带走满天的云彩。最难舍——纳尔科人——你。与你791天的相遇、相知、共事、共处，是我在纳尔科岁月里，最珍惜的曾经。今天，我们各不告别，互道珍重。期待江湖上再重逢。

面对现实，去你想去的地方，做你喜欢做的事，当然最理想。如果一时没有条件"挑"工作，那么放下身段，让工作"选"你吧。也许你会学习喜欢那份工作，也许那工作是你避风的港湾。人生的路，没有GPS。上路吧。路在你脚下！（2011-11-06）

"该杀的就杀"，万不可行。谁能决定谁是该杀的呢？谁有权力杀那个独一无二的"你"？天生我材必有用，我坚信做人做事的上上策是"利人利己"；中策是"利己不损人"；下策是"不利己不损人"；下下策是"损人不利己。"在职场上无论如何"杀"人都万不可，你杀了他，下个"他"可能就是你。（2011-12-27）

做损人之事，一定不会利己，即使"利"了，也是短暂的。"杀"人，在职场上万万行不得。因为"杀人者，必被杀"。职场像个球，是圆的。转来转去，总会转回来。你得意与不得意，都是一时的，只有"自知的真我"才是永久的。做了"损人利己"之事，夜晚如何安眠？（2011-12-28）

我们必须不断提升自己做一个具有"被利用价值"的人。说得残酷些，当你没有被利用价值时，你就是一个没有用的人。常言"天生我材必有用"，只是我们需要不断提升我们的"才"，并且找到可以"利用我才"的适合空间。（2012-01-21）

电视上的求职求才节目，其实是年轻人历练社会经验很好的平台。由于"求职面试"发生在大庭广众的监督下，不可避免的是"甲方乙方"的分明定位，会发生一定程度的火花和碰撞。参与求职的乙方年轻人需要有承受压力的素质和接受挑战的能量。当然节目"作秀"的成分高于现实的求职。（2012-06-12）

这两天在上海协助朋友的孩子争取在某企业做无薪暑期工。在美国英国，大学生为了有漂亮的"学生记录"，都希望暑期能做名企业的实习生，而名人的子女是比较容易被企业录用的。中西都一样。（2012-07-19）

今夏将有699万大学毕业生离开校园，走进社会。由于大环境的影响，这批90后新生代的就业前景并不乐观，许多父母都在头痛子女的前程。念了大学，即使有好成绩，也未必保证能有好工作，这是此刻普世的现实。任何负面都有正面，当不上公务员，做不了白领的青年，也许会被逼迫走上创业之路。祝创客好运。（2013-05-29）

创业需要热情，激情和真情，要创的"业"必须是你爱得死去活来的，因为在"创业难"的压力下,你会有那团火在心里烧着,才能忍气吞声地走下去。当然,最最重要的是你的"所爱"和你的"所能"是否能配套,也就是你是不是真的力所能及地创业。对大环境和时间与潮流的认知是成败导因。(2013-06-01)

现在旧金山大家还在谈论韩亚航空航班降落着火的空难。机师只有43小时飞777机型的经验成为重心话题。其实那个机师并非菜鸟,他有飞其他机型的丰富经验,任何有经验的人都是从零经验开始的。我在招募人才时,并不以有无经验定夺,否则年轻人永远无法出头。(2013-7-19)

钱是有灵魂的,只要取之有道,用之有方,其实没有不妥。做人要做有用的人,赚钱要赚有用的钱。没用的人是废人,没用的钱是废物。在职场上,任何形式的裁员,一定是先裁"冗员",也就是没有用的员工。钱不一定是万能的,听老人说,饥荒逃难时,一根金条都换不了半碗粥。是啊,金条不能吃,半碗粥能活命。(2013-09-10)

什么是有用的人?一个有被利用价值的人。基本上,人人都有被利用的价值。什么是职场冗员?一个朝九晚五,饱食终日,无所用心,对工作不敬业不进取,对团队不操心不关心的"职场游民"。这样的"游民"就是促使企业倒闭的催化主力。(2013-09-10)

漂亮的女人在职场上被看成是花瓶，是常有的，千万别在意，这是女人的专利。长得怎么好看的男人，在职场上都不会是"花瓶"，可能被美誉为"草包"。朋友们，不论被人贴给你什么标签，自己都不要被动摇，认真勇敢地做好自己，做好一个像花瓶一样漂亮的自己！（2013-12-05）

开年后，全情投入一个"复杂"的项目。不是为了利，不是为了权，只是为了一段浓厚的职场情；为了那相信我，依旧喜爱维护我的人，做些我心力所及的事。成与不成，没有保证，但我承诺尽心尽力，只为那抹不去的曾经。有人形容我是"一身燕赵侠骨，百般吴越柔肠，十方信使，千手观音，万人谜"，我承认"情义"二字是我心中永远的圣杯。（2014-01-19）

都说"求职难"，但是当下在中国的外企面对的却是"求才难"！确实的。过去几天我在上海为某外企"求才"，一心认真地做好"伯乐"，而千里马确实难寻啊！如今国企为高级经理人提出的待遇和福利已经使某些外企望洋兴叹了！黄浦江见证了本土人才的水涨船高！（2014-09-14）

下午回香港，在候机室听到三位"职场白领"男士的对话，令人思考。显然他们不满意他们的上司。一人说：再不行，我们就联合起来和他顶着干！两人和声：对！和他干，团结就是力量！我当然不知道他们的头头犯了什么事，不过和领导顶着干绝对不是上策。团结一篓子鸡蛋是打不碎石头的。（2016-02-25）

烹饪是艺术，如今"大厨"是大富大贵的职业。意大利籍的瘦小厨神、米其林排名第一的大厨 Massimo Bottura，成名作是"哎呦！我摔坏了柠檬蛋挞"！在大赛前他的日籍助手不小心把做好的柠檬蛋挞摔碎了，几乎崩溃。大厨却发现碎了的蛋挞柠檬味更浓郁，于是参赛时故意摔碎而获头奖！这位大厨同意法国菜和中国菜依旧是世界顶尖菜系，不过由于意大利菜和日本菜勇于创新，不停留于面食或生鱼片的传统已并列名菜系。中国菜需要创新赶上潮流。他觉得大厨不仅仅会做菜，还应该懂得美学、营养学、社会学，当然你必须真心热爱烹饪，热爱吃。这个故事对职场的你有什么启发呢？

（2016-03-05）

父母们都望子女成龙成凤，但他们有了自己的生活和事业，实在很难抽空"回家看看"。更别说"日出而作，日入而息"了。在这快节奏、高压力、瞬息万变的社会里，在职场打拼的子女们面对亲情团聚和工作责任，哪个优先？的确纠结！小儿美国的建设项目，正在紧张进行中，没有春节假期。

（2017-02-03）

有个问题："爱哪行干哪行，还是干哪行爱哪行？"这不是难题！因为答案就在两者都有一个"爱"。所以不论你是学什么的，你必须爱你选择的工作。若是你所学的专业非你所用，没关系。你还是你，你可以用心地"爱上"你的非专业的工作选择。用心，你就能做到！要对自己的选择负责，用心试试，不轻言放弃！（2017-03-12）

窗外绚丽的日落，桌上温馨的烛光。这不是浪漫的晚餐，而是工作的聚会。企业高层，职位越高，压力越大。席间一位高管突感不适，面色苍白倒地，几位同事把他平放地上急电救护站。不到3分钟，救护人员到场以仪器测试患者基本表象后担架抬走。晚宴继续。一切都那么井然有序，很瑞士！

（2017-04-15）

各位都听过著名的电梯理论：在乘电梯的30秒内向目标客户完成推销你的方案和理念。时间短不能废话，第一句话就要说出你的核心结论，再说你的方案是什么，为什么是最佳的选择。30秒内不但要引起对方注意和思考，更重要的是对方在离开电梯前，有兴趣约你"详谈"。西方的起承转合。

（2017-04-29）

TO ENLIGHTEN THE ENLIGHTENMENT 悟

　　流失的是岁月，苍老的是容颜。年少初临职场时，学浅识薄，历经钝剑瘦马走天涯。风雨依稀，如今释重浅行，云淡风轻，观鱼赏花。放下的，不再回首，放不下的，不堪回首。昨晚与90后同行旅友"抚仙夜叙"，她走出山里的乡间小路，独闯江湖，时代造就了新的青春。不忘初心，重上征途。

（2017-05-25）

前方的路　　　　　流金岁月

一问一世界，一叶一菩提

问：终于熬过试用期，但最近上班总是提不起精神，没有热情，一上班就盼着下班，怎么办？

叶：为什么上班不起劲？只有你自己最清楚。你在恋爱吗？在相思？还是干脆不喜欢你的工作？如果是后者，就换个工作环境吧。耗在那里，对你，对公司都是不公平的损失。青春有限，莫等闲。

问：叶老师，你好，很喜欢你的"莺语"，看完了可以得到很大的启发。我想问你一个问题，不知道你是否方便回答，我是大二的学生，星期六日都会去做兼职，今年6月份要考英语四级了，我在想，还要不要继续兼职，会不会影响四级的复习？希望你能给我点意见，谢谢了。

叶：你兼职是为了赚钱付学费，还是要工作经验？如果是后者，那么你"量力而为"，少睡点。若是前者，那么你要"尽力而为"。辛苦了。

问：有个问题一直想问：您觉得工作占生命的比重应该有多少？

叶：因人而异，因时而移，因境而迁。

问：叶总，我有一个关于鱼和池塘的问题，在我们以后刚刚进入职场的时候，是选择做小池塘里的大鱼还是大池塘里的小鱼？

叶：那要看你这条鱼到底有多大。

问：如果是后天环境里可以打磨出像邱吉尔那样的利嘴，请问该如何锻炼说话的能力？我经常在思考是不是读书越多，说话能力就越高呢？请叶姐有空指点一二。

叶：演说的能力是后天培养的。但那不是技巧，而是真正发自内心的声音。不要为演讲而演讲，应该是你心里真的有话要说。GE的韦尔奇天生口吃，而且很怕羞，因为他有满肚子的话要说，他克服了口吃，成为很有说服力的演说家。英国国王乔治五世也有口吃，他也克服了，他的成功至今被人传颂。加油！

问：叶老师您好！今天参加时尚廊活动。很受启发。把一直纠结的"跳槽"问题搬上日程。的确，如果发现自己不再激情，被利用价值贬值，就应该真诚地面对自己内心。但一直的纠结是因为东家老板和直属领导以情动人，让我忍耐，多帮帮公司，因为公司正处在困难时期。对这样多少有些"负罪感"的离开，您有什么建议吗？

叶：能以情动人的东家是用"心"的好老板。能被情感动的雇员是有"义"的好伙伴。诚实地问自己：如果你不快乐，你为什么忍耐？然后跟着你的心走。

问：昨天有幸听到叶总谈女人的上善若水，受益匪浅！叶总气宇非凡、美貌与智慧共存，可谓女人中的精品！与您的合影我将会用心保存，您的思想将一路教导并指引我走在创业、守业的道路上。

叶：我喜欢你的网名"岩石上的浪花"，清纯美丽，不沾尘埃。

问：叶总忙于演讲，和您的工作不冲突吗？很好奇像您这样出色的女性，如何平衡工作、家庭和业余生活呢？我现在已经被工作折磨得超惨了。

叶：虽然惨，但要惨得有乐趣，惨得有意义。

问：我是一名摄影爱好者，到现在还喜欢胶片摄影。

叶：我对柯达有抹不去的怀念，对乐凯也有特别的感情。像你一样我热爱摄影，至今我还无法在数码摄影中找到用胶片传统摄影的感觉和享受。当然我也明白，在大家都开汽车的时代，坐马车虽然典雅浪漫，但是除了纽约中央公园的观光客，付高价找回那种马夫赶车的情趣，有谁还靠马车代步呢？

问：一、希望有机会见见叶姑娘的真人；二、叶姑娘对柯达的感情很深啊。

叶：柯达虽然已是我的昨夜星辰，但我在柯达的岁月是我永远的情缘。

问：我就感觉您的上一步是否有点太浪漫了？这么多年的柯达，一下子越界到环保。我也浪漫地想转行，但现实教育了我，还是干自己最熟悉的吧，虽然不是最喜欢的。

叶：人生如白驹过隙。心向往时，浪漫何妨？！

问：叶老师，您是我的偶像！我在海外，正愁着怎么用我积累的阅历回国大展拳脚呢？向您学习！

叶：今天的中国是世界最精彩的舞台！不如归来。我的公司也有很多"海龟"，他们都找到了自己的海洋。

问：您的分析会让很多您粉丝中立志于创业的人找到一个方向！请问您如何看待我学的观光旅游业？

叶：谢谢你的"配音"。观光旅游业，涉及的面实在太多了。除了立刻联想到的酒店、餐饮、购物、景点、文物、娱乐、旅行社和海陆空交通外，地产开发、城市规划、建筑设计、多元建材和农畜产业等等，处处都有就业和创业的机会！海阔天空，任你翱翔。

问：请问下叶莺女士，我现在很迷茫，今年25岁，从事物流行业几年了，大学也学的这个专业，也渐渐看到职场自己的收获了，但我越做这个行业越觉得我没多少兴趣，行业利润不高。

叶："物流"是永远朝阳、不可取代的专业。加上网络购物越来越发达。物流也必如影随形，深思。

问：叶总，现在还要求所有女员工穿高跟鞋吗？呵呵……

叶：澄清误传，我从来没有要求女员工穿高跟鞋哪！不过，我的确说过，参加会议或拜访客户时，不可以穿牛仔裤。

问：不知道叶老师心中是否觉得两天前的西南石油之行也是难忘的？这两天除了吃饭睡觉上课的时间，终于把"莺语"看完了，收获自然不用说了。我心里有一个疑问，没有机会在那晚的Q/A提出来：大多数中国女性都会选择在结婚以后将人的生活中心放在家庭，而什么东西支撑叶老师一直追求自己热爱的事业直到现在呢？

叶：活出自己，做自己的所好。

问：如果我也能碰上如您一样的老板，我和我的同事们都不会做得那么怨了。

叶：看到你有怨气，我也不舒服。鲨鱼不能存活于长江，鲈鱼会死于大海。淡水鱼在咸水里游，一定怨咸水老板"太咸"；咸水鱼在淡水里玩，一定嫌淡水老板"乏味"。咸淡之间如何"调味"，就是"定位"。定位不同，思维各异。找到适合你的水域，才能"如鱼得水"。祝福。

问：莺姐，如果有两个人，必须从中选一个，一个技术很好，能力又强，但是对人冷漠，以自我为中心，简言之就是缺德；而另外一个能力技术都差些，但是谦虚好学，干活积极主动，有德；您会选哪一个呢？我会选第二个。

叶：我不是缺德人，也不做缺德事，自然不与缺德为伍。很容易的选择题。

问：工作和生活早已分不开了，如何办？

叶：是的。过去的"三八定律"今天行不通了。有谁还能做到8小时工作，8小时睡眠，8小时娱乐呢？尤其对你的工作，你能和生活分开吗？陆游说的：难，难，难。

问：在酒桌上，领导一定要我们喝，但实在喝不下了，这时候该喝还是拒绝呢？

叶：酒量不佳，不是什么丢人的事，不能喝了，就别喝。不要，不用也不能逞强。好领导不会逼你喝酒，逼你喝酒的领导不值得你为他"伤身卖命"。我在政海商界工作30多年，身历社交场合无数，我不喝酒。

问：如果单位领导总是对下属大呼小叫发脾气该怎么办？

叶：得不到尊重的地方不是你的地方，离开吧。离开是对自己的尊重，尊重自己是首要。如果你自己都不能尊重自己，怎么能期望得到别人的尊重？这是简单明了的道理。共勉。

问：叶老师您好，一直以来您都是我的榜样，现有个困惑想请教您。我是广东金融学院的大二学生，专业是国际金融。但是两年大学时间飞逝，感觉自己什么真本事都没有，很是迷茫。毕业未到，但现已深感就业压力。

叶：不必迷茫。如果金融是你的所爱所长，你就会做精做好，在业界自有口碑。

问：仍然记得七年前在岳麓书院向您请教如何可以像您一样成功，您对我说"Just be yourself"。理解它，做到它，对我来说都不容易，但很高兴这几年来我渐渐在将它实现。谢谢您，叶老师！

叶：七年了，岁月如梭……你好记性啊。听到你这段话很欣慰。期待重访岳麓书院。

问：我在工作中遇到小人了该怎么办？叶阿姨。

叶：不怕。所谓的小人往往会是你的"贵人"。为什么呢？你仔细想想，认真应对，就会找到答案。

问：叶老师，在进行销售会谈或者相关事务性谈判时，如何才能做到让客户或者其他人按照我的逻辑来走，怎样才能高效地达到这种地步？

叶：最简单的方法，就是你要把自己变成客户。如果你是客户你会怎么想？你要的逻辑答案就出来了，至于怎么"推演"就要看你的本事了。

问：老师，我是个一直很想创业的女孩，心中有梦想，有激情，可是家人和身边的有些人不理解我，总是安排些路给我走，而我很无奈。面临毕业季，一片茫然。我非常欣赏成功的女性，很是敬佩，我很想拥有属于自己的企业！

叶：有梦，就要尽力去实现。脚下的路是你要走的，没人能帮你走。没有勇气去实现梦想吗？可能是因为你还不够"爱"你的梦，你只活一次，只有一个今天。不实现梦想，是永远活在梦里。

问：很多年轻人也很想学会给自己定位，你会告诉他们怎么做呢？

叶：年轻人很难为自己画出一条康庄大道或是羊肠小道，因为毕竟年纪轻，很多的事情还没有发生。如果你问我从年轻一路走来，是不是为我自己的人生做过一段又一段的规划，如果我告诉你有，我也是骗你。我想做的无非两件事，第一就是在人生的路上我要有选择，第二就是要不断地创造被利用的价值。年轻人在这个时候很难一眼看到底，知道自己人生的路将会怎么走。不要遗憾于自己有哪一些路你不曾选择，路总是通向新的路，人生其实是一个旅程，我们要求的是这一段旅程上，所看到的不同的风光，而不是终点。年轻人不要老是想到生命的规划跟终点，应该看到我要把握今天。

人是不可以"管理"的。导之以理,待之以礼,则不阳奉阴违;授之以权,信之,奖惩分明,行之,则心服口服。

——叶莺

TO ENLIGHTEN THE ENLIGHTENMENT 悟

企业理悟 ENTERPRISE

上帝不开心，你哪有好日子过

时事与趣闻笔记

2017-12-12

雨雪冰冻的寒夜，在瑞士雪山上的一个米其林星级餐厅里，一群志同道合的商界大佬一同回顾2017年的得失和甘苦。他们每一位都是CEO级的企业领袖，他们最大的头痛是什么？他们都异口同声地说：企业的命脉是人才，但求才难啊！真难！我说"怀才不遇"却是太多年轻人的烦恼啊。无解！谈到今后企业商业模式的发展转向，我们都一致认为会从"拥有"转为"共享"。例如，没有个人专用的办公室或办公桌，就连老板不在时他的办公室都是公用的。AI和机器人的功能将会取代许多白领的工作，例如华尔街如今以智能系统选股投资，已渐渐成风了。是的，未来已来！

昨晚偶然在央视三套看到一档团队竞技节目，背板口号是"团结就是力量"。团结当然没错，我们当然要团结，尤其当团结的目的是要打败对手时。那么知己知彼，才能百战百胜。要知道对方的长项，要明白自己的短板。但团结一篓子鸡蛋，是无法与石头对抗的，不管怎么团结，也都不可能打败石头。（2010-10-24）

我行走国际职场多年，若说企业里或公司与公司间没有"权谋争斗"是大谎言，也绝不可能。这也就是为什么有些沉沦，有些消失。而那些有"顺应天道"基因的"道义企业"能成就百年字号，长盛不衰。（2010-10-29）

与李书福老总讨论企业文化。他问沃尔沃的企业精髓是什么，我说有三：产品以安全为本，安全第一；善待员工，感恩的员工才忠诚；回馈社会，必须对得起企业所在的环境。要立足欧洲、面对世界，必须重视环保，才能基业长青。这三条岂止适合汽车行业，几乎对所有行业都适用，比如航空、食品、家电等等。（2010-12-11）

合作的"合"字，下面只有一张"口"。虽说是合作，还是一方说了算的。合作还要求"合适"，也就是双方能"互通有无，各取所需"。回到我常说的那句话：双方的"被利用价值"在哪里？双方要付出的各是多少？权衡之下，如是一面倒的不平衡，那就是一方被"合并"了。（2011-02-10）

随着通信行业及产品的越来越同质化，消费者不再仅仅是要求硬体或性能的优越，更要求"情感"上的满足。很简单，像"iPhone"，人人都在"疯"，自己不疯，很难保持"清醒"。理智很难抵挡"羊群"心理。人嘛！夏娃不就是禁不起苹果的诱惑吗？（2011-02-16）

今晚重要聚会被安排坐在一位贵宾旁边，他有位海归风范的翻译相陪，知道他来头不小。我们相谈甚欢。谈到管理时，我说：人是不可以"管理"的。他惊讶地说，没听过，那该怎么？我说"导之以理，待之以礼，则不阳奉阴违；授之以权，信之，奖惩分明，行之，则心服口服。"他点头。友相告他是个大官！汗！（2011-02-24）

奇迹是珍贵的期盼。苹果的乔布斯在旧金山iPad2 的发布会出现了！老乔可说是"鞠躬尽瘁"，为苹果，为理想，为信仰，为他的"宗教"，尽心尽力。其实他早已不需为名为利而卖命了。他真正在做到"只要有一息尚存，必定从吾所好"。天下众生，造万物的神明，偏爱人类，给了我们智慧和意志。乔公，挺住！（2011-03-02）

品牌像水晶，是经年累月的结晶，一旦不留意打碎了，即使重新黏合还是不完美的。如果只是小小的磕碰，是可以切除的，经过时日可以遗忘。（2011-06-02）

纳尔科和艺康确实要合并了。这的确是资本市场常见的"做大做强"的手法。"大吃小"更是常规。公司升值，股东自然乐，但不确保股价会升。业务链加长，经营范围扩大，员工会有更多发展机会，是好事。不过，合并后，团队的整合是难免的。企业文化的融合，价值观的稳固是最大挑战。（2011-07-23）

前天在北京某商城购物，售货员很技巧地在向我推销，正在暗暗赞美她们真会做生意。一位女士走进来，看见我们忙，她耐心在一边等，我看了过意不去，提醒她们照顾客人，她们说：她昨天已经买了东西，现在是来要发票的，不用理她。我听完，借故走出那家店。"售后服务"是"绑住"顾客的商道。（2011-08-15）

各人的工作方式和习惯不同。我此刻在休假,即使在工作时,我也不是坐在办公室打电话,天天开会的。我关心三件事:员工的满意、客户的信任和市场的变化。这三件事的基石是企业的"文化"。企业文化不是坐在办公室打电话,在会议室吹空调就可以建立的。(2011-08-31)

中国改革开放才30年,成就有目共睹,本土企业管理人才成长速度之快也是骄人的。外企很清楚他们需要真正了解中国市场的本土管理人。欧美有历史的企业,都有他们引以为荣的传承和文化,经营驻在中国的"分支"初期,企业价值观还没成型,也没融入中国特色前,分支成主干有难度。(2011-09-21)

柯达可能申请破产的传闻,我知道。比尔·盖茨曾经说过:微软离破产永远只有六个月。市场是无情的,比世界上最无情的男人,更无情。柯达品牌代表"诠释人生",毕竟有一定的"价值"。如果谷歌真能收购成功,那么是谷歌品牌的"延伸",是柯达故事的"延续"。(2011-10-01)

社会是人组成的,社会责任人人有责。政府靠税收执政,税由人民缴,人民的钱哪来?来自不同的"商业行为",人缴税的来源不外打工的工资,商业投资获利或自己做小生意和经营大企业赚钱。企业的本分是做好产品与经营,创造就业,善待员工,合法纳税,回馈社会。即使宗教组织和非盈利机构也要靠商业支撑。(2011-12-21)

可知星巴克也曾面临困境，2007年创始人舒兹在离职7年后，重新回去当CEO。他发现企业的"成功"隐蔽了许多企业的小瑕疵和大错误，所以成功往往导致失败。那些年，在与柯达同行的日子里，我们也谈过"暖水里的青蛙"，青蛙在锅里可以跳出来，要是在一个暖湖里呢？（2012-01-11）

企业的成功就是那么简单"顾客是上帝"。上帝不开心，你哪有好日子过？要让上帝天天开心，要真心，要诚心。（2012-02-21）

柯达辉煌上百年，胶卷走进历史是不可逆转的现实。任何企业在转型的过程中，好似在封闭的高速路上开车，不要只看后望镜，不要埋怨哪个弯转错了，不要怪GPS不准，不要怪天黑了看不清路，因为你已不能回头只有前路。（2012-04-24）

家族事业，有利有弊。中国古话说，富不过三代；又说，三种"爷"不能在家族企业里用：少爷，姑爷，舅爷。当然另一说法是，"选贤不避亲"。在外国有些家族可以保过三代的昌盛，但在今天的中国，真是凤毛麟角。同仁堂、全聚德等似乎已经不属家族了。你能想到什么吗？（2012-04-26）

企业组织结构的重整和适度的微调,在今天竞争激烈、财政紧缩的大气候下,是跨国企业不可规避的行为,因为华尔街和股东在看着你!当然任何重组如果只是应付性的"走过场"或是"走秀",董事会是可以看穿而实施制裁或调换高层的。(2012-05-03)

企业的员工培训,认真地做,做得好,的确是有成本的。这是一种投资,是使企业基业长青的必须和巩固企业文化的基石。在应职面试时,我不赞成说谎。一个涉世不深的年轻人,不可能宣誓与任何企业"厮守终生"。所以,不要自欺欺人。对面试官的诚实是对他/她的尊敬,更是对自己的人格负责。(2012-10-20)

一个在某企业服务几十年如一日,贡献良多的员工,自己选择离开企业另谋出路。我觉得企业应该给他庄重真诚的送别,虽然他的选择是辞职。我的理由是在世界各种文化里,"葬礼"都是很重要的,因为那不是做给死人看的,而是让活人知道我们心存感念。这是企业文化的EQ。(2013-03-07)

爱喝茶的人很快可以接受咖啡,喝惯咖啡的人,需要培训,才会懂得如何品茶。"咖啡经"遇上"茶道",不是偶然,不是PK;而是新的机遇,新的经典。中外合资企业,莫不如此。(2013-10-11)

为什么你觉得你不能成功？成功的定义是什么？在企业里，如果管理层把业绩成果定得太高不合理，团队会觉得自己渺小无能而完全放弃。不要为难自己！记住，在你的一生里，你是唯一真正最爱自己的人。（2013-12-05）

一个不爱惜员工，不珍惜人才的企业，无论有多强大的资金，多精密的组织架构，都无法基业长青。这是永恒不变的金科玉律！（2014-01-21）

过去几天和德国老总打交道，学习良多。他们说企业运作做大手笔项目时不是没有恐惧，他们也很怕！但凡是面对恐惧，必须清楚知道恐惧什么？更重要的是：要清楚地知道自己为什么恐惧？只有明白了自己的恐惧，才能清醒地想出应对之策勇往直前。"geht nicht, gibt's nicht"（不可能，不存在）。（2014-03-08）

公关是现代名词，但人类有文化以来就有"公关"了。说白了，公关就是以最有效的沟通，让相处的对方（个体或团体）理解并接受你的立场与行为。敦亲睦邻是公关，使家族成员和睦相处也是公关。当今，中小企业需要公关，跨国公司需要公关，国家无论大小也需要公关。公关从业者必须有真诚的沟通力及高情商的亲和力。（2017-03-15）

TO ENLIGHTEN THE ENLIGHTENMENT　悟

　　我担任全球董事的新秀丽（Samsonite）是世界最大的旅游箱包公司，同时，我也是新秀丽有史以来唯一的女性董事。新秀丽于2009年聘请伦敦前副市长"卷发"Timothy Parker为CEO领军转型。四年来，业绩及盈利增长年年都超过15%，股东分红也翻倍。现在最红的韩剧男星"来自星星的金秀贤"为新秀丽的背包Samsonite Red代言，使这红蓝双色的箱包热销增长80%！
（2014-03-18）

　　每个人在生活中都会遇上形形色色的人，即使擦肩而过都是缘分。求职的心急，求才的心切。某人加入某个企业而且忠心耿耿效力到退休的案例，当下已是奇闻。有吸引力的人才"择高枝而栖"，已是职场的公认游戏规则。留不留得住人才，靠情商啊。（2014-04-30）

　　在人才全球化的前提下，许多西方跨国企业的管理层已经是没有国界的无间道，尤其是欧洲的跨国公司。就以ABB为例，董事会和管理层坐在一起开会时，犹如联合国会议。这是健康的，必然的趋势，因为市场已经拆去藩篱，互联网起了推波助澜的积极作用。国际化的跨国企业要真正成为世界企业公民才能基业长青。（2014-07-22）

不论是国企、外企还是民企必须有好的产品，好的团队，更重要的是客户至上的诚信企业文化。有了这样的基础才有资格谈创新和基业长青。
（2015-12-18）

有竞争对手的企业，会因为外来的竞争对手强，而更强。反之，若自满于虚华的业绩，自大于所向披靡的假象，就是喝下自毁的毒药。所以说，任何企业真正的竞争对手，永远是自己！（2016-02-06）

我是ABB董事会的成员，现在在瑞士参加董事会议。看到在公司总部的门前停了这部靓丽的跑车。ABB总部每月由不同部门提名员工竞争评选出"当月模范员工"，这位员工就是这部跑车当月的主人。当选的员工可以把车停在公司总部大门口，自由进出，十分拉风！这是很有意思的员工奖励措施。
（2017-04-13）

企业和市场恋爱，市场永远是最无情的恋人！市场现实，是的，市场就是现实，它永远不缺乏狂热追求。（2018-04-11）

一问一世界，一叶一菩提

问：请问叶总，您对善待员工的看法和标准是什么呢？

叶：当员工能摸着良心说：我被善待了。

问：叶总，能说说你对稻盛和夫的个人见解吗？

叶：他是日本企业经营和管理的至宝，因为其他三位公认的大师都已不在人世。稻盛和夫深受中国儒家思想的熏陶，是位不折不扣的"异国儒商"。他坚信企业必须善待员工的理念，很打动我。他78岁还应召掌门日航，说明他"宝刀不老"，可喜可庆。

问：叶老师，很想得到您的指点：对创业型公司技术团队如何有效激励和考核呢？

叶：钱可暂时"绑"住人，志同道合才能"留"住心。

问：叶总此刻正在瑞士参加ABB的会议么？又一次高票当选？

叶：过去三年的 ABB 股东大会上，我确实以最高票当选继任董事。我不说谎，当时确实有 30 秒的开心，不过 30 秒过了也就过了。我清楚地知道，有一天我不会总是以最高票当选的。长江后浪推前浪，没有任何人可以永远站在舞台中央的。

问：有个问题想请教叶老师，金融真的能创造财富吗？还是根本就是个转移游戏？

叶：有眼光的金融投资，可以协助创业，也可以使有潜力的企业扩张规模，如当当网、阿里巴巴等。

问：中国金融业是促进了发展还是相反？美国呢？

叶：这题目要开专场谈论。不过能存活的，不论是好是坏，都是有缘由，有需要的。

问：叶总，一个改制企业如何突破公有体制所带来的弊端？

叶：最大的难关是对过去的依赖。市场是无情的，改制后面对"无依无靠"，起初会很不习惯，没有安全感。

问：叶总，谷歌对柯达的哪些感兴趣呢？一旦达成协议，柯达的哪些团队还能被继续保留呢？

叶：柯达有许多值钱的固定资产和多年累积的无形资产，例如柯达的专利，知识产权，企业文化，柯达人的敬业精神……有云：

三代人才能培养出贵族，柯达是贵族品牌。不要担心，不要影响节日的心情。

问：柯达剧院落下帷幕了，唉。以后会变成什么名字呢？

叶："找个下雨天，我们说再见。太阳看不见我流泪的脸。"

问："很多人说现在的企业是红海和蓝海，我觉得是一片沙漠，前面的企业和人留下一些足迹，并不是各位一定要追随的，因为一阵风来了，这些足迹就完全无影无踪。我们继续往前走，不要往后看，继续走前面的路。"——瑞士ABB集团、瑞典沃尔沃集团、英国洲际酒店集团、新秀丽集团全球董事会独立董事叶莺。

叶：谢谢新营销杂志记录了我在某座谈会上说的话。成功企业的商业模式或成功企业人的发迹历程，可以借鉴但不可复制。如今市场瞬息万变，就像沙漠里无法捉摸的风，前人在沙漠留下的足迹，一阵风就吹没了。我们唯有不断地往前走，不断地留下新的脚印。否则企业会被新沙埋没，企业的名字也将被人们遗忘。

问：我觉得实践出真知，念没念过哈佛并不重要！叶老师认可吗？

叶：完全同意！在实践中学习得到的才是真知识，活学问；在实践中历练形成的才是真本事，硬功夫。哈佛管理学院就是首创以企业实际案例教学的。

问：您何时开一个管理方面的微博想向您讨教一些问题？

叶：在微博里，我也谈些管理的体验，只是作为"抛砖引玉"。当下"管理大师"成群，坊间管理书籍和各式光盘视屏数不胜数，我资历有限，只能写写"莺语"与知音共勉。

问：有时候想想铁杵磨针愚公移山确实是很蠢的事情，但是我认为它们更多的是来反映一个人的精神状态，就是坚持不懈。事实上这些传说中的东西在现实中是没有人真的去做的，但是这种精神对一个企业对一个人会起到很大的激励作用。

叶：坚持是企业必需的精神，但战略要正确，战术要灵活才能成事。

问：我记得您讲过"渠成水到"而不是"水到渠成"。

叶：是的，我更赞成"渠成水到"，没有渠，没有引导方向，水会乱流。最简单的道理是销售，没有建立销售渠道前，零散的销售，只会"事倍功半"。我们共勉。

问：请您阐述一下您的谈判技巧，还有商业合作项目成功的秘密。

叶：谈判没有技巧，商业成功没有秘密，以诚待人，以心待事，这个就是绝对拿到任何谈判的桌子上都可以行得通的道理。世界上没有一个人让你把所有便宜都占尽，而他还在那里替你买单。

问：我怎么去抗拒或把握这种害怕创业失败的恐惧？

叶：我问你一个很严肃的问题，也希望你很严肃地回答我。你谈过恋爱吗？你爱过一个女人吗？你有爱到要死要活，没有她就不能过的时候吗？如果你没有，那么你就差这个。因为你担心不成功，又担心这个，又担心那个，这就表示，这不是你的路，不是你的菜，不是你的命。你要等到一看到目标以后，让你热血沸腾，废寝忘食，非做不可的时候，你就找到了。我祝福你找到那一刻。

问：请问叶总如何与他人友好相处并从中获得幸福感？
叶：你若把周边的人看成魔鬼，你就是活在地狱，你若把周边的人当成天使，你就是活在天堂。不要期盼别人给你快乐幸福，幸福在你心里——感恩、惜福、欣赏、宽容。

问：有时候面对现实的环境会觉得很无奈，力不从心。
叶：面对现状，不求不能改变的。力所能及的，必要全力以赴。

119/

"愫"字是"我心"。别人的心，永远是别人的，爱好自己的心才是自己的。

——叶莺

TO ENLIGHTEN THE ENLIGHTENMENT 悟

生活感悟　　　LIVING

"悟"字是"我心"

　　为什么我说：人生只有三天？昨天的对错悲喜，是过去，可借鉴回忆；明天的成败胜负，是未知；但，今天握在你的手里。今天该做的事，该说的话，该看的人，该还的情，该道的歉，该履行的承诺，都不该等到明天。别落个"活该"。明天是"期货"，你能大胆地企图，小心地管理，诚心地经营，耐心地期待。够了。（2010-10-31）

　　能流行未必就是好东西，感冒、脑炎能流行，但伤人。叫人"剩女"也伤人。宝贵的青春如白驹过隙，一些女士或因求学深造、开拓事业而顾不上风花雪月，或因择偶谨慎而孑然一身。怎能把她们说成是社会上被挑"剩"的人？恰恰相反，很多人正在为社会做贡献呢。我不解，为什么"剩男"就美名"钻石王老五"？（2010-12-15）

不必纠结，没有辜负。忘记过去的情仇，如果你有。人说，水清无鱼。清者必定自清。能放下，才能扛起。别跟自己过不去。天总是会亮的。（2011-02-26）

年前友人送了一大束"人工玫瑰"，很美，像真的一样且历久不谢。今天是父亲的冥诞，他生前特爱兰花，我买了一盆白蝴蝶兰祭拜他，兰花美极了像假的。有云：真的假不了，假的不能真。面对红玫瑰白兰花，却真假难辨。在物质发达的今天，人情的真与伪，事情的是与非，实情的曲与直，难道也真假难辨吗？（2012-01-27）

人生太短，最重要的是不要被别人的价值观绑架，不要把别人希望你过的生活当作是你想要的生活。想赤足走天涯，想弃官归故里，想倾家荡产做善事，只要自己有条件，就做吧！现在就做吧。人生不为自己活，岂不可惜？不必为梦想没实现而后悔，坚持不现实的梦想是为难自己。梦想若是梦，那是活在梦里。（2012-04--14）

一些80和90后的新青年，受益于开放的互联网时代，他们的眼界宽，胆子大，下手快，因为经济上"比较"没有穿衣吃饭的忧虑，政治上没有不知明天又要不要"被整"的压力，他们没有历史的包袱，只有对未来的责任。我们应该对他们有信心！我有……（2012-07-12）

面对阳光时，身后总有阴影。唯有当阳光正射头顶时，才能身影一体。

所以没有哪个社会是没有阴影的。那么又有多少人能跟着阳光跑，让阳光永远在头上直射呢？感叹时刻做正人难，不过因为难，活着才有意思嘛！
（2012-07-19）

钱能解决的问题，不是问题。你能解决的事，就不是什么大不了的事，不用操心；你不能解决的事，你再操心也没有用。这世界上不讲理的人多来兮，你跟不讲理的人讲理讲多了，小心自己也成无礼之人。这世界上傻瓜也不少，有时自己也是傻瓜，所以不要和傻瓜争辩，以免搞不清到底谁是傻瓜。
（2012-09-05）

一个国家的命运和一个人的人生是一样的道理，我们过的日子，做的事，不但要对自己负责，更要是自己的选择。人生的有些路，可以相约志同道合的人阳光风雨同行，但是有些险路，只能自己独行，有些难关，只能自己攻克。
（2012-09-14）

人生的路上很少有人能搭上直通车，有的乘快车，有的坐慢车，有的误了最后一班车，有的没买到车票，有的没钱买车票，有的不买票坐霸王车，有的一辈子坐黄鱼车，有的走了一辈子路都坐不上车。但，你是否知道，你坐车可能选错线，走路也许遇上知心的同路人。（2012-09-22）

人生在世一定有遗憾和后悔。究竟什么是大多数人最后悔的事呢？英国一个基金会就"什么是你的最后悔"为题探讨答案。结果有：旅游太少，没有看外面的世界；少年时不用心学习；与错误的伴侣浪费青春；在父母离世前没有了解他们的人生；没有在亲人和爱的人面前说我爱你；没有接受一世的挑战。你的后悔呢？（2012-11-27）

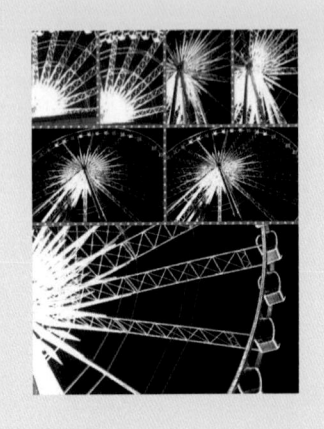

2012即将走完，岁末回顾，相信每个人都会有不同的感悟。人往往为了追求名与利而牺牲健康、婚姻、友情，甚至良心。当得到了财富和名衔后，又不惜用所有的财富企图买回健康，赎回良心；用所有的精力担忧未来是否长生不死。如此就忽略了生活的意义，辜负了生命的真谛。你可知在时间的巨轮下，不分贫富贵贱，只有岁月无情。（2012-12-30）

活在"想当年"就是眷恋过去，面对每一个"今天"才是永远的真理！但是一个背叛"自己昨天"的人是没有"明天"的。因为一个人的过去不论是对，是错，都是自己的资产，取其精华，去其糟粕，所谓鉴往知来。（2013-02-20）

人类的记忆力在孩提时期是最旺盛的，所以任何的背诵在那时最能牢记。随着岁月的增长，在记忆库里的词句会发酵，因不同的年龄段和环境的更替，会有不同的领会，进而影响我们做人做事的态度。例如杜甫的《春望》"国破山河在，城春草木深"，四十岁后和八十岁后会有不同的感受。对吗？（2013-02-20）

TO ENLIGHTEN THE ENLIGHTENMENT 悟

今晚台北大雨，气象局发出闪电冰雹警告，几个朋友约好上阳明山某"行馆"晚餐，由于天气不配合，有人建议"将就"点，随便吃吧。另一位师奶级的前辈开腔：生活是生命的考卷，不能"将就"，必须"讲究"，如果总是将就这，将就那，就是对生活"厌倦"的开始，也是老的开始了。此言一出，我们齐声上山了。（2013-03-28）

伦敦的早晨，看到朋友留言"不是最好的时光有你在，而是你在，才有了我最好的时光"。感谢。如果我能给朋友"好时光"就是有价值的人。我坚信每个人要不断创造"被利用"的有用价值。为什么人人追求"钱"？因为钱有用！钱不万能，但没钱万事不能，确是现实。钱若没用，没人追求；人若没用，一样。（2013-06-11）

徐志摩说他愿做康桥下的水草。他是诗圣，我乃俗人。我觉得我们更像是桥上的过客，看着脚下的流水时缓时急，似有意却无情地流向远方，不回头。雁过不留痕，水波最无心。其实你我在人生的路上都是"过客"，不拥有什么，有的只是当下。十八相送总要一别，盟约誓言哪能海枯石烂。好好珍惜身边眼前的拥有！（2013-09-11）

乐观积极的快活，是你的一天，垂头丧气的窝囊，也是你的一天。你的选择，你负责！好好地活，才能活得好！（2013-09-11）

天气不好，浦东机场航班多延误，我困在候机室，航班起飞时间待定。看来要等很久。人的一辈子花在"等"的时间大概有五分之一；等天亮，等天黑，等太阳，等下雨，等春花，等冬雪，等长大，等发榜，等发财，等姻缘，等机会，等贵人，等自己时来运亨，等别人回心转意。最逊的是等"时间"，那就是等死喽。（2013-10-07）

餐后，冷风中在黄浦江边看粼粼的江水，朦胧的夜色，思绪起伏。"众里寻他千百度，蓦然回首，那人却在，灯火阑珊处"，这种冥冥中似乎是注定的相逢，无法解释，是天意？是缘分？命运？也许都是，但可确定的是：这样的相逢是我们活着的"礼物"。在人生的路上，我们到底有多少次与那要寻找的人，擦肩而过，却浑然不知那曾经的无缘。又有多少次萍水相逢的无心邂逅，成为知心，而却因失于守护，反成陌路。每个人都有那无可改变的前尘往事，把握当下，活在今天，珍惜身边关爱你的人，不要辜负人生赋予的最珍贵礼物。（2013-11-16）

伦敦西敏寺名人墓碑林中，有块碑没有墓主姓名和生卒年月，但每一个到过西敏寺的人，一定拜谒这无名碑，碑文太引人深思。简译：年少梦想改变世界，后知不可为，企改变祖国，暮年至，知不能，只求改变家庭亦无功。

死之将至豁然开朗，若专心致力改变自己，或可齐家治国。谁知道呢？我甚至可能改变这世界。（2013-11-16）

我的确说过人生实在只有三天。昨天的对与错，已成追忆，无法改变；明天的成与败，尚是未知，不能控制；活在今天，勇敢地拥有属于你的每一刻。（2013-11-30）

在人生的路上时常遇到的门槛是：某件事或某个决定你"敢不敢"做？！一个勇敢的人并不是没有恐惧，而是他知道什么是恐惧，他更清楚为什么恐惧，明白了自己真正要的和真正能的，就会勇敢地面对一切恐惧，勇往直前。勇气是激情，勇敢是历练。（2013-12-3）

我们生出来时，哭，是必然的！是大喜事啊！不是吗？如果新生孩子生出来不哭，我们大人不是拼命死活把孩子打哭吗？如果新生孩子还是不哭，那全家人就要哀号了。后来孩子长大了，不打也会哭了，大人们又千方百计地哄孩子不哭，逗孩子笑。这就是"哭笑人生"！（2013-12-05）

有人说，不论谁的生日，那天是母亲的受难日。我不相信"生即是苦"。我们活着做人是上苍的恩典。我下辈子还要做人，但来世太远，好好珍爱今生，珍爱身边的人吧，因为来世我们可能不再相遇。（2013-12-05）

在黄浦江边吃晚饭，对岸偌大的 LED 显示屏上出现了这样一句话："忙着生活，还是忙着享受生活。"你的答案是什么？现在的人都在和"忙"纠缠不清，一般见面招呼总是说"忙吗？忙什么呢？忙不忙呀？"忙，这个字是竖心旁加个"亡"字。小心呦，人若太忙，会忙死了呐！（2014-02-23）

经济理论有"二八定律"，人生智慧有"三七掂量"，例如：喝酒，品的三分是幸福，饮的七分是艰辛；交朋友三分醉，七分醒；等等。有人说清醒时该清醒，糊涂时要糊涂，这话其实多余。我等真能分辨，岂有糊涂之说？其实人人都怕自己糊涂，追求心明如镜。试问什么都看清了，就幸福吗？（2014-03-12）

每一个在你生命里出现的人，都是有原因的，不会无缘无故。好人坏人你都要本着自己做人的原则善待或面对。有人让你清醒，有人使你糊涂；有人不告而别，有人生离死别；有人赤胆忠心相伴，有人口是心非背叛；有人让你手舞足蹈地欢愉，有人使你撕心裂肺地苦楚。敌友情仇，都是人生啊！（2014-03-14）

TO ENLIGHTEN THE ENLIGHTENMENT 悟

　　端午节的早晨坐在黄浦江边早餐，看着滔滔的江水，疑问当年屈原投江，是无奈地向现实低头，还是坚强地向现实抗议？凡人总有问天，天不应，呼地，地不灵的时候。情场受伤，事业不顺，生意失败，家庭不睦，友人背叛，谎言蒙蔽，等等，都是人性的丑陋。细细思量，这就是人生。你能克服！黄浦江畔无眠夜。（2014-06-02）

　　绝对不要让任何人告诉你"你老了，不能如何如何！"你只要心在跳，永远可以跳跃，让心驰骋，飞翔。（2014-11-19）

　　一年容易，又是耶诞时分。而今，这个节日总是和礼物及消费相联。儿时，对圣诞老人是否肯定我是好孩子，以及他奖赏我什么礼物的期待，已成难忘的追忆。那虚拟的美丽童话已经骗不过互联网时代的新孩童，现在的孩子们失去了那纯真无邪的喜悦和快乐。真可惜。（2014-12-09）

老，什么是老？谁能给老下一个不老的定义？以前四十多岁的人就在唱老：什么发苍苍，眼茫茫，牙齿摇动，四肢无力。现在？四十岁的人才是风华正茂！又云：人生七十古来稀，早上在公园练功，晚上在广场跳舞的大有人在。心不老，人不衰，你就能活出精彩，活出帅！（2015-01-22）

什么是乡愁？经历了大拆大建的城市人很难体会。此刻在他乡打工的农民工，思念回家团圆过春节，却又回不去的纠结是乡愁。不过随着岁月的洗礼，上一代的农民工渴望赚钱回家盖楼房养老的情怀，在新一代的80后已经淡了，新生代可能已经更适应城市的生活，在回家的路上，近乡情怯了。（2015-02-10）

昨天是青年节，联合国卫生组织的年龄分段，定义44岁以下都是年青人，不管你是不是年青，善待青春珍惜岁月，活好每一天才是硬道理！不珍惜的今天过了就不会回来。钱没了可以赚回来，东西丢了能够找回来，因不珍惜而失去的人或机遇像流失的岁月，是不会回来的。懂得珍惜才不会遗憾。（2015-05-05）

一个富贵家族在发迹前，曾受助于人，发迹后，也好善乐施。但家道中落，他们求助于那些自己曾帮助过的人，却没人伸出援手。反而过去帮助过他们的朋友依然愿意相助。现实中，真正真心爱你的人，在你最低谷最无奈的时候，依然会给你关怀和支持。善待人是善行，但千万不要期待回报。（2015-10-25）

读到关于一位风华正茂四十三岁的企业家，身家过几十亿，在企业的股价不停上涨的喜悦声中,突然去世!唉,人生不过就是旅程,荣华如露,富贵似霜,顺境逆境,得意失意,正是花开花落,云卷云舒。当硝烟逝去,曲终人散,你有的就是自己,活在现实,潇洒地享受你的拥有,珍惜每一个今天!
(2015-11-12)

三八有感:自己的思想能装进别人脑袋的是老师;别人的钱能装进自己口袋的是老板;两者都能的是老婆。怒了老师不学了,怒了老板不混了,怒了老婆是不想活了。别惹女人!秦始皇惹了孟姜女,长城哭倒了;曹操惹了小乔,火烧赤壁了;李世民惹了武媚娘,江山没了;咸丰惹了慈禧,大清亡了。
(2016-03-08)

一份问卷:当你老了,一生最后悔什么?依次为:青春不回,学海无边。入错了行,以致一事无成。对子女教育不当,子不成龙,女非凤。没有好好珍惜自己的伴侣,拥有时不懂珍惜,失去才知珍奇。没有维护健康和没尽孝道,排名最后。问我吗?何苦无谓后悔,感恩。一息尚存,从吾所好!(2016-07-17)

首富寄语人生要定"小目标"。一个亿的小目标对今天的王健林来说,没悬念。有人觉得太失落了!我奉劝:大可不必。失落是一种挥霍。珍惜你手中有的,致力你力所能及的。花开花落,云卷云舒,你应得的是你努力的成果,谁也抢不走。不该是你的,你怎么努力也无法强求。这就是人生。我今天的小目标是——"哪怕窗外下雨,窗内的我都要有晴空万里、阳光明媚的心情!"。(2016-08-30)

一条路，走了很久，依然不到驿站，那就选择转向；一件事，想了很久，依然没有解答，那就选择不想；一些人，交了很久，依然欠缺真诚，那就选择不交；一种追求，坚持很久依然混沌无望，那就选择改变；一段恋爱，奉献很久，依然计较得失，那就选择分手。新的一年将到来，放下过去，重新归零。再出发！（2016-12-21）

中西理念皆然的道理：以当然的心度量得失，得失是短暂的；以坦然的心面对生活，生活是美好的；以泰然的心看待世界，世界是精彩的。珍惜每一天，好好过好每一天！（2017-01-15）

离开了雾霾来袭的香港，回到三亚，真有"风雨夜归人"的熟悉感。在悠闲中，淡看晨曦，清赏日落，十分惬意。大理的好友发来那处艳丽的冬樱，如诗的白云，如画的蓝天，我真的心向往之！其实，人永远要知道自己此刻要什么？不能两全时，自问：能要什么？要活得明白，才不会迷失自己。

（2017-01-15）

TO ENLIGHTEN THE ENLIGHTENMENT　悟

人与人相处，沟通最要紧！没有沟通就找不到共同的话题。一些老夫老妻天天大眼瞪小眼没话说时，感情也泡汤了。朋友爱侣之间不沟通，短期可忍让，长期就要靠修行了。多年好友聊天时说：她喜欢和内心强大的人共事，和无畏无惧的人交友，和高情商的人谈合作，和爱的人释放感情！同意！（2017-01-30）

世上很多事不可强求，缘分更是难求。来是缘，去也是缘；已得是缘，未得亦是缘，不得更是缘。缘尽无法挽留，缘断，何堪情伤？缘分本是生命中的偶然。徐志摩笔下的偶然——"我是天空里的一片云，偶尔投影在你的波心……你记得也好，最好你忘掉"，是啊，花落才有花开，云卷云舒，聚散人生。（2017-02-27）

右边的人手中捧着"快乐幸福"，左边的问：你在哪里找到的？回答：不是找到的，是我自己创造的。人人渴望快乐幸福，到处寻找！期盼找到或别人赠予。到最后才明白：快乐幸福是自己的事，与他人毫无关系。只要满足食衣住行，生活淡定从容，不计名利荣辱，就是快乐幸福了。（2017-05-21）

在这安静的日落和夜里，心静下来，体会了什么是"大道至简"。简单是最高境界的复杂，越是复杂越是简单。简到极致，便是大智大道。人都有拥有、占有的欲望。拥有的越多生活越复杂，占有的越多心理越复杂！你同时也被拥有和占有着。要活得简单并不难，放下复杂，精致生活等着你。（2017-05-24）

端午有感：屈原跳江，死得太冤。放弃——不可取！生活在一个不完美的世界，不代表你就可以轻易放弃生活中追求完美的诉求，不应对生命轻心。祝愿你我过的每一天，都是此生中最年轻的一天。何苦未老心老？每天给自己一个期许，不为明天而忧虑，不为昨天而惋惜，只为今天活得更美好！（2017-05-30）

美国学者梭罗，在1845年放弃了所有，只带了一把斧头在瓦尔登湖边建了个小木屋，独居了2年多，悟出了梭罗版本的人生真谛——只要满足了生活的基本所需，不纠结声名，不计较富贵，就是从容充实的人生。好友和我都同意要享受从容充实的人生，也不求富贵功名。但小木屋生活？真有点难。（2017-08-31）

无论网络如何发达，科技如何创新，社会怎么进步，文化怎么突变，时间是永不停歇的"分秒"。无论君子小人、暴君良臣、巨富赤贫、天才白痴，面对时间的"嘀嗒"，都是"平等"的！价值观决定我们如果"善用"时间，把不可能的变成可能；反之，"浪费"时间，就会把可能变成不可能！（2017-10-14）

TO ENLIGHTEN THE ENLIGHTENMENT 悟

　　与长者午餐，她意味深长地说，年轻时多么渴望生活光鲜生命绚丽，越多波澜越威风刺激。现在明白，内心的淡定与从容才是人生的"佳境"！以前总是期盼别人的赞美和歌颂，现在自己的心跳才是"掌声"。因为很多人连"变老"的机会都没有！说得对！感恩惜福的每一天就是完美的年龄！
（2017-10-16）

　　生命是一片树叶，绿了枯了，必然；青春是一朵鲜花，开了谢了，天然；金钱是一班列车，进了出了，淡然；往事是一道风景，忘了远了，嫣然；事业是一场博弈，输了赢了，坦然；感情是一杯茶水，浓了淡了，自然；生活是一个漏斗，得了失了，怡然；祝福您天天，灿然。（2017-10-17）

　　There is no playbook for life. Not going with the flow, but realizing sometimes you have to try to change the flow. 人生没有剧本，我们都在写自己的戏。我们既是剧作，也是导演，更是演员。人生的戏，台下没有观众！不要在乎别人说你演得好不好。你的价值观决定你的角色。
（2018-04-03）

　　西方的谚语："你永远不知道意外和明天，哪一个会先来！"我最近在大理摔伤了腰，正在康复中。更明白要珍惜每一段美好的时光，释怀那些曾

435/

经错过的。有时错过了，也许正是一种隐形的福报。不要纠结于那些曾经对不起你的人或伤害过你的事，微笑着，踏上明天的路，迎接一个新的起点。

（2018-07-29）

常收到求助困境支援。我相信面对困难不要只见眼前大山，咬紧牙关走出去，翻过山，就是另一个世界！我们往往不能或不愿意接受不能改变的，却又没有勇气改和变，借口没有能力。不管你的处境有多惨，总有比你更惨的人。不要好高骛远，以行动改变现状。改变永不嫌晚。改变才能重生。

（2018-09-14）

朋友发来雪原上"弱肉强食"的实景。看了感慨万千！动物世界只有一个真理——活下去！人类世界的金科玉律又是什么？一句已经被说烂了的话：生不简单，活不容易，生活更是难上加难！人类的"生活"到底包括什么？在血淋淋的你死我活的竞争中，价值观、社会责任和永续发展的使命，到底发挥了什么作用？（2018-10-28）

一问一世界，一叶一菩提

问：最近身体出了问题，工作也很不顺利，很绝望，觉得一切都很灰暗。

叶：在人生的路上，好风景和坏时光是交织的。很抱歉，你正经过着人生的坏风景。你一定坐过火车吧？有时火车窗外的风景是城市边缘最丑陋的，甚至有时要过黑暗的山洞。打起精神，窗外的风光会变的，把握每一刻风光无限的瞬间。

问：我从小到大总是被认为应该考第一，可进入职场却不能做到最好，突然觉得自己只会学习，不会工作，很是自卑、自责，也许这不是我喜欢的工作？只是因为单位名气大？

叶：不要自谦，也无需自责。对自己要求过高而使自己喘不过气来，是造成气馁的必然。放自己一条生路，给自己放手一搏的机会，人活着就是为了一口气，而那口气就是做自己喜欢的，向往的。试试。

问：其实，世界一点也不美好，只是人们的愿望美好罢了，当所有的人都有人味的时候，美好才能到来。

叶：世界虽不完美，你可以用完美的期许看她。就像父母看子女。

问：谢谢前辈的宽容，每个人其实都愿意说真话，说真话的感觉很好，你能感觉到自己活着而且真实，有一天不敢说了也就成熟了，就算不敢说我也会对自己傻傻一笑吧，活着真好，因为人生没有对错，谢谢前辈的宽容。

叶：一个邂逅，一个回眸，是三百年的缘分。惜缘。说吧！

问：叶女士，请问怎样摆脱外人看来一切完美却缺乏灵魂的生活，我觉得目前自己所拥有的很多都很鸡肋，食之无味弃之可惜的那种，包括感情，想要摆脱但又没有足够的勇气。

叶：食之无味的鸡肋，弃之哪有什么可惜？吃了一定不好消化，况且一定很难吃。弃之。

问：如果人生有这样那样的指示或者暗示，那么生活是不是就少了许多意义？于未知的地方继续坚持，即便坎坷、挫折，也是一笔经历的财富。

叶：是啊。人生的"负资产"，也是一种财富。

问：生活为什么如此艰难？

叶：英语有句话：When the going gets tough, the tough gets going.

积极乐观的心态是艰难的溶化剂。

问：感染于叶莺女士她对世事的达观和对梦想的坚持，一个个优雅及华丽的转身成就了她不一般的人生，感恩叶莺的分享。

叶：取舍聚散，花开花落，就是人生。

问：和阳光的人在一起，心里就不会晦暗；和快乐的人在一起，嘴角就常带微笑；和进取的人在一起，行动就不会落后；和大方的人在一起，处事就不小气，和睿智的人在一起，遇事就不迷茫；和聪明的人在一起，做事就变机敏。借人之智，完善自己。

叶：谢谢你。很棒的一段话！

问：总觉得时间随着年龄的变大愈发地快了起来。虽说只刚好二十，其实二十也是一个坎啊。其实我不介意时间的飞逝，我在意的是所飞逝的时间是否真正有它的意义……

叶：只要用时间做自己喜欢的事，而同时又能帮助别人，你活得就有意义。如果能造福社会，那就大有意义了。

问：看莺语，悟莺道，做叶莺一样幸福的女人，拥有属于自己的丰富人生。好！新偶像！

叶：我不是偶像，只是红尘难断的俗人。自喻："以入世的心，做出世的事"。丰富人生。共勉。

问：叶女士，想请教一个问题：人怎么才能一直保持上进？

叶：记住自己是"人"，要活得像个人。热爱自己，要活出自己。天行健，君子以自强不息。

问：觉得累了怎么办？我很好奇，从柯达进入中国时知道你（我参与了厦门柯达的建设），你到现在依然充满活力？而我已经觉得很累了。

叶：身体是会累的，累了可以睡觉或休息。心若累了，就要设法改变你的生活，充电后，再出发。

问：美丽与智慧并存的女神！我的偶像。您觉得在家带孩子，全职太太需要怎样的勇气让自己不再庸俗平淡？请指教！

叶：家庭主妇是家庭小社会的支柱，我们生活的大社会的灵魂。你的智慧和价值观是无形的手，推动我们走向你规划引领的明天。你当然有气质！我向你和千万默默耕耘的家庭主妇鞠躬致敬！

问：莺姐好睿智。随手拈来关于"等"的感想都那么有深意！

叶：是吗？我说的是大实话。等，要有意义地等，有目的地等，担当负责地等。我宁可坚守承诺地等一个人的誓约，也不愿漫无边际地等奇迹出现，更不会傻头傻脑地"等时间"，我觉得等时间，说得雅一点是"等闲"，说得白一点就是"等死"。岳飞说"莫等闲白了少年头，空悲切"。有生就意味必死，那么既然是等，我们干吗不潇洒地等，好好地等出个名堂，等出些花样，等出那色彩。

问：以前读到"沉思往事立斜阳，当时只道是寻常"不懂这些词，但是现在处在二十出头的年龄，开始初尝您这篇文章的体会了，但现在老是依然困惑着。

叶：你才二十多岁，是朝阳！斜阳不该是你领悟的境界。面对阳光大海，振臂高歌，尽情欢唱，这是你生命中可以理直气壮的疯狂的岁月。是你的！把握！

问：机遇会不会敲第二次门？

叶：有一句话说，你永远不可能横过同一条河，虽然过的还是那个点，可那时候的水流跟整个的大环境是不一样的，所以我们在人生的路上，可能错过了很多擦肩而过的曾经。你说机会从来没有敲过我的门，可能你跟机会无缘，但更正确的说法是，当机会在你身边的时候，你没有准备好，所以要随时准备好，才能够轻装上阵。手在剑上，不要出鞘，一旦需要，你随时可以拔剑，抓住那个机会，抓住那个时刻，就跟拍照一样，Just that moment!

问：都说您是一个特别勤奋的人。

叶：勤能补拙。其实天下没有真正聪明的人，我们永远不要认为自己没别人聪明，别人知道得比你多，是因为别人学习得多，吸收得多，只要我们能够不断地学习，不断地吸收，我们就能够聪明。

善待自己，必须把握自己。逢场作戏时，留住理智；车水马龙中，不要迷失；情网里，坚持真诚；事业中，捍卫原则；生活平淡，依旧坦然。善待自己，必须善待自信。自信不是自以为是，是相信自己有道德的修养，自尊自爱，自立自强。生命是一条不衰的风景线，没有终点。

——叶莺

TO ENLIGHTEN THE ENLIGHTENMENT 悟

世态醒悟

SOCIAL
REALITY

邪恶盛行的唯一条件，
就是善良人的沉默

"路见不平，拔刀相助"在当今高度商业化的社会已不现实，这样的大侠活在小说里。"牺牲自我，造福他人"的现代雷锋，只是挂在墙上的人像。见义勇为的好人好事，偶尔有闻，但颁发奖状一纸后，那好人就没下文了。反而那些"横财就手，眨眼致富"的神话，成了扭曲的梦想。若不能同舟共济，何能独善其身？（2011-05-28）

2012-03-05

博友A：我2月26号港龙航空从加德满都回香港，看到有几个人找来机长空服员，围住一个假装睡觉的老男人，旁边一个惊慌失措全身颤抖的女性。这几个人中，有三个香港人，还有一个会说英文的尼泊尔人。后来才知道，原来这个老胖的孟加拉国人，沿途六小时，一直性骚扰坐在他旁边这个刚从尼泊尔乡下出来去日本找丈夫的年轻妇女。这个老色狼，沿途用毯子盖住她，不断上下其手，还把手伸进她的衣服，要脱她的衣服。本来大家以为是夫妻，后来这个会说英文在澳大利亚工作的尼泊尔人看她面有难色，问她才发现这事。这时一个说流利广东话和英语的女士，不断告诉在场的空服员、机场安全人员及警察发生了什么事，因为她就坐在他们正后方，看得一清二楚，也愿意作证，所有这些人都愿意去警察局，并改变自己的行程，就为了伸张正义，机长也不断表示感谢！后来，我听说这个不断伸张正义的女士是叶莺女士。我觉得非常感动，这个世界需要这样的人，如果我自己的姐妹、女儿遇到这样的事，我们是会多么感激替她伸张正义的人。我们为您喝彩！

叶 莺：看到这段话很心酸，真不知道多少女人在年轻不经事的年龄都曾受到这样的"侵犯"而不知所措。遇到这样的无赖，害羞的表情，恐惧的反应，惊慌的无助，都会增加侵犯者的满足。女孩们，别怕。勇敢地站出来告发反抗，法治和正义永远可以战胜黑暗和丑恶。

博友B：您值得人敬佩！！

博友C：敬佩叶莺姐姐的正义！

博友D：谢谢你，勇敢的中国女人！了不起！

博友E：向"叶老板"，精神的老板致敬！

博友F：早干吗去了，看得一清二楚的，还不及时制止？
叶　莺：开始我们都以为他们是夫妇。女人来自乡下，第一次坐飞机，不会说英语，很害怕。很像老夫少妻在闹别扭，怎么由得外人管呢？这女人遇上这样的无赖，若不是那年轻的尼泊尔青年问她旁边的男人是谁？她还不敢说话呢。真冤。

博友G：她不会喊吗？不会离开吗？无法同情这些没有自我保护能力的弱女子。
叶　莺：其他乘客都下机后，那个色狼装睡，我们和机组人员围着色狼等警察来时，可怜的受害女子吓得一头大汗，空姐递给她两张纸面巾擦汗，她愣着问那尼泊尔年轻男人那纸巾是什么，空姐要她做什么？我们看了都心酸，她太"天真无邪"了。我们不能以我们的"世故"来衡量她的"单纯"。

博友H：感谢叶女士的正义之举，我们的社会需要越来越多像您这样敢于伸张正义，敢于见义勇为的人，保重并注意安全……
叶　莺：谢谢你，"世界在呐喊"。这是件非常丑恶的事，是对女性极大侮辱的性侵犯罪行。今天香港的报章电台都报道了这宗孟加拉国商人在飞机上"非礼"陌生貌美女子的刑事案件。因犯罪行为发生在港龙班机，并且在香港领空，犯案的孟加拉国男人已被收押等待开庭。可怜被侮辱长达四五个小时的尼泊尔女人，她太无辜无助了！

博友G：向您学习！希望我们也能在这样的时候充满爱心和正义感，不顾安全和时间。

博友I：有次出差坐动车，前面一家三口。那男人不知为了啥事一直在打老婆。我几次话到嘴边都没说出口。整个车厢没有人站出来。当男人歇了几分钟后再次出手时，我情不自禁叫了出来，这时车厢里才有男人站出来。当时心里很激动，有人伸张正义。但还是有几分酸楚，为什么那么晚，我们都很懦弱和冷漠。

博友J：多年前夜里唱K后，自己一个人回家，在路上看到一个男的拉扯一个女生，还有厮打。我忍不住上前问女生是否需要帮助，后来厮打才停下，应该是夫妻吵架。大家互相帮一把就更和谐了。

博友L：美丽、智慧、善良、勇敢！成就了完美女人叶莺。

叶　莺：妇女节将至。诚心祝愿天下的女人都能以努力实现自己的梦想。

博友M：叶莺老师看过《名侦探柯南》吗？那是个虚构的漫画人物，里面的主人公有着一种走到哪里就让犯罪分子死在哪里的

> 霸气。叶莺老师身上这种霸气更明显！
>
> 叶　莺：现实中哪有那么"得心应手"的绝招？只有在虚拟的假想里啊。偶尔"卡通"一下自己也挺好的。

我觉得人性中根本的爱心被太多的丑恶现实"和谐"了，于是有不和谐的"独善其身"现象。"兼善天下"的欲望和本能人人都有，不一定要"学习雷锋"才懂。我对人性还是有信心的。不怕，我们跟着我们的心走，不会下地狱的。（2011-10-22）

今晚黄昏时分经过上海程家桥路去徐汇区赴宴时，十分堵车，蜗行经过人群，众人围观一个躺在地上的人，身旁有架损坏的机车。他显然伤势不轻，但是大家都是在"看着"。我叫司机寿师傅开车门让我下车相助。他紧锁车门警告我，这是警察的事，绝对不能管。我整晚愧疚。我的司机已经和我一起工作15年了，他勤奋正直，见义勇为的事做得多了。当时警察已经在场，看见活生生的人躺在冷冰冰的地上，我只是心想如何相助。师傅相劝那是警察的事，确实没错，因为我们的车上没有急救设备，可能好心做坏事，另外也可能越帮越忙，为交通和警察添乱。回到酒店后，此刻十分疲倦，但心中仍纠结，无法入眠。（2011-11-22）

前几日，河北石家庄一名农民工在公交车上给一位抱着孩子的女子让座的时候，对方不仅不领情，反而给了这位农民工一个"白眼"，坚持不坐。

但当孩子哭闹着要坐时，这位母亲却呵斥孩子"坐什么坐，不怕脏？不怕得病啊？"这视频让人心酸心痛。改革开放 30 年，今天全国道路四通八达，各级城市大厦林立，民居别墅争奇斗艳。试问没有农民工，哪有今天的景象？农民工生活在城市的边缘，接受以劳力换取生活的命运，珍惜城市化的机遇，白天看到与他／她无缘的繁华，晚上有担心明天在哪儿开工的惆怅和思乡的无奈，应该感谢他们才对。（2011-12-30）

端午节是个悲情的节日。我喜欢屈原的作品和他"天问"的情怀。但投江自尽，不值得鼓励，更不应效仿。生命是我们的唯一，必须珍惜。中国的自杀人数每年有 20 多万，女性自杀率比男性高，令人痛心。人生一世，悲欢离合，喜怒哀乐，生老病死，是当然，也是必然，我们顺其自然吧。人生路上没有过不去的难关。（2012-06-23）

很多国人去过德国吧？德国达豪集中营的门口刻着 17 世纪诗人埃德蒙·柏克的名句：当一个政权开始烧书，如不阻止，下一步就要烧人。当一个政权开始禁言，若不阻止，下一步就是灭口！邪恶盛行的唯一条件，就是善良人的沉默。（2012-10-28）

"三八国际妇女节"即将来临，世界上太多妇女的命运还是掌握在男人的手里，男人为主的社会里不允许女人受教育不让她们自主有思想，她们与生俱来认为男人是一切的主宰，男人不可能对她们慈悲关怀。这些女人苟延残喘地一辈子做次等人类，悲惨啊！（2013-03-05）

"红线"一词，小时候理解，总和喜事关联，例如红娘牵红线，逢年过节女孩辫子上喜欢扎条红头绳以示喜庆。曾几何时"红线"变成了当红的"政治词"。国际关系、领袖言辞、立场声明、谈判砝码、合同内容等，都有所谓的"红线"，也就是绝不让步的天条，绝不妥协的原则。细想我们为人处世，何尝没有红线？（2013-10-07）

俗语说，林子大了，什么"坏、怪、丑、滥"的动植物都有。是的，英语说"Power Corrupt"（权力腐蚀你）！中国古训切忌"利欲熏心"。不过，人类是经不起诱惑的动物。我们从伊甸园带来了"原罪"。所以要修身、正心啊！（2013-12-13）

马航事件深感人生无常。今天的上海，阴沉沉湿漉漉，闷。春天天气像大小姐的脾气，说变就变。"春捂秋冻"，冬衣不要脱太快，注意添衣。对自己的身体健康负责，是对自己负责，也是孝道。世界上的一切都不是你的，唯有身体是你的，关心自己吧。若有等你关心的人，想起谁就关心谁吧！（2014-03-12）

看到如此凄美的红叶，不禁想起辛弃疾的"少年不识愁滋味，爱上层楼。爱上层楼，为赋新词强说愁。"愁字是心中的秋天。如今我已不年少，词人的后四句，更令人深思。"而今识得愁滋味，欲说还休。欲说还休，却道天凉好个秋。"暗叹：知了、知了。（2014-10-19）

钱可以买到豪宅，但买不到家庭；钱可以买到钟表，但买不到岁月；钱可以买到牙床，但买不到安眠；钱可以买到书籍，但买不到知识；钱可以买到医疗，但买不到健康；钱可以买到虚情，但买不到真心；钱可以买到头衔，但买不到尊重；钱可以买到血液，但买不到生命。钱是否万能？是个不朽的话题。我同意，钱可以解决很多问题。我更同意钱可以解决的问题，就不是问题了！但是，钱也能"制造严重的问题"，人太多的悲剧是因"钱"，或是"贪钱"而起的。不是吗？人为财死。（2015-02-21）

人的舌头上都有把剑，像文人的笔，网络新人类的手指，能杀人不见血。不经意的玩笑，无心上传网络的视频，不但令当事人苦恼，也是始作俑者的羞愧。试问谁在人前没有批评过别人？又有谁背后不被别人批评呢？哑巴虽有舌头，但永远不会祸从口出。沉默固然是金，但有多少人能做到啊？
（2015-06-01）

纪念屈原的端午节快到了。他为何自杀？凡·高、海明威、乔治·伊斯曼也是自杀死的。为什么？没有答案。一般人自杀多数为了爱情、婚姻、金钱、事业、病痛、寂寞，或是自我意识的否定。青年学子也因为学业不济、校园暴力而轻生。惊叹13岁的娃娃也会自杀！太反人性了。活着才是硬道理！
（2015-06-14）

冷！天冷，社会要有温暖。前天从上海回香港，在机场一个印度青年游客问我如何去金钟地铁站，看他样子狼狈衣着单薄，我说我有车我送你去，来接我的女助理应声说：Follow us（跟我们走）。印度青年连说：对不起，不行。我不能相信任何人！我们只好找了机场服务员帮助他。送温暖，难。
（2016-01-24）

如果"天下没有不是的父母"，那么天下那些不孝的子女是不是父母的教养失败呢？上海好友从事钢铁业，近年景气不振。儿子从澳洲回国协助推展新业务，去了几趟澳门，欠下千万元赌债！母亲痛心无奈，天天念佛，又名"大好人"的父亲焦虑憔悴，白发苍苍。看着他们，我心酸。谁之过？
（2017-10-13）

网络为我们带来了前所未有的方便，我们有翱翔于海量信息的自由。但一切的得，必有失！网络也为诈骗恐吓、造谣惑众、人身攻击、精神骚扰等提供了方便。胆怯无聊的懦夫，言辞低俗的狂徒，利用躲在屏幕后角落里的虚空"安全感"乱放厥词，虚构幻想。请守护我们的园地永远在阳光里。
（2018-01-02）

见人垂钓有感：我不能评价那垂钓人为何要诱惑那些无辜但可能饥饿的鱼赴死亡的约会。因为那是他的人生乐趣和鱼的悲哀选择。我们不会知道为什么有人深夜哭泣，更不会明白那些看似快乐的笑脸背后，有多少难言的无奈。天地之大，不乏探寻真相的智者，匮乏的是那不随意评价他人的善良。
（2018-01-24）

一问一世界，一叶一菩提

问：最近不断有人在公共交通工具上发神经，您如何看？

叶：许多人，特别是年轻人，都说没信仰。什么是信仰？没有人能定下一定之规。但"爱己爱人"应是放诸人间皆准的金科玉律。相信自己，给自己尊严，做自己的主人。不要让"神经病"影响我们做个堂堂正正的、做"主人翁"的自己。在公共场合发神经，危害的是公交车上每一个人的尊严和安全。

问：舍命救人的人，他的后代、家属，会被那些他救的人关心照顾吗？

叶：舍己救人的行为是伟大的，在那千钧一发的刹那，如果想得那么多，就不可能有义行了。至于身后之事，就要看留下生者的造化和获救生还人的感恩了。

问：做好人需要"付出"，但却得不到相应的嘉奖和回报。

叶：事实是好人总是不计较那些，所以我们叫他们好人。

问：人类是利己主义者，总喜欢给自己的损人利己行为找借口。

叶：是的。利人利己是上策，利己不损人是中策，损人不利己是下策。至于损己而利人的事，好像做的人不多。

问：我识一君，每天必生气，气来，翻天覆地，怒气冲冠，无所顾忌……请问，吾何言以对？

叶：那么，由他去气。你管不了他，但你管得了你自己。

问：深刻体会女人还是自己对自己负责，这是硬道理。不抛弃自己，才不会被抛弃。

叶：好喜欢这段话。其实这道理也适用于男人哪！只要是人，都不能抛弃自己。如果你自己都不要你自己，请问谁会要你？不错，父母！但是有一天父母将告别你，到时再找回自己？只怕迟了。

问：最好的自己常被人嫉妒，哎，挺难的……

叶：不招嫉者，是庸才。不嫉人者，是蠢才。

问：姐姐，你的成长中有没有经历过自卑的情绪呢？你怎样自我调节呀？

叶：这是看来复杂的题目，实在简单的答案：世上没有人有"资格"自卑，因为你是世界的唯一！世上也没有人有资格让你"自卑"，因为那"错觉"来自你自己。

问：人思想的高度与视野高度成正比，深度与生活的阅历成正比，宽度与胸怀成正比。高处不胜寒，却能看得远。是不是叶总的视野越高，目光就越冷峻呢？

叶：飞得越高的确可能看得越远，但是如果"自视过高"，就像飞在云层，什么都看不见了。

问：叶老师：为什么社会的发展不能接受诚实？总喜欢精美的包装……

叶：诚实是金——永恒的道德高地。

问：莺姐，做人，怎样才能看得清自己？

叶：要看清自己，首先要爱自己，爱自己的全部，然后才能零距离地看自己。不过，我明白这道理，但自己还没有做到。

问：想问叶老师，什么是您早年深信不疑但如今深表怀疑的东西？

叶：这是很有意思的提问。早年的我深信：一分耕耘，一分收获。多年磨炼后的经验是：耕耘和收获不能画等号，更不能等量计较。

问：所以不要向任何人抱怨你的不幸，能获得的只是廉价的同情。

叶：您说得对。"抱怨"是一种自怜自艾，没人真心听你的抱怨，也没人真心陪你抱怨，除非你们"同病相怜"。

问：喜欢您的谦卑守诺！

叶：我坚信，不轻诺，一诺重千金。对朋友，对事业，对爱情，对婚姻，对子女，更重要的是对自己，不能毁约违信。也许别人会负你，但是一旦承诺，就要对自己负责。天下人可负你，你不能负自己！

问：叶莺阿姨您好！我出生在农村，生在江南。从小受父母影响思想比较保守。当今的男士是喜欢sexy点的女生还是传统一点的女生？还是我不必在乎，做我自己就好？

叶：你说对了，做好自己就是最Sexy的！

问：你最希望拥有哪种才华？

叶：我希望有一种才华可以天天不用舍己，但事事可以为人。

问：我们看到叶总的履历，可以说是一路的辉煌，但是我们相信这些成功的背后，需要你付出比常人更多的艰辛和努力，所以我们很想知道，你这一生目前来讲，遇到最大的困难和坎坷是什么？

叶：我觉得最难过的坎儿是时间。因为你不管是贫穷还是富贵，不管你是在世界的东半球、西半球或者北极南极，你一天只有24小时，所以古人说秉烛夜游。就是时间你怎么样来用。往往因为时间的关系，你要做的事情没有做，你要说的话没有说，你要看的人没有看到，这样的遗憾我有很多。你无法同时在同一个时间里做两件事情。

人活着，总会有失落和失望。有欲望就会难舍，难舍曾经的精彩，流金的青春；有牵挂就会难眠，牵挂远方的亲人，身边的挚爱；有利益就会纠结，纠结盟约的背叛，友情的诚信；有输赢就会痛苦，痛苦于双赢如镜花，全胜是水月；有遗憾就会挣扎，挣扎于你看不透的是非，不属于你的成败。

——叶莺

TO ENLIGHTEN THE ENLIGHTENMENT 悟

WISDOM UNDER-STANDING

智慧领悟

诚信是"核"，
宽人是"心"

时事与趣闻笔记

2012-04-14

看到一则电视广告表明某企业"坚持"的精神，主题词是"铁杵磨成针"。这句成语我在小学时就觉得"奇怪"，好好的铁杵挺有用的，干吗一定要"坚持"把它磨成不能绣花的针呢？实在是浪费时间和铁杵，不聪明的坚持没有说服力。长大后，我更觉得这样的坚持是愚蠢。如愚公为何要移山？先有他的家还是先有山？

人要有梦想，但人最大的痛苦是"自不量力"的梦想和错误的执着。古人用意极善，今人却要实事求是。钢来自铁。钻石来自钻矿。它们都不是从石头里提炼打磨出来的，这是存在的基本现实条件。试问老太太捧支铁杵一辈子，即使磨成了针，值得我们模仿借鉴吗？是一座山挡住了愚公的房子？还是愚公的房子本不该盖在山前？当今挖土砍山，不但非法，环保人士也不容。所以任何大项目都要有"可行性研究报告"和"环评"。人生的抉择更需要智慧的"可行评估"，缘木不可求鱼。

又如史泰龙和野田都有相应的"本钱和条件"，试想如果史泰龙坚持打进NBA，野田梦想打进好莱坞。他们的梦想能实现吗？坚持能得到回报吗？我"坚持的理念"是我们要做自知的选择，不必为了学愚公而忽略了智慧的坚持。

> 博友A：嗯，其实当年我看故事时也有过同样的疑问，我想很多人都是，但很少有人去深究过。只是觉得书上这么写一定是有道理的，再加上很多故事后面总要加上一段"这个故事告诉我们……"的话，久而久之，很多人就丧失了独立思考的能力……
>
> 叶　莺：寓言应开启孩子的智慧之窗，协助成人的生活探索。当你遇到挫折，你真的能从磨铁杵的老太太和挖山的愚公身上得到激情，动力，灵感和勇气吗？老实说，我不能！我从没给我的孩子说过这寓言，讲过这故事。因为他们一句"为什么，难道他们没有更重要的事要做吗？"我自知无言以对。
>
> 博友B：这里说的是一种坚持的精神，无关其他，如果必定是要颠扑不破的，那么哪里来任何的语言呢？
>
> 叶　莺：坚持无罪。但坚持必须有理智的选择和可行的现

> 实。例如现今，任何一个中国人，无论如何"坚持努力"，都当不了皇帝。人类用语言沟通理念，事实上，有些旧理念已不再是金科玉律了，比如"女子无才便是德"，你还赞同吗？
>
> 博友C：叶总的解读很独特，值得深思！
>
> 叶 莺：谢谢你的鼓励。我提出"愚公与铁杵"的寓言在今天讲述给孩子们学习时需要"与时俱进"的初衷，是希望大家理智地审势，慎思。一条路走到底是坚持，但不伟大。死硬蛮干的坚持，若能配合灵活的应变和创新，充分发挥自身的优势，才不虚此生，才能活出伟大的，真正有意义的人生。

香港来台风了，北京也天冷了，让我想起北风和冬阳比赛的故事：它们比赛谁能让行走的路人脱掉身上的衣服。于是北风用力吹，想吹开人们的衣衫，但路人感到寒冷，急忙裹紧衣扣，北风失败。冬阳徐徐散发阳光，路人感到温暖，纷纷解开衣扣，脱掉衣衫，冬阳获胜。外力固然重要，然而内因才是真正的动力。（2010-10-22）

我常想是"名师"出高徒，还是"明师"出高徒？这是虚名和实质的PK吗？真有浪得虚名的名师，名医，名校和名牌吗？在"虚"与"实"的对决下，最终得胜者，不可能是"虚"。正是所谓"实至名归"。（2010-10-22）

我桌上有本《史记》，我不常翻。当遇到些不顺心、不顺眼的事与人时，我总会想到管仲和鲍叔牙的故事：管有才，鲍相知；经商分红，管多分，鲍不言贪；管办事不济，鲍谓运差；管不战而逃，鲍释其有老母在堂。后来，鲍保荐管为宰相。年青时，心想天下哪有这等呆子！而今我真佩服鲍叔牙的"知人，知面，知心"。难做鲍叔牙！（2010-10-26）

一头驮着重担的驴，辛苦地翻越高山。他怨老天没心眼：这山这么高，这担这么重，这路这么难，干吗还有这么多又硬又尖又大的石头啊？老天答：没有这些石头给你落脚，让你喘息，这山会更容易爬吗？（2011-01-20）

诚信是"核"，"宽人"是"心"。共勉。（2011-01-23）

知恩感恩，是你我的本分。即使被出卖，只当它是人生的经历，痛苦的学习。坦然。（2011-02-27）

大问题，"小"答案：不要把目标定得太高太大，力所能及的，从小事做起。小事做好，再做大事。（2011-02-28）

不喜欢的人，不能不防。要防，必须要学习如何防。要从尊重对方的长处和强项着眼，再从对方的短板和弱点入手。（2011-03-22）

坚守原则，偶尔妥协，你可能海阔天空。但是，没有原则，总是妥协，你就永远没有天空。（2011-06-01）

我很喜欢这句话"永远不要依赖别人，甚至你自己的影子。因为当你在黑暗中，你的影子也将无影无踪"。（2012-07-08）

傍晚回到台风横扫过的香港，灾情最惨重的是许多树被吹断或是连根拔起，为了不让倒下的树阻碍交通，当局必须及时处理，没有时间扶起或重植倒树，只好锯掉，树就毁了。但倒树旁边有些同样受到台风吹袭的树依旧挺立，格外油绿昂然。为什么？因为根基扎实！人如树啊！"风狂雨急时，立得定，方见脚根。"（2012-07-24）

天下父母拼命赚钱攒钱，省吃俭用刻薄自己，为了能留些遗产给子女过好日子。昨晚在上海和一位富商朋友聊天，他说已安排好身后事，留给独生子一百万美金，其他财产全部做公益。智慧啊！林则徐的书房有副对联：子孙若如我，留钱做什么？贤而多财，则损其志；子孙不如我，留钱做什么？愚而多财，益增其过。（2012-10-21）

你的视角，才是你最重要的GPS。当你的目的地改变时，你的GPS也是要调整的。（2012-10-23）

对"昨天的太阳，晒不干今天的被子"这句话，我的理解是：昨天的辉煌不能保证你今天的成功。就是不要"想当年"，要把握每一个今天，努力就是今天的太阳。这绝对不是否定先人的文化遗产。（2013-02-19）

左宗棠棋艺高超，出征途经茅舍挂"天下第一棋手"匾，他与主人对弈，主人三盘皆输。左帅高兴地叫主人卸下匾额。左宗棠凯旋归途路过茅舍又见"天下第一棋手"之匾，他又与主人对弈，三盘皆输。问主人何故？主人答：上回您出征我不能挫您锐气。现在得胜归来我当仁不让。能胜而不胜，能赢而不赢，真高手！（2013-08-24）

上帝提了个箱子接个往生人，说：这箱子里是你的所有。问：钱吗？不，那已留人间。我的回忆吗？不，已还给岁月。我的才华吗？不，环境已收回。我的朋友和家人吗？不，他们是你的过客。我的妻子和爱人吗？不，她们不属于你，只在你心里。我的躯体吗？不，那归于尘土。箱子里有什么？（2014-02-16）

一蝎子掉入水中，一人见状捞它，却被蝎子蜇了，那人没放弃，继续捞救蝎子，又被蜇。那人继续捞继续被蜇。一个少年忍不住问：这蝎子老蜇你，你为何还要救它呢？答道：蝎子蜇人是它的天性，我捞救它是我的天性，怎能因它的天性而放弃我的天性呢！你身边有待救的蝎子吗？你救不？（2015-06-03）

海明威名著《乞力马扎罗山上的雪》描述一只豹子的迷失。乞力马札罗山海拔5963米，是常年积雪的非洲最高峰。西高峰名为"上帝庙殿"的山峰旁，有个风干冻僵的死豹子。没人明白为什么豹子选择到这它不能生存的高寒山峰？它要寻找什么？人应该有梦想，但必须是力所能及的梦想！（2015-10-18）

TO ENLIGHTEN THE ENLIGHTENMENT　悟

　　狗深爱着狐狸，却遇到了死神。死神说：你们两个只能活一个，你们猜拳吧，输的就得死。狐狸输了……狗抱着死去的狐狸说：说好一起出石头的，因为我要你活着，我出了剪刀，为什么你出布啊？狐狸自私，想赢。狗真诚，傻乎乎地想输，却赢了！做人厚道、真诚，就是赢。（2016-04-01）

　　NBA 勒布朗出身贫寒由单亲妈妈抚养长大。橄榄球教练沃克慧眼识英雄培育了他。多年前他已是公认的明日之星，在 NBA 的宴会上我曾和他同桌，他谦卑随和，谈到他美丽的母亲时笑容灿烂。2010 年他离开骑士队转投迈阿密，受尽克利夫兰人的辱骂！他为热火队夺得冠军后，重回骑士队写下历史！勒布朗当年离开克利夫兰是出于无奈。骑士队当时没有夺冠 NBA 的条件。他移师迈阿密是求"人和"，以优秀的球员组成强大的团队，终于拿到冠军。他不记前仇，接受克利夫兰人对他的谩骂，放低姿态以更低的收入重组骑士队。他从一个穿不起球鞋的孩子到如今富可敌国，是励志的故事也是做人的范本。

（2016-06-21）

有这样一个故事：爷爷送给小明一个古董怀表，小明在屋里乱放，怎么也找不着。很急，越急越找不到。妈妈让小明不要急躁，静坐冥想。静了一会，小明听到了嘀嗒嘀嗒……怀表找到了！启示录：当你遇到难题，焦虑急躁只会更加添乱。静下心来，你可能听到要听的声音，领悟你找寻的答案。
（2016-07-21）

此图是意大利插图画家 Marco Melgrati 的名作。每人看了都有不同的领悟。随着年龄增长，我也有了"演变"。最初觉得小猫可爱，好奇贪玩之心，人皆有之何况是猫；演变：这是市场规则，有觅食的机会不可失；再演变：生存求胜，必须有数据和信息，认清敌我；而今：永远要尊重！
（2017-06-22）

村上春树说"人不是慢慢变老的，是一瞬间变老的。那个瞬间，恰好是某个年纪，突然听懂了某一首歌"。正是初闻不识曲中意，再听已是曲中人。最近听懂了好些歌，但我不认为是老了，而是更能放下了。（2018-11-16）

一问一世界，一叶一菩提

问：叶莺姐分享真是经典。勇敢地接受不可改变的事情，勇敢地去改变可以改变的事情，当然更重要的是要分辨什么是可以改变、什么是不可以改变的智慧。叶莺你就是拥有这样智慧的美丽优秀女性！

叶：接受不可改变的要"勇"，去改变可以改变的要"敢"，用我们的智慧，我们共勉。

问：正如昨晚我给叶老师您带去了一幅图片，伴着叶老师的经典名言"我的剑不出鞘，但我要你知道我有剑"。而此刻美丽的粉色樱花，又跟我微博图片上粉色的衣服惊人的一致。所以，也许昨天聆听叶老师的教诲，亦是一种人生的机缘，或许我会受益一生。谢谢您！

叶：你带来的那幅图片，我很喜欢。再次感谢。

问：现在是艳阳高照吗？我真想看看,因为此时此刻我内心被黑暗笼罩着，我拿真心对别人，却常常被人伤害，我真的不知道该怎么去相信。

叶：你只要自己心中有阳光，你就生活在阳光里。你无法控制他人心中的阴影，不要陪着活在他人的阴影里。你的名字不就是"向日葵的幸福"吗？

问：有句话叫"做事先做人"，您怎么看？
叶：归根结底，万事兴衰都在人，而众人中，最重要的人是自己！

问：叶老师，传说女娲在造人的时候用的是模型，她造完我之后，那个模型便毁了，所以我不是最卓越的，但是我一定是与众不同的！
叶：所以我们不是一个模子打造出来的。你与众不同。

问：人格和性格是完全不同的，但是它们又是互相影响的，话说性格决定成败，虽然过于绝对，但又不无道理，您说是不是啊？
叶：性格中若有"坚持"是使诉求成真的好基础。但是坚持自己"无能为力"的诉求，是极大的痛苦。

问：莺姐，有些人和事，即使我很舍不得，可是该离开的时候是必须离开的吧？
叶：聚散离合就是人生。

问：奋斗的过程很艰苦，有时候会看不到希望，这几天成功人士的经验与所有奋斗中的年轻人共享共勉。但发现自己再怎么努力还是没有达到自己的计划，还是很苦恼，怎么办？

叶：目标不需定得太高太大。俗话说：胖子不是一天吃出来的。只要真心努力做自己一心想做的，一定会有收获的。

问：我有时很钻牛角尖想问题，是不是思维逻辑不正确？

叶：在生活中有许多似是而非的问题，和似非而是的答案，要看我们的思维逻辑怎么想，怎么分析。钻牛角尖的时候，需要"旁人"提醒才能解脱。以前的旁人可能是"师友"，而今天往往由"社交网络"取代。

问：叶莺活得很有味道，一贯的思维敏捷和好心态。

叶：您说的一句话让我思考了一阵子"可迂回，但不可改向"。迂回是需要"转向"的，"推敲"之后，明白"转"了之后，还要"改"回来。很有意思。

问：叶总怎么看待规则或者规矩？发现很多时候真的能脱颖而出的人往往是不那么守规矩的，这样的人往往能实现自己的目标或者自己想要的东西。可能同样过了一样的时间，不同的人却有不同的收获。

叶："规矩"是方圆，"规则"是正曲。人类历史有三个"突破双规"的"苹果"：夏娃偷吃了伊甸园的苹果，人类有了智慧也有了原罪；掉在牛顿头上的苹果，让人类明白地心吸引力如何陪伴人类生老病死；乔布斯的苹果，让不懂科技的笨人时刻享受科技的聪明。他们都"破双规"了！

问：如果将英语26个字母由 A 到 Z 分别编上 1 到 26 的分数，你的知识（KNOWLEDGE）只能得到 11+14+15+23+12+5+4+7+5=96 分；你努力工作（HARDWORK）也只能得到 8+1+18+4+23+15+18+11=98 分；只有你的态度（ATTITUDE）才是左右你生命全部的 1+20+20+9+20+21+4+5=100 分。态度决定一切。这就像冥冥之中自有定数一样，一直在等待一个有缘人去发现。

叶：太棒啦！太棒啦！那个人生路上最重要的"有缘人"，不是别人，正是你自己！

问：是什么让您如今事业这么成功的？

叶：成功的定义因人而异。不断努力提升自己的"被利用价值"才是硬道理！

问：叶老师，如果我们做事总是想着创造被利用价值，这样会不会太累了？

叶：不断提升自己，自强不息，就是不断创造被利用价值，会很累吗？那么不上进，自己都觉得自己没用，是不是活得更累呢？选择在个人哪。

问：叶老师，如何才能成功？付出等于成功吗？有运气在，是吗？一味坚持是愚人的游戏吗？

叶：付出不等于，也不保证成功。盲目地坚持，的确是愚人游戏，而且是毫无乐趣的游戏。你的青春无价，玩不起呀。

问：姐，一个不会思考自己，不会思考生活，不会思考人生的人，是一个什么样的人？怎么突破？

叶：学会思考。"我思故我存！"你可以做到！

问：即使是风口浪尖，您的人生也是充满了很多自己选择的机会，又睿智开明，且风浪过后还能从一些小事体会感动；多棒的人生体验呀，羡慕。

叶：人生的路上充满选择，正确选择才有胜算！在水泥地上撒种，永远不能长出花草！正确的选择＋努力才有成功的可能。

问：您曾在某英文访谈节目回答："成功的定义因人而异：I think success is every day you wake up, you have a reason to live that day; have a sense of meaning in your life, not only continue to improve yourself, but also help to improve the others around you。"

叶：Agree fully!

问：一只麻雀和一棵无法移动的树比较还是相对自由的……话说，判断自己是麻雀还是凤凰抑或是喜鹊是个问题。

叶：麻雀有麻雀的快乐；凤凰有凤凰的烦恼！

问：可以推荐听懂的歌吗？

叶：你还年轻，有些歌你会唱但不会懂的。例如：要真正听懂《当你老了》，《当爱已成往事》，《Yesterday Once More》这样的经典歌曲，你要让岁月沉淀，让春风秋雨将你改变。

● ● ● ● ●

　　人若没有信仰的依托,像船没有桨。人若没有价值观的认知,像船没有舵。人若没有仁爱之心,就是船底有洞的船,无桨无舵地漂浮在功利的海洋。

——叶莺

TO ENLIGHTEN THE ENLIGHTENMENT 悟

FRAME OF MIND

心灵解悟

上善若水，大爱无疆

> 对事要有感谢的诚，对人要有感恩的情，对己要有知恩的心。(2010-10-20)

博友：叶莺姐，今天与您助理见面沟通了议定项目，很畅快舒心。为您培养了一个优秀助手感到高兴！说实话，真心希望这次您是个种花而非插花的，举个旗，然后就会花开遍野，香飘万里。期待与您北京早日见面，做详细汇报！

叶莺：看你的博文，你有心行善，愿意参与你的"捐助童鞋"善举。我的理解"种花与插花"的不同是，种花的给一笔启动基金，其中包括"行政费用"，使一些项目可以推进。我曾经做过，后来发现"启动经费"被用来购车或作为雇用亲戚的"义工工资"。当然推动任何善行都需要"人力和交通"，无可厚非。

> 不过插花简单些。我已和某美国名牌鞋，达成协议，全力支持你发起的"童鞋"项目，支持贫困地区的学童上学有鞋穿。第一批捐赠1000双试行。我的助理将与你联系，了解第一批学童的年龄，鞋码，数量和送鞋地址，以便尽快送鞋。如果你有困难，请告知。
>
> 博友：真的是很好的一件事情。但也担心因为是美国名牌，会有人觊觎。
>
> 叶莺：别担心。所有捐出的鞋子都将没有牌子，避免被指责在做品牌广告，本意是帮助贫困孩子们有鞋穿，就好了。
>
> 博友：姐想得如此周到，希望能安排在每双鞋子里附上捐赠人对孩子们的寄语并署名，妥否？
>
> 叶莺：我觉得没有必要了。仅仅一双鞋，让孩子们快乐地穿，就好了。

一个懂得感恩惜福的人，不保证会成功；但是一个不知感恩惜福的人，一定不会成功。（2010-10-22）

今天吃了美味的素食午餐，由台湾慈济基金会免费提供给我公司的全体员工的，并将免费提供一周，鼓励素食，推动低碳生活，减少"三高"现象。我很感动。谁说天下没有免费的午餐？为我们准备午餐的志工们也都是无酬

义务的。证严法师以5元台币启动慈济慈善事业。而今，大善大爱遍布世界69国，中国受益人众多。（2010-11-2）

没想到我的这两幅摄影作品"上善"和"若水"，在"学习中国"的妇女发展基金会"善基金"拍卖会现场，拍出高达40万元的善款。此时此刻，我心中有无尽的感恩：上善若水，大爱无疆。（2011-08-13）

昨夜在纽约第五大街漫步，今晚已在首都水立方接受"时装L'OFFICIEL"的"年度公益优雅女性榜"奖。这是对我未来责任与使命的督促。才看到"小悦悦"全程视频，心痛如绞。我们在讨论，如何利用今晚同台巩俐、刘嘉玲的明星效应，感召国人发挥人性的优雅、寻回华夏的大爱。（2011-10-29）

一艘从上海开往洛杉矶的货轮到了洛杉矶,卸货时,美国船务人员惊喜地发现了一只仅有三个月大的小猫,它没吃没喝21天,竟然还活着!热爱动物的老美,对这位来自上海的小客人宠爱有加,给它取名"Ni Hao"(你好),并且给它就医进行体检。猫猫"你好"将可正式拿到"身份证明",成功移民美国!喵……(2012-07-16)

今晚在"学习型女性论坛"的慈善义卖晚会上,为"善基金"的救援"三孤"计划筹款。我的摄影作品"你心·我心"被八万元拍出;另外的4顶不同颜色的帽子,也以每顶一万或一万两千元卖出。我很感激竞拍者,她们的爱,温暖了像坐在我膝上这个孤儿。这孩子来自山东,面对一桌的菜,她只会吃馒头。谁说命运是公平的?我们人间多么需要爱。推动公益或慈善活动时,一个公认的现实是必须借助"名人"的参与和支持,特别是有影艺界的"明星"出面筹善款,总是有好成绩。"学习型女性论坛"的慈善义卖会上,几位影视明星出钱出力,很仗义。(2012-08-11)

TO ENLIGHTEN THE ENLIGHTENMENT　悟

热爱生命，好奇求知，心中有爱，利人利己，就能保持心境的年轻，就会年轻。不信试试？！（2013-04-27）

你的梦，必须是你朝思暮想，而且使你寝食难安，必须实现的。那么你一定会使你的梦想成真！（2013-12-03）

开心是"心情"，快乐是"心态"，幸福是"心境"。心情可受到别人或环境的影响，例如看搞笑小品或闹剧会逗你开心，而他人一句不中听的话，不友善的眼神，会令你不开心。脏乱的环境、阴沉的天气会使你没有好心情。快乐是自己以正面积极的心态唱出的赞歌，与相爱相知的人共享的礼物。幸福是自我的境界！（2013-01-22）

今天是美国的感恩节，一个还没有被商业化的美好节日。能够发自内心地感恩，不仅是自身的修养，更是人生历程的核心竞争力。当你彻底地明白并谦卑地接受——人生路上不是所有的事情都在你的掌控之中时，你才会真诚地感恩。（2016-11-24）

似水流年一眨眼，2016就要过去了。回首共勉：反省自己的过失，原谅他人的无奈，珍惜爱我的你，守护我爱的他。感激知己的相依，感谢陌路的相随。心累了，人累了，停停脚步，深深呼吸，疼疼自己。不要为失去的落泪，那原本不属于你。珍惜你拥有的自己，爱自己！成就天长地久的你。（2016-12-19）

莺语2020

　　路边好些乞讨的人，感叹他们人生为何如此悲情，感恩自己衣食无忧。善良慈悲恻隐之心人皆有之，护守平常心，失不忧，得不喜。笑看风雨，不怼不艾，无怨无悔，初心始终！愿时光不老，愿岁月静好。生活不尽如人意，十之八九，那么，勇于改变自己，才能改变人生。共勉。（2019-02-05）

　　人生，哪能没有风雨的路？人生，谁能没有青春的梦？风停雨停后，未必有蓝天；梦碎梦醒后，未必是黎明。不乱于心，不困于情，不畏险滩巨浪，不念旧梦前尘。感恩惜福，初心依旧。（2016-12-23）

　　人生70古来稀！我正式走进"知天命"的70。岁月蹉跎，转眼已是耆英之辈。回首前尘，不胜唏嘘；瞭望前路，梦想依旧在远方。潇洒人生，美景还在眼前，前路正在脚下。命运依旧如此慈祥善良。感恩所有相遇的有缘人，珍惜每一份温暖的情谊。我说过"只要我一息尚存，必从吾所好"！（2018-06-05）

一问一世界，一叶一菩提

问：大爱不是嘴巴说的，你有这么多钱，去看看医院多少人没钱治病等死的。别喊几句大爱让自己心灵舒服点就以为自己真有大爱了。

叶：今天晚上我拍出的40万元，就是救助"三孤"的：孤老，孤幼，孤残。大爱之心，人人都有。你的这番"指责"，也是你内心慈爱的呐喊。我懂。我在尽力。

问：女性论坛的感动画面：每个好心人都在为社会做力所能及的贡献，只要人人都奉献一点爱，世界将变成美好的明天！感恩，感谢！

叶：是的。每次参加义卖，我都得到素不相识的善心人士支持。我心存感激。

问：善不为别人夸奖，不为别人的感激，更不是作秀，是为了内心的平和。老师您的内心平静如水，甚至感染到读您文字的每个人。帮助别人只在乎自己心安与对方的受益，其余不那么真实的议论就让它随风吧。

叶：谢谢你。明白。晚安。

问：Mrs.叶，你觉得吗，光有颗善心或能发自内心地说几句善言，其实真是毫无用处的。做好人要有力量，自己首先要是个强者，否则要帮人，拿什么帮呢？

叶：我们人人都是强者，不经意的举手之劳也是为善。人人日行一善，我们的社会就会可爱。

问：从2004年就开始看您的访谈，欣赏的谈吐才识，更多的是一种生活的态度。

叶：我的生活态度吗？以感恩的心走随缘的路。与你如此相遇亦是福。我惜福！

问：你不快乐？

叶：我不是分秒都开心快乐，但是我时刻在寻找探索幸福。

问：姐姐，我目前面临极大的困境，可想到你，就会有一种力量支撑。

叶：如果想到我，真能让你坚强，我应该说那就多想想吧。但是，你一定要明白，坚强的力量永远是来自你自己的。Yes, You Can！你能，相信自己，你能！

问：女人能养活自己，让生活无忧的同时，操控幸福的能力，是否也要跟着提升？

叶：当一个女人不仅能养活自己，同时也能造福他人的时候，能活得更有意义。有意义的生活是幸福的起点。

问：我喜欢有激情的人。热爱生活，简单的人，才能总是这么有激情，才能得到心灵的解脱。

叶：没有激情的生活，像没有花朵的春天。即使是春，哪有春意？

问：听说叶总您每次看到乞丐，尤其是小孩，都会给钱？您知道许多是骗子吗？

叶：我很想说，但又不想说。我被骗过多次，很心疼那些无辜的孩子，看见他们遍体鳞伤，我总是忘记我被骗过，朋友同事劝阻都没用。那些乞丐头盖的房子，我可能做过财务贡献，可恨那些孩子可能住不上。我很内疚。

问：如果只要饭不要钱那才是真正的乞丐吧？

叶：我坚信人类最基本的人权就是"不饥饿"。我曾有机会为某全球性的粮食组织工作，为世界各地饥民服务。但我还是选择留在中国，有人会说我缺乏世界观，没有"境界"。也许是吧。我自知能力有限，生命有限，无能"兼善天下"，只能尽力做好身边的事。

问：福来自一颗懂得布施的心，德来自一颗懂得宽容的心，智来自一颗懂得谦逊的心，乐来自一颗懂得感恩的心。

叶：有福之人，有一颗明白"施比受更有福"的心。

问：幸福只与得到的爱与被爱的多少有关，你是幸福的，因为爱你的人无数。

叶：谢谢！爱是所有动物的本能，只是人类发挥的最有记载。

暮鼓年年，六道生死谁为主？晨钟岁岁，三世流浪归何处？春华看尽，秋月几度。寸寸光阴怎堪欠？名了无常，轮回不许。

——叶莺

TO ENLIGHTEN THE ENLIGHTENMENT 悟

生命觉悟　　LIVE LIFE

伸手只需要一瞬间，
而牵手却需要很多年

　　Life is like a river; it can never flow back. Let it flow… You will find your way. 人生东流的江河，是不能也不会西流或逆流的。"回到从前"是科幻也是童话，让你生命的长河向前流吧。（2010-10-25）

　　我们身边的一切物质钱财都是借来暂用的。命运际遇不同，有人吃细米，有人吃粗粮，有人居华厦，有人住草房。但有一样是人类平等的权利——时间。贫富贵贱每天都有24小时。（2011-02-20）

　　只要是生命，必定死亡。乔布斯说死亡是生命最伟大的发明，因为有死亡才有重生，才有生命的延续。他的后半生，可以说是在和死亡赛跑竞技，

虽然他还是赢不了死神,但是他活得很"神"。乔布斯的传奇,将是世代相传永生的故事。(2011-10-07)

"缘"这个字在英文里没有同义字,要确切地翻译,的确很难。最相近的英文字,我想是"Destiny"——命中注定。是啊!有缘则来,无缘就去。人世间,该来的总是会来,该去的当然会去。没来的,本不该来,强求无用。要去的,必留不住,苦守无益。有缘无缘,惜福随缘。云聚云散,顺其自然!(2015-05-05)

希腊阿波罗神庙曾镌刻着"认识你自己"。"我是谁?",是人类的千古命题。谁是我生命的主人?为何我不能主宰我的生老病死?谁让人成为人?谁让我成为我?究竟谁是我的主人?毛先生诗问:问苍茫大地,谁主沉浮?无解?也罢。但绝不能来时糊涂去时迷,空在人间走一回。(2016-06-29)

信佛,信的不是神灵,是心灵;求神,求的不是钱财,是智慧;修行,修的不是成仙,是仁心。学佛,是理解因果,得慈悲。回忆年少时,第一次看到"恻隐之心"这个词时,下意识地觉得,有无恻隐之心是成年人的事,于是不求甚解。成年后慢慢明白,恻隐的慈悲。(2016-09-01)

TO ENLIGHTEN THE ENLIGHTENMENT　悟

　　佛主释迦牟尼说过"伸手只需要一瞬间，而牵手却需要很多年"。人生路上不管你遇见的是谁，他／她都是你生命中迟早该出现的人。绝非偶然！若无相欠，怎会相见？人世无常，感恩珍惜那相知相识的日子，即使不能长驻，那曾经的色彩斑斓也是一种永久。（2016-12-27）

　　2017年第二天的午后，面对这如诗如画的景象，心中却有着莫名的哀伤。思念爱我的父亲，感念育我的恩师，想念远走的故友，怀念逝去的春秋。人生是一场梦？还是一台戏？我觉得是一台戏，但不是一台自导自演的戏，而且剧本不在我们手里。不过，我们都是演员，也都是看戏的人。（2017-01-03）

　　三亚半山半岛的夜，很美，听着海浪和潮水的交响，心跳放慢了，思维清晰了。这圆地球没有终点，时间永不会停止，人生哪有胜负！人，争的是对错；佛，说的是善恶。入世者追求的是欢乐，出世者寻求的是解脱！我没有纠结过，来世要如何？会怎样？我只想修好今生，过好自己的每一天。（2017-01-15）

台北的夜听不到海的声音，三亚可以，可以听很静的海风，很柔的海浪。人若真有前世，那不能复制；人若真有来世，那不能定制；活好今世，虽然今世的路上，你依然有太多的不能控制，那么宽心地，活好你能控制的每一天。（2017-03-06）

独思不是枯藤老树的凄凉，不是冷眼看花尽是悲的愤世，也不是山长水阔知何处的失落。独思应是独上高楼，望尽天涯路的境界。爱孤独的人有自我追求的狂热，罗丹的"思想者"在思考什么？人人见之。我的作答：众里寻他千百度，蓦然回首，那人却在，灯火阑珊处，寻得的"那人"不就是自己吗！（2017-11-25）

我有位恩师是台湾的名人王大空，他的"笨鸟先飞"文集曾红极一时。"空"是一种难求境界。容器要空，才有容器的利用价值。心要空才有承载爱与被爱的可能，空是一切有可能的最初。佛说："一空万有"，又说"真空妙有"。人生当真曼妙如画，只有空白的画卷才能绘出人生斑斓色彩。（2017-11-08）

看了冯小刚的《芳华》。故事的时代背景，我不曾亲身经历，人物的生活更是陌生。但他们生命中无情战火的悲欢离合，共处却不能相爱的凄苦无奈，真的戳到心里！我的泪点脆弱，当我看到周边的人都在抽噎时，明白了我们都在感叹逝去的年华。谁没年轻过？岁月蹉跎，心中芳华依旧。共勉！（2018-01-11）

一只鹰不小心摔伤了。它知道自己必须重新飞翔，于是天天忍痛，苦练再飞。有一个声音说太痛算了吧。但有一种力量推动它飞上了屋顶。它对自己说：你是鹰，属于天空，飞吧。它展翅重新飞翔！不要为自己设限，相信你是独一无二的，只要你曾经飞过，就相信自己一定能再飞翔。（2018-08-07）

"诸行无常，刹那不住，虽复相续，而业势易尽，对彼常执，故于流转复立势速。濯足长流，屈伸之间已非故水。遐观往古，汉魏六朝唐宋元明，此起彼灭，人物功业皆安在哉。观古如此，观今亦然。逝者如斯夫，不舍昼夜。"该忘的，就忘了吧。不该重来的，也不会再来。（2018-11-13）

一问一世界，一叶一菩提

问：其实用餐真的是种感觉，信佛的人知道，一碗粥九粒花生米，每口咀嚼36下，吃一半你就会打饱嗝，人身体需要的真的不多，总要吃的原因是，你的精神没吃饱！认真对待每一餐。

叶：你说的有意思。

问：我想请问叶老师，怎样理解"环境使然后遗症"？这应该是一个很复杂的问题，您可以用简短的方式帮我解惑吗？举个例子也行，这种社会学心理学的问题很容易让我纠结。谢谢叶老师。

叶："环境使然后遗症"？这是复杂的命题，非要简短地说，很危险，很难说全面。不过我试试：活在当下物质科技发达的环境里，任何人都不是一个"个体"，在追求本性渴望是"独立个体"的努力中，"左右逢源"的总是不尽如心意的现实，却又无能改变。奈何？于是有人选择了自创的"虚拟世界"。

问：我一直以来羡慕名人不是因为其拥有富裕的物质享受，头戴耀眼的光环。而是因为名人能真正活出自己的人生，敢拼敢闯敢想敢干！更是因为名人们最终获得成功。

叶："名人"未必是"明人"。我自认是个红尘难断的凡人，在滚滚红尘的人生路上，与同路人探索生命的真谛。

问：湖光山色，悦人心神，云水风行，皆是无常。

叶：人生的无常，就是生活中有常的曾经和精彩的回忆。

问：喜欢你对生命的态度，更欣赏你的美丽和优雅，岁月带走了青春，留下了醇香的风韵。

叶：鎏金岁月，细水长流。白日黑山，湖海河川。红了樱桃，绿了芭蕉，不尤不忧，青春依旧。

问：亲人的离开让我陷入悲恸中。为什么您能看淡生死？

叶：看到你如此痛苦，所有的言语文字都无力。失去亲人是痛！但是亲人被痛苦煎熬地活着，更痛！逝去的，放手吧。回忆是活的，但是不要活在回忆里。今天是你的！明天更是你的！

问：在看《爱拼才会赢》，听你的，活在当下。会时刻关注您。感谢您！

叶：是的。只有活在当下，才是真正地活着。来世太远，前世不可追，今世、当下才是真正属于你的。

问：商道或是官道，终究还是资本的论道，人道的本位不是布善，而是施道，这是我懂得物竞天择的道理后才明白的。言物论从本体而言是进化论，所以，坚强是留给自己的领悟。

叶：同意。商道也是人道，商道以人为本，人道以诚信为尊，人道依顺天道，天道酬勤。

问：我总是帮我朋友，但别人却很少帮助我！

叶：你有能力帮助别人，"施比受更有福"，你是有福之人。帮助别人不求回报，是一种需要修炼的境界。我们共同修炼，得以明白一个道理：因果自负。

问：你曾经去印第安部落的山洞里等候日出？

叶：是。在一个印第安山洞里，在那里等日出。在看起来有人性的这么一个山洞，看见徐徐升起很有神韵的太阳，这是天人地的一种组合，非常禅、非常东方的一种理念。所以文化是没有优劣的，我不觉得一个活在印第安山洞里的印第安人，就差过在纽约摩天大楼里的银行家，那是不一样的，文化之间只有差异没有优劣。

问：小时候父亲曾经对你说过，每个人都必须为自己的错误买单，你为你的错误买过单吗？

叶：当时小的时候只是听了这个道理，可是也没有挂在心上，后来在长大的过程当中，我觉得这真的是有道理，一个人必须为他自己的错误买单。我也买过单，但是我觉得选择的本身，错与对，这个很难去盖棺定论，因为如果我不是选择走记者的这个路，我可能不会走上外交；如果我没有走上外交的路，我不会体会到国与国之间的关系不是只靠外交，而是要靠经济实力；如果不是因为这样的认知，我不可能下海。如果我没有经过谨慎的选择，我不会选择柯达，你要说是不对吗？怎么可能不对，那是一个千载难逢、空前绝后的时机，让我参加了一个项目，而这个项目是以后永远无法复制的，过去也不曾发生的。如果你问有没有遗憾？当然有。这么辉煌的一个企业、一个产业从无做到有，眼看它起高楼，又眼看楼塌了，那么是错误的选择吗？不见得。

问：人出头，要遇贵人，但是对不起良心，出头有什么用？

叶：不要叹气。不要期盼没有良心的"贵人"会为你的人生护航。我总是认为我们人生中最重要的贵人就是自己。

终有一天我们都将老去，临走的那一刻，我们不要有"该做没做"的遗憾。你我都有那不曾相忘的曾经，我们都要好好地活出有生命的每一天，有活力的每一刻。不要，一定不要只是"活着"。你这辈子只来这一趟，轮回，太玄；天堂，太远；下辈子，太慢；再投胎，太难。珍惜今生，拥抱今世，把握今天。

——叶莺

第五篇：缘

◀◀◀ "你还是我心中的人"
——致我最爱的人

夫妻终生相守，是缘；
爱侣天涯相惜，也是缘

◀◀◀ 结语小文

莺语2020，因缘而起

◀◀◀ 真心问答

我的剑不出鞘，但我会让你知道我有剑

莺语 2020

TO MY DEAREST PERSON IN LIFE
"你还是我心中的人"
——致我最爱的人

莺：

　　为你写出寥寥几句心里话，却花费了我几天的时间，最后我还反复思量，说些什么才能恰当表达我的爱和感激。感谢你出现在我生命中最重要的时期，使我成为更上一层楼的人。

　　前几天再次一起午餐，我们谈到过去，谈到我们的梦想，谈到生活目标，我感觉非常罗曼蒂克。这地方是我们第一次约会之地。在重聚午餐上与你倾谈，瞬间恍如昨日再现。我仍想象，你依旧是我的那个生命中最聪明有趣和充满爱的人。你在我的世界里，没有改变，只有更加深刻。你是我的灵魂伴侣，你是我崇拜的人，我爱的人。

　　你就是上帝赐给我的礼物，那份"我找到了"的心情还活着！这就是为什么你是我一生中最重要的女人。就灵感而言，你是最有活力的女人，可以将你的理念植入我心智；就想象力而言，你扩展了我的想象力。你是我雄心之源，使我在有生之年成长为一个更加完善的男人。

　　我的美好回忆，我的敏锐观察力，我的视觉想象力，我的商界决策能力，我的理想人生信念，我追求成功的动力，还有一副精明抉择的智慧头脑，你是我所有这一切的"弹射器"。因为你的力量,我在我的事业、我的生活方式以及商界荣誉上获得了更大成就。

多年来,我努力地回想、思考却不得其解,为什么这样的人生伙伴也会分离?真是丈八金刚,摸不到头脑。上次午餐时你对我说,生活中伙伴关系——"夫妻"的方程式,像商业伙伴一样,如果是50-50平分投资及平等投资,往往是不理想的结果,在股权上必须是一个大股东和一个小股东。你的这番话恰恰回答了我们没有一起继续往后余生旅程的原因:我们完全均分了生活中的伙伴关系,我们都是决策者。

这就是生活,这就是命运。命运的安排不可能改变,唯有勇敢地面对现实。但无论如何,经过上次那美妙的思想交流午餐,我想提出一个要求,请你和我重新在一起。虽然我们的生活方式是天涯各别,我们的心灵是一起的。

你还是我心中的人。再来一次!希望你同意并接受我的建议。

你亲爱的丈夫 林炜

2019 東京

Dear Ying,

It took me the past few days to write you the following few words from my heart. I was repeatedly assessing what was appropriate for me to say to you. Simply, I just want to thank you for your appearance in the most important period in my life. It had indeed made me an upgraded person.

Talking to you the other day over our re-union lunch at where we first met was like an instant play of yesterday once more. We talked about our past, our dreams and our goals in life. It was so romantic.

My imagination is vivid, you were and still are the most intelligent, interesting and full of love person in my life. You are absolutely "God send". That's why you are the most important woman in my life.

In terms of inspiration, you were the most energetic woman who are able to transfer your philosophy to my mind. In terms of extension of my imagination, you were the strength and the source of my ambition. You have made me a more complete man; you were the catapult of my being. Because of your strength, it influenced me

林伟画作 *IN LOVE*

to be more accomplished in my business, in my lifestyle and the recognitions and the honors in my business world. It is all because of you were my soulmate, you were someone I adored and loved.

When you said to me over lunch the other day, that the "husband and wife" partnership in life is like joint partnership in business, a 50-50 equal shareholdings usually does not work out, it needs to be major and minor shareholdings to make the cooperation work more effectively.

Now, you have answered my puzzle. In the past many years, I have been searching for the reasons and why we did not continue our life journey together. It is because we were totally equal shares partners in our life partnership. We were both decision makers and that was what pushed us apart. That's life and that's our fate. However, since that wonderful lunch with the exchange of our thoughts, we both know the root cause of our separation. Now I am asking you to be together with me again, if it's not physically it should be mentally connecting.

I hope you agree and accept my proposal.

P.S. My dearest partner in life, please go ahead to publish what I have said. You are always the great woman that I love, this time it is proven again, and I love you without doubt! That's the way it is, "This is it"! Other than from the bottom of my heart I love you like always.

Your beloved husband,

Robert Lam Tokyo 2019.

结语小文　　　CLOSING

莺语2020，因缘而起

人生不如意的事，十有八九。没有任何人的一生是一帆风顺、十全十美、万事如意的。

强烈希望夺得自己想要的，是人的共性。面对如何放弃自己不舍的，却是必然的犹豫与纠结。

人生最重要的不是你想要什么，而是努力地确保自己成功地避开不想要的。

2010年《莺语》发行前，应出版社要求，我开了微博。随着《莺语》的出版畅销，在微博园地，我收到了许多不曾想象的美好惊艳和结缘。那版《莺语》绝版后，太多博友希望我能续写《莺语》。我也曾心动，但总觉还需要岁月的沉淀。

博园中讨论最多的是"情缘"和"幸福"。十年来，我真心惜缘，真情摸索幸福，酝酿这新版的《莺语2020》。

什么是幸福？美国哈佛大学最受欢迎的课就是探讨什么是幸福和如何得到幸福。《莺语2020》是我随缘惜缘走在漫漫人生幸福路上的心声感悟，以及和博友共鸣共勉的幸福。

十年来，我广结善缘，游历天下，对幸福也有了更深的感悟。

我觉得幸福没有方程式，没有特定的意义，没有寻求的攻略或导航，更没有秘籍或偏方。但人人都在追求幸福，而这种追求幸福的人生经历不就正是幸福吗？

幸福，不是锦衣玉食，腰缠万贯；不是荣华富贵，不是开好车，住别墅！幸福是哭的时候有人疼，累的时候有人靠，是每一个小小的愿望，都有人给你实现，是拥有一个爱自己懂自己的人，不管他有多少，总是把最好最多的留给你。

风景再美，若没人一起欣赏，也会有种莫名的忧伤；再好的生活，若没人一起分享，也会有种莫名的凄凉；再坏的处境，再平淡的生活，若有人陪伴，也会有莫名的感动；再苦的日子，若初心依旧，也是莫名的幸福！

幸福是一种感觉，和贫富无关。拥有财富名利，并不一定获得幸福；承受贫穷磨难，并不一定夺得幸福。钱，固然重要，但只是生活需要；只要有双勤劳的双手，多少都可以挣，而爱，错过了，就再也找不回来。爱，是幸福的守候。

幸福不在诗句，也不在远方，幸福不用唯美浪漫，不用惊天动地，幸福在生活的热爱，在生命的感恩，此刻对于我来说，幸福在你我因《莺语2020》结缘的故事里。

2010版《莺语》

刚刚看到在当当网图书首页的主编推荐位置,有我的书《莺语》的推介链接,当当还做了非常精致的《莺语》专题页面!得知有很多朋友喜欢这本书,我也希望读了《莺语》可以使你从中得到属于你自己的启发。(2010-11-2)

一问一世界，一叶一菩提

问：叶老师的书确实很有感召力啊！！春节回家在火车上我看《莺语》时，邻座的旅客也看了看，我们三个就不由自主地谈论起书里的道理，真的好深刻，不知不觉就谈了四五个小时，车厢里好多人都在听！

叶：真的吗？在火车上？哇！好感动。谢谢你送给我的浪花！

问：想告诉莺姐的是：多年前的我曾因为那本彩色的《莺语》书和亮丽的您，一度想辞去央企不错的职位，转赴柯达应聘！

叶：感谢。但是当时没缘，现在在微博相遇，也很好。

问：我每天都要写一句 YINGLISH 在成都洲际酒店行政早会的白板上。欢迎来成都天堂洲际大酒店看看，这儿的管理人员很爱学习《莺语》，人手一本 YINGLISH。

叶：哇！真的吗？那么我们明天一定要见个面的。

问：读了您的书《莺语》，收获颇多，精华尽收，尤其是我在火车上读的，阳光流动，伴随着车轮有节奏的碾压铁轨的声音，更有一种不同的体验。

叶：听你的这段话，我似乎也在火车里，在阳光流动中，神游窗外的草原。

问：说来也算是一种巧合吧，我原本不属于喜欢看书的那一类。那天很差，找不到地方宣泄，就去了一家书店选书，无意间看到《莺语》，就大概地翻了一下，看到里面的内容，索性就买了。回来之后读了您的文字，感觉文字配上插图特别美，内容真有智慧，让我受益匪浅，敬仰像您这么一位有智慧的女性！

叶：看到这样的回馈，真的很满足，谢谢。《莺语》书中彩页是我多年在各处游走用柯达胶片拍的，不是为了配文字的插图。那些彩色页面是留给"你"的。希望你也能写下你的"心语"，那么《莺语》就是一本"你和我"共同拥有的书。试试写几句，你会发现特别的自己。

问：收藏之，突然发现极少看女性作者的书，OK，马上当当订《莺语》！

叶：这位来自武汉的老总啊，我说过每一个男人的里面，都有女人的柔；每个女人的里面，都有男人的刚。您既然是心态教练，不要只看男人写的书哟？！

问：《莺语》精彩,这本书我从内心深处很喜爱,生活和事业写得非常经典、富有魔力,我很喜欢。

叶：博友"冰天雪地",祝愿你心中春暖花开,冰天雪地只是昨天的回忆。

问：今早上班前,还有些时间,便把《莺语》翻了出来。尘封了一些日子,看到封面上微笑的您,让我很触动,决定每天认真去过。

叶：每一天都要好好地过,珍惜地过。生命是花篮,每一天都是篮中的花朵,天天盛开,天天多彩!

问：过年前,公司给每个可以读中文的员工《莺语》作为新年礼物。

叶：我要求《莺语》的出版人选用成本较高的铜版纸,以保持色彩的鲜艳和耐用。而且当你在书上加注时也能易写,且亮丽。放在书架上不时翻来看看、改改或重新加注……有一天孩子大了,让他/她也能知道父母成长的心路历程。

问：追叶莺到2012年4月了,争取周末看完微博,儿子说我迷叶莺像他的女同学看韩剧,一看就停不下来,今晚上当当网买了《莺语》。

叶：你很神秘,你没有简介也没有博文,只知道你有个儿子。不过你像看韩剧一样地看我的微博,真的吗?我好乐!

问：昨天和男朋友分手,去要我的书回来,闺蜜说不要好了,舍不得,已经绝版了……《莺语》现已到手。

叶：你和男友分手了？希望你们彼此珍惜共有的曾经。古今中外，被人传颂的天荒地老的不朽爱情故事，为什么总是有不美满的结局？我想那是让我们从那些不完美中找到自己的影子而构想一个虚幻的完美。

问：《莺语》里说"天要下雨，才是善待大地，人要流泪，才能滋润心灵"，如果流下的是痛苦的泪水，也会滋润心灵吗？

叶：是的。那是疗程。不哭出来，更痛苦。

问：流血流汗不流泪！

叶：很豪迈！只怕忍泪太多太久，心灵会淌血。

问：我想叶莺姐您的《莺语》让我醒悟最大的一点就是要做并爱做独一无二的自己。曾经我想要成为成功的谁谁谁，比如说叶莺姐您，现在我要成为独一无二的我自己。不管别人的脚下是否走出花儿来。谢谢叶莺姐！

叶：是的，别人脚下走出的花，永远是别人的。

问：《莺语》确实写得不错，在哪可求？

叶：谢谢。希望十年后的这本《莺语2020》给你带来更多的价值。

因为《莺语》2010 版早已绝版，出版社在本书后，也特意附上了 2010 版的精华摘要。

问：不论行李限重如何，总是将您的《莺语》带在身边。
答：感动，感动你对《莺语》的喜爱。

问：您参加《波士堂》栏目，到品读您的《莺语》，可以说我已经成了您的"铁粉"。虽然我们属于不同的职业领域，但是您对人生、职场的许多理念我都深表钦佩。
答：你在内蒙古？那是一片我还没有去过的地方，希望有幸造访。

人生不是一首歌，也不是诗或者散文。那是一场多彩的戏，喜怒哀乐，悲欢离合，聚散取舍，生老病死。我们都是活在戏里。

——叶莺

YUAN 缘

真心问答

EARNEST DIALOGUE

我的剑不出鞘，
但我会让你知道我有剑

问：看到你的昵称"莺"，想起有首曲子叫"夜莺"非常好听。

答：叶莺是我的真名真姓，从没用过其他别名呦！不过喜欢用繁体字"叶莺"。英文名是 Ying Yeh，忠于中文。因为我在台湾长大，所以姓"叶"的都用"Yeh"。

问：看过叶女士的访谈，了不得。神色间颇有满洲气象啊。

答：猜对一半。我是半个满人，但不是"满洲人"，大大不一样啊！

问：记得我在台大念书时，经常听你的《夜之夜》节目，祝您在事业上蒸蒸日上。

答：哇！真的吗？那已是遥远的昨天。你还记得，很感动。勾起了我美丽的少女回忆。在当时,《夜之夜》的确是档很受欢迎的节目。今夜我将无眠。

问：您好像对羊城的感情特别的深厚？

答：是的。我1982年来广州担任美国驻广州总领事馆的商务领事。任期三年。当时除了美国只有日本在广州有领馆。我有许多美好回忆。被调派香港临行那天，写了短文《再见，广州》，后见羊城晚报。

问：看得出您是个念旧的人。

答：我一直念旧，更不敢忘本。一个人，可能不知道他明天将落脚何方；但是一定要记住他昨天来自何处。

问：可感觉您又十分"喜新"……

答：我是一个绝对"喜新"，但又非常"念旧"的人。在拥抱"新欢"的同时又不忍也不能舍弃"旧爱"。我一直爱用胶卷摄影，一直到此刻，但是冲洗胶卷的工作室越来越少，于是我也尝试用数码拍照。其实《莺语》上几乎所有照片，都是我用iPhone手机拍的。这是时代的浪潮，科技进步的写照。

问：请问记者的生涯，给您带来什么帮助？

答：记者这个职业教会了我太多。很多大师级的人物花了一辈子的心血才有了成功，但他们在短短的几小时内，向一个萍水相逢的"记者"倾吐他一生的体会与专业的精华，你岂不得到太多？想想，还有什么职业可以如此跨越行业，打通所有的人生走廊，让你光明正大地学高手的真功呢？这是鲁迅"拿来主义"的经典。

问：你一路平步青云靠什么？

答：其实我只是好奇，对未知领域不懈的好奇而已。金钱、名利、成功、失败等等这些都是"衍生物"，金钱不是一切的通行证，名利只是别人给你的借用品。成功的定义因人而异，失败也不过是一时的挫折。它们不是我的行囊，我轻装上阵，根本不用权衡得失，所以轻松、潇洒，因而多了些机会。

问：叶女士一定是个大忙人吧？

答：我的确很忙，不过专心工作的人一定有本事专心玩，专心做工作之外的事。忙不等于只忙工作，我也时常忙着玩儿。

问：叶总相当的可人漂亮呢。

答：嗯。说"漂亮"，哪个女人不开心？说"可人"，就是来自内心的感觉，很受用。我现在在去晚餐的路上，一会儿多吃点。

问：叶总有什么美容秘诀？

答：洗颜比任何日常美容步骤都重要，皮肤是需要呼吸的，皮肤一定要洗干净，这当然包括全身。不过，因为脸和手总是露在外面，所以要时时保持干净。每个女人都有自己独特的体香，这种若有若无的清香远胜那些人造的香水。

问：您对衣服有何要求？
答：我着装一向随心所欲，喜欢简单的线条，鲜明的色彩。

问：气质很棒！看过您穿一身红色，不是一般人能穿出来的气质。
答：我觉得红色适合所有的男性和女性，任何的年龄层。银发族穿上红色特别好看，古时候的新郎官不都是穿大红袍吗？多好看呐。现代男士穿红衬衫牛仔裤，更是帅呆了！在雪地里戴着红帽，围着红巾，穿着红上衣的女郎，能让路人回头，因为她带来暖流。

问：叶总喜欢穿什么样的鞋？
答：我鞋柜中有好多双红色的鞋。我钟爱红色的鞋，缘于童年。父亲忙于公务经常不在家，在一次离家半年归来时，送了我一双红色英国软皮小皮鞋，但长高了的我，却怎么也穿不了。当时从欢喜、兴奋到失望、沮丧、失落的复杂情感，实在难以忘怀。至今我仍然怀念那双小红鞋，虽然从未穿过，但那里却承载着父亲的爱。对父亲的思念，随着日月推进，爱与思念更加深了。人的感情总是经历着由表及里的深化和由此及彼的联想。而今父亲已经离开人世，我更爱红鞋了。

问：叶老师在女性着装方面，怎样看待"品牌"？

答：女人应该让品牌为自己服务，而不是迷信和专注某一些品牌。不要认为你用了某个品牌你就会像那个品牌的代言人那么风光。重要的是培养自己的风格和品位。

问：像叶女士这样中西结合的人，平时喜欢喝咖啡还是茶？

答：我爱茶。如果把咖啡比作艳妇，茶就是淑女。采茶女都是年轻的小女孩，在清晨露水还没有完全散掉的时候，她们用纤纤十指在高山上慢慢地摘茶。我们的茶讲究清纯。喝茶，我愿意独自一个人品，也愿意跟三五朋友一起喝，都是一种乐事、一种雅事。

问：喜欢叶老师的乐观和感染力，永远给我们年轻人传递正能量。在南美，你肯定很如鱼得水，因为拉丁的人们也有你那样的热情和爆发力，哈哈。

答：能和年轻人打成一片是很开心的事，包括心灵年轻的族群，与你同行青春路上，乐哉。

问：能问姐年龄吗？

答：我最近在北京协和医院做了一次体检，主任医生给我的总结是"身体状态相当30多岁的人"！不错吧？不过我的心理状态，还要年轻些，保持在28岁啦！

问：叶前辈您好可爱。年龄在世人眼里，我们无法改变，也无需改变。3—5年有时只是眨眼间，有谁可以真的永远不老。但若真的永远不老，人生又岂非无趣？

答：同意。我的生理年龄正式走进"知天命"的七十。岁月蹉跎，转眼已是耆英之辈。回首前尘，不胜唏嘘；瞭望前路，梦想依旧在远方。潇洒人生，美景还在眼前，前路正在脚下。命运依旧如此慈祥善良。感恩所有相遇的有缘人，珍惜每一份温暖的情谊。

问：第一次知道叶姐的真实年龄啊！这朝气，分明依然是年轻人！

答：我的真实生理年龄从来都不是秘密，网上都能查到。我的心理年龄，只有亲近的人知道。

问：莺姐是：青春的神话，不老的传说，美丽的憧憬。

答：没有不老，哪有神话。不老的神话是憧憬。我们现实的生活才是你我编织的故事。我们都是故事里说故事的人。

问：叶总是否已经退休了？

答：退休吗？我从第一线退下，但绝不言休。

问：叶老师，能透露一下您今后的事业计划么？期待您的下一步能精彩！

答：我的下一步精彩与否，不敢说。确定的是，一定是我真心要做的。

问：叶总是如何保持如此旺盛的精力呢？是什么力量支撑着您？

答：是你们的力量！

问：这个不老女人为何能总是真的成功呢？

答：天下哪有不老的神话？但是我们可以保持不老的心态。刚看了冯小刚的《芳华》。故事的时代背景，我不曾亲身经历，人物的生活更是陌生。但他们生命中无情战火的悲欢离合，共处却不能相爱的凄苦无奈，真的戳到心里！我的泪点脆弱，当我看到周边的人都在抽噎时，明白了我们都在感叹逝去的年华。谁没年轻过？岁月蹉跎，心中芳华依旧。

问：有没有想过自己以后老了怎么办呢？

答：还没有。没时间想老的事，老是可以推开的心态，也是不可避免的必然。不用为明天费心，只要为今天用心。

问：您未来会在哪里？

答：我的根和心都在中国，我的最后一站一定是在中国。

问：叶老师，总会想象像您这样成功的女人，必须是非常理性的，理性毕竟和感性有冲突，是不是要为了大局牺牲掉很多自己的情感呢？

答：不。认识我的人都说我既感性又浪漫。不信，打听一下。

问：在您眼中性感是什么？

答：性感是一种磁力，是一种无法抗拒而使你心甘情愿被驯服的力量。性感像地心引力，是无法逃避不能转移顺理成章的制服。性感是理所当然的吸引。

问：叶老师觉得什么是性感的女人和男人？

答：这个答案很复杂，也因人而异。不过我觉得性感的女人要有已知的过去，性感的男人要有不知的未来。有丰实过去的女人是性感的女人，有无限未来的男人才是性感的男人。

问：男人和女人，哪个胸怀更宽广？

答：我觉得在某种意义上，可能女人的胸怀比男人要宽了一点。男人希望我来到这个世界，我要改变这个世界，"世界因我而不同"，多么豪气，多么爽，多么霸！而女人呢？女人们知道，没有一个人能够改变这个世界，于是，女人往往调整自己来迎合她的环境，因此使环境改变，像茶叶。

问：叶女神喜欢男孩还是女孩？

答：女性或男性只是上帝恩赐的性别，其实并不重要，重要的是男女都要做一个大写的人。古话说：女为悦己者容。那个悦己者，就是自己。其实，这话对一个男人也是通用的。

问：是不是像您这样的美女一路走来更容易成功啊？
答：我之所以能走到今天，跟我是女人没有多大的关系，重要的是我知道我是谁，我的信仰是什么，我的诉求是什么，我的能力是什么，我能做什么，而我愿意付出的是什么。至于我能得到什么，那就顺其自然吧。

问：我是"外貌协会"的，比较重视外表。
答：外表好看的男人和女人，向来是占有几分便宜的，但命运肯定不会一路给美貌英俊开绿灯。有时候靓丽美好的外表会变成了阻碍，太自以为美的人，很容易被蒙蔽，于是妨碍了把自己真正的最好的特质发挥出来。

问：你是多情的吗？
答：现在是感情经济时代，不再是所谓的只谈智商的时代。讲究情商，女人有很多自己先天的优势。我不敢讲别的女人，我觉得自己是一个"多情"的女人。我在2010版的《莺语》里曾讲过，大多女人至少有七情。一是柔情，柔能克刚。海边的岩石、河岸的卵石是无形的海水、无声的河水日积月累雕琢出来的，至柔此时就成了至刚。二是激情，激情是把火，人类发现了火，才开始有了文化。而激情大多源自好奇，女人天性比男人好奇，夏娃因为好奇偷吃了禁果，人类才开始有了智慧。三是热情，热情洋溢，不会用来形容男人。热情能帮助团队走出低谷，阴霾密布时需要热情去突破。没有热情的团队犹如冬天里的黑森林，是留不住人的。四是亲情，母性和亲情往往联系在一起。任何人在职场工作，无论男女，都会有这样一个基本要求，希望得到像母亲对子女般的呵护与关怀，如姐姐一样对你的理解与支持，似妹妹那样对你的仰慕和赞美。在职场上，天生具备这样条件的是女主管。五是友情，现在人们的大部分时间都花在职场上，你的朋友圈大多来自你的工作圈。一个女主管比较容易成为下属的好朋友，男下属可以与女主管倾谈心中的苦闷、生活的迷惘，甚至可以发展很好的友情。但是如果换成男下属找男主管谈心，许多人会担心在上级面前暴露自己的弱点，影响晋升或前程。而女下属找男主管关上门去谈心，比较容易招惹是非，在团队造成不必要的猜疑。女主管了解许多下属的真心事，下属从不担心会对他们造成负面影响。他们更安心的是，老板更了解他们了。六是恩情，感恩知报，女人更勇于表现。滴水之恩，在女人眼里可能就是太平洋。举手之劳的相助恩情，在女人心中可能就是整个地球。七是真情，女人比男人往往更执着，执着靠的是真情，情要近乎于痴才真。痴情的女人在情场上很多，在职场上痴情工作的也不少。由于传统男女有别的游戏规则,有些形容词只能用于男人,例如"顶天立地、气壮山河";而有些形容词却只能用于女人,例如"柔情似水、热情如火、娇小玲珑、亭亭玉立"。

问:你是我唯一感觉到厉害的女剑客,总是一剑封喉。
答:头一回被公开叫成"女剑客"。我的剑不出鞘,但我会让你知道我有剑。

问:叶总一定是一个很强悍的女性吧?
答:我一直努力要做一颗鹅卵石,不是也不要那种用凿子凿出来的,而是要做经细水不断打磨出来的,圆润,柔顺,不息地滚动,滚动的圆石不长青苔。我努力于生命的每一分钟都活出精致动人的生活。

问:请问叶总最怕的是什么?
答:我从小就没惧怕过什么,父亲是位军人,他告诉我,上战场最忌讳的就是怕死。不畏惧,这场仗你就赢了百分之五十。

问:如果可以做一天上帝,您愿意做什么?
答:如果可以当一天的带班上帝,我最想做的事情是统一人类的语言,让全世界的人都能沟通。多一分了解,就会少一分纠纷。

问：看您的介绍，好像很喜欢狗狗啊？

答：我父亲生前爱狗，我家曾有过12条纯种德国狼犬。我儿时有它们为伴，很投缘，很有安全感。成年后，我也有过自己的爱犬，每次和它们"生离死别"我都"柔肠寸断"。后来我一直鼓不起勇气再养狗。现在我有三个"狗朋友"，一条是在洛杉矶的儿子养的"Party"，一条是在尔湾干儿子养的"Fluffy"，还有就是我在大理的"Sugar"。

问：知道叶老师同样也喜欢小植物，我也喜欢！我记得您是很喜欢兰花的。因为您说：兰花你说它有根，它也没根，你说它有泥，它又没泥，但它无论生长在哪里都可以国色天香。

答：我的确这么说过。你记得的真完整。

问：您是一个情绪化的人吗？您怎样对待自己的坏情绪？

答：情绪是人人都有的。没有人是可以没有坏情绪的。不要"压抑"坏情绪，发出来就没事了，也健康一点。

问：气质和魅力还是年纪越大越有的，可我还是喜欢什么都可以没有的青春。

答：是的。青春无价，请多珍惜。"莫等闲，白了少年头，空悲切"。

问：美丽的女人绝不是咄咄逼人的，相反沉着而淡定。经历世事，任凭风雨，内心坦然。比如叶莺。

答：过奖了，感谢鼓励。"淡定"是极难修炼的境界，我还差得远呢。努力中。

问：叶总，你好，我是您在柯达工作时期的员工。对于柯达公司，我相信您也是感慨万分，离开了这么久，不知道您对柯达还有什么可以说的？

答：柯达虽然已经是我的"昨夜星辰"，但依旧是个有本钱的金字招牌。我怀念过去，我祝福未来。

问：在波士堂开始了解叶莺，美丽，尖锐，坚强，有爆发力。对于一向接受保守教育的我，冲击不小。今天无意中看到这个微博，绝对真实，绝对女人，依然昂首屹立。我开始喜欢你，你展翅的力度和前进的呐喊，让我决定，接受一个新的老师。平安，奋勇，美丽，坚持！记得我们的爱。

答：我在台北，正在去晚餐的路上，看到这段话，在汗颜之余，我衷心欢迎你加入我们的园地。别叫我老师，我们都是同学，在人生的大课堂一起成长学习。

问：很好奇您现在有感情生活吗？
答：你这小娃娃，不要管大人的事。

问：你会伤感吗？
答：会。我会伤感，而且我很容易落泪。我不觉得流泪伤感是软弱。

问：叶总会失眠吗？

答：时代气象万千，我很渺小，因此我常常舍不得睡觉，经常半夜两三点都不休息，但我从来不失眠，不辗转反侧，因为在我尚清醒的前一秒，我都是忙碌着的。

问：老师，您25岁的时候是什么样的？

答：有意思的问题。和我现在没什么两样，同样的热爱生命，珍爱每一天。随缘，惜福，感恩。

问：叶老师觉得年轻时期的游历与成熟时期相比，多了什么抑或少了些什么？

答：年事越长，越是多了疑问，少了答案。

问：如果可以，您希望回到过去人生中的哪一刻？

答：我只活在这个时刻，只要善于观察体验，就会在每一时刻发现快乐，发现那一刻的感动，那一刻的人性的温良无处不在。若有轮回，我下一辈子还要做人，还要做叶莺。

问：您做美国外交官出差时，是坐商务舱吗？

答：在我做美国外交官任职的十七年半间，公务出差一直都是坐经济舱的。当时也有规定，飞行时间14小时以上可以乘商务舱。官员从事"国事出访"任务时，可乘商务舱。在民主党布朗部长时期，我们公务旅行累积的里程奖励，都要上缴给商务部行政部门处理的，理由是"那是纳税人的钱"。当然私人旅行自便。

问：叶老师不缺钱的。
答：人人爱钱，人之常情。我们要学会"用钱"，而不是"被钱用"。

问：人生最大的痛苦莫过于只知赚钱不知用之。
答：能正当赚钱是本事，能有效用钱是功夫。

问：叶女神不如试试养几只金钱龟，方便吉利又聚财，何乐不为？
答：龟吗？很难和龟沟通吧。聚财吗？财似黄河入海流，有无都将入海，够用就任其流吧。

问：那你做美国外交官就会"背叛"中国吧？
答：我一直希望我是一座"桥"，能联系中外东西，促进了解，减少摩擦。中美两国都要保护自己的利益和价值观，求同存异是底线。外企在中国市场的存活基于对市场的理解和尊重。我致力于促进沟通，努力替双方说话，我坚守的定位就是"桥"。"桥"用它的"背"承载它存在的价值，怎能"背叛"？

问：可是中国还要更多向世界学习啊……
答：我一直在说：中国的全球化，不应是西方化，更不是美国化。中国有立命的脚根，更有大同的胸怀。中国人有幸，上下五千年！

问：中国目前物质条件是好了，但并不等于我们过得就幸福了吧？

答：明白。我出入中国30多年，走过深山野岭，去过穷乡僻壤，看过摸黑走好几里路才能上学的孩子。中国历史上，哪段历史没有贫穷？没有灾荒？相比较之下，现代中国人的物质生活条件，谁能说不比前人好些呢？

问：解决个人的利益问题和国家的问题总有主次之分。人生来不平等，但努力争取公平是应该得到支持。

答：是的，人生来是不平等的。但是，人人都有争取平等的权利！

问：如果你是个人经商者，在美国和中国两大政治体制下，你更青睐哪一方？

答：各有所长，各得其所。"商"字无国界，开活口。既要走出去，也要引进来。

问：大陆跟新加坡那样，准备一条鞭子就够了。

答：一条鞭子可以打疼身体，却打不到心里，不能改变思维，不能改变行为。严格律法可以治标，恐惧鞭打不能治本。鞭子永远不能优化文化，"放下你的鞭子"。

问：国人都有您的能力，国家早已强大！

答：中国走向强大和再续辉煌的事实，已是人类21世纪的奇迹！我为每位国人骄傲和庆幸！

问：叶总，为什么好事总是落到你身上啊？

答：机会永远属于有准备的人。你说的"好事"也许就是机会吧。

问：叶总，你现在是住在香港还是台湾？

答：香港，台湾，北京，上海，广州。都是家。前晚广州是我家，今晚香港是我家，两天后伦敦是我家。心在哪里，家就在哪里。

问：很想知道您有没有不得已在比较长的时间里做自己不喜欢的事情的经历，后来又是怎么超越困境的？

答：没有。我说过，只要我有一息尚存，我一定从我所好。

问：做自己喜欢做的事，能做到这样的不多呢！

答：做自己不喜欢的事，一时半载出于无奈，在所难免。但若是经年累月，年复一年，何苦人生？！

问：能力超群者寥寥无几，大部分人都是平凡的，为了生存做自己不喜欢做的事，如果能将原本不爱的事做出兴趣来，也算功德圆满了。

答：绝对可能！人的兴趣与喜好是可以培养和改变的。

问：昨天去了金桥的柯达工厂，想起3年前第一次去柯达办公室的时候，大厅的电子相框里是莺姐的照片……

答：相框里的乾坤，来无影去无踪。相框外的大千，云卷云舒，来去自如。

问：您年轻时一定不是个激进青年，这样挺好……

答：在某些议题上我也很激进，但是可以安心地说，我不是愤青。

问：叶莺老师，我很期待见到你，且，我不会就任何问题和你争论，仅仅是表达一下崇拜。

答：别犯傻了。崇拜我，不能使你受益。找一个你想了解的题材，有意义地和我争论，我们才能共勉学习。

问：哇……这个美女不要太酷哦。

答："不要太酷哦"这句话听了很亲切。记得第一次听这种说法时，有些纳闷。一位上海朋友把我介绍给初次见面的陌生人，她说："哎呦，她的英文不要太好哦"，我当时听了，结舌无语。后来才明白是"交关"好的意思，开心啦。谢谢你的"交关酷"！

问：酷帅美！如果喜欢你喜欢到梦里梦到你，怎么办？哈哈。

答：我也哈哈。你真会说梦话啊！好像有首歌里的一句歌词是"逃不出梦，逃不出没有你的梦"。如果你正在恋爱，这句话和男友说很受用呦！

问：叶老师我是那个唱歌给你听并熊抱您的胖胖。录完节目我在想，如果我早生几十年就好了。

答：这是一个"没有负担"的如果，不是勇敢的如果，归根还是无缘。你的歌还加了自编曲词，挺不错，追女孩应该很受用。加油。

问：喜欢你的笑容。我只能用漂亮这个词来形容你……
答：笑容是内心的镜子。让你的心笑吧！自己有漂亮的心，才能看到别人的漂亮。

问：叶莺永远是我们的女神！
答：我觉得每一个人都是神。希腊神话吸引人的地方，就是把神话人物人性化了。你在每个神身上都可以看到自己的影子，你的错误和弱点神也有，你的善良、坚强神也有。所以你也是神。

问：很喜欢你的风格，真诚不做作！
答：谢谢。我没什么风格可言，我只是用心做好自己。共勉。

问：很喜欢您，喜欢您的思想喜欢您的那份从容自信！
答：相信自己，就是自信的基础。

问：喜欢你的自由，对您一见钟情，向往这样的生活，以您为标杆。
答：好一个一见钟情！自由，人人钟情，人人拥有。不管人身肢体的自由如何受桎梏，没人能钳制你心灵的翱翔！Be Free！

问：今天看了叶老师的"机会不敲第二次门",如今才知道"柯达女神"的存在,自己真是太孤陋寡闻了,但是对您由衷的喜欢难以言表,"气质,从容,高雅,潇洒……"好多对您的标签印记在脑海,今天元宵佳节,希望您元宵节快乐,生活幸福美满!

答：谢谢。我不是什么女神,我只要用心做人。神是不可以犯错误的,还是做人好,做女人更好!

问：叶女士您云游四方,以四海为家,这种胸襟,值得我们学习啊,您信仰什么教呢?

答：我热爱生活,珍惜每一天,我接受尊重所有的宗教。

问：应该把你的过往拍成励志电影,引领当下年轻女性的奋斗精神,榜样的力量是无穷无尽的。

答：过奖了。现在的年轻人的抱负,是推进我们继续有梦的动力。

问：有情有义,有人性有灵性,逻辑严密!双子座最懂双子座!双子是个小马达,在外永远活力四射,到家睡觉……

答：谢谢!实话说,我睡得也不多,我喜欢古人"秉烛夜游"的精神,夜太美!

问：不失柔情的女侠!

答：喜欢"女侠"的称号！嗯，外加"柔情"，真好！我曾经被美誉为"燕赵侠骨，吴越柔肠"。总是时时提醒自己，不要辜负如此美誉。今天在遥远的卢森堡看到你的评语，窗外的阴天都晴啦！谢谢。

问：有貌有才，既温婉又可爱，落落大方。这就是女神的模样啊！愿叶老师事事如意！

答：谢谢。心存感恩、善良，是过好美好每一天的基础！

问：看您微博说最近受了腰伤，正在养伤，祝您早日康复！

答：2018年中意外摔伤骨折后，我理智地面对伤痛疗伤，期待遥远的春天。大理的阳光、空气和友谊给了我营养和温暖。望千帆过尽，总有云开雾散，完全康复的春天。我很清楚年龄不能逆转；不乱于情，不困于心；不畏惧明天的未知，不留恋昨夜的星辰；走出大半生，依旧潇洒清风！

问：很期待您与我们分享更多的人生故事，祝您美丽健康平安快乐。

答：每个人都有故事，都有不一样的精彩。我也喜欢你们的故事。

爱过，是一种幸福和人生的经历。爱情失败后，疗伤是过程，也是成长，心态调整；心理健康后，重新出发，再探险。

——叶莺

附录
APPENDIX

《莺语》2010 版精选摘要

人生·生命

01. 只有流在最前沿的江水，才有机会撞上岩石，激起浪花。我就想做那第一朵拍在岩石上的浪花。风口浪尖，所以精彩；不沾尘埃，所以美丽。

02. 生命是无数细节串联起来的。不要小看小事情，细节很重要。凡事从大处着眼，但第一要从小处着手。

03. 生命中的快乐不是以"天"来计算的，是按"刻"来计算的。真正的快乐就是把诸多珍贵的欢笑时刻如珍珠般串起来，这一串串欢笑时刻就是你最快乐的记录。这乐中的最乐，就是当你眉头紧锁面对难题，而后问题解决眉头舒展的快乐。这样的快乐，是那些最亮的珍珠。

04. 人生不是一首歌，也不是诗或者散文。那是一场多彩的戏，喜怒哀乐，悲欢离合，聚散取舍，生老病死。我们都是活在戏里。

05. 你要了解你来自何处，你也清楚你将去何方。把握现在，珍惜此刻，我相信有质量的一刻比浮泛的一天精彩得多。

06. 慢慢地培养一棵树，一朵花，你可以看见花开花落的过程和十年树人的喜悦。没做事之前，一定要学会做人；没做大事之前，一定要把小事做好！

07. 色彩是大自然给人类的一个最慷慨的礼物，你无法想象如果这个世界没有色彩，这将会是一个什么样的世界。

08. 孤独是创作的力量，寂寞是灵感的源泉。

09. 人的魅力在于你永远无法了解任何人的全部，包括你自己。人生的动力来自于活着的人都在时刻寻找人生的答案。

10. 是人都会犯错，在孩提时期，犯了错有父母家人的呵护，但在成长中，人必须学会为自己的错误买单。因为这种呵护不可能陪你一辈子，而世上没有不需要买单的错误。

11. 当一个人没有敌人的时候，跟没有朋友一样的寂寞。一个总是能化敌为友的人，更是用不着寂寞。

12. 中国有句老话："攘外必先安内"。你必须要把内心的东西理顺，给自己一个承诺，定下不可妥协的方针。没有人应该觉得自己比别的人更聪明，因为没有任何一个人是最聪明的，当然也没有一个人是可以所向无敌的。

13. 历史就是未来，世事循环，一切真理和解决问题的方法都可以在历史的记载中得到答案。但历史中的"是"与"非"，在现实的今天可能有了不同的演绎。

14. 古人说，哀莫大于心死。我们这一生努力追求的，应是无视时间的流逝和年龄的增长，让这颗心时刻充满生机地一直跳跃。只要我们有激情地过好每一天，我们的心一定不会死。

15. 富有的真谛首先是心灵、智慧和经验上的富有，这不是靠拿文凭就能做到的。一个多才多艺、兴趣广泛的人，可能是富有的。有些人常年待在深山老林中，与大自然亲近，与森林山泉和土地共处，尽管这样的人没有文凭也不多才，但他的人生也是一种富有。因为他理好了自己的简单。因为他了解，富有的人理财，最重要的是先把自己内心的"财"理好，而内心往往是最复杂的。

16. 人想到财富往往想到名与利。其实名，就是荣与辱，它像花开花落；而钱财其实是来与往，好像云卷云舒。花落了会再开，云走了会回来。不过名利财富不是属于你的，只是你暂用，因为你留不住，也带不走。而别人夺不走，也掏不去的真正有属性的财富，是亲情，因为亲情将是你永远的宝藏。当一切都远离你，亲情是唯一可以支撑你走完人生的资源。如果你摒弃了亲情，你将一无所有。

17. 钱永远是不够用的，钱只有在解决实际问题时才是有用的。钱，人人爱，口说不爱钱的人是骗子，但为了钱而不爱自己的人是疯子。

18. 独享成果与荣耀的人，必定独吞苦果与耻辱。独担责任与风险的人，必有与他人分享成果与荣耀的快乐与满足。

19. 知己，知足，知名。麻雀生来就是麻雀，它绝不能变成大鹏。但麻雀虽小，却五脏俱全，做一个知足快乐的麻雀，是享受人生的秘诀。

20. 坚持己见，还是从善如流？——上帝、菩萨、安拉都有人挑战；《佛经》《圣经》《古兰经》都有人评说，何况我等凡辈的为人、处事？正所谓有所为，有所不为。从善如流与择善固执，一样庄严。

21. 勤能补拙，俭能致富。"勤俭"二字是很多成功人士的座右铭。勤就是不要懒惰，不要靠自己的小聪明就认定要什么都可以唾手而得。成功不会眷恋懒惰的人，哪怕你是天下仅有的人才。俭就是不要挥霍，这挥霍指的不仅是金钱，更饶不了的是挥霍时间。别忘了，时间不是金钱，时间更珍贵过金钱，因为用时间可以赚钱，但用钱却买不回时间。

22. 诚信是为人处世的最基本法则。以诚待人，无忧无虑，是坦然；以信克己、无怨无悔，是泰然。

23. 不要把突来的灾难归咎于命运。应把它看成了解自己、考验自己、激发自己、增进自己修炼才能的良师与教室。灾难总是难受的，而挫折都是短暂的。

24. 人生看淡了，不过是无常；事业看透了，不过是取舍；爱情看穿了，不过是聚散；生死看懂了，不过是离合；珍惜瞬息万变的此刻，珍惜稍纵即逝的激情。活出一个"独一无二"精彩的你。

25. 一个人不随便交朋友是慎交，但一旦做了朋友就不要对朋友太过苛求。我们都是人，世上没有十全十美的事，也没有十全十美的人。对朋友少几分挑剔，对自己多一分原谅，才能患难相助，安乐共处。

26. 我常说人要有选择，不要为了别人的期望而选择自己不心甘情愿的事业、婚姻或生活。诚实地听你心的声音，走你要走的路，过属于你自己的生活。享受人生。

27. 一个勇敢的人并不是没有恐惧，而是他知道什么是恐惧，更清楚自己为了什么恐惧。明白了，他就会有勇气面对恐惧，勇往直前。

28. 施与受其实是一回事，更具体地说，两者是连体婴。我们在帮助别人时，我们也在帮助自己。

29. 我们为什么总是赞美笑，而不鼓励哭？不是吗？每当我们拍照时总是说"笑"！"笑一个"！我们真的也应该鼓励哭。哭不是女人的专利，男人也有泪腺，也需要以哭来发泄情感。试想哪有不下雨的天？若老天总是不哭，天下就要闹旱灾了。不要再压迫男人的感情了，男人也有权利哭！想哭的时候尽情地哭吧！雨后总会天晴的。

30. 失败不是你的专利。世界上有许多成功的故事，也有不少失败的案例。可以安全地说，所谓成功的人都必定有不同程度不同内容的失败经历。其实太多人生路上的"失败",说得正确些,无非是挫折。挫折,说明了成功没有捷径的原因。挫折是走向成功路上必要的台阶。

31. 成功等于快乐吗?现在很多衡量成功的标准都是一个字——钱。某成功人士有多少资产,某企业有多少市值,某股票有多少分红,某交易双方赚了多少利润,某CEO年薪过亿,等等。说的都是钱。所有与钱无关的"成绩"都不会考虑进去。无疑,金钱是最高的财富,财富是成功绝对的主角。但是,富人就一定快乐吗?不富有的人就一定不快乐吗?你的"快乐指数"是什么?这个指数组成的架构是什么?不同的人必然有不同的组合。一个快乐的人必须有一个明确的、可以带来生命意义和快乐目标的生活与追求。

爱情·婚姻

32. 婚姻是一个非常美好的乌托邦，但再美好也抵不过现实。爱情与婚姻没有时间上的天长地久，但有心灵上的天长地久。哲人说：婚姻是爱情的坟墓，幸好如此，否则爱情将无葬身之地。记得要常为爱情上坟扫墓。

33. 爱情无论是对于男人或女人，都是生命中非常重要，美好不可或缺的。要拥有爱情，先要懂得爱自己。自己爱自己，认清自己，然后才能在爱情当中找到自己。在爱情中迷失的人，原本就没有找到自己，因为他没有了自己。

34. 我从来没有奢望过天长地久的爱情，但我有过难求的爱情。两个人在一起的时候，一定要灵犀相通、快乐同处，否则，何苦呢？

35. 爱情像翅膀，它能让你飞。有些人失恋了来不及治疗断翼就要再恋爱，就想再找到那种飞的感觉，但找不到，因为你的断翼残羽之伤还没好。

36. 两个个性都很强的人在一起，摩擦系数一定很高。两人都很优秀，无时无刻不在进行竞争，这种赛跑一定很磨损"零件"，所以双方都要花极大的精力、时间来保养、维系这难度很高的关系或婚姻。但是这样的婚姻一旦缔结，一定是高境界的。如果你曾经拥有过这样高境界的情缘，你会明白有些事并不一定需要天长地久。

37. 婚姻是一个萝卜一个坑，而爱情却是一个萝卜几个坑，所以如果一个人有"恋"的情怀，就应该有"胆"说出来。也许这段恋爱不一定要有结果，但是这朵恋花不能不开，你的某一段爱恋的表白，可能是另一个人一生的珍藏，也可能是你的"不再来"。

38. 每个人都有烦恼，有些是生活中的琐事，有些是情感上的纠葛。但只是一味烦恼，不能解决问题，要学会拿得起、放得下豁达潇洒地去拜托。有些事，放平淡些，退出套住你的网，你会发现令自己惊喜的智慧。我自问不够智慧，很多事还是放不下，千万别学我。

39. 古今中外，被传诵的许多地老天荒的不朽爱情故事，为什么总是有不美满的结局？我想那是让我们从那些不完美中找到自己的影子而构想一个虚拟的完美。

40. 爱情有感化和激励的力量，但是不要奢望你可以改变对方。因为对方也在想改变你。性情相投是恋爱的重要基础，但如果一方只是投对方的所好，勉强临时改变自己，那就是爱情的欺骗。欺骗是不能长久的。

535/

管理·文化

41. 企业只要存在，总会形成独特的企业文化和办公室政治。然而，如果互斗成为办公室政治的主要内容，或把斗争谋略当作个人职业发展成功的重要手段，那这个企业就不可能做强。你也不会成为一个合格的职业经理人。不错，你不能不了解自己所服务企业的企业文化，也不能不掌握办公室政治的实质和清楚自己的政治资本。但了解、掌握和清楚，不等于一定要运用，或自恃比别人技高一筹而要大显身手。这就是为什么我说"我的剑不出鞘，但我要你知道我有剑"。

42. 当下知识经济社会的企业、组织的发展越来越依靠信息，而对信息的收集、管理和运用，则越来越成为决定企业成败的重要智能。以知识及技术为基础的企业架构中，高层领导不一定了解下属的专业，甚至有些老板们可能从来没有相关方面的实地工作经验。这样的老板们就需要激励、善用比自己更聪明更专业的智能人才，让他们发挥自己的能力、知识、技术和实际工作经验，从而达到互补配合，以倍增工作团队的综合能力。你要学习发挥自己的优势，使自己的知识有T型结构——纵向专业要精深，横向知识要宽广。要做到能够切实解决问题和增强引导关系发展的魅力影响，要具有建立和推进关系的对话能力，以及推动变革的执行魄力。

43. 市场比最无情的男人更无情，比最善变的女人更善变。在当今这个市场无情竞争及技术创新瞬息万变的时代，在消费者不断要求更好、更新、更实惠的产品及最贴心、最满意、最优质的服务时，任何一种行业里的任何一家企业都必须不断地变革，转型。而这个过程是持续向前，永无止境的。只要地球分秒不停地转，我们就要时刻不停地变。

44. 中国的市场有非常非常的复杂性，而在这个复杂性当中暗藏了许多的机遇。在海水和淡水的交界处，生长着一种鱼，它的肉最为鲜美。现在，中国的经济舞台就是这条鱼，因为它正处于早期计划经济向现在市场经济转型的交源处。

45. 曾经有人问过你们外企在中国，是农夫还是猎人？是农夫。现在是，将来也是。一个农夫，他日复一日地闻鸡起舞，用心播种，辛勤耕耘以换取丰收。在收获的季节，与人共享成果、分享欢悦的同时，他总也不会忘记保留下一部分种子，保证可以继续播种和耕种。而一个猎人，他扛着枪走进森林只为了捕杀动物，当他猎得森林中所有的动物后，他必会转身去寻找另一片森林，猎人不会在任何森林里养兔、养鹿、养山鸡、养老虎，他只求索取而不予贡献。当然这样轻轻松松也能有所得，但这种不投入只获取，只顾现在不问后果的行为，绝不可取。这样自私自利的企业，一定会被唾弃和淘汰。更何况今天，中国正努力走向低碳经济和绿色可持续成长。

46. 成功的谈判不是靠谈判高手具备的谈判条件或技巧，而是谈判主题具备的内容。甲方要的，乙方要满足；乙方不要的，甲方要能接受。需求来自双方。甲方能提供什么？乙方能给的是什么？谈判就是在需求与供给之间寻找平衡点。一方是谈，一方是判，"敌对"永远达不到一致。世界是圆的，这个圆是很美妙的形状，它具有包容性，也存在自我性。"谈"与"判"双方两个圆的交集，那才是谈判的目的。我对谈判只有一个原则，就是易位思考，将心比心。

47. 当下，本土人才是真正的如火朝阳，跨国公司应该给予他们的，是发自内心的信任，不遗余力地培养，在此基础上"降大任于斯人"。企业的使命不应该是帮助他们冲破透明天花板，而是应该不设透明天花板。天高任你飞。

48. 你在美国德州的做法，不可以在山东德州得逞。本地化＋多元化中，入乡随俗是基本。与不同领域的人交友、交流，可以吸取新知，增广见闻。少见的人才会多怪。谦虚用心地接受、理解与尊重不同的文化，是一种境界，也是一种享受。

49. 我是政界、商海、无冕王（媒体）的皇冠都戴过的人，而且是一个喜欢追求挑战同时去探讨未知的人。在每一个位置，我都有一个梦一样的团队，每一个团队都几乎战无不胜、攻无不克。因为我知道，团队里有很多精英，他们在团队里应该都有自己的位置。所以一旦其中任何一个人成熟，我就会把他放在新的位置。我的一个很重要的使命就是赶快培养起本地接班人。我会把这个岗站好，把这个班交接好，然后去寻找另外一片天空，迎接新的挑战。而且我相信无论哪里都不是我的最后一站，因为当那个团队成熟的时候，我还没老。

50. 我深信，一个有文化基石的企业，在狂风骤雨般的技术转型、市场变革中，不会花飞果败，众叛亲离；不会枝折叶落，愕然失措；更不会干断根腐，背弃自我。一个能让业绩长青的企业，一定能善用自己的文化，吹起由自己导向的"风头"。吹过树林，吹过山谷，吹过海洋。当人们争问，此风起于何处时？彼风又已吹来兮。

51. 当今企管的理念中，许多论证结论于"情商"更重要过"智商"。因为我是女人，也是一个"多情"的女人，所以在企业管理的世界里，我相信我的"七情"：柔情，激情，热情，亲情，友情，恩情，真情。这七情是我的组成，所以是无时不在，时刻相随的。

52. 什么是品牌？品牌是坚定而神圣的承诺。承诺忠心为你献上最高质量的产品，最优质的服务，最温馨的关怀；为你留下最美好的回忆和经历。你信任我，对我没有怀疑。你对我有情，因为我对你有义。情长义重，所以你永远不离不弃。品牌是一种"情结"，会让你有完整的感官体验与情感交流。品牌不仅仅是一种购买某种产品的理由，而是当你使用你喜爱的产品时，那种"善待自己""自我犒赏""沾沾自喜""自信十足"的"得意"。最终，最铁的品牌忠诚者也都是基于这种奇妙的"情节"。

53. 什么是客户？客户有两种，一是终身客户，一是忠心客户。终身客户，是某些寡头行业的用户，例如水、电、煤气、公共交通，你必须做它的用户，因为你没有别的选择。忠心客户是当你面临琳琅满目、眼花缭乱的选择时，你还是坚定用某种品牌的产品，同时更广而告之亲友甚至陌生人，你喜爱的产品是不争的唯一选择。终身客户未必忠心，但是忠心客户可以是终身的客户，只要你坚定你的品牌价值。

54. 光是面子是不够的，一定要有里子。而这个里子里面，一定要有底子。如果底子不够雄厚，支撑不住，这个面子是撑不住的。

55. 关于渠道，我不同意"水到渠成"的说法，我更相信应该是"渠成水到"，这些"渠"有我们努力挖建使其成为渠道。然后我们要动脑筋想的是，怎么样才能让水往渠道里走。渠成水到，才是相得益彰，顺理成章的。

56. 我认为，所谓赢，应该是因为自己的实力强，而不是对手的本事弱。我一直告诉我的团队，不要左顾右盼，去希望对手跌倒、犯规、出线。因为这样就算赢了也不爽。赢，要赢得对方瞠目结舌没话说，那才爽！那才是真的赢！

57. 动荡是好事，就像炒菜，锅动起来，才能做出好菜。要有颗变革之心，不断地否定过去的自我和自满，调整维系才是基本的生存之道。

58. 变，对于企业管理非常重要，无论是企业还是个人都应该求变。上等的变讲究的是领导变化，即主动根据外在环境的变化来领导变化；中等的变是适应变化，以变应变；下等的变是变化来了，不得不做出变化。上等的变化是征服变化，不是顺服变化，更不是屈服变化。发现了变才变，就晚了。当你没变，我已经变了，这就让你的变已不存在了。

59. 不同的文化没有优劣，但是相互之间必有差异。中国传统文化比较偏重于正本清源，西方则偏重于法制规律；中国传统文化偏重于集思归纳，西方则偏重于逻辑推演；中国传统文化偏重于系统思考，西方偏重于系统运作；中国传统文化偏重于个人修炼，西方则偏重于团队表现；中国传统文化比较鼓励萧规曹随，西方则提倡突破创新；中国传统文化比较推崇述而不论，西方则风行当中辩论。像这样的文化差异，在实施和接受不同管理的理念的方法上，不可避免地会产生影响。

60. 在企业管理中，中国人比较重视原则、规矩与和谐，西方人更注意过程严密、细节完善，不在乎"伤感情"。中国人比较擅长现场协调、随机应变，西方人则坚持分工、制度及事先备好不同沙盘应对策略，一切按预定方案执行。一个让西方人十分费解的现象是，中国人在会议上不发言或没有发言不等于"同意"或"赞成"。西方人若不同意，在会上绝对不会"收声"，直到投票表决完为止。中国人愿意在一个方案的讨论和修改中形成共识，大家都有面子。西方人往往带着不同的方案进行论证，达成你中有我的方案并形成共识，大家都不失面子。

541/

61. 作为一个好的领导者，不但要治好你接手前企业已经有的病，更重要的是，在治已经有的病的同时，必须另外一只手防范没有发生的病。往往，在你治已经有的病的过程中，你制造了新的病情和新的病源，有新的病症出来。做个领导像开赛车一样，手脚心眼要一并灵光，一个是油门、一个是换挡、一个是刹车、一个是转弯、一个是加速，要看的是车手如何协调取胜。

62. 在你作为领导管理企业的同时，也是企业在管理你，你的员工在管理你。管理是互动的，你管他，同时也要赋予他一定的力量来管你。当没有这种力量给予他的时候，他在你的团队里就不会长久，你和你的企业也不会长久。

63. 一个企业要有文化，就如同我们说一个人要有人格，一个领导要有魄力，一个国家要有国魂一样。一个没有文化的企业等于是失魂落魄。一个好的企业一定要有好的价值观，好的价值观它必定位于好好服务于社会大众。

64. 做任何一件事，或是跟任何人交朋友，甚至是跟一个人泛泛地打交道，最重要的是诚信。有诚信，才有交往的基础。任何企业，任何产品，最终服务的对象都是人。如果不是以人为本，只是以利润为出发点，又没有诚信，很难最终生存下去。别忘了，信誉是第二生命。而一个泛泛之交，也有可能冤家路窄，说不定有一天在江湖路上严肃地交手。如你有不诚信的记录，你的信誉会令对方质疑。

65. 中国字的"仁"字，很有意思，也很有意义。"仁"字是一个人字旁再加上两个人，这三个人代表你、我、他。当我的心里有了你，也有了他，就有了人与人之间的关系。我们生活里有了"你、我、他"，就形成了社会、部落、群体。那么人与人之间的关系必定要梳理、协调，形成了相处、相爱之情，互敬、互助之道，这就是我们所说的"仁"。

66. 企业管理要有一张统一漂亮、表里合一的"脸"（FACE）：F是Focus（聚焦方针），A是Alignment（步调一致）；C是Communication（沟通为王）；E是Execution（执行至上）。

67. 该怎么说？大事，严肃地说；小事，别随便说；着急事，挑一个重点说；做错事，直接认错地说；复杂事，层次分明说；简单事，三言两语说；没把握事，不要胡说；没发生事，千万别说；郁闷事，只对知心好友说；伤心事，还是等想开了说；生气事，没人想听你说；八卦事，听罢就别再说；别人事，不懂最好不要说；自己事，聆听别人怎么说；领导事，要有胆实话实说；同事事，将心比心来说；朋友事，什么都不用说。

68. 与其和人争得你死我活，你输我赢，或是两败俱伤，不如我们都活着，你赢我也赢地活着。良性竞争是不要互挡财路，而是合作谋求共存，各尽所长，形成互补。或分别找新的出路，竞合谋事，所谋乃成。这是新人类的新"生"与"活"。

69. 企业的转型与成长，应该由外向内去观察。因为外在的变化才是企业的命题：企业的思维导向。如果总是从内部向外观察，看到只能是企业的昨天和今天。唯有从外部向内观察，才能看到企业的明天。

70. 转型就是变革，变革的第一条原则就是放弃过去。因此企业需要吸引和补充具有不同视角、不同经验和不同经历的新的管理人员，能够为企业带来新的观念、新的思维和新的方法。

71. 企业与个人转型的基本要素就是要认识到世界的真实面目，而不是你希望看到的情景。更难下手的是你必须有勇气去做必须做的事，而不是你喜欢做的事。管理层要不断提高自己的定位，修炼自己的内秀，才是唯一令你不惑有悟的选择。

人才·职场

72. 欢乐地工作。记住观察生活、体验生活、热爱工作、珍爱自我。如果明天早上起来，发现自己的心不再欢乐跳跃，脚筋不再像弹簧，肌肉不再放松自如，而心中对上班百般不愿，那么，你辞职吧，不要再对不起自己了！

73. 任何人只要踏入职场，就一定会处于各种关系之中。尽管企业不同，但关系却基本相似。关系的实质是利益，利益的核心是权力，所以会有"争权夺利"之说。凡是存在关系的地方，就会有政治，办公室也不例外。然而无论是社会还是办公室，政治并非就是斗争，更多的是协调和合作。有人的地方，就有关系，办公场所自不例外。有关系就要搞好关系，一点都没错。用谋略搞好关系，也绝对没错。但千万不要把关系搞复杂，更不要把关系搞成互斗。简单问题复杂化，非常简单；复杂问题简单化，非常复杂。

74. 在现代社会中，人们往往把"尽职敬业"看作成功，实质上是对职位与头衔所代表的权力的膜拜。不少企业中确实有一些精于政治谋术的庸碌之人成功地占据着企业要职，他们熟练地玩弄办公室政治斗争权术，用以保护自己的地位和权力。他可能会继续升职风光一时，但那总归只会是一时，因为"风流总被雨打风吹去"。职场上任何职务都是一种责任，没有责任的权力一定会被滥用，没有责任的权力必然是无能。

75. 要学会选择，学会放弃。职业的选择和发展，终究要以快乐为目标。不快乐有许多因素，但是要快乐，最重要的一条是能够做到将自己想做的、职务需要做的，和别人要你做的达成一致。选择一个有明确的目标及共识的企业，才可能具备这三者一致的基础。如何选择到适合自己的企业，要自问：自己能够为企业创造价值的优势有多大？对企业文化的认同有多高？理想的企业环境，就是在一个企业中，人们可以互相质疑而无须担心会损害相互关系。市场经济对现代人的就业而言，就是有选择"不"的权利。

76. 一个人的优势基本无法改变，想要成功就只有一种可能，那就是找到切合自身优势的需求——市场。我说过"如果你是一艘江轮，那么你必须自知，海洋就不是你的市场，因为江轮出海，必遭灭顶之灾；当然，航母也不能在江河上游走，更无缘浏览两岸风光"。一个企业的文化，基本也无法改变，想要契合也只有一种可能，那就是自知地去适应而不是去改变环境。我曾提出"学习茶叶的精神，适应环境，释放自己，使白水变成茶水，让环境因我而不同"。

77. 你要学会分享——分享信息、分享权利和分享成果。分享的前提是奉献，不愿意奉献的人，往往是因为缺乏情商和自信，不相信自己有学习的能力和创造的能力。最基本的学习能力是要学会聆听——沟通的关键是聆听，聆听的艺术是确认。沟通的最大误区是自以为别人都听懂了，然而实际上，任何沟通都存在信息转换中的多重失真。要了解目标，并且具备测量与目标差距的能力和校正的能力，也就是需要具有反馈校正的闭环控制能力。

当代社会已经没有个人英雄，成功必须依靠团队。团队成员之间是合作，更是互补。而互补实际上是一种交换，互补的当量大小取决于你能拿出多少，而不是你需要多少。

78. 现在常常讲"和谐"，"和谐"至少有两条基本要素，一是本分，二是感恩。办公室政治有了这两条，人人能本分，个个懂感恩，也就能达到"和谐"了。你要提高自我修养，像孔子说的"绝四"，即"毋臆、毋必、毋固、毋我"。不凭空猜想，不绝对肯定，不固执己见，不自以为是。做个合格的下属，在领导决策前，能够全心全意贡献智慧，帮助领导做正确决定；在领导决策后，竭尽全力执行决策，坦荡潇洒，无惧无愧。

79. 我一心做专职的专业经理人，不断挑战自我，实现自我价值，帮助我服务的企业取得更大成功，这一直是我的诉求。许多人问我如何在职场"长青"？其实答案很简单，就是不断地创造"被利用价值"。理解什么是你的"被利用价值"，或"增加值"，是理解外企职场博弈的核心概念。你的增加值，是你能给企业带来的价值。而你希望从企业中获得的回报不应大于你给企业带来的增加值。有些人在外企职场上，上下取索、孜孜以求的，往往只是升职和加薪。增加值的概念提醒我们，能否获得，以及何时获得升职和加薪，既不取决于你的一厢情愿，也不取决于老板的个人好恶，更不取决于超乎自然的办公室男女关系，而是取决于你给企业带来的增加值有多大、被利用的价值有多少。你需要时刻清醒地意识到自身增加值的"增与损"，不断努力扩大和巩固自身的增加值。

80. 你永远不要忘记，外企的组织架构，在给予你广阔发展天地的同时，这个"你"总是可以被替代、被放弃，甚至是可以没有的！因为无论你的个人增加值有多大，与整个公司的增加值比起来永远是微不足道的。不要对自身增加值的认识过于膨胀。要记住，财富500强及那些专业性企业的庞大系统和管理制度，没有了哪个人都会照转不误。

81. 聪明的人应该学会把上司、同事和下属一视同人——视为提高自身价值的互补者。在外企错综复杂的组织架构中，你的"可利用价值"取决于能否与上司、同事及下属之间建立基于用人所长和重视贡献的良好人际关系。只有充分地让上司、同事和下属了解你的长处，以及你的工作方式和习惯，你的长处才能得到充分的发挥，你对于企业的增加值才能不断提高。当然，你也必须充分地了解你的上司、同事和下属的所长以及他的工作态度和习惯，你才能使他们充分发挥他们的所长，从而增强自身在企业当中的影响力，提高自身在企业里的被利用价值。简言之，成就他人，实现自我，互补共赢，应该是你在外企实现可持续发展的不二法门，更是在职场走向光明前程的唯一保证。

82. 我坚信"一分耕耘，一分收获"。"四两拨千斤"的佳话毕竟是少数中的少数。"空手套白狼"的人，最终总是把自己套成了那白狼。天下没有免费的餐点，天上也绝对不会掉下馅饼或钞票。最旺的盛世也有破产失败的人，再衰的景气也有发达成功的人。走捷径、抄小道，走后门或是想不劳而获，都是痴人说梦。不要羡慕别人的荣华富贵，脚踏实地、勤劳努力的人才能获得属于你的应得的一切。

83. 沟通应该像水流一样，只要有缝隙，水就应该流进去，像你现在看我的手，你看到的手背跟我看到的手面是不一样的，可是都是我的手。没有错，所以我们只要设身处地地替别人想一想，把双方的方向旋转了、调整了，任何事情一定可以得到一个双方满意的结果。

84. 对于任何事情，要有一种尊敬，你才能够理顺，才能非常心平气和地接受，当你接受了以后，它就可以融合。在你思考，决策整个事情的过程当中，形成一个重要的指标。当然对于任何同事共处的人，也要有一种尊重。不可避免的是，有些人在某种程度中，很难使你由衷地"尊重"，那么，你必须"自重"。

85. 企业需要的人才大致可以分为两类，即"有常之士"和"非常之才"。绝大部分企业要求员工能够认同企业的价值观，具备企业所需要的工作能力和专业能力，自律守纪，能够完成各项工作。同时，还期望员工能够具备良好的沟通能力、合作精神和学习热情。这样的员工我们称之为"有常之士"。但企业还需要另外一类"非常之才"，他们具有敏锐观察力、独特的见解、创新的理念、挑战卓越的勇气、非凡的执行能力和善于沟通的领导能力。"有常之士"和"非常之才"不是绝对的。没有人在任何方面都是"非常之才"，同样，任何一个人在某些方面，一定具备超越常人的"非常之才"。因此，我们强调团队的多样化，每一支队伍都需要不同类型的人才来组成，充分发挥每个成员的非常之才，这样，这支队伍才有能力来创造灿烂多彩的成果，不仅是应对而是引领不断变化的世界。

86. 我的人才的标准是以德为先，以智为本，以才为基。以德为先，是他善恶分明、进退有道；以智为本，是他思维灵敏、举一反三；以才为基，是他博学精一、术业专攻。

87. 许多与我共事十几二十年的"老下属"，如今已经飞黄腾达，但见了面，总还是叫我"老板"。什么是老板？原始汉字中，"板"字的繁体写法是"門"字里加三个"口"，"閭"，所以应该是"老閭"。可见这就是说老板要带领一个众口难调的团队，但老板的"门"始终是敞开的，老板就是要把不同的理念、不同的执行办法统一起来，大伙一起打拼。独唱很单调，合作才是美妙的乐章。老板的门要永远敞开的。

88. 老子曾说："善用人者为之下"，这常被误解为善用人者得天下。其实老子的本意是，一个善用人的人是要谦卑的。我想到今天为止，中国的千年古文化里面最了不起的用人大师当属汉高祖刘邦。运筹帷幄，决胜千里，他用的是张良；镇国安民，粮草不绝，他用的是萧何；统领大军，战无不胜，他靠的是韩信。这种分工太美妙了，他谦卑地承认他并不如这三位人杰的才华，但是他能善用他们。他自己只需要稳坐那里当皇帝就得天下。今天太多的老板觉得自己什么都行，事必躬亲，做得累又做得不好，而我一直想学汉高祖。

89. 过去我每年都会去不同的美国大学短期念书，学习有关财经方面的知识，像哈佛大学、斯坦福大学，我都在那里培训过。这是一个很简单的道理，如果你在银行里有一个账户，你老是不向里存钱而总是提款，这个账户很快就会空的。自强不息的意思，讲得通俗点就是你要不断地在你的知识库里有所投入。人才培养，不能简单理解为参访培训，出国深造，获得提升，主要还是能给人才一个空间，用其所长，真正把他的能力发挥出来，并且要给他培训的机会，督促他不断地自我提炼，自强不息。

90. 当一个员工跳槽，我并不会觉得他不忠诚，因为他只是忠诚于自己。当他觉得可以继续发挥他的光和热，做最好的贡献时，他会留在那家公司，可是当他觉得有另外一个环境，让他有更大的发挥更加有价值的时候，你就得放他走。有一天他回来，你开门欢迎；今天他要走，你开门欢送。好去好来，地球是圆的。对于任何一个成功的企业来说，员工与企业之间必须建立起这样开明忠诚的心灵契约，这纸契约不是员工的卖身契，也不是员工的终身饭票，这样的心灵共识是企业文化中的重要内容。

91. 没有无聊的人，只有无聊的事。记得曾经有一个大家都不喜欢的同事，说他身上有这样那样的毛病，但是在我的面前，他从来没有把那些缺点表现出来过。为什么？因为我把他看成一个高尚的人待他以高尚的礼。他为了让他在我眼中的高尚形象不被毁灭而努力着。久而久之，他就变成了一个不同的他。

92. 人才是企业最重要的资源，是取之不尽用之不竭的资源。但并不是说所有的人才都会适合你的企业，最重要的一点是，企业需要的是合适的人才。只有合适的人才在合适的职位才能够融入企业，为企业发展做出真正的贡献。

93. 我觉得人是不可以去管理的，只能去引导、去激励、去善用。管理人，或是强加给他一种压力让他改变是不可能的，是短暂的。你必须给他张力，让他从内部自己去发挥潜力，这样才能改变他。

94. 如果你是一个领导者，你的学习曲线就永远没有尽头。你也必须不断学习"被领导"。

95. "领"与"导"是两个具有禅和道意味的字。繁体的"导"是"道德"的"道"下面一个"寸"，意为领导要有"道"，而"道"在你的"方寸"之间，也就是道自在"心"中，所谓"主"方寸，"有"分寸。这是情商加智商，而更重要的是，领导人要有本事把"非常之人"托到自己头顶，而自己一定要勇敢而谦卑，不怕你"托起的人"的光辉遮住自己，否则不可能成为领导人。记住，强将手下是无弱兵的。

96. 要尊重并肯定每一个人。每个人来到世上，都扮演不同的角色，不能要求别人来扮演你的角色。当别人做不到你所能做的，或是达不到你所期望的表现时，你该问一问自己，是不是别人也会以同样的尺度衡量你呢？

97. 你永远没有第二次机会给人制造你给他人的第一印象。不要乔装打扮，因为那很容易被人识破看穿。做一个清清白白、真真我我、老老实实的自己，第一印象是第一。

98. 机遇不会敲第二次的门,你要永远整装待发,当一个机遇来的时候你已有准备,才能乘"机"行事,施展所能,发挥所长。机会只会留给有准备的人。

99. 我们就像跑道上的运动员,我们首先要锁定的是自己的跑道,其次是如何发挥最大的体力跑得最快和漂亮。如果你只是左顾右盼地关心谁跑慢了、谁跑快了、谁摔跤了或者是谁马上就要追上你了不如伸脚绊他一下,那是绝对不可行也是不允许的。我们要赢,要靠真本事赢,赢得潇洒,赢得让对手心服口服。

100. 事业在某种程度上是情人也是婚姻。如果想要一个美满的婚姻,就必须用挑剔的眼光挑选你的情人。激情和兴趣是培养感情必备的要素,而激情和兴趣,更是一个人事业发展的永恒推动力和成功的促进剂。

101. 错误人人都会犯,但是学会为自己的错误负责,这是一个做人的方式,也是一个做事的方式。它通用于人生,如交友之准、夫妻之道;但,更通用于你的职业生涯。只是职场上没有父慈母爱,没有人会容忍你接二连三的错误。

102. 历史上每一个英雄不是因为他立志要做英雄而变成英雄的,是历史评定他做英雄的。因为他有英雄的本质和英雄的事迹。当他自然流露出英雄的行为时,他并没有期待鲜花和歌颂。没有英雄形象设计的英雄,才是真英雄。

103. 人们说"不招嫉是庸才，不嫉人是蠢才"，我们一定要有本事来招人嫉妒，招嫉是一件光荣的事情。每个人都应该有个被人嫉妒的清单，当这个清单有一天变成一张白纸的时候，你要对自己进行检讨了。

104. 每个人都应该充分把握每一个机遇，让自我在机遇与经验中完成自我所承担的使命。简单地说，就是要证明自己没有白来这个世界一遭，没有白过了一生。

105. 事业像爱情一样，一切按照自己的想法去做、努力去做、真心去做，但结果往往不是或不如自己预料。但不要灰心后悔。记住，如果一切不是按照自己的想法去做，难道要按别人的想法去做吗？至少你是自己的主人。

106. 当你处于长期的逆境，在你渐入佳境之前，经过的这一段黎明前的黑暗期往往是最痛苦、最难熬，同时是最丑陋、最危险的。你挺不住，你就出局。

107. 在工作中遇到的每一个挫折和犯下的每一个错误都是财富，可以让人在将来避免重蹈覆辙。但是不要忽略了小错，小错不改，可引发大错。记得吗？能用心做好小事才能有心做好大事。

108. 当你在树林里散步，看见一朵小花你要停下来欣赏，看到一粒落下的松子可能会捡起把玩或收藏。可是如果你没有东张西望的话，你不会注意到它的存在和吸引力。我觉得每个人都应该东张西望，东张西望并不代表你心猿意马，而是因为你看多了才会珍惜你所拥有的。

109. 当你追求梦想的时候，一定不能脱离现实。比方说你是一只麻雀，却要做凤凰的梦，这就很难，你会变成一只非常痛苦的麻雀，因为你的翅膀永远不会变成凤凰那样的多彩。可是作为麻雀，你却可以做一只快乐的麻雀，而且不需要自怨自艾，埋怨自己生出来就是一只麻雀，因为一只麻雀和一棵无法移动的树相比较还是有一定的自由的。

110. 我们的地球有个中心，如果用圆规画一个圆，中间必定会有一个圆心支点。如果建一座大厦，也必须有重心存在才能平衡牢固。人的一生不能没有中心和重心。我的中心一直没有改变，保持一个自我，要始终忠实于自己，我的重心是怎么才能更大地发挥自己，使社会受益。

111. 工作越忙越好，就像金属要一直摩擦才不会生锈。

112. "人非圣贤，孰能无过。"如果说错了，做错了，判断错了，走错了……总之你是错了，一味为自己找借口，狡辩，推诿都会害了自己。诚实、坦然、真心地认错不仅是有风度，更有令人起敬的大度。

113. 天算、人算，失败中学习才是上算。虽说 "谋事在人，成事在天"，也说 "千算万算，不如天算"，但是努力不会总是徒劳无功的。只有不努力的人才会大呼"枉然"。当然，失败一定是难免的，但失败是教育，是良师，是走上成功的前奏曲。自己的失败有限，研究别人的失败，不但要在自己的失败中汲取教训，更要在别人的失败中拾取心得，因为我们自己的人生毕竟很有限。

114. 准时赴会是对当事人包括自己的一种尊重。守口如瓶是对自己的一种自重——这里的守口不仅是守秘，更重要的是口不出秽言、秽语，如果你知道你会出言不逊，那么最好莫开金口。人言为信，又云一言九鼎。更深层的信是信守、信诺、信心。信往往不是白底黑字的一纸文件可以保证的。守约的人才会有人再与你订约、签约、履约；守节，往往是最难的，商场政海里多少英雄因为晚节不守而一夜之间成了狗熊，永不翻身。高风亮节是成功的人必须贴在床头案前的箴言。

115. 因为朋友不可以轻率地抛弃，所以择友就必须谨慎。近朱者赤，近墨者黑。但是，首先你必须有智慧分辨黑与红。所谓"日久见人心"。那么时间，是一个分辨是非黑白最可靠的帮手，也是一个虚伪永远逃不出的网。善待"新知"，但更要珍惜"旧雨"。

116. 不要低估任何人。"三人行，必有我师。"不要认为出身寒微、学识浅薄的人，就不能成为你的良师益友。我曾在一位文盲的老奶奶的身上，学到求索位的真谛。她的丈夫早死，她含辛茹苦地养大五个孩子，个个成才。她说：我不怨命运，我虽没钱又不识字，但是孩子们的成功也就是我的财富和智慧，我不枉此生。

117. 让你的门永远敞开。每个人、每件事、每种难题，都有一个门。我们的家有门，办公室有门，天堂有门，地狱有门，心灵也有门——我们把它叫作心扉，这是我们生命中最重要的门。让心扉敞开，才能让一切走进来，有阳光，也有风雨。因门敞开，我们才会珍惜地走出去，但正是因为你心扉的门敞开，当离去的要回归于你时，就不会不得其门而入。

118. 你不是神。当你不低估别人的同时，切切不可高估自己，不要以为你能干，你做的事如果没有你就做不成。更不要认为你如此这般重要，重要到没你一切都不行了。谨记，这世界没了你，地球照样转，太阳还是要天天升起。

119. 与人相处，难免有不悦与摩擦。当对立方言语暴虐，怒气冲天时，如果你有修养、有历练，能平心静气、和颜悦色地沟通、对答，必能找回和睦，使双方释怀喜乐。我知道这是何其难啊！老实说，许多时我做不到，但我知道有人做得到。化敌为友，化阻力为助力。古人说"任难任之事，要有力无气；处难处之人，要有知无言"，多么高尚的修养！

120. 做模拟老板。在职场上，在工作中，天天认真地见习、模拟，好像你就是老板。看到老板如何带领团队、怎样处理难题、化解危机、创造革新。久而久之，你就是老板。流泪、流汗、播种的人必能在收割的季节欢呼。我们鼓掌的老板是不吝于提携后进的老板，是不怕别人当老板的老板。

121. 做人做事，不必求得所有的事都玲珑满意、面面俱到。更不要期待所有人的齐声鼓掌与喝彩。因为总有人不满意，这才是常理。海上风浪险，扁舟好自持。不要担心自己不完美，不要害怕别人不满意。尽心尽力做到自己的最好，够了。

122. 不要把应酬的客套话当真，但不能不说。我们的世俗人情，有些为了面子的迂回，有些是没有转机的客气拒绝。人与人之间会有亲密，但是总有距离，这距离是礼貌的防线。当朋友或伙伴之间互相没有礼貌、不计分寸的时候，就会发生冲突和摩擦了。因为好朋友好伙伴之间还是要留份世俗的客套，这是双方都要留的面子。

123. 见面三分情。我不愿用 E-mail 沟通，电话谈事也不是最理想，见面才是最好的平台。创造见面的机会，诚恳地聆听对方的所需，谦虚地提出我方的所求，营造双方相对的尊重、理解与接受，问题往往迎刃而解。人际关系是"种瓜得瓜"，有耕耘才有收获。

124. 职业经理人应该具备的学习态度：在信息爆炸时代，要"知道"，很简单，有诸多渠道可以供你简单地获得大量信息。仅仅"知道"，一点用处都没有，知道后要弄"明白"，弄清实质，分清因果，抓住关键。明白了，清楚了，就要大胆"运用"。信息不属于所有者，而属于运用者，运用就是要实践，并且能够在实践中加深理解。运用过程中，总是会有新的体会，新的领悟，及时将这些属于自己的认识加入到运用实践中，在实践中加以检验。

运用了，加入自己的"创新"，看到结果，就要自我反省，自我校正，不断地开展自我"革命"。

125. "和尚"可以分为五个等级：上上级和尚、上级和尚、中级和尚、中下级和尚以及下下级和尚。"上上级"和尚"当一天和尚，撞一天钟"是因为他真正醉心于佛学，在佛学领域里用心专研，他有真正的大慈、大悲、大爱，并终有一天可以成佛，普度众生；"上级"和尚"当一天和尚，撞一天钟"是因为他的心中有一种诉求，他希望有一天自己可以透彻地了解佛学的真谛，从此得以引领其他凡人皈依，成为一名住持、一名方丈；"中级"和尚"当一天和尚，撞一天钟"他每天认真地撞钟、认真地诵经，做好一名和尚分内的工作，是一名称职而优秀的和尚，他别无他想。"中下级"和尚，这个级别的和尚，对于自己是否是一名和尚毫无所谓，他每天并非在"当一天和尚，撞一天钟"，而是在"撞一天钟，当一天和尚"被动度日，得过且过，倒也自得其乐；"下下级"和尚，这个级别的和尚，他既不愿当和尚，也不愿撞钟，身处寺庙只是为了给自己找一个地方落脚，以免此生风餐露宿。这级和尚的定义是"混"。身处职场，每个人都应该思考自己究竟想成为哪个级别的和尚？

126. 这个世界上，只有一个你。你不须刻意与众不同，只因你的确是独一无二，珍惜这个"你"。

127. 当你无法适应周围的环境，试着去改变你的心态。心态的改变可以改变你对事物的接受程度。让这样的改变逐渐成为你的性格，从而让你的性格决定你的命运，为你带来不同的人生。

128. 变通定位。要知道，江轮是不能出海的，而海轮和航空母舰也是不能够在江上航行的。作为江轮不必难过，因为你比蚱蜢舟能活动的范围大。而蚱蜢舟也不要难过，因为江轮不能够穿梭在荷花之间，让词人李清照得到灵感，写出那样凄凄切切的诗句。当你做着航母的梦，而又认清自己只是一艘江轮的时候，就不要再做航母的大梦了，应回到现实，为自己重新定位。

129. "沟通"是交流，而"交流"最重要的背景是"倾听"。所以，沟通最重要的技巧就是"让对方说"。唯有用心听，才能让对方尽情地说，你才能知道对方真心要的是什么。这才是"交流"。繁体字的听是"聽"，耳为王。用耳一心一意地"听"，而不是只用"口"听，斤斤计较地"听"。而聆听的"聆"，更是命令你用耳听。

130. 创新是一个不断向前运转的轮子，如果你自己不能够自强不息，不断地学习，这个轮子就会远远地把你抛在后面。古人说"天行健，君子以自强不息"，的确有大道理，是真智慧。

131. 怎么样勇于认错？勇于认错不仅要有勇气、有智慧，还要有耐心、有度量。为什么说要有耐心和度量呢？因为有的时候，你明明是对的，可是你缺乏有力的证据来证明你是对的。譬如，哥伦布发现新大陆，以及地球不是平的结论，就是经过了被认定是"错误"的考验后，才变成对的。

132. "就业"不仅仅是在寻找一份工作(job)，"就业"应该被定位为寻找一份"事业"(Career)，它代表着你的人生和诉求。当然对于初入职场的年轻孩子，这个目标太大了，也太遥远，而且太不具体太不实际。那么不妨在大目标确立之后，再为自己制定一些小目标，而这些小目标是实际可行、自己可以掌握的。有了明确可行的目标，加上自我鼓励，可以使自己进步、取得成绩，进而一步步走向大目标。

后记

我们常以"电光石火"形容来得快，去得快的速度。光和电的速度的确很快，一闪而过，了无痕迹。我们都拥有一种"功力"，比电和光更快，更快，而且影响力可以无穷，深远。那就是"念"！

一念起，千秋大业；

一念灭，落花流水。

善念起，鹏程万里；

恶念生，万丈深渊。

一念起，万水千山皆有情；

一念灭，沧海桑田亦无心。

缘深则聚，缘浅则去。

惜缘随缘，奈何强求。

经历必须经历的,拥有已经拥有的。

选择应该选择的,把握能够把握的。

茑语会友,心悟微言。

同鸣共享,灵魂空间。

清茗醇酽,绿水青山。

砥砺峥嵘,蝶梦圆缘。

世间所有相遇,都是缘。

失之交臂,也是缘。

(完)

图书在版编目（CIP）数据

莺语 2020 / 叶莺著. —— 北京：文化发展出版社有限公司，2019.10

ISBN 978-7-5142-2758-1

Ⅰ. ①莺… Ⅱ. ①叶… Ⅲ. ①杂文集－中国－当代 Ⅳ. ① I267.1

中国版本图书馆 CIP 数据核字 (2019) 第 205791 号

莺语 2020

叶莺　著

出 版 人	武　赫
出 品 人	田　耕
责任编辑	侯　铮
执行编辑	步　超
责任校对	岳智勇
责任印制	邓辉明

出版发行	文化发展出版社有限公司（北京市翠微路 2 号　邮编：100036）
网　　址	www.wenhuafazhan.com
经　　销	各地新华书店
印　　刷	北京富诚彩色印刷有限公司
开　　本	710mm×1000mm　1/16
字　　数	425 千字
印　　张	36
印　　次	2020 年 1 月第 1 版　2020 年 1 月第 1 次印刷
定　　价	128.00 元
ISBN	978-7-5142-2758-1

◆ 如发现任何质量问题请与我社发行部联系。发行部电话：010-88275710